IAN RANKIN

Das zweite Zeichen

Buch

John Rebus, soeben vom Detective Sergeant zum Inspector befördert, wird an einen trostlosen Tatort gerufen: In einem heruntergekommenen Haus in einem ärmlichen Stadtteil von Edinburgh hat man die Leiche eines jungen Mannes gefunden. Eines der vielen Drogenopfer, so sieht es zunächst aus. Doch dann findet man Gift in der Spritze, die den Junkie getötet hat, und aus einem simplen Fall für die Statistik ist eine mysteriöse Mordsache geworden. Rebus begibt sich ein zweites Mal in die Wohnung des Opfers und macht sich Gedanken über die seltsame Haltung, in der man den Toten fand: auf dem Rücken liegend, die Hände zu beiden Seiten ausgestreckt, die Beine geschlossen. Eine Haltung wie Jesus am Kreuz. Daneben ein brennender Kerzenstummel und an der Wand ein mit roter Farbe gemaltes Fünfeck, das Erkennungszeichen eines Hexenkreises. Und darüber ein frischer Zusatz: »Hallo Ronnie ...«

Autor

Ian Rankin wurde 1960 im schottischen Fife geboren und lebte in Edinburgh und London, bevor er mit seiner Familie für sechs Jahre nach Südfrankreich zog. Der internationale Durchbruch gelang Rankin mit seinem melancholischen Serienheld John Rebus, der aus den britischen Bestsellerlisten nicht mehr wegzudenken ist. Rankin wurde unter anderem mit dem begehrten »Golden Dagger Award« der Crime Writers' Association of America, dem »Edgar Allan Poe Award« sowie mit dem »Deutschen Krimipreis 2005« ausgezeichnet. Der Autor lebt mit seiner Frau und seinen Söhnen heute wieder in Edinburgh.

Von Ian Rankin außerdem bei Goldmann lieferbar:

Verborgene Muster. Roman (44607) · Wolfsmale. Roman (44609) Ehrensache. Roman (45014) · Verschlüsselte Wahrheit. Roman (45015) · Blutschuld. Roman (45016) · Ein eisiger Tod. Roman (45428) · Das Souvenir des Mörders. Roman (44604) · Der kalte Hauch der Nacht. Roman (45387) · Puppenspiel. Roman (45636) Die Tore der Finsternis. Roman (45833) · Die Kinder des Todes. Roman (Manhattan HC, 54550) · So soll er sterben (Manhattan HC, 54605)

Ian Rankin

Das zweite Zeichen

Roman

Aus dem Englischen
von Ellen Schlootz

GOLDMANN

Die Originalausgabe erschien 1991
unter dem Titel »Hide & Seek«
bei Barrie & Jenkins Ltd, London

Umwelthinweis:
Alle bedruckten Materialien dieses Taschenbuches
sind chlorfrei und umweltschonend.

Einmalige Sonderausgabe September 2005

Umschlaggestaltung: Design Team München
Umschlagfoto: photonica / Robert Discalfani
Druck: GGP Media GmbH, Pößneck
Made in Germany · Titelnummer: 46141

ISBN 3-442-46141-3
www.goldmann-verlag.de

Für Michael Shaw,
keinen Augenblick zu früh

»Der Teufel, der so lange in meinem Inneren eingesperrt war, brach brüllend hervor.«

– Der seltsame Fall von Dr. Jekyll und Mr. Hyde

»Versteck dich!

Er kreischte jetzt, war völlig außer sich. Aus seinem Gesicht war alle Farbe gewichen. Sie stand oben an der Treppe, und er stolperte auf sie zu. Dann packte er sie an den Armen und stieß sie mit unkontrollierten Bewegungen die Treppe hinunter, so dass sie Angst hatte, sie würden beide stürzen. Sie schrie.

»Ronnie! Vor wem soll ich mich verstecken?«

»Versteck dich!«, kreischte er wieder. »Versteck dich! Sie kommen! Sie kommen!«

Er hatte sie jetzt bis zur Haustür gestoßen. Sie hatte ihn schon ganz schön kaputt erlebt, aber noch nie in einem solchen Zustand. Ein Schuss würde ihm helfen, das wusste sie. Und sie wusste auch, dass er den Stoff in seinem Zimmer hatte. Schweiß tropfte ihm aus den zotteligen Haaren. Erst vor zwei Minuten war die wichtigste Entscheidung in ihrem Leben gewesen, ob sie den Gang in das völlig versiffte Badezimmer ihres besetzten Hauses wagen sollte. Doch nun …

»Sie kommen«, wiederholte er, seine Stimme war nur noch ein Flüstern.

»Ronnie«, sagte sie, »du machst mir Angst.«

Er starrte sie an. Beinahe schienen seine Augen sie zu erkennen. Dann sah er wieder weg, in eine Ferne, die allein ihm gehörte. Da waren die Worte wieder. Sie klangen wie das Zischen einer Schlange.

»Versteck dich.« Gleichzeitig riss er die Tür auf. Draußen regnete es, und sie zögerte. Dann gewann die Angst die Oberhand. Doch als sie über die Schwelle treten wollte, packte er sie am Arm und zerrte sie ins Haus zurück. Er umarmte sie, sein Schweiß schmeckte salzig wie Meerwasser, sein Körper bebte. Sein Mund war dicht an ihrem Ohr, sein Atem heiß.

»Sie haben mich ermordet«, sagte er. Dann, in einem plötzlichen Anfall von Raserei, gab er ihr wieder einen Stoß. Diesmal war sie draußen, die Tür knallte zu und ließ ihn allein im Haus zurück. Allein mit sich selbst. Sie stand auf dem Gartenpfad, starrte auf die Tür und versuchte zu entscheiden, ob sie klopfen sollte oder nicht.

Es käme doch auf das Gleiche heraus. Das wusste sie. Also fing sie stattdessen an zu weinen. Ihr Kopf kippte in einem seltenen Anflug von Selbstmitleid nach vorn, und sie weinte eine ganze Minute lang, bevor sie dreimal tief durchatmete, sich umdrehte und rasch den Gartenweg (oder wie man diesen Unkraut überwucherten Pfad nennen wollte) hinunter ging. Irgendwer würde sie schon aufnehmen. Irgendwer würde sie trösten, ihr die Angst nehmen und ihre Kleider trocknen.

So war es immer gewesen.

John Rebus starrte gebannt auf seinen Teller, ohne auf das Gespräch am Tisch um ihn herum zu achten, auf die Hintergrundmusik oder die flackernden Kerzen. Die Häuserpreise in Barnton interessierten ihn im Grunde nicht, auch nicht der neue Feinkostladen, der auf dem Grassmarket eröffnet werden sollte. Er hatte überhaupt keine große Lust, sich mit den anderen Gästen zu unterhalten – einer Dozentin zu seiner Rechten und einem Buchhändler zu seiner Linken –

über … nun ja, worüber auch immer sie gerade geredet hatten. Doch, es war eine perfekte Dinner-Party. Das Gespräch war genauso penetrant wie die Vorspeise, und er war froh, dass Rian ihn eingeladen hatte. Natürlich war er das. Aber je länger er auf den halben Hummer auf seinem Teller starrte, umso mehr wuchs ein Gefühl vager Verzweiflung in ihm. Was hatte er schon mit diesen Leuten gemein? Würden sie lachen, wenn er die Geschichte von dem Polizeihund und dem abgetrennten Kopf erzählte? Nein, das würden sie nicht. Sie würden höflich lächeln, dann die Köpfe über ihre Teller beugen und sich sagen, dass er eben … *anders* war als sie.

»Gemüse, John?«

Es war Rians Stimme, die ihn tadelte, dass er nicht »mitmachte«, sich nicht »unterhielt«, noch nicht mal Interesse zeigte. Lächelnd nahm er die große ovale Schüssel entgegen, wich jedoch ihrem Blick aus.

Sie war eine nette Frau. Auf ihre Art sogar recht attraktiv. Knallrotes Haar zu einem Pagenkopf geschnitten. Tiefgründige, unglaublich grüne Augen. Dünne, aber viel versprechende Lippen. O ja, er mochte sie. Sonst hätte er ihre Einladung nicht angenommen. Er fischte in der Schüssel nach einem Stück Broccoli, das nicht sofort in tausend Stücke zerfallen würde, sobald er versuchte, es auf seinen Teller zu manövrieren.

»Es schmeckt fantastisch«, sagte der Buchhändler, und Rian nahm das Kompliment lächelnd entgegen, wurde sogar leicht rot dabei. So einfach war das, John. Das war alles, was man sagen musste, um diese Frau glücklich zu machen. Doch er wusste, dass es aus seinem Mund sarkastisch klingen würde. Den Tonfall seiner Stimme konnte er nicht plötzlich ablegen wie ein Kleidungsstück. Das war ein Teil von ihm, über viele Jahre gehegt und gepflegt. Und als dann die Dozentin dem Buchhändler zustimmte, lächelte John Rebus nur und nickte. Das Lächeln war zu starr, und das Nicken dauerte ein bis zwei Sekunden zu lange, so dass ihn schon wieder alle anstarrten. Das Stück Broccoli brach über seinem Teller in zwei sauber getrennte Hälften und fiel auf die Tischdecke.

»Scheiße!«, sagte er und wusste, sobald das Wort seinen Lippen entschlüpft war, dass es nicht ganz angemessen war, nicht ganz das *richtige* Wort für den Anlass. Nun ja, was war er denn, ein Mann oder ein Wörterbuch?

»Tut mir Leid«, sagte er.

»War ja nicht deine Schuld«, sagte Rian. Guter Gott, klang ihre Stimme eisig.

Es war der perfekte Abschluss eines perfekten Wochenendes. Am Samstag war er einkaufen gegangen. Eigentlich wollte er sich einen Anzug für heute Abend kaufen. Doch dann war er vor den Preisen zurückgeschreckt und hatte stattdessen einige Bücher gekauft, von denen er eines Rian schenken wollte, nämlich *Doktor Schiwago*. Doch dann hatte er beschlossen, dass er es lieber zuerst selbst lesen wollte, und hatte stattdessen Blumen und Pralinen gekauft und prompt ihre Abneigung gegen Lilien *(hatte er überhaupt davon gewusst?)* vergessen und dass sie gerade eine Diät anfangen wollte.

Verdammt.

Und um dem Ganzen noch die Krone aufzusetzen, hatte er am Morgen eine neue Kirche ausprobiert, ein weiteres Angebot der Church of Scotland, nicht allzu weit von seiner Wohnung entfernt. Die, die er davor ausprobiert hatte, war ihm unerträglich kalt erschienen, alles drehte sich allein um Sünde und Reue, doch die neue Kirche war das deprimierende

Gegenteil gewesen, nichts als Liebe und Freude, ganz nach dem Motto: gibt es denn überhaupt etwas zu verzeihen? Also hatte er die Kirchenlieder mitgesungen und sich dann davongemacht, nachdem er dem Pfarrer an der Tür die Hand geschüttelt und versprochen hatte, wieder- zukommen.

»Noch etwas Wein, John?«

Es war der Buchhändler, der ihm die Flasche hinhielt, die er selber mitgebracht hatte. Eigentlich war es gar kein schlechter Wein, doch der Buchhändler hatte ihn so überschwänglich gelobt, dass Rebus sich verpflichtet fühlte abzulehnen. Der Mann runzelte die Stirn, doch seine Miene hellte sich sogleich wieder auf, als ihm klar wurde, dass dadurch mehr für ihn übrig blieb. Schwungvoll füllte er sein Glas.

»Cheers«, sagte er.

Am Tisch ließ man sich erneut darüber aus, wie voll es doch momentan in Edinburgh zu sein schien. Das war mal etwas, dem Rebus zustimmen konnte. Es war jetzt Ende Mai, und die Touristensaison begann allmählich. Doch das war es nicht allein. Wenn ihm vor fünf Jahren jemand erzählt hätte, dass 1989 Leute aus dem Süden Englands in den Norden ziehen würden, in die Provinz Lothian, dann hätte er laut gelacht. Jetzt war es eine Tatsache und ein geeignetes Thema für eine Dinner-Party.

Später, sehr viel später, nachdem das Paar gegangen war, half Rebus Rian beim Abwasch.

»Was ist bloß mit dir los?«, fragte sie, aber er konnte an nichts anderes denken als an den Händedruck des Pfarrers, an diesen zuversichtlichen Griff, der von dem sicheren Glauben an ein Leben nach dem Tode durchdrungen zu sein schien.

»Nichts«, sagte er. »Lass das hier bis morgen stehen.«

Rian sah sich in der Küche um und zählte die schmutzigen

Töpfe, die angenagten Hummergerippe, die fettverschmierten Gläser.

»Okay«, sagte sie. »Was hast du denn stattdessen vor?«

Er zog langsam die Augenbrauen hoch, dann senkte er sie tief über die Augen. Seine Lippen verzogen sich zu einem Grinsen, das etwas leicht Lüsternes an sich hatte. Jetzt wurde sie kokett.

»Aber Inspector«, sagte sie. »Soll das irgendein Hinweis sein?«

»Hier ist noch einer«, sagte er, zog sie an sich und vergrub sein Gesicht an ihrem Hals. Sie quiekte und hämmerte mit Fäusten auf seinen Rücken.

»Brutaler Polizeiübergriff!«, keuchte sie. »Hilfe! Polizei, Hilfe!«

»Ja, Madam?«, fragte er, fasste sie um die Taille und trug sie aus der Küche, dorthin, wo im Dunkeln das Schlafzimmer und der Rest des Wochenendes warteten.

Spät abends auf einer Baustelle am Stadtrand von Edinburgh. Hier sollte ein Bürokomplex entstehen. Ein fünf Meter hoher Zaun trennte die Baustelle von der Hauptstraße. Die Straße war ebenfalls neueren Datums und gebaut worden, um das Verkehrschaos im Bereich der Innenstadt zu verringern. Gebaut, damit die Pendler bequemer von ihren Häusern auf dem Land zu ihren Jobs in der Stadt gelangen konnten.

An diesem Abend waren keine Autos auf der Straße. Das einzige Geräusch war das langsame Tuckern einer Betonmischmaschine auf der Baustelle. Ein Mann fütterte sie mit Schaufeln voll grauem Sand und dachte an die ferne Zeit, als er selbst auf dem Bau geschuftet hatte. Harte Arbeit war das gewesen, aber ehrliche.

Zwei weitere Männer standen vor einer tiefen Grube und starrten hinein.

»Die sollte reichen«, sagte einer von ihnen.

»Ja«, stimmte der andere zu. Sie gingen zum Wagen zurück, einem älteren lilafarbenen Mercedes.

»Er muss ja allerhand Einfluss haben. Ich meine, uns den Schlüssel von dieser Baustelle zu besorgen und das alles hier vorzubereiten. Allerhand Einfluss.«

»Es ist nicht unsere Sache, Fragen zu stellen, das weißt du doch.« Der Mann, der das sagte, war der Älteste von den Dreien und der einzige Kalvinist. Er öffnete den Kofferraum des Wagens. Drinnen lag in gekrümmter Haltung ein zartgliedriger junger Mann, offenkundig tot. Seine Haut hatte eine bleigraue Färbung. Am dunkelsten war sie an den Stellen, wo die Blutergüsse waren.

»Welche Verschwendung«, sagte der Kalvinist.

»Ja«, stimmte der andere zu. Gemeinsam hoben sie die Leiche aus dem Kofferraum und trugen sie vorsichtig zu dem Loch. Mit einem leisen Geräusch landete sie auf dem Grund. Ein Bein verkeilte sich zwischen den klebrigen Lehmwänden, das Hosenbein rutschte ein Stück nach oben und gab einen nackten Knöchel frei.

»Alles klar«, sagte der Kalvinist zu dem Mann am Betonmischer. »Kipp es zu, und dann nichts wie weg hier. Ich hab einen Mordshunger.«

MONTAG

Fast ein Menschenalter lang war niemand erschienen, um diese zufälligen Besucher fortzujagen oder ihre Verwüstungen wieder auszubessern.

Was für ein Wochenanfang.

Die Wohnsiedlung, oder zumindest das, was er davon durch die vom Regen gepeitschte Windschutzscheibe sehen konnte, entwickelte sich allmählich in die Wildnis zurück, die dort vor vielen Jahren gewesen war, bevor die Bauarbeiter anrückten. Er hatte keinen Zweifel daran, dass diese Siedlung, wie so viele ihresgleichen rund um Edinburgh, in den sechziger Jahren als ideale Lösung für zukünftige Wohnungsprobleme erschienen war. Und er fragte sich, ob diejenigen, die so etwas planten, je aus Schaden klug wurden. Wenn nicht, dann könnte die »idealen« Lösungen von heute das gleiche Schicksal ereilen.

Die Grünflächen bestanden aus hohem Gras und massenhaft Unkraut, während die asphaltierten Kinderspielplätze wie Trümmergrundstücke aussahen, übersät mit Glasscherben, die nur darauf warteten, dass jemand stolperte und mit dem Knie hineinfiel oder mit der Hand hineingriff. An den meisten dieser Reihenhäuser waren die Fenster mit Brettern verrammelt, aus kaputten Abflussrohren strömte das Regenwasser auf die Erde, und die matschigen Vorgärten hatten kaputte Zäune und keine Tore. Er stellte sich vor, dass die

Gegend an einem sonnigen Tag noch deprimierender wirken würde.

Und trotzdem hatte ganz in der Nähe, nur wenige hundert Meter entfernt, ein Bauunternehmen angefangen, Eigentumswohnungen zu bauen. Die Holztafel über dem Bauplatz warb für LUXURIÖSES WOHNEN und nannte als Adresse MUIR VILLAGE. Rebus ließ sich davon nicht täuschen, aber er fragte sich, wie vielen jungen Käufern das passieren würde. Das hier war Pilmuir und würde es auch immer bleiben. Es war die Müllkippe von Edinburgh.

Das Haus, zu dem er wollte, war nicht zu übersehen. Zwei Polizeiautos und ein Krankenwagen standen bereits davor. Sie parkten neben einem ausgebrannten Ford Cortina. Doch auch ohne diesen Hinweis hätte Rebus gewusst, um welches Haus es sich handelte. Zwar hatte es, wie seine Nachbarn zu beiden Seiten, mit Brettern verrammelte Fenster, doch außerdem stand die Tür auf und gab den Blick in das dunkle Innere frei. Und an welchem Haus würde schon an einem solchen Tag die Tür sperrangelweit offen stehen, wenn da drinnen nicht die Leiche wäre und die abergläubische Furcht der Lebenden, die mit ihr zusammen eingesperrt waren?

Da er nicht so nah an der Tür parken konnte, wie er gern gewollt hätte, stieß Rebus leise fluchend die Autotür auf, warf sich seinen Regenmantel über den Kopf und raste durch den prasselnden Wolkenbruch. Irgendetwas fiel ihm aus der Tasche und landete auf dem Grasstreifen. Nur ein Notizzettel, aber er hob ihn trotzdem auf und steckte ihn im Laufen ein. Der Weg zu der offen stehenden Tür war voller Risse und durch das viele Unkraut rutschig. Beinah wäre er hingefallen, doch er erreichte heil die Türschwelle, schüttelte das Wasser von sich und wartete auf das Empfangskomitee.

Ein Constable steckte stirnrunzelnd den Kopf aus einer Tür.

»Detective Inspector Rebus«, stellte Rebus sich vor.

»Hier rein, Sir.«

»Ich komme sofort.«

Der Kopf verschwand wieder, und Rebus sah sich im Flur um. Tapetenfetzen, die von den Wänden hingen, waren die einzigen Überreste einer einstigen Wohnlichkeit. Es roch penetrant nach Moder und nach fauligem Holz. Und alles gab einem das Gefühl, dass dies eher eine Höhle war als ein Haus, eine primitive Form von Zuflucht, provisorisch und ungeliebt.

Während er tiefer in das Haus vordrang, vorbei an der kahlen Treppe, wurde es um ihn immer dunkler. Bretter waren gegen sämtliche Fensterrahmen genagelt worden und ließen kein Licht herein. Damit hatte man wohl Hausbesetzer abhalten wollen, aber Edinburghs Armee der Obdachlosen war zu groß und zu gewieft. Sie waren trotz der Hindernisse eingestiegen. Hatten es zu ihrer Höhle gemacht. Und einer von ihnen war hier gestorben.

Das Zimmer, das er betrat, war überraschend groß, hatte aber eine niedrige Decke. Zwei Constables hielten schwere gummierte Taschenlampen, um den Tatort zu beleuchten. Schatten bewegten sich über die dünnen Rigipswände. Sie erzeugten eine Wirkung wie bei einem Gemälde von Caravaggio, ein helles Zentrum, um das es immer finsterer wurde. Auf dem nackten Dielenboden waren zwei große Kerzen heruntergebrannt und so zerlaufen, dass sie wie Spiegeleier aussahen. Dazwischen lag die Leiche, die Beine zusammengepresst, die Arme ausgebreitet. Ein Kreuz ohne Nägel, von der Taille aufwärts nackt. Neben der Leiche stand ein Glas, das einst etwas so Harmloses wie Pulverkaffee enthalten hatte, in dem jetzt jedoch mehrere Einwegspritzen steckten. Kreuzigung mit Schuss, dachte Rebus mit einem schuldbewussten Lächeln.

Der Polizeiarzt, ein hageres und unglückliches Geschöpf, kniete neben dem Toten, als wolle er ihm die Letzte Ölung erteilen. Ein Fotograf stand an der gegenüberliegenden Wand und versuchte seinen Belichtungsmesser abzulesen. Rebus ging zu der Leiche und sah dem Arzt über die Schulter.

»Geben Sie mir mal die Taschenlampe«, sagte er und hielt dem am nächsten stehenden Constable fordernd die Hand hin. Dann ließ er den Lichtstrahl über den Toten gleiten, angefangen von den nackten Füßen über die Jeans und den hageren Oberkörper, bei dem sich die Rippen durch die bleiche Haut abzeichneten. Dann über Hals und Gesicht. Der Mund stand offen, die Augen waren geschlossen. Auf seiner Stirn und in den Haaren waren offenbar Spuren von getrocknetem Schweiß. Aber da ... War da nicht irgendwas Feuchtes an seinem Mund, auf den Lippen? Ein Wassertropfen fiel plötzlich aus dem Nichts in den offenen Mund. Rebus erschrak und wartete darauf, dass der Mann schlucken, sich die ausgetrockneten Lippen lecken und zum Leben erwachen würde. Nichts passierte.

»Undichte Stelle im Dach«, erklärte der Arzt, ohne von seiner Arbeit aufzublicken. Rebus leuchtete mit der Taschenlampe an die Decke und sah den feuchten Fleck, von wo der Tropfen wohl hergekommen war. Trotzdem unheimlich.

»Tut mir Leid, dass ich so lange bis hierher gebraucht habe«, sagte er und versuchte, seiner Stimme nichts anmerken zu lassen. »Also, wie lautet das Urteil?«

»Überdosis«, sagte der Arzt ausdruckslos. »Heroin.« Er hielt Rebus ein kleines Plastiktütchen hin. »Der Inhalt dieses Briefchens, wenn ich mich nicht täusche. In der rechten

Hand hat er noch ein volles.« Rebus leuchtete auf die leblose Hand, die ein kleines Päckchen mit weißem Pulver umklammert hielt.

»Na schön«, sagte er. »Ich dachte, heutzutage würden alle Heroin rauchen anstatt zu spritzen.«

Erst jetzt blickte der Arzt zu ihm auf.

»Das ist aber eine sehr naive Sicht, Inspector. Reden Sie mal mit den Leuten im Krankenhaus. Die werden Ihnen erzählen, wie viele Fixer wir in Edinburgh haben. Das sind vermutlich Hunderte. Deshalb sind wir die Aids-Hauptstadt von Großbritannien.«

»Ja, wir sind stolz auf unsere Rekorde, was? Herzkrankheiten, falsche Zähne und jetzt Aids.«

Der Arzt grinste. »Eines könnte Sie jedoch interessieren«, sagte er. »Da sind Prellungen an seinem Körper. Bei diesem Licht nicht sehr deutlich zu erkennen, aber sie sind da.«

Rebus hockte sich hin und leuchtete noch einmal über den Oberkörper. Ja, da waren blaue Flecken. Jede Menge blaue Flecken.

»Hauptsächlich an den Rippen«, fuhr der Arzt fort. »Aber auch einige im Gesicht.«

»Vielleicht ist er gefallen«, meinte Rebus.

»Vielleicht«, sagte der Arzt.

»Sir?« Es war einer der Constables. Sein Blick und seine Stimme hatten etwas Dringliches. Rebus wandte sich ihm zu.

»Ja, mein Junge?«

»Kommen Sie und sehen Sie sich das mal an.«

Rebus war nur zu froh über diesen Vorwand, sich von dem Arzt und seinem Patienten entfernen zu können. Der Constable führte ihn zur hinteren Wand, auf die er die ganze Zeit die Taschenlampe richtete. Plötzlich sah Rebus die Ursache.

Auf der Wand war eine Zeichnung. Ein fünfzackiger Stern, umgeben von zwei konzentrischen Kreisen, von denen der größere einen Durchmesser von etwa einem Meter fünfzig hatte. Die Zeichnung war gut gemacht, die Linien des Sterns gerade, die Kreise fast exakt. Die restliche Wand war kahl.

»Was halten Sie davon, Sir?«, fragte der Constable.

»Ist jedenfalls keins der üblichen Graffiti.«

»Hexerei?«

»Oder Astrologie. Eine Menge von den Drogentypen stehen auf diesem mystischen Zeug und Zauberkram. Gehört wohl dazu.«

»Die Kerzen …«

»Wir wollen keine voreiligen Schlüsse ziehen, mein Junge. Auf die Weise schaffen Sie es nie zur Kriminalpolizei. Sagen Sie mir doch mal, warum wir alle Taschenlampen haben?«

»Weil der Strom abgestellt ist.«

»Richtig. Daher die Kerzen.«

»Wenn Sie meinen, Sir.«

»Ja, das meine ich, mein Junge. Wer hat die Leiche gefunden?«

»Ich, Sir. Es kam ein Anruf von einer Frau, anonym, vermutlich auch eine von den Hausbesetzern. Die scheinen Hals über Kopf abgehauen zu sein.«

»Es war also sonst niemand hier, als Sie kamen?«

»Nein, Sir.«

»Schon irgendeine Vorstellung, wer das ist?« Rebus deutete mit der Taschenlampe auf die Leiche.

»Nein, Sir. Und die anderen Häuser sind auch alle besetzt, deshalb bezweifele ich, dass wir da irgendwas rauskriegen.«

»Ganz im Gegenteil. Wenn irgendjemand weiß, wer der Verstorbene ist, dann diese Leute. Schnappen Sie sich Ihren

Kollegen und klappern Sie ein paar Türen ab. Aber seien Sie ganz locker, damit die auf keinen Fall glauben, Sie wollten sie wieder auf die Straße setzen oder sonst was.«

»Ja, Sir.« Der Constable hielt dies offenbar für ein zweifelhaftes Unterfangen. Zum einen war er sicher, dass er reichlich Ärger kriegen würde. Zum anderen regnete es immer noch heftig.

»Ab mit Ihnen«, schalt Rebus mit sanfter Stimme. Der Constable trottete davon und sammelte unterwegs seinen Kollegen ein.

Rebus sprach den Fotografen an.

»Sie machen aber viele Fotos«, sagte er.

»Das muss ich bei diesem Licht auch, damit wenigstens ein paar etwas werden.«

»Sie waren ja ganz schön fix hier, was?«

»Befehl von Superintendent Watson. Er will Fotos von allen Zwischenfällen, bei denen Drogen im Spiel sind. Es geht um seine Kampagne.«

»Das hier ist aber ein bisschen grausig, finden Sie nicht?« Rebus kannte den neuen Chief Superintendent, war ihm bereits mehrfach begegnet. Ausgeprägtes soziales Bewusstsein und sehr engagiert. Voller guter Ideen, aber ohne das nötige Personal, sie in die Tat umzusetzen. Rebus hatte eine Idee.

»Wenn Sie schon einmal hier sind, könnten Sie auch noch ein oder zwei Fotos von dieser Wand da machen.«

»Kein Problem.«

»Danke.« Rebus wandte sich erneut an den Arzt. »Wann werden wir wissen, was in diesem vollen Päckchen ist?«

»Im Laufe des Tages, spätestens morgen Früh.«

Rebus nickte vor sich hin. Warum interessierte ihn diese Sache überhaupt? Vielleicht lag es ja an dem trüben Tag oder an der Atmosphäre in diesem Haus oder an der Art, wie die

Leiche dalag. Er wusste nur, dass er irgendetwas spürte. Und wenn es nur die Feuchtigkeit war, die er in den Knochen spürte, irgendetwas war da. Er verließ den Raum und sah sich den Rest des Hauses an.

Der wirkliche Horror war das Badezimmer.

Die Toilette musste bereits seit Wochen verstopft sein. Auf dem Fußboden lag ein Gummisauger. Also hatte wohl jemand einen halbherzigen Versuch gemacht, die Verstopfung zu beseitigen, aber ohne Erfolg. Stattdessen war das kleine verdreckte Waschbecken zum Pissoir umfunktioniert worden, während die festen Teile in der Badewanne gelandet waren, wo zahlreiche große, pechschwarze Fliegen herumkrabbelten. Das Badezimmer war außerdem zur Müllkippe geworden – Tüten voller Abfall, Holzreste ... Rebus hielt sich nicht lange dort auf und zog die Tür fest hinter sich zu. Er beneidete die städtischen Arbeiter nicht, die irgendwann würden kommen müssen, um den verdienstvollen Kampf gegen diesen ganzen Verfall aufzunehmen.

Eines der Zimmer war völlig leer, in dem anderen lag ein Schlafsack, der von dem Wasser, das durch die Decke tropfte, feucht war. Jemand hatte versucht, das Zimmer etwas persönlicher zu gestalten und Bilder an die Wand geheftet. Als Rebus näher heranging, stellte er fest, dass es sich offenbar um eine Auswahl professionell gemachter Fotografien handelte. Selbst für Rebus' ungeschultes Auge waren sie zweifellos gekonnt gemacht. Auf einigen war das Edinburgh Castle an feuchten, nebligen Tagen zu sehen. Da wirkte es besonders trostlos. Andere zeigten es bei strahlendem Sonnenschein. Es wirkte immer noch trostlos. Auf ein paar Fotos war eine Frau unbestimmten Alters. Sie posierte für die Kamera, aber sie grinste dermaßen, als würde sie die Sache nicht ernst nehmen.

Neben dem Schlafsack lag ein Müllbeutel, der halb voll mit Kleidung war, und daneben ein kleiner Stapel zerlesener Taschenbücher. Harlan Ellison, Clive Barker, Ramsey Campbell. Science-Fiction und Horror. Rebus ließ die Bücher, wo sie waren, und ging wieder die Treppe hinunter.

»Alles fertig«, sagte der Fotograf. »Ich schick Ihnen die Fotos morgen vorbei.«

»Danke.«

»Ich mache übrigens auch Porträtarbeiten. Ein nettes Familienfoto für die Großeltern? Mit den Söhnen und Töchtern? Hier, ich geb Ihnen meine Karte.«

Rebus nahm die Karte, zog seinen Regenmantel wieder an und lief zum Auto. Er mochte keine Fotos, besonders keine von sich. Und das lag nicht nur daran, dass er nicht fotogen war. Nein, da steckte mehr dahinter.

Der leise Verdacht, dass Fotos einem tatsächlich die Seele rauben könnten.

Während er durch den trägen Mittagsverkehr zur Wache zurückfuhr, dachte Rebus darüber nach, wie ein Familienfoto von seiner Frau, seiner Tochter und ihm selbst aussehen könnte. Nein, er konnte es sich beim besten Willen nicht vorstellen. Sie waren sich so fremd geworden, seit Rhona mit Samantha nach London gezogen war. Sammy schrieb zwar noch, aber immer seltener. Rebus ließ sich nämlich stets viel Zeit mit der Antwort, und das schien sie ihm übel zu nehmen. In ihrem letzten Brief hatte sie geschrieben, sie hoffe, dass er mit Gill glücklich wäre.

Er hatte nicht den Mut, ihr zu sagen, dass Gill Templer ihn bereits vor mehreren Monaten verlassen hatte. Zwar hätte es ihm nichts ausgemacht, Samantha davon zu erzählen, doch die Vorstellung, dass Rhona es erfahren würde, konnte er nicht ertragen. Schon wieder eine gescheiterte Beziehung in seinem Leben. Gill hatte sich mit einem Diskjockey von einem lokalen Radiosender eingelassen. Seine begeisterte Stimme schien Rebus jedes Mal zu hören, wenn er einen Laden oder eine Tankstelle betrat – oder wenn er am offenen Fenster eines Mietshauses vorbeiging.

Natürlich sah er Gill immer noch ein- bis zweimal in der Woche, bei Besprechungen oder sonst wo auf der Wache. Besonders wo er jetzt den gleichen Rang bekleidete wie sie.

Detective Inspector John Rebus.

Hatte ja auch lange genug gedauert. Und es war ein langwieriger, harter Fall gewesen, der ihm die Beförderung eingebracht hatte, noch dazu für ihn persönlich sehr leidvoll. Dessen war er sich sicher.

Er war sich ebenfalls sicher, dass er Rian nicht mehr wiedersehen würde. Nicht nach der Dinner-Party gestern Abend und nach seiner ziemlich erfolglosen Vorstellung im Bett. Eine *weitere* erfolglose Vorstellung. Als er neben Rian lag, war ihm aufgefallen, dass sie fast die gleichen Augen hatte wie Inspector Gill Templer. War Rian nur ein Ersatz für sie? Für so etwas war er nun wirklich zu alt.

»Wirst langsam alt, John«, murmelte er vor sich hin.

Unstrittig war, dass er allmählich Hunger bekam. Und gleich hinter der nächsten Ampel war ein Pub. Was sollte der Geiz, schließlich stand ihm eine Mittagspause zu.

In der Sutherland Bar war es ruhig. Montagmittag war einer der Tiefpunkte der Woche. Das ganze Geld war ausgegeben und man hatte nichts, worauf man sich freuen konnte. Und natürlich war das Sutherland, wie Rebus sogleich vom Barmann zu hören bekam, nicht gerade auf Mittagsgäste eingestellt.

»Keine warmen Mahlzeiten«, sagte er, »und keine Sandwiches.«

»Dann eine Pastete«, bettelt Rebus, »*irgend*was. Nur damit das Bier besser rutscht.«

»Wenn Sie was essen wollen, hier in der Gegend gibt's reichlich Imbissstuben. Dieses spezielle Pub hier verkauft zufällig nur Bier und Schnaps. Wir sind doch keine Frittenbude.«

»Wie sieht's denn mit Chips aus?«

Der Barmann beäugte ihn einen Augenblick. »Welche Sorte?«

»Käse und Zwiebel.«

»Die sind uns ausgegangen.«

»Dann einfach nur gesalzen.«

»Die sind auch alle.« Die Laune des Barmanns stieg sichtlich.

»Also«, sagte Rebus, allmählich völlig frustriert, »was in Gottes Namen *haben* Sie denn?«

»Zwei Sorten, Curry, oder mit Ei, Tomate und Speck.«

»Ei?« Rebus seufzte. »Na schön, geben Sie mir eine Tüte von beidem. Der Barmann beugte sich unter die Theke, um die kleinsten Tüten zu finden, die da waren, und wenn möglich bereits über das Haltbarkeitsdatum hinaus.

»Gibt's vielleicht Nüsse?« Es war die letzte verzweifelte Hoffnung. Der Barmann blickte auf.

»Trocken geröstet, Salz und Essig, mit Chiligeschmack«, sagte er.

»Von jedem eine«, sagte Rebus und machte sich auf einen frühen Tod gefasst. »Und noch ein Halfpint Eighty-Shillings.«

Er trank gerade sein zweites Bier aus, als sich die Tür der Kneipe rumpelnd öffnete und eine unverkennbare Gestalt eintrat. Noch bevor er so richtig durch die Tür war, bestellte der Mann bereits per Handzeichen einen Drink. Er sah Rebus, lächelte und setzte sich neben ihn auf einen der Barhocker.

»Hallo, John.«

»Tag, Tony.«

Inspector Anthony McCall versuchte seine riesige Körperfülle auf der winzigen Sitzfläche des Barhockers unterzubringen. Doch dann überlegte er es sich anders und stellte sich stattdessen hin, einen Schuh auf der Fußstütze und beide Ellbogen auf der frisch gewischten Theke. Er starrte Rebus hungrig an.

»Kann ich ’nen Chip haben?«

Rebus hielt ihm die Tüte hin, und er nahm eine Hand voll Chips heraus und stopfte sie sich in den Mund.

»Wo warst du denn heute Morgen?«, fragte Rebus. »Ich musste für dich einspringen.«

»Die Sache in Pilmuir? Ach, tut mir Leid, John. Hab ’nen harten Abend hinter mir. Bisschen verkatert heute Morgen.« Ein Pint trübes Bier wurde vor ihn hingestellt. »Das kuriert man am besten, indem man wieder damit anfängt, womit man aufgehört hat«, sagte er und trank. Mit vier bedächtigen Schlucken hatte er das Bier auf ein Viertel seiner ursprünglichen Menge reduziert.

»Was soll’s, ich hatte gerade nichts Besseres zu tun«, sagte Rebus und nippte an seinem Bier. »Mein Gott, diese Häuser da unten sind ja in einem furchtbaren Zustand.«

McCall nickte nachdenklich. »Das war nicht immer so, John. Ich bin dort geboren.«

»Tatsächlich?«

»Um genau zu sein, ich wurde in der Siedlung geboren, die vorher dort stand. Die war angeblich so schlimm, dass man sie platt gemacht und stattdessen Pilmuir gebaut hat. Und jetzt ist das die Hölle auf Erden.«

»Merkwürdig, dass du das sagst«, sagte Rebus. »Einer der Jungs in Uniform meinte, es könnte irgendwas Okkultes im Spiel sein.« McCall blickte von seinem Bier auf. »Da war eine Zeichnung an der Wand«, erklärte Rebus. »Sah stark nach schwarzer Magie aus. Und Kerzen auf dem Fußboden.«

»Wie eine Opferung?«, schlug McCall kichernd vor. »Meine Frau ist ganz verrückt auf diese Horrorfilme. Die holt sie sich aus der Videothek. Ich glaube, sie sitzt den ganzen Tag vor der Glotze und guckt sich dieses Zeug an, wenn ich nicht da bin.«

»Vermutlich gibt es wirklich so was wie Teufelsanbetung und Hexerei. Das kann ja nicht *alles* der Fantasie der Redakteure unserer Sonntagszeitungen entsprungen sein.«

»Ich weiß, wie du das rauskriegen könntest.«

»Wie denn?«

»Bei der Universität«, sagte McCall. Rebus runzelte ungläubig die Stirn. »Das mein ich ernst. Die haben so eine Abteilung, die sich mit Geistern und so Zeug beschäftigt. Wurde mit dem Geld irgendeines toten Schriftstellers eingerichtet.« McCall schüttelte den Kopf. »Unglaublich, was die Leute alles machen.«

Rebus nickte. »Jetzt wo du es erwähnst, ich *hab* darüber gelesen. War das nicht das Geld von Arthur Koestler?«

McCall zuckte die Achseln.

»Arthur Daley ist eher mein Stil«, sagte er und leerte sein Glas.

Rebus betrachtete kritisch den Haufen Papierkram auf seinem Schreibtisch, als das Telefon klingelte.

»DI Rebus.«

»Man hat mir gesagt, ich soll mich an Sie wenden.« Die Stimme war jung, weiblich und sehr misstrauisch.

»Dann wird das wohl auch stimmen. Was kann ich für Sie tun, Miss …?«

»Tracy …« Bei der zweiten Silbe des Namens war die Stimme nur noch ein Flüstern. Beinah hatte sie sich hinreißen lassen, ihre Identität preiszugeben. »Spielt keine Rolle, wer ich bin!« Sie klang jetzt hysterisch, beruhigte sich aber genauso schnell wieder. »Ich rufe wegen diesem Squat, diesem besetzten Haus in Pilmuir an, wo man …« Die Stimme verlor sich schon wieder.

»Ach ja.« Rebus richtete sich auf und wurde hellhörig. »Waren Sie diejenige, die angerufen hat?«

»Was?«

»Um uns mitzuteilen, dass dort jemand gestorben ist.«

»Ja, das war ich. Armer Ronnie …«

»Ronnie ist der Verstorbene?« Rebus kritzelte den Namen auf die Rückseite einer Akte aus seinem Eingangskorb. Daneben schrieb er: Tracy – Anruferin.

»Ja.« Ihre Stimme brach erneut, diesmal schien sie den Tränen nahe.

»Können Sie mir Ronnies Nachnamen nennen?«

»Nein.« Sie zögerte. »Den hat er mir nicht gesagt. Ich bin mir noch nicht mal sicher, ob Ronnie sein wirklicher Name war. Wer benutzt schon seinen richtigen Namen?«

»Tracy, ich würde mich gerne mit Ihnen über Ronnie unterhalten. Wir können das am Telefon machen, aber ich würde es lieber persönlich tun. Keine Sorge, Sie sind ja nicht in Schwierigkeiten …«

»Doch, das *bin* ich. Deshalb hab ich ja angerufen. Ronnie hat es mir erzählt, wissen Sie.«

»Was erzählt, Tracy?«

»Er hat mir erzählt, er wär ermordet worden.«

Der Raum um Rebus schien plötzlich zu verschwinden. Da war nur noch diese körperlose Stimme, das Telefon und er.

»Das hat er zu Ihnen gesagt, Tracy?«

»Ja.« Jetzt weinte sie, versuchte schniefend die unsichtbaren Tränen zurückzuhalten. Rebus stellte sich ein verängstigtes junges Mädchen vor, gerade mit der Schule fertig, das irgendwo in einer Telefonzelle stand. »Ich muss mich verstecken«, sagte sie schließlich. »Ronnie hat immer wieder gesagt, ich soll mich verstecken.«

»Soll ich Sie mit dem Auto abholen? Sie müssen mir nur sagen, wo Sie sind.«

»Nein!«

»Dann sagen Sie mir, wie Ronnie getötet wurde. Sie wissen doch, wie wir ihn gefunden haben?«

»Auf dem Fußboden unterm Fenster. Da hat er gelegen.«

»Nicht ganz.«

»O doch, da lag er. Am Fenster. Zu einer kleinen Kugel zusammengerollt. Ich dachte, er würde bloß schlafen. Aber als ich ihn am Arm angefasst hab, war er ganz kalt … Ich bin Charlie suchen gegangen, aber der war fort. Da hab ich Panik gekriegt.«

»Sie sagen, Ronnie lag zusammengerollt da?« Rebus hatte angefangen, mit dem Bleistift Kreise auf die Rückseite der Akte zu zeichnen.

»Ja.«

»Und das war im Wohnzimmer?«

Sie schien verwirrt. »Was? Nein, nicht im Wohnzimmer. Er lag oben, in seinem Zimmer.«

»Ich verstehe.« Rebus zeichnete mechanisch immer weiter Kreise. Er versuchte sich vorzustellen, wie Ronnie sterbend, aber noch nicht ganz tot, die Treppe herunterkroch und im Wohnzimmer landete, nachdem Tracy geflohen war. Das könnte die Blutergüsse erklären. Aber die Kerzen ... Er hatte so exakt dazwischen gelegen ... »Und wann war das?«

»Sehr spät letzte Nacht. Ich weiß nicht genau wann. Ich hab Panik gekriegt. Als ich mich wieder etwas beruhigt hatte, hab ich die Polizei angerufen.«

»Wann war das ungefähr?«

Sie dachte nach. »Heute Morgen gegen sieben.«

»Tracy, würde es Ihnen was ausmachen, das noch ein paar anderen Leuten zu erzählen?«

»Warum?«

»Das sag ich Ihnen, wenn ich Sie abhole. Sagen Sie mir nur, wo Sie sind.«

Es folgte eine weitere nachdenkliche Pause. »Ich bin wieder in Pilmuir«, sagte sie schließlich. »Ich bin in eine andere Bude gezogen.«

»Na schön«, sagte Rebus, »Sie wollen wohl nicht, dass ich dorthin komme. Aber Sie müssen doch recht nahe an der Shore Road sein. Wie wär's, wenn wir uns dort treffen?«

»Also ...«

»Da ist ein Pub namens The Dock Leaf«, fuhr Rebus fort, ohne ihr Zeit für irgendwelche Diskussionen zu geben. »Kennen Sie das?«

»Da bin ich schon ein paar Mal rausgeflogen.«

»Ich auch. Wir treffen uns in einer Stunde davor. Okay?«

»Okay.« Sie klang nicht gerade begeistert, und Rebus fragte sich, ob sie tatsächlich auftauchen würde. Nun, was sollte es? Sie hörte sich zwar ganz vernünftig an, aber vielleicht war sie auch eine von den Leuten, die so etwas erfanden, um auf sich aufmerksam zu machen, um ihr Leben interessanter scheinen zu lassen, als es war.

Aber wie auch immer, er hatte von Anfang an ein merkwürdiges Gefühl bei der Sache gehabt.

»Okay«, sagte sie. Dann wurde die Verbindung unterbrochen.

Die Shore Road war eine Schnellstraße, die im Norden der Stadt an der Küste entlangführte. Die Gegend war von Fabriken, Lagerhäusern und großen Baumärkten und Möbelläden geprägt. Dahinter lag ruhig und grau der Firth of Forth. An den meisten Tagen war die Küste von Fife in der Ferne zu sehen, doch heute nicht, da ein kalter Nebel tief über dem Wasser hing. Auf der anderen Seite der Straße, den Lagerhäusern gegenüber, standen Mietskasernen, die vierstöckigen Vorgänger der heutigen Betonklötze. Es gab ein paar Eckläden, wo sich die Nachbarn trafen und Informationen austauschten, und einige wenige kleine, altmodische Pubs, wo Fremde nicht lange unbemerkt blieben.

Das Dock Leaf hatte bereits eine Generation von Säufern aus der Unterschicht abgefüllt und nun die nächste entdeckt. Seine jetzige Klientel war jung, arbeitslos und wohnte zu sechst in Drei-Zimmer-Mietwohnungen entlang der Shore Road. Kleinkriminalität war hier jedoch kein Problem – man beschmutzte sein eigenes Nest nicht. Die alten Gemeinschaftswerte galten noch.

Rebus, der zu früh dran war, hatte noch Zeit für ein Halfpint in der Saloon Bar. Das Bier war billig und fade, und wenn auch niemand wusste, wer er war, so schienen doch alle zu wissen, *was* er war. Ihre Stimmen senkten sich zu einem Flüstern, und ihre Blicke waren stur von ihm abgewandt. Als er um halb drei nach draußen trat, musste er in der plötzlichen Helligkeit blinzeln.

»Sind Sie der Polizist?«

»Ganz recht, Tracy.«

Sie stand an die Fassade des Pubs gelehnt. Er schützte mit einer Hand seine Augen und versuchte, ihr Gesicht zu erkennen. Überrascht stellte er fest, dass er einer Frau zwischen zwanzig und fünfundzwanzig gegenüberstand. Ihr Alter war an ihrem Gesicht abzulesen, auch wenn ihre Aufmachung sie als ewige Rebellin auswies. Ultrakurze blondierte Haare, zwei Stecker im linken Ohr (aber keinen im rechten), gebatiktes T-Shirt, enge, ausgeblichene Jeans und rote Basketballstiefel. Sie war groß, genauso groß wie Rebus. Als seine Augen sich an das Licht gewöhnt hatten, sah er die Tränenspuren auf beiden Wangen, die alten Aknenarben. Aber es waren auch Krähenfüße um ihre Augen, ein Zeichen dafür, dass sie früher gerne gelacht hatte. Doch jetzt war kein Lachen in den olivgrünen Augen. Irgendwo hatte Tracys Leben eine falsche Wendung genommen, und Rebus hatte das Gefühl, dass sie immer noch versuchte, zu dieser Abzweigung zurückzukehren.

Als er sie das letzte Mal gesehen hatte, hatte sie gelacht, hatte sich ihr Abbild lachend auf der Wand in Ronnies Zimmer gewellt. Sie war die Frau auf den Fotos.

»Ist Tracy Ihr richtiger Name?«

»Irgendwie schon.« Sie hatten sich in Bewegung gesetzt. Tracy überquerte die Straße an einem Zebrastreifen, ohne darauf zu achten, ob Autos kamen. Rebus folgte ihr bis zu einer Mauer, wo sie stehen blieb und auf den Forth hinaus starrte. Sie schlang die Arme um sich und betrachtete den sich lichtenden Nebel.

»Es ist mein zweiter Vorname.«

Rebus stützte die Ellbogen auf die Mauer. »Wie lange haben Sie Ronnie gekannt?«

»Drei Monate. Seit ich in Pilmuir bin.«

»Wer wohnte sonst noch in dem Haus?«

Sie zuckte die Achseln. »Das wechselte ständig. Wir waren nur ein paar Wochen dort. Manchmal, wenn ich morgens runterkam, schliefen ein halbes Dutzend Fremde auf dem Fußboden. Das störte niemanden. Es war wie eine große Familie.«

»Wieso glauben Sie, dass jemand Ronnie getötet hat?«

Sie sah ihn wütend an, doch ihre Augen glänzten feucht. »Das hab ich Ihnen doch schon am Telefon erzählt. Er hat es mir *gesagt*. Er war irgendwo unterwegs gewesen und kam mit etwas Stoff zurück. Er sah allerdings gar nicht gut aus. Normalerweise, wenn er ein bisschen was von dem Zeug hat, ist er wie ein Kind an Weihnachten. Aber diesmal nicht. Er hatte Angst und verhielt sich wie ein Roboter oder so was. Er sagte mir immer wieder, ich sollte mich verstecken und dass sie hinter ihm her wären.«

»Wer?«

»Das weiß ich nicht.«

»War das, nachdem er den Stoff genommen hatte?«

»Nein, das war ja das Verrückte. Es war *vorher*. Er hatte das Päckchen in der Hand und hat mich aus dem Haus gestoßen.«

»Sie waren also nicht dabei, als er sich den Schuss gesetzt hat?«

»Um Gottes Willen. Das find ich widerlich.« Ihre Augen durchbohrten ihn förmlich. »Wissen Sie, ich bin kein Junkie. Ich meine, ich rauche ein bisschen, aber niemals ... Sie wissen schon.«

»Ist Ihnen sonst noch was an Ronnie aufgefallen?«

»Zum Beispiel?«

»Nun ja, wie er zugerichtet war?«

»Sie meinen die blauen Flecken?«

»Ja.«

»So kam er oft zurück. Hat nie darüber geredet.«

»Ist wohl häufiger in Prügeleien geraten. War er jähzornig?«

»Mir gegenüber nicht.«

Rebus steckte die Hände in die Taschen. Ein kühler Wind wehte vom Wasser herüber, und er fragte sich, ob sie warm genug angezogen war. Es entging ihm nicht, dass ihre Brustwarzen sich auf ihrem T-Shirt abzeichneten.

»Wollen Sie meine Jacke?«, fragte er.

»Nur wenn Ihre Brieftasche drin ist«, sagte sie mit einem kurzen Lächeln.

Er lächelte zurück und bot ihr stattdessen eine Zigarette an, die sie auch nahm. Er selber nahm sich keine. Es waren nur noch drei von der Tagesration übrig, und der Abend lag noch vor ihm.

»Wissen Sie, wer Ronnies Dealer war?«, fragte er beiläufig, während er ihr half, die Zigarette anzuzünden. Sie schüttelte den Kopf. Hinter seiner offenen Jacke als Schutz gegen den Wind zitterte das Feuerzeug in ihrer Hand. Schließlich brannte die Zigarette, und sie zog heftig am Filter.

»Da war ich mir nie so sicher«, sagte sie. »Das war auch was, worüber er nicht redete.«

»Worüber hat er denn geredet?«

Sie dachte darüber nach und lächelte wieder. »Über nicht viel, wenn Sie so fragen. Das gefiel mir an ihm. Man hatte immer das Gefühl, dass er mehr drauf hatte, als er nach außen hin zeigte.«

»Zum Beispiel?«

Sie zuckte die Achseln. »Hätte alles Mögliche sein können oder auch nichts.«

Das war mühsamer, als Rebus erwartet hatte, und mittlerweile war ihm richtig kalt. Es wurde Zeit, die Dinge zu beschleunigen.

»Sie haben ihn also in seinem Zimmer gefunden?«

»Ja.«

»Und sonst war zu der Zeit niemand im Haus?«

»Nein. Früher am Abend waren ein paar Leute da gewesen, aber die waren alle fort. Einer war in Ronnies Zimmer gewesen, aber ich kannte ihn nicht. Und dann war da noch Charlie.«

»Sie haben ihn am Telefon erwähnt.«

»Ja. Als ich Ronnie fand, bin ich ihn suchen gegangen. Normalerweise hängt er immer irgendwo rum, in einer der anderen Buden oder er bettelt ein bisschen in der Stadt. Mein Gott, der ist vielleicht seltsam.«

»Inwiefern?«

»Haben Sie das da auf der Wand im Wohnzimmer gesehen?«

»Sie meinen den Stern?«

»Ja, das war Charlie. Er hat ihn gemalt.«

»Er steht also auf dieses okkulte Zeug?«

»Absolut verrückt drauf.«

»Und Ronnie?«

»Ronnie? Um Himmels willen, nein. Er konnte sich noch nicht mal Horrorfilme angucken. Die machten ihm Angst.«

»Aber er hatte doch diese ganzen Horrorromane in seinem Zimmer.«

»Die sind von Charlie. Er hat versucht, Ronnie dafür zu begeistern. Aber der hat davon nur noch mehr Albträume bekommen. Und das hat dazu geführt, dass er noch mehr Heroin genommen hat.«

»Wie hat er seine Sucht finanziert?« Rebus beobachtete,

wie ein kleines Schiff durch den Nebel glitt. Irgendwas fiel von dem Boot ins Wasser, aber er konnte nicht erkennen, was es war.

»Ich war nicht sein Buchhalter.«

»Wer dann?« Das Schiff beschrieb einen Bogen und fuhr dann weiter nach Westen Richtung Queensferry.

»Im Grunde will doch niemand wissen, wo das Geld herkommt. Dadurch würde man doch mitschuldig, oder etwa nicht?«

»Kommt drauf an.« Rebus zitterte.

»*Ich* habe es jedenfalls nicht wissen wollen. Wenn er versucht hätte, es mir zu sagen, hätte ich mir die Ohren zugehalten.«

»Er hat also nie einen Job gehabt?«

»Ich weiß es nicht. Er hat immer davon geredet, er wollte als Fotograf arbeiten. Das war schon sein großer Wunsch, als er die Schule verließ. Das war das Einzige, was er nicht verpfändet hat, noch nicht mal, um seinen Stoff zu bezahlen.«

Rebus verstand nicht, was sie meinte. »Was war das?«

»Seine Kamera. Sie hat ihn ein kleines Vermögen gekostet, jeder Penny von der Sozialhilfe gespart.«

Sozialhilfe, was für ein Wort. Rebus war allerdings sicher, dass in Ronnies Zimmer keine Kamera gewesen war. Also kam auch noch Raub als Vergehen hinzu.

»Tracy, ich brauche eine Aussage.«

Sie war sofort misstrauisch. »Wozu?«

»Bloß damit ich etwas in der Hand habe, damit wir Ronnies Tod überhaupt untersuchen können. Werden Sie mir dabei helfen?«

Es dauerte eine ganze Weile, bis sie nickte. Das Schiff war längst verschwunden. Nichts trieb mehr im Wasser, nichts war in seinem Kielwasser zurückgeblieben. Rebus legte eine Hand auf Tracys Schulter, aber ganz sanft.

»Danke«, sagte er. »Das Auto steht da drüben.«

Nachdem sie ihre Aussage gemacht hatte, bestand Rebus darauf, sie nach Hause zu fahren. Er ließ sie mehrere Straßen vor ihrem Ziel aussteigen, kannte aber jetzt ihre Adresse.

»Nicht dass ich schwören könnte, in den nächsten zehn Jahren noch dort zu wohnen«, hatte sie gesagt. Es spielte keine Rolle. Er hatte ihr seine Telefonnummern vom Büro und von zu Hause gegeben. Er war sicher, dass sie sich melden würde.

»Eine Sache noch«, sagte er, als sie die Autotür zuwerfen wollte. Sie beugte sich in den Wagen. »Ronnie hat immer wieder gerufen: ›Sie kommen.‹ Wen, glauben Sie, hat er damit gemeint?«

Sie zuckte die Achseln. Dann erstarrte sie, weil sie die ganze Szene wieder vor sich sah. »Er war völlig fertig, Inspector. Vielleicht meinte er die Schlangen und Spinnen.«

Ja, dachte Rebus, als sie die Tür zuwarf und er das Auto anließ. Aber vielleicht meinte er auch die Schlangen und Spinnen, die ihn mit dem Zeug versorgt hatten.

Zurück in der Great London Road Station fand er eine Nachricht, dass Chief Superintendent Watson ihn sprechen wollte. Rebus rief im Büro seines Chefs an.

»Wenn's recht ist, komm ich jetzt gleich vorbei.«

Die Sekretärin sah nach und bestätigte, dass es in Ordnung wäre.

Rebus hatte schon häufiger mit Watson zu tun gehabt, seit der Superintendent aus dem hohen Norden nach Edinburgh versetzt worden war. Er schien ganz vernünftig zu sein, wenn auch – nach Meinung einiger Leute – ein bisschen bäuerlich.

Auf der Wache kursierten bereits zahlreiche Witze wegen seiner Herkunft aus Aberdeen, und man hatte ihm den Spitznamen »Farmer« Watson verpasst.

»Kommen Sie rein, John, kommen Sie rein.«

Der Superintendent hatte sich kurz hinter seinem Schreibtisch erhoben, um Rebus mit einer vagen Handbewegung einen Stuhl anzubieten. Rebus bemerkte, dass der Schreibtisch vollkommen aufgeräumt war, die Akten ordentlich in zwei Ablagekörben gestapelt. Vor Watson lag nichts weiter als eine dicke, neu aussehende Aktenmappe und zwei frisch gespitzte Bleistifte. Neben der Aktenmappe stand ein Foto von zwei kleinen Kindern.

»Meine beiden«, erklärte Watson. »Sie sind inzwischen schon ein wenig älter, können einen aber immer noch ganz schön auf Trab halten.«

Watson war ein kräftiger Mann mit einem Brustkorb wie ein Fass. Er hatte eine rötliche Gesichtsfarbe und dünne Haare, die an den Schläfen silbrig waren. Ja, Rebus konnte sich gut vorstellen, wie er mit Galoschen und Anglerhut durch das Moor stapfte, seinen Collie treu an seiner Seite. Aber was wollte er von Rebus? War er auf der Suche nach einem menschlichen Collie?

»Sie waren heute Morgen bei diesem Drogentoten.« Es war eine reine Feststellung, deshalb machte Rebus sich nicht die Mühe zu antworten. »Eigentlich wäre Inspector McCall dran gewesen, aber er war … nun ja, wo auch immer er war.«

»Er ist ein guter Polizist, Sir.«

Watson starrte ihn an, dann lächelte er. »Es geht hier nicht um die Qualitäten von Inspector McCall. Deshalb sind Sie nicht hier. Doch dass Sie in dem Haus waren, hat mich auf eine Idee gebracht. Sie wissen vermutlich, dass ich mich für das Drogenproblem in dieser Stadt interessiere. Die Statistiken finde ich ehrlich gesagt erschreckend. So etwas kenne ich von Aberdeen nicht, abgesehen von einigen Fällen in der Ölindustrie. Doch da waren es hauptsächlich die Führungskräfte, die sie aus den Vereinigten Staaten eingeflogen haben. Die haben ihre schlechten Gewohnheiten mitgebracht. Aber hier …« Er schlug die Aktenmappe auf und begann, einige Seiten zu überfliegen. »Hier, Inspector, das ist der Hades. Schlicht und ergreifend.«

»Ja, Sir.«

»Sind Sie ein Kirchgänger?«

»Sir?« Rebus rutschte unbehaglich auf seinem Stuhl hin und her.

»Das ist doch wohl eine klare Frage, oder? Gehen Sie in die Kirche?«

»Nicht regelmäßig, Sir. Aber manchmal schon.« Wie gestern, dachte Rebus. Und erneut hatte er das Bedürfnis zu fliehen.

»Irgendwer hat mir das erzählt. Dann sollten Sie doch wissen, wovon ich rede, wenn ich sage, dass diese Stadt allmählich zum Hades wird.« Watsons Gesicht war noch röter als sonst. »Das Krankenhaus muss Süchtige behandeln, die gerade mal elf oder zwölf sind. Ihr eigener Bruder sitzt wegen Drogenhandel im Gefängnis.« Watson blickte erneut auf, vielleicht weil er erwartete, dass Rebus beschämt aussehen würde. Aber Rebus' Augen glühten, und seine Wangen waren rot, doch nicht vor Verlegenheit.

»Bei allem Respekt, Sir«, sagte er. Seine Stimme klang ruhig, obwohl er innerlich fast geplatzt wäre. »Was hat das mit mir zu tun?«

»Das ist ganz einfach.« Watson schloss die Aktenmappe und lehnte sich zurück. »Ich bin dabei, eine neue Anti-

Drogen-Kampagne zu starten. Bewusstsein in der Öffentlichkeit schaffen und so weiter, gekoppelt mit Belohnungen für diskrete Informationen. Ich habe die Rückendeckung dafür, und – was noch wichtiger ist – ich habe das *Geld*. Eine Gruppe von Geschäftsleuten aus der Stadt ist bereit, fünfzigtausend Pfund in die Kampagne zu stecken.«

»Sehr uneigennützig, Sir.«

Watsons Gesicht verdüsterte sich. Er schob seinen Kopf nach vorn bis dicht an Rebus heran. »Das sollten Sie verdammt nochmal besser glauben«, sagte er.

»Aber ich verstehe immer noch nicht, was ich …«

»John.« Die Stimme klang jetzt einschmeichelnd. »Sie haben … Erfahrungen. Persönliche Erfahrungen. Ich möchte, dass Sie mich bei unserem Teil der Kampagne unterstützen.«

»Nein, Sir, wirklich …«

»Gut. Dann sind wir uns also einig.« Watson war bereits aufgestanden. Rebus versuchte, ebenfalls aufzustehen, doch aus seinen Beine war alle Kraft gewichen. Die Hände auf die Armlehnen gestützt, gelang es ihm, sich hochzuhieven. War das der Preis, den sie forderten? Öffentliche Buße dafür, dass er einen verkorksten Bruder hatte? Watson öffnete die Tür. »Über die Einzelheiten reden wir später. Versuchen Sie erst mal, alles abzuschließen, woran Sie gerade arbeiten, den Papierkram auf den neuesten Stand zu bringen und so weiter. Sagen Sie mir, was Sie nicht zu Ende kriegen können. Wir finden dann schon jemanden, der es Ihnen abnimmt.«

»Ja, Sir.« Rebus griff nach der ausgestreckten Hand. Sie war wie Stahl, kalt, trocken und hart.

»Auf Wiedersehen, Sir«, sagte Rebus, der jetzt im Flur stand, zu einer Tür, die sich bereits hinter ihm geschlossen hatte.

Am Abend war er immer noch benommen. Als das Fernsehen ihn anfing zu langweilen, verließ er die Wohnung, um ein bisschen herumzufahren, ohne ein bestimmtes Ziel vor Augen. In Marchmont war es ruhig, aber das war es eigentlich immer. Sein Auto stand friedlich auf dem Kopfsteinpflaster vor seinem Mietshaus. Er ließ den Motor an und fuhr los, erst ins Stadtzentrum und dann über die Brücke in die New Town. In Canonmills hielt er an einer Tankstelle, tankte auf, kaufte dazu noch eine Taschenlampe, Batterien und mehrere Schokoriegel und bezahlte mit seiner Kreditkarte.

Während er weiterfuhr, aß er die Schokoriegel und versuchte, nicht an die Zigarettenration des nächsten Tages zu denken. Er hatte das Autoradio angeschaltet. Die Sendung von Gill Templers Freund Calum McCallum begann um halb neun, und er hörte einige Minuten zu. Das reichte dann auch. Die aufgesetzt fröhliche Stimme, die Witze, die so lahm waren, dass sie einen Rollstuhl gebraucht hätten, die vorhersagbare Mischung aus alten Schallplatten und Telefongeplauder ... Rebus drehte am Senderknopf, bis er Radio Three fand. Als er die Musik von Mozart erkannte, drehte er lauter.

Natürlich hatte er von Anfang gewusst, dass er hier landen würde. Über schlecht beleuchtete und kurvige Straßen fuhr er immer tiefer in das Labyrinth. An der Haustür hatte man ein neues Vorhängeschloss angebracht, aber Rebus hatte einen nachgemachten Schlüssel in der Tasche. Er schaltete seine Taschenlampe ein und ging leise ins Wohnzimmer. Der Fußboden war leer. Es gab keinerlei Anzeichen dafür, dass hier noch vor zehn Stunden eine Leiche gelegen hatte. Das Glas mit den Spritzen und die Kerzenhalter waren ebenfalls fort. Ohne einen Blick auf die hintere Wand zu werfen, verließ Rebus das Zimmer und lief die Treppe hinauf. Er stieß die Tür zu Ronnies Zimmer auf und ging zum Fenster. Dort, so hatte Tracy gesagt, hatte sie die Leiche gefunden. Rebus hockte sich auf die Zehen gestützt hin und leuchtete mit der Taschenlampe gründlich den Boden ab. Von einer Kamera war nichts zu sehen. Gar nichts. Dieser Fall würde nicht einfach sein. Immer unter der Voraussetzung, dass es sich überhaupt um ein Verbrechen handelte.

Schließlich hatte er dafür nur Tracys Aussage.

Er verließ das Zimmer und ging zur Treppe zurück. Auf der obersten Stufe lag rechts in der Ecke etwas Glitzerndes. Rebus hob es auf und untersuchte es. Es war ein kleines Stück Metall, wie der Verschluss einer billigen Brosche. Er steckte es trotzdem ein und sah sich die Treppe noch einmal genauer an. Dabei versuchte er sich vorzustellen, wie Ronnie wieder zu sich kam und es irgendwie bis ins Erdgeschoss schaffte.

Möglich. So eben noch möglich. Aber in einer solchen Position zu sterben …? Das war schon sehr viel unwahrscheinlicher.

Und warum sollte er das Glas mit den Spritzen mit nach unten nehmen? Rebus nickte vor sich hin, überzeugt, dass er einen Faden gefunden hatte, der ihn durch dieses Labyrinth führen könnte. Er ging wieder hinunter ins Wohnzimmer. Hier roch es wie verschimmelte Marmelade, erdig und süß zugleich. Das Erdige steril, die Süße widerlich. Er ging zu der hinteren Wand und leuchtete sie mit der Taschenlampe ab.

Es traf ihn wie ein Schlag. Blut hämmerte in seinen Schläfen. Die Kreise waren immer noch da, auch der fünfzackige Stern in ihrem Zentrum. Aber es waren noch weitere Bilder hinzugekommen, Tierkreiszeichen und andere Symbole waren in Rot zwischen die beiden Kreislinien gemalt. Er berührte die Farbe. Sie war klebrig. Er zog die Hand zurück, leuchtete ein Stück weiter die Wand hinauf und las die noch feuchte Botschaft:

HALLO RONNIE

Rebus, abergläubisch bis ins Mark, machte auf dem Absatz kehrt und floh, ohne die Tür hinter sich wieder abzuschließen. Während er mit raschen Schritten zu seinem Auto ging, den Blick nach hinten auf das Haus gewandt, stieß er mit jemandem zusammen und geriet ins Stolpern. Die andere Gestalt fiel unbeholfen hin und rappelte sich nur langsam wieder hoch. Rebus schaltete seine Taschenlampe an und fand sich einem Jungen mit funkelnden Augen gegenüber. Sein Gesicht war übel zugerichtet.

»O Gott«, flüsterte er, »was ist denn mit dir passiert?«

»Ich bin zusammengeschlagen worden«, sagte der Junge und schlurfte mit seinem offensichtlich schmerzenden Bein davon.

Rebus schaffte es irgendwie bis zum Auto, mit den Nerven völlig am Ende. Er stieg ein und verriegelte die Tür. Dann lehnte er sich zurück, schloss die Augen und atmete tief durch. Beruhige dich, John, ermahnte er sich. Beruhige dich. Kurz darauf war er sogar in der Lage, über seinen Anflug von Panik zu schmunzeln. Morgen würde er wiederkommen. Bei Tageslicht.

Für heute hatte er genug gesehen.

DIENSTAG

Aber seit jener Zeit habe ich Grund zu glauben, dass die Ursache viel tiefer in der Natur des Menschen begründet liegt, und Grund, edlere Beweggründe zu vermuten als das Prinzip des Hasses.

Der Schlaf wollte sich nur schwer einstellen, aber schließlich musste er in seinem Lieblingssessel eingedöst sein, denn erst ein Anruf um neun Uhr erweckte ihn wieder zum Leben. In seinem Schoß lag noch immer ein aufgeschlagenes Buch.

Rücken, Arme und Beine waren steif und taten ihm weh, als er auf dem Fußboden nach seinem neuen schnurlosen Telefon tastete.

»Ja?«

»Hier ist das Labor, Inspector Rebus. Sie wollten als Erster benachrichtigt werden.«

»Was haben Sie festgestellt?« Rebus ließ sich wieder in den warmen Sessel sinken und zog mit der freien Hand an seinen Augen herum, um sie bereit zu machen für die neu erwachende Welt. Dann sah er auf die Uhr und stellte fest, wie lange er geschlafen hatte.

»Also, es ist nicht gerade das reinste Heroin im Umlauf.«

Er nickte vor sich hin, zuversichtlich, dass er die nächste Frage eigentlich gar nicht zu stellen brauchte. »Wäre es tödlich für denjenigen, der es spritzt?«

Die Antwort riss ihn fast aus dem Sessel.

»Ganz und gar nicht. Es ist alles in allem betrachtet sogar recht sauber. Ein bisschen verdünnt, aber das ist nicht ungewöhnlich. Das ist sogar notwendig.«

»Aber man könnte es durchaus benutzen?«

»Ich denke, man könnte es sehr gut benutzen.«

»Ich verstehe. Vielen Dank.«

Rebus drückte die Trenntaste. Er war so sicher gewesen. So sicher ... Er griff in seine Tasche, fand die Nummer, die er suchte, und gab rasch die sieben Ziffern ein, bevor der Gedanke an den Morgenkaffee ihn davon abhalten konnte.

»Inspector Rebus. Ich möchte Doctor Enfield sprechen.« Er wartete. »Doctor? Danke gut. Und Ihnen? Fein. Hören Sie, diese Leiche gestern, dieser Drogentote in der Siedlung in Pilmuir, gibt's was Neues?« Er hörte zu. »Ja, ich bleib dran.«

Pilmuir. Was hatte Tony McCall gesagt? Es war früher sehr schön gewesen, ein Ort der Unschuld, irgend so was. Aber das waren die alten Zeiten doch immer oder? Die Erinnerung glättete die rauen Kanten, wie Rebus nur zu gut wusste.

»Hallo?«, sagte er zu dem Telefon. »Ja, das ist richtig.« Im Hintergrund raschelte Papier. Enfields Stimme klang sachlich.

»Blutergüsse auf dem Körper. Ziemlich viele. Ergebnis eines heftigen Sturzes oder irgendeiner körperlichen Auseinandersetzung. Der Magen war fast völlig leer. HIV negativ, das will schon was heißen. Was die Todesursache angeht, nun ja ...«

»Das Heroin?«, soufflierte Rebus.

»Mhm. Zu fünfundneunzig Prozent verunreinigt.«

»Tatsächlich?« Rebus horchte auf. »Womit ist es denn versetzt worden?«

»Daran arbeiten wir noch, Inspector. Aber es könnte irgendwas zwischen zermahlenem Aspirin und Rattengift sein, mit eindeutiger Betonung auf Schädlingsbekämpfung.«

»Sie sagen also, es war tödlich?«

»O ja, absolut. Wer auch immer das Zeug verkauft hat, der verkaufte Euthanasie. Wenn noch mehr davon im Umlauf ist ... das wage ich mir gar nicht vorzustellen.«

Mehr davon im Umlauf? Bei dem Gedanken wurde Rebus heiß und kalt. Wenn nun jemand durch die Gegend lief und Junkies vergiftete? Aber warum dann dieses eine Päckchen mit dem sauberen Stoff? Eins sauber und eins so versaut, wie es nur sein konnte. Das ergab keinen Sinn.

»Danke, Doctor Enfield.«

Er legte das Telefon auf die Sessellehne. Zumindest in einer Hinsicht hatte Tracy Recht gehabt. Sie *hatten* Ronnie ermordet. Wer auch immer »sie« waren. Und Ronnie hatte es gewusst, hatte es gewusst, sobald er den Stoff gespritzt hatte ... Nein, Moment mal ... Es gewusst, *bevor* er den Stoff gespritzt hatte? War das möglich? Rebus musste den Dealer finden. Musste herausfinden, warum Ronnie zum Sterben auserwählt worden war. Ja geradezu geopfert worden war ...

Es war Tony McCalls alte Heimat. Na schön, er war irgendwann von Pilmuir weggezogen, hatte dann eine erdrückende Hypothek erworben, die manche Leute ein Haus nannten. Es war sogar ein schönes Haus. Das wusste er, weil seine Frau es ihm einredete. Es ihm ständig einredete. Sie konnte nicht verstehen, warum er so selten dort war. Schließlich war es, wie sie sagte, auch sein Zuhause.

Zuhause. Für McCalls Frau war es ein Palast. »Zuhause« klang ihr zu dürftig. Und ihre beiden Kinder, ein Sohn und eine Tochter, waren so erzogen worden, dass sie auf Zehenspitzen durch das Haus schlichen, keine Krümel oder Fingerspuren hinterließen, keine Unordnung machten und nichts zerbrachen. McCall, der mit seinem Bruder Tommy eine ziemlich wüste Kindheit verbracht hatte, fand das unnatürlich. Seine Kinder waren voller Angst und gleichzeitig sehr behütet aufgewachsen – eine üble Kombination. Jetzt war Craig vierzehn, Isabel elf. Beide waren schüchtern, introvertiert, vielleicht sogar ein bisschen seltsam. McCalls Träume von einem Profi-Fußballer als Sohn und einer Schauspielerin als Tochter waren wie eine Seifenblase zerplatzt. Craig spielte viel Schach, betrieb aber keine Sportarten, bei denen man sich körperlich anstrengen musste. (Er hatte bei einem Schachturnier in der Schule eine kleine Plakette gewonnen. Danach hatte McCall versucht, das Spiel zu lernen, aber versagt.) Isabel strickte gern. Sie saßen oft in dem allzu perfekten Wohnzimmer, das ihre Mutter gestaltet hatte, und sagten kaum ein Wort. Nur das Klappern der Stricknadeln und das leise Ziehen der Schachfiguren war zu hören.

War es ein Wunder, dass er so selten zu Hause war?

Also war er hier in Pilmuir, ohne besondere Absicht, ging nur spazieren. Wollte einfach ein bisschen Luft schnappen. Von seiner ultramodernen Siedlung – lauter einzeln stehende Schuhkartons mit Volvos davor – musste er ein Stück Ödland überqueren und dann dem Verkehr auf einer belebten Hauptstraße ausweichen. Anschließend ging es am Sportplatz einer Schule vorbei und zwischen Fabrikgebäuden hindurch, bis er schließlich in Pilmuir war. Doch die Mühe lohnte sich. Er kannte diesen Ort, wusste, was für Geschöpfe er hervorbrachte.

Schließlich war er eines von ihnen.

»Hallo, Tony.«

Er wirbelte herum, weil er die Stimme nicht erkannte und

Ärger witterte. Da stand John Rebus, die Hände in den Taschen, und grinste ihn an.

»John! Mein Gott, hast du mich erschreckt.«

»Tut mir Leid. Ich bin allerdings froh, dass ich dich hier treffe.« Rebus sah sich um, als ob er nach jemandem Ausschau hielte. »Ich hab versucht, dich anzurufen, aber man hat mir gesagt, du hättest heute frei.«

»Das stimmt.«

»Was machst du dann hier?«

»Geh bloß spazieren. Wir wohnen da drüben auf der anderen Seite.« Er deutete mit dem Kopf nach Südwesten. »Ist nicht sehr weit. Außerdem ist das hier mein Revier, das darfst du nicht vergessen. Ich muss die Jungs und Mädels im Auge behalten.«

»Genau deshalb wollte ich dich sprechen.«

»Ach ja?«

Rebus war auf dem Bürgersteig weitergegangen, und McCall, der sich immer noch nicht von dem Schreck über sein plötzliches Auftauchen erholt hatte, folgte ihm.

»Ja«, sagte Rebus. »Ich wollte dich fragen, ob du eine bestimmte Person kennst, einen Freund des Toten. Der Name ist Charlie.«

»Mehr weißt du nicht? Charlie?« Rebus zuckte die Achseln. »Wie sieht er aus?«

Rebus zuckte erneut die Achseln. »Keine Ahnung, Tony. Ronnies Freundin Tracy hat mir von ihm erzählt.«

»Ronnie? Tracy?« McCalls Augenbrauen berührten sich. »Wer zum Teufel sind diese Leute?«

»Ronnie ist der Tote. Dieser Junkie, den wir in der Siedlung gefunden haben.«

Plötzlich ging McCall ein Licht auf. Er nickte bedächtig. »Du arbeitest schnell«, sagte er.

»Je schneller, desto besser. Ronnies Freundin hat mir eine interessante Geschichte erzählt.«

»Ja?«

»Sie hat gesagt, Ronnie wäre ermordet worden.« Rebus ging immer weiter, aber McCall war stehen geblieben.

»Augenblick mal!« Er holte Rebus ein. »Ermordet? Na hör mal, John, du hast den Typ gesehen.«

»Wohl wahr. Mit einer Ladung Rattengift im Blut.«

McCall stieß einen leisen Pfiff aus. »Mein Gott.«

»Ganz genau«, sagte Rebus. »Und jetzt muss ich mit Charlie reden. Er ist noch jung, hat vermutlich Angst und interessiert sich für Okkultismus.«

McCall ging in Gedanken einige Akten durch. »Ich wüsste schon ein oder zwei Stellen, wo wir es versuchen könnten«, sagte er schließlich. »Aber das ist eine harte Sache. Man hält hier nicht viel von der Polizei als Freund und Helfer.«

»Du meinst, man würde uns nicht gerade mit offenen Armen empfangen?«

»So ungefähr.«

»Dann gib mir doch einfach die Adressen und sag mir, wo ich hin muss. Schließlich ist das dein freier Tag.«

McCall wirkte gekränkt. »John, du vergisst, dass das mein Revier ist. Normalerweise wär das auch mein Fall, wenn es sich denn überhaupt um ein Verbrechen handelt.«

»Es wär dein Fall gewesen, wenn du nicht so verkatert gewesen wärst.« Sie grinsten darüber, doch Rebus fragte sich, ob es überhaupt zu einer Ermittlung gekommen wäre, wenn Tony der Verantwortliche gewesen wäre. Hätte Tony die Sache nicht einfach auf sich beruhen lassen? Sollte er, Rebus, die Sache nicht auch auf sich beruhen lassen?

»Wie dem auch sei«, sagte McCall wie aufs Stichwort, »du hast doch bestimmt was Besseres zu tun.«

Rebus schüttelte den Kopf. »Nein. Mein ganzer Mist ist sozusagen auf andere Äcker verteilt worden.«

»Redest du von Superintendent Watson?«

»Er will, dass ich bei seiner Anti-Drogen-Kampagne mitarbeite. Ausgerechnet ich.«

»Das könnte ein bisschen peinlich werden.«

»Ich weiß. Aber dieser Idiot meint, ich hätte ›persönliche Erfahrungen‹.«

»Da hat er wohl nicht so ganz Unrecht.« Rebus wollte gerade widersprechen, doch McCall ließ ihn nicht zu Wort kommen. »Dann hast du also nichts zu tun?«

»Nicht bis ich von Farmer Watson herbeizitiert werde.«

»Du verdammter Glückspilz. Nun ja, das ändert die Dinge ein wenig, aber nicht grundlegend. Du begleitest mich hier lediglich und musst mich schon ertragen. Das heißt, bis ich anfange, mich zu langweilen.«

Rebus lächelte. »Danke, Tony.« Er schaute sich um. »Also, wohin als Erstes?«

McCall wies mit dem Kopf in die Richtung, aus der sie gerade gekommen waren. Also machten sie kehrt und gingen zurück.

»Jetzt erzähl mir doch mal«, sagte Rebus, »was bei dir zu Hause so furchtbar ist, dass du an deinem freien Tag hierher kommst?«

McCall lachte. »Ist das so offensichtlich?«

»Nur für jemanden, der schon mal dort war.«

»Ach, ich weiß nicht, John. Ich scheine doch alles zu haben, was ich nie gewollt habe.«

»Und es ist immer noch nicht genug.« Das war eine einfache Feststellung.

»Ich meine, Sheila ist eine wunderbare Mutter und alles, und die Kinder machen nie Ärger, aber …«

»Der Rasen vom Nachbarn ist immer grüner«, sagte Rebus und dachte an seine eigene gescheiterte Ehe, daran, wie er immer in eine kalte Wohnung heimkehrte und die Tür mit einem hohlen Geräusch hinter ihm zufiel.

»Ich hab immer gedacht, Tommy, mein Bruder, der hätte es geschafft. Reichlich Geld, ein Haus mit Whirlpool, eine sich automatisch öffnende Garage ...« McCall sah, dass Rebus grinste, und grinste selber.

»Elektrische Jalousien«, fuhr Rebus fort, »persönliches Nummernschild, Autotelefon ...«

»Anteil an einer Ferienwohnung in Malaga«, sagte McCall und konnte das Lachen kaum noch unterdrücken, »Arbeitsplatten aus Marmor in der Küche.«

Es war einfach zu lächerlich. Sie prusteten laut los, während sie weitergingen und die Liste fortsetzten. Doch dann merkte Rebus, wo sie waren, hörte auf zu lachen und blieb stehen. Hier hatte er die ganze Zeit hingewollt. Er griff nach der Taschenlampe in seiner Jackentasche.

»Komm mit, Tony«, sagte er ganz ruhig. »Ich muss dir was zeigen.«

»Hier wurde er gefunden«, sagte Rebus und leuchtete mit der Taschenlampe über die kahlen Dielenbretter. »Er lag auf dem Rücken, die Beine zusammen, die Arme ausgebreitet. Ich glaube nicht, dass er zufällig in diese Position geraten ist, was meinst du?«

McCall betrachtete die Szenerie. Jetzt waren beide ganz Profis und verhielten sich fast wie Fremde. »Und die Freundin sagt, sie hat ihn oben gefunden?«

»Ja.«

»Und du glaubst ihr?«

»Warum sollte sie lügen?«

»Dafür könnte es hundert Gründe geben, John. Müsste ich das Mädchen kennen?«

»Sie ist noch nicht lange in Pilmour. Etwas älter, als man erwarten würde, fünfundzwanzig, vielleicht auch mehr.«

»Dieser Ronnie ist also bereits tot, dann wird er heruntergebracht und mit den Kerzen und allem zurechtgelegt.«

»Genau.«

»Ich beginne zu verstehen, warum du diesen Freund finden musst, der es mit dem Okkulten hat.«

»Ja. Komm her und sieh dir das mal an.« Rebus führte McCall zu der hinteren Wand, leuchtete mit der Lampe auf das Pentagramm und dann noch ein Stück höher hinauf.

»Hallo, Ronnie«, las McCall laut.

»Und das war gestern noch nicht hier.«

»Tatsächlich?« McCall klang überrascht. »Kinder, John, nichts weiter.«

»Dieses Pentagramm haben jedenfalls keine Kinder gezeichnet.«

»Nein, das stimmt.«

»Charlie hat das Pentagramm gezeichnet.«

»Richtig.« McCall steckte die Hände in die Taschen und stellte sich wieder gerade hin. »Ein Punkt für dich, Inspector. Los, gehen wir die besetzten Häuser abklappern.«

Doch die wenigen Leute, die sie antrafen, schienen nichts zu wissen, und es schien sie noch viel weniger zu kümmern. McCall versuchte, Rebus klar zu machen, dass es die falsche Tageszeit war. Fast alle Bewohner der Häuser waren jetzt in der Innenstadt, wo sie Portemonnaies aus Handtaschen klauten, bettelten, Ladendiebstähle begingen und dealten. Widerwillig stimmte Rebus ihm zu, dass sie ihre Zeit verschwendeten.

Da McCall sich das Band anhören wollte, das Rebus von seinem Gespräch mit Tracy aufgenommen hatte, fuhren sie zur Great London Road zurück. McCall hoffte, dass auf dem Band irgendein Hinweis sein könnte, der sie zu Charlie führen würde, etwas, das ihm helfen würde, den Typ einzuordnen, etwas, das Rebus übersehen hatte.

Rebus war McCall ein bis zwei Stufen voraus, als sie sich die Treppe zu der schweren Holztür hinaufschleppten, durch die man in die Wache gelangte. Ein munter aussehender Sergeant trat gerade seine Schicht am Empfang an. Er fummelte noch an seinem Hemdkragen und der Ansteckkrawatte herum. Einfach, aber clever, dachte Rebus bei sich. Einfach, aber clever. Alle uniformierten Beamten trugen Ansteckkrawatten, so dass jemand, der bei einem Angriff versuchte, den Kopf des Beamten nach vorne zu reißen, nur die Krawatte in der Hand halten würde. Ebenso hatte die Brille des Sergeant spezielle Gläser, die bei einem Treffer einfach aus der Fassung sprangen, ohne zu zerbrechen. Einfach, aber clever. Rebus hoffte, dass der Fall mit dem gekreuzigten Junkie sich als ebenso einfach erweisen würde.

Er fühlte sich jedenfalls nicht sonderlich clever.

»Hallo, Arthur«, sagte er, als er am Empfang vorbei auf die Treppe zuging. »Irgendwelche Nachrichten für mich?«

»Nun mal langsam, John. Ich bin erst seit zwei Minuten im Dienst.«

»Na schön.« Rebus schob die Hände tief in die Taschen und stieß mit den Fingern der rechten Hand auf etwas Fremdes, etwas Metallisches. Er nahm den Broschenverschluss heraus und betrachtete ihn. Dann erstarrte er.

McCall sah ihn verwundert an.

»Geh schon mal rauf«, sagte Rebus zu ihm. »Ich komm in einer Sekunde nach.«

»Wie du meinst, John.«

Rebus trat wieder an die Empfangstheke und streckte dem Sergeant seine linke Hand entgegen. »Tu mir mal einen Gefallen, Arthur. Gib mir deine Krawatte.«

»Was?«

»Du hast mich richtig verstanden.«

Mit dem Gedanken, dass er heute Abend in der Kantine was zu erzählen haben würde, zog der Sergeant an seiner Krawatte. Mit einem kurzen Schnappen des Klipps löste sie sich vom Hemd. Einfach, aber clever, dachte Rebus, als er die Krawatte zwischen Zeigefinger und Daumen hielt.

»Danke, Arthur«, sagte er.

»Keine Ursache, John«, rief der Sergeant und passte gespannt auf, als Rebus zur Treppe ging. »Keine Ursache.«

»Weißt du, was das ist, Tony?«

McCall hatte sich auf Rebus' Stuhl gesetzt, hinter Rebus' Schreibtisch. Er hatte eine Hand in einer Schublade und blickte erschrocken auf. Rebus hielt ihm die Krawatte unter die Nase. McCall nickte, dann nahm er die Hand aus der Schublade. Sie hielt eine Flasche Whisky umklammert.

»Das ist eine Krawatte«, sagte er. »Hast du Tassen?«

Rebus legte die Krawatte auf den Tisch. Dann ging er zu einem Aktenschrank und suchte unter den vielen Tassen herum, die ungeliebt und ungespült darauf standen. Schließlich schien eine seine Zustimmung zu finden, und er brachte sie zum Schreibtisch. McCall betrachtete gerade die Rückseite einer Akte, die dort lag.

»›Ronnie‹«, las er laut. »›Tracy – Anruferin.‹ Ich stelle fest, deine Aufzeichnungen sind präzise wie eh und je.«

Rebus reichte McCall die Tasse.

»Wo ist deine?«, fragte McCall und zeigte auf die Tasse.

»Mir ist nicht danach. Ehrlich gesagt, ich rühr das Zeug kaum noch an.« Rebus deutete mit dem Kopf auf die Flasche. »Die ist für Gäste.« McCall verzog die Lippen und riss die Augen weit auf. »Und außerdem«, fuhr Rebus fort, »hab ich wahnsinnige Kopfschmerzen, die volle Breitseite.« Er bemerkte einen großen Umschlag auf seinem Schreibtisch. Darauf stand: FOTOGRAFIEN – BITTE NICHT KNICKEN.

»Weißt du Tony, als ich noch Sergeant war, dauerte es Tage, bis solche Sachen ankamen. Das ist das Wunderbare daran, Inspector zu sein.« Er öffnete den Umschlag, zog einen kleinen Stapel Abzüge heraus, zwanzig mal fünfundzwanzig Zentimeter, schwarzweiß, und reichte McCall ein Foto.

»Sieh mal«, sagte Rebus, »keine Schrift an der Wand. Und das Pentagramm ist noch unvollständig. Heute war es komplett.« McCall nickte. Rebus nahm ihm das Foto ab und gab ihm ein anderes. »Der Tote.«

»Armer kleiner Kerl«, sagte McCall. »Könnte eins von unseren Kindern sein, was, John?«

»Nein«, sagte Rebus mit entschiedener Stimme. Er rollte den Umschlag zu einer Röhre und steckte ihn in seine Jackentasche.

McCall hatte die Krawatte in die Hand genommen und hielt sie Rebus fragend hin.

»Hast du jemals so eine getragen?«, fragte Rebus.

»Klar, bei meiner Hochzeit, vielleicht zu einer Beerdigung oder Taufe …«

»Ich meine genau so eine. Eine zum Anstecken. Ich erinnere mich, als ich klein war, hat mein Vater irgendwann beschlossen, dass mir ein Kilt gut stehen würde. Er hat mir die ganze Montur gekauft, einschließlich einer kleinen karierten Krawatte. Das war eine zum Anstecken.«

»Natürlich hab ich eine getragen«, sagte McCall. »Hat doch jeder. Schließlich haben wir uns alle hochgedient, oder etwa nicht?«

»Nein«, sagte Rebus. »Und jetzt heb deinen Arsch von meinem Stuhl.«

McCall suchte sich einen anderen Stuhl und zog ihn von der Wand an den Schreibtisch. Derweil setzte Rebus sich hin und nahm die Krawatte in die Hand.

»Polizeiausstattung.«

»Was?«

»Ansteckkrawatten«, sagte Rebus. »Wer sonst trägt noch so was?«

»Mein Gott, das weiß ich nicht, John.«

Rebus warf den Klipp zu McCall hinüber, der zu langsam reagierte. Er fiel auf den Boden, von wo er ihn aufhob.

»Das ist ein Ansteckklipp«, sagte er.

»Ich hab ihn bei Ronnie im Haus gefunden«, sagte Rebus. »Oben auf der Treppe.«

»Und?«

»Also ist jemandem die Ansteckkrawatte kaputtgegangen. Vielleicht als sie Ronnie die Treppe hinunterzogen. Vielleicht irgendeinem Police Constable.«

»Du glaubst, dass einer von unseren Leuten ...?«

»Nur so eine Idee«, sagte Rebus. »Natürlich könnte das Ding auch einem von den Jungs gehören, die die Leiche gefunden haben.« Er streckte eine Hand aus, und McCall gab ihm den Klipp zurück. »Vielleicht sollte ich mal mit denen reden.«

»John, was zum Teufel ...?« McCall brach mit einem erstickten Ton ab, als sei er nicht in der Lage, die Worte für die Frage zu finden, die er stellen wollte.

»Trink deinen Whisky«, sagte Rebus besorgt. »Dann

kannst du dir das Band anhören und dir überlegen, ob Tracy die Wahrheit sagt.«

»Und was machst du?«

»Ich weiß noch nicht.« Er steckte die Krawatte des Sergeants vom Empfang in die Tasche. »Vielleicht ein paar offene Fragen klären.« McCall schenkte sich gerade einen Whisky ein, als Rebus das Zimmer verließ, doch seine Abschiedsworte, die er aus dem Treppenhaus rief, waren deutlich zu hören.

»Vielleicht geh ich ja auch bloß zum Teufel!«

»Ja, ein einfaches Pentagramm.«

Der Psychologe Dr. Poole, der eigentlich gar kein Psychologe, sondern, wie er erklärt hatte, Dozent für Psychologie war – also ein erheblicher Unterschied –, betrachtete die Fotografien gründlich. Seine Unterlippe war als Zeichen seiner unerschütterlichen Gewissheit über die Oberlippe geschoben. Rebus spielte mit dem leeren Umschlag herum und starrte aus dem Bürofenster. Es war ein sonniger Tag, und einige Studenten lagen auf den Wiesen am George Square, tranken Wein aus der Flasche und verschwendeten keinerlei Gedanken an ihre Lehrbücher.

Rebus war unbehaglich zumute. In Stätten höherer Bildung, vom einfachsten College bis zu den Gefilden der University of Edinburgh, in denen er sich gerade befand, kam er sich immer reichlich dumm vor. Er hatte das Gefühl, dass jede Geste, jede Äußerung von ihm begutachtet und interpretiert wurde, um ihn als einen klugen Mann zu entlarven, der sehr viel klüger hätte sein können, wenn die Dinge anders gelaufen wären.

»Als ich noch einmal in das Haus ging«, sagte er, »hatte jemand mehrere Symbole zwischen die beiden Kreislinien gemalt. Tierkreiszeichen und so was.«

Rebus beobachtete, wie der Psychologe zum Bücherregal ging und zu blättern anfing. Es war einfach gewesen, diesen Mann zu finden. Etwas Nützliches aus ihm herauszuholen, könnte sich als schwieriger erweisen.

»Vermutlich die üblichen Arkana«, sagte Dr. Poole. Er hatte offenbar die Seite gefunden, die er gesucht hatte, und kam mit dem Buch zum Schreibtisch, um sie Rebus zu zeigen. »So was in der Art?«

»Ja, das ist es.« Rebus betrachtete die Abbildung. Das Pentagramm war zwar nicht identisch mit dem, das er gesehen hatte, doch die Unterschiede waren geringfügig. »Sagen Sie, gibt es viele Leute, die sich für Okkultismus interessieren?«

»Sie meinen hier in Edinburgh?« Poole setzte sich wieder hin und schob seine Brille nach oben. »O ja. Reichlich. Sehen Sie sich doch nur an, wie gut die ganzen Filme über den Teufel laufen.«

Rebus lächelte. »Ja, ich habe mir selbst früher gern Horrorfilme angesehen. Aber ich rede von einem *aktiven* Interesse.«

Der Dozent lächelte. »Das war mir schon klar. Sollte ein Scherz sein. Viele Leute glauben, dass es darum beim Okkultismus geht – den Satan wieder zum Leben zu erwecken. Doch glauben Sie mir, Inspector, es steckt viel mehr dahinter. Oder viel weniger, je nach dem, wie man die Sache betrachtet.«

Rebus versuchte dahinter zu kommen, was das heißen sollte. »Kennen Sie Okkultisten?«, fragte er als Nächstes.

»Ich weiß, dass es Okkultisten *gibt*, praktizierende Hexenzirkel für schwarze und weiße Magie.«

»Hier? In Edinburgh?«

Poole lächelte erneut. »O ja. Direkt hier. Es gibt sechs

aktive Hexenzirkel in und um Edinburgh.« Er hielt inne, und Rebus konnte beinah sehen, wie er nachzählte. »Vielleicht sieben. Zum Glück praktizieren die meisten weiße Magie.«

»Das bedeutet, das Okkulte für angeblich gute Zwecke einzusetzen, oder?«

»Ganz recht.«

»Und schwarze Magie ...?«

Der Dozent seufzte. Plötzlich interessierte er sich sehr für die Aussicht aus seinem Fenster. In Rebus stieg eine Erinnerung hoch. Vor langer Zeit hatte er mal ein Buch mit Gemälden von H. R. Giger gekauft, Bildern von Satan, flankiert von vestalischen Huren ... Er wusste nicht, warum er es gekauft hatte, aber es musste noch irgendwo in der Wohnung sein. Er erinnerte sich, dass er das Buch vor Rhona versteckt hatte ...

»Es gibt einen Hexenzirkel in Edinburgh«, sagte Poole gerade. »Einen schwarzen Zirkel.«

»Sagen Sie, bringen die ... bringen die auch Opfer?«

Dr. Poole zuckte die Achseln. »Bringen wir nicht alle Opfer?« Doch als er sah, dass Rebus über seinen kleinen Scherz nicht lachte, setzte er sich gerade hin und nahm eine ernstere Miene an. »Vermutlich schon, sozusagen als Zeichen. Eine Ratte, eine Maus oder ein Huhn. Vielleicht gehen sie noch nicht mal so weit. Sie könnten irgendwas Symbolisches benutzen. Ich weiß es wirklich nicht.«

Rebus tippte auf eine der Fotografien, die ausgebreitet auf dem Schreibtisch lagen. »In dem Haus, in dem wir dieses Pentagramm gefunden haben, haben wir auch einen Mann gefunden. Einen Toten, um es genauer zu sagen.« Jetzt holte er diese Fotos hervor. Dr. Poole betrachtete sie mit gerunzelter Stirn. »An einer Überdosis Heroin gestorben. Quasi aufgebahrt, die Beine zusammen, die Arme ausgebreitet. Die

Leiche lag zwischen zwei Kerzen, die völlig heruntergebrannt waren. Sagt Ihnen das irgendwas?«

Poole wirkte völlig entsetzt. »Nein«, sagte er. »Glauben Sie denn, dass Satanisten …«

»Ich glaube gar nichts, Sir. Ich versuche nur, Dinge zusammenzufügen, indem ich alle Möglichkeiten durchgehe.«

Poole dachte einen Augenblick nach. »Einer unserer Studenten *könnte* Ihnen vielleicht besser helfen als ich. Ich hatte ja keine Ahnung, dass es um einen Todesfall …«

»Ein Student?«

»Ja. Ich kenne ihn nur flüchtig. Er scheint sich sehr für Okkultismus zu interessieren, hat in diesem Trimester einen langen und kenntnisreichen Essay darüber geschrieben. Plant irgendein Projekt über Dämonismus. Er ist Student im zweiten Jahr. Da müssen sie über die Sommerferien ein Projekt machen. Ja, vielleicht kann er Ihnen eher helfen als ich.«

»Und sein Name …?«

»Sein Nachname fällt mir im Augenblick nicht ein. Er stellt sich normalerweise immer nur mit seinem Vornamen vor. Charles.«

»Charles?«

»Oder vielleicht Charlie. Ja, Charlie, das ist es.«

Der Name von Ronnies Freund. In Nacken begann es zu kribbeln.

»Ja genau, Charlie«, bestätigte Poole sich selbst und nickte. »Bisschen exzentrisch. Sie finden ihn vermutlich in einem der Gebäude der Studentenvereinigung. Ich glaube, er ist süchtig nach diesen Videospielen …«

Nein, nicht Videospiele. Flipperautomaten. Die mit dem ganzen Schnickschnack, den kleinen Tricks und Extras, mit denen ein Spiel erst richtig Spaß macht. Charlie war ganz wild auf diese Geräte. Es war eine Liebe, die deshalb besonders heftig war, weil sie ihn erst spät im Leben gepackt hatte. Schließlich war er bereits neunzehn. Das Leben floss an ihm vorbei, und er wollte alles mitnehmen, was sich ihm darbot. Flippern hatte in seiner Kindheit keine Rolle gespielt. Die hatte nur Büchern und Musik gehört. Außerdem hatte es in seinem Internat keine Flipperautomaten gegeben.

Nun, wo er endlich an der Uni und frei war, da wollte er leben. Und flippern. Und all die anderen Dinge tun, die er in den Jahren versäumt hatte, als er brav seine Hausaufgaben machte, Besinnungsaufsätze schrieb und reichlich Innenschau betrieb. Charlie wollte schneller durchs Leben laufen, als irgendwer je gelaufen war, wollte nicht ein Leben leben, sondern zwei, drei oder vier. Als die silberne Kugel den linken Flipper berührte, schoss er sie mit grimmiger Heftigkeit ins Spiel zurück. Sie blieb einen Augenblick in einem der Bonuslöcher liegen und sammelte weitere tausend Punkte. Er nahm sein Bier, trank rasch einen großen Schluck, und sofort kehrten seine Finger zu den Knöpfen zurück. Noch zehn Minuten, und er würde den Tagesrekord eingestellt haben.

»Charlie?«

Er drehte sich um, als er seinen Namen hörte. Ein dummer Fehler, sehr naiv. Sofort wandte er sich wieder dem Spiel zu, doch es war zu spät. Der Mann kam auf ihn zu. Der ernste Mann. Der Mann, der nicht lächelte.

»Ich möchte kurz mit dir reden, Charlie.«

»Okay, wie wär's mit Kohlehydraten. Das war schon immer eins meiner Lieblingsthemen.«

John Rebus' Lächeln hielt weniger als eine Sekunde.

»Sehr clever«, sagte er. »Ja, so was nennen wir eine schlagfertige Antwort.«

»Wir?«

»Kriminalpolizei Lothian. Mein Name ist Inspector Rebus.«

»Freut mich, Sie kennen zu lernen.«

»Ganz meinerseits, Charlie.«

»Nein, Sie irren sich. Ich heiße nicht Charlie. Der kommt allerdings manchmal hierher. Ich werd ihm sagen, dass Sie nach ihm gefragt haben.«

Charlie war gerade dabei, den Tagesrekord zu brechen, fünf Minuten früher als erwartet, da packte ihn Rebus an der Schulter und riss ihn herum. Da keine anderen Studenten in der Nähe waren, ließ er die Hand auf Charlies Schulter und drückte kräftig zu, während er sprach.

»Du bist ungefähr so spaßig wie ein Madensandwich, Charlie, und Geduld ist nicht gerade meine Stärke. Also musst du mir verzeihen, wenn ich gereizt oder unbeherrscht oder sonst was bin.«

»Hände weg.« Charlies Gesicht hatte einen neuen Ausdruck angenommen, allerdings keinen ängstlichen.

»Ronnie«, sagte Rebus jetzt ganz ruhig und ließ die Schulter des jungen Mannes los.

Die Farbe wich aus Charlies Gesicht. »Was ist mit ihm?«

»Er ist tot.«

»Ja.« Charlies Stimme war leise, sein Blick unruhig. »Hab ich gehört.«

Rebus nickte. »Tracy hat versucht, dich zu finden.«

»Tracy.« Er sprach den Namen voller Abscheu aus. »Die hat ja keine Ahnung, überhaupt keine Ahnung. Haben Sie mit ihr gesprochen?« Rebus nickte. »Also, diese Frau ist der totale Loser. Sie hat Ronnie nie verstanden. Sie hat's nicht mal versucht.«

Während Charlie redete, erfuhr Rebus einiges über ihn. Sein Akzent klang nach schottischer Privatschule, was die erste Überraschung für Rebus war. Er wusste nicht, was er erwartet hatte, aber das jedenfalls nicht. Charlie war außerdem kräftig gebaut, ein Ergebnis des Rugby-Unterrichts. Er hatte lockige dunkelbraune Haare, nicht zu lang, und trug die übliche studentische Sommerkluft: Turnschuhe, Jeans und T-Shirt. Das T-Shirt war schwarz und an den Ärmeln aufgerissen.

»Ronnie ist also abgetreten, na und?«, sagte Charlie gerade. »Ist doch ein gutes Alter zum Sterben. Leb schnell, stirb jung.«

»Möchtest du jung sterben, Charlie?«

»Ich?« Charlie lachte, ein schrilles Quieken, wie von einem kleinen Tier. »Verdammt, ich will hundert Jahre alt werden. Ich will niemals sterben.« Er sah Rebus an. Seine Augen funkelten. »Und Sie?«

Rebus dachte über die Frage nach, doch er war nicht bereit zu antworten. Er war dienstlich hier und nicht, um über den Todestrieb zu diskutieren. Der Dozent, Dr. Poole, hatte ihm etwas über den Todestrieb erzählt.

»Ich will wissen, was du über Ronnie weißt.«

»Soll das heißen, dass Sie mich mitnehmen, um mich zu vernehmen?«

»Wenn du willst. Wir können es hier machen, aber wenn du lieber …«

»Nein, nein. Ich *will* auf die Polizeiwache. Los, nehmen Sie mich mit.« Dieser plötzliche Eifer ließ Charlie jünger erscheinen, als er war. Wer würde schon auf eine Polizeiwache wollen, um sich vernehmen zu lassen?

Auf dem Weg zum Parkplatz, wo Rebus' Auto stand, wollte Charlie unbedingt ein paar Schritte vor Rebus gehen, die Hände auf dem Rücken, den Kopf gesenkt. Rebus war klar, dass Charlie so tat, als trüge er Handschellen. Er spielte seine Rolle gut und lenkte reichlich Aufmerksamkeit auf sich und Rebus. Irgendwer brüllte sogar »du Schwein« in Rebus' Richtung. Doch das Wort hatte mit den Jahren jede Bedeutung verloren. Es hätte ihn mehr irritiert, wenn ihm jemand gute Fahrt gewünscht hätte.

»Kann ich ein paar davon kaufen?«, fragte Charlie, während er die Fotos von seinem Werk betrachtete, seinem Pentagramm.

Der Vernehmungsraum wirkte trostlos. Das sollte er auch. Aber Charlie hatte sich dort niedergelassen, als ob er ihn mieten wollte.

»Nein«, sagte Rebus und zündete sich eine Zigarette an. Charlie bot er keine an. »Also, warum hast du das gemalt?«

»Weil es schön ist.« Er betrachtete immer noch die Fotos. »Finden Sie nicht? So voller Bedeutung.«

»Wie lange hast du Ronnie gekannt?«

Charlie zuckte die Achseln. Zum ersten Mal blickte er zu dem Kassettenrecorder hinüber. Rebus hatte ihn gefragt, ob er etwas dagegen hätte, wenn das Gespräch aufgenommen würde. Er hatte die Achseln gezuckt. Jetzt wirkte er ein wenig nachdenklich. »Vielleicht ein Jahr«, sagte er. »Ja, ein Jahr. Ich hab ihn während der Prüfungen nach meinem ersten Jahr kennen gelernt. Damals fing ich gerade an, mich für das *wahre* Edinburgh zu interessieren.«

»Das wahre Edinburgh?«

»Ja. Nicht nur der Dudelsackpfeifer auf dem Festungswall oder die Royal Mile oder das Scott Monument.« Rebus musste an Ronnies Fotos vom Castle denken.

»Ich hab bei Ronnie an der Wand ein paar Fotos gesehen.« Charlie verzog das Gesicht.

»Ach Gott, *die*. Er hatte die Wahnidee, als Profi-Fotograf

zu arbeiten. Blöde Touristenaufnahmen für Postkarten zu machen. Das hielt jedoch nicht lange an. Wie die meisten von Ronnies Plänen.«

»Er hatte allerdings eine schöne Kamera.«

»Was? Ach so, seine Kamera. Ja, das war sein ganzer Stolz.« Charlie schlug die Beine übereinander. Rebus starrte die ganze Zeit auf die Augen des jungen Mannes, doch Charlie betrachtete konzentriert die Fotos von dem Pentagramm.

»Wie war das mit dem ›wahren Edinburgh‹, wovon du gesprochen hast?«

»Deacon Brodie«, sagte Charlie mit neu erwachendem Interesse. »Burke und Hare, selbstgerechte Sünder und so Zeug. Aber das ist ja alles für die Touristen bereinigt worden. Da hab ich mir gedacht, Moment mal, diese ganzen Elendsviertel existieren doch immer noch. Da hab ich angefangen, Touren durch die Wohnsiedlungen zu machen, Wester Hailes, Oxgangs, Craigmillar, Pilmuir. Und ich hab festgestellt, das immer noch alles da ist; die Vergangenheit wiederholt sich in der Gegenwart.«

»So hast du also angefangen, in Pilmuir herumzuhängen?«

»Ja.«

»Mit anderen Worten, du bist selbst zum Touristen geworden?« Rebus hatte solche Typen wie Charlie schon häufiger erlebt, allerdings meistens in älterer Ausführung. Der wohlhabende Geschäftsmann, der sich wegen des besonderen Kicks in die Niederungen begibt, der schäbige Etablissements zu einem billigen Vergnügen aufsucht. Er mochte diese Sorte Leute nicht.

»Ich war kein Tourist!« Charlie wurde immer wütender, zappelte wie eine Forelle nach dem Wurm am Angelhaken. »Ich war dort, weil ich dort sein wollte und weil sie mich dort haben wollten.« Seine Stimme hatte einen schmollenden Ton angenommen, »Ich gehöre dorthin.«

»Nein, das tust du nicht, mein Junge, du gehörst irgendwo in ein großes Haus zu Eltern, die sich für dein Studium interessieren.«

»Scheiße.« Charlie schob seinen Stuhl zurück, ging zu einer Wand und lehnte den Kopf dagegen. Einen Augenblick lang glaubte Rebus, er hätte vor, den Kopf dagegen zu knallen, um dann zu behaupten, er sei von der Polizei misshandelt worden. Aber offenbar brauchte er nur eine Fläche, an der er sein Gesicht kühlen konnte.

Im Vernehmungsraum war es stickig. Rebus hatte bereits seine Jacke ausgezogen. Nun krempelte er sich die Ärmel hoch und drückte dann seine Zigarette aus.

»Okay, Charlie.« Der Widerstand des jungen Mannes war jetzt gebrochen. Es wurde Zeit, ein paar Fragen zu stellen. »In der Nacht, in der das mit der Überdosis passierte, da warst du mit Ronnie in dem Haus, stimmt's?«

»Das stimmt. Zumindest eine Zeit lang.«

»Wer war noch da?«

»Tracy war da. Sie war noch da, als ich gegangen bin.«

»Sonst noch wer?«

»Irgendein Typ kam am frühen Abend vorbei. Er ist nicht lange geblieben. Ich hab ihn schon vorher ein paarmal mit Ronnie gesehen. Wenn er da war, blieben sie immer für sich.«

»Könnte das sein Dealer gewesen sein?«

»Nein. Ronnie kam immer an Stoff ran. Zumindest bis vor kurzem. Die letzten Wochen hatte er Probleme damit. Die beiden schienen allerdings ein ziemlich enges Verhältnis zu haben. Richtig eng, wenn Sie verstehen, was ich meine.«

»Erzähl weiter.«

»So eng wie Verliebte, wie Schwule.«

»Aber Tracy ...?«

»Na und, aber was beweist das schon? Sie wissen doch, wie die meisten Drogenabhängigen an ihr Geld kommen.«

»Wie denn? Durch Diebstahl?«

»Genau. Diebstahl, Straßenraub, was auch immer. Und irgendwelche Geschäfte drüben am Calton Hill.«

Calton Hill, ein großes, unübersichtliches Gebiet östlich der Princes Street. Ja, Rebus wusste alles über Calton Hill und über die Autos, die einen großen Teil der Nacht da unten parkten, entlang der Regent Road. Er wusste auch über den Calton-Friedhof Bescheid, was dort vor sich ging ...«

»Du behauptest also, Ronnie war ein Strichjunge?« Der Ausdruck klang lächerlich, wenn er laut ausgesprochen wurde. Das war Boulevardpresse-Stil.

»Ich sage nur, dass er häufig mit einer Menge anderer Typen dort rumgehangen ist und dass er am Ende der Nacht immer Geld hatte.« Charlie schluckte. »Geld und vielleicht ein paar blaue Flecken.«

»O Gott.« Rebus fügte diese Information dem äußerst unerfreulichen kleinen Dossier hinzu, das allmählich in seinem Kopf entstand. Wie tief wäre jemand für einen Schuss bereit zu sinken? Die Antwort war: bis auf die unterste Stufe. Und dann noch ein bisschen tiefer. Er zündete sich die nächste Zigarette an.

»Weißt du das ganz sicher?«, fragte er.

»Nein.«

»Kam Ronnie eigentlich aus Edinburgh?«

»Aus Stirling.«

»Und sein Nachname war ...«

»McGrath, glaub ich.«

»Und was ist mit diesem Typ, mit dem er so vertraut war? Kennst du seinen Namen?«

»Er nannte sich Neil. Ronnie nannte ihn Neilly.«

»Neilly? Hattest du den Eindruck, dass sie sich schon länger kannten?«

»Ja, schon eine ganze Weile. So ein Spitzname ist doch ein Zeichen von Zuneigung, oder?« Rebus sah Charlie erstaunt an. »Ich studier doch nicht umsonst Psychologie, Inspector.«

»Stimmt.« Rebus prüfte, ob noch genügend unbespieltes Band in dem kleinen Kassettenrecorder war. »Kannst du mir eine Beschreibung von diesem Neil geben?«

»Groß, dürr, kurze braune Haare. Leicht pickeliges Gesicht, aber immer sauber. Trug meistens Jeans und eine Jeansjacke. Und hatte immer eine große schwarze Reisetasche dabei.«

»Hast du eine Ahnung, was darin war?«

»Ich hatte den Eindruck, das waren bloß Klamotten.«

»Okay.«

»Sonst noch was?«

»Lass uns noch mal über das Pentagramm reden. Irgendwer war im Haus und hat noch einiges hinzugefügt, nachdem diese Fotos aufgenommen wurden.«

Charlie schwieg, wirkte allerdings nicht überrascht.

»Das warst du, nicht wahr?«

Charlie nickte.

»Wie bist du reingekommen?«

»Durch das Fenster im Erdgeschoss. Zwischen diesen Brettern käme sogar ein Elefant durch. Das ist wie eine zusätzliche Tür. Viele Leute sind so ins Haus gekommen.«

»Warum bist zu zurückgegangen?«

»Es war doch noch nicht fertig. Ich wollte die Symbole hinzufügen.«

»Und die Botschaft.«

Charlie lächelte vor sich hin. »Ja, die Botschaft.«

»›Hallo, Ronnie‹«, zitierte Rebus. »Was soll das heißen?«

»Genau das, was es besagt. Sein Geist ist noch in dem Haus und seine Seele. Ich wollte nur hallo sagen. Ich hatte noch etwas Farbe übrig. Außerdem hab ich mir gedacht, damit könnte ich vielleicht jemandem einen schönen Schrecken einjagen.«

Rebus fiel ein, wie er sich selbst beim Anblick der Schrift erschrocken hatte. Er spürte, wie seine Wangen rot wurden, und er kaschierte seine Verlegenheit mit einer Frage.

»Erinnerst du dich an die Kerzen?«

Charlie nickte, wurde jedoch allmählich unruhig. Der Polizei bei ihren Ermittlungen zu helfen war also doch nicht so spaßig, wie er sich das vorgestellt hatte.

»Was ist mit deinem Projekt?«, fragte Rebus, um das Thema zu wechseln.

»Was soll damit sein?«

»Es geht um Dämonismus, oder?«

»Vielleicht. Ich hab mich noch nicht ganz entschieden.«

»Um welchen Aspekt des Dämonismus?«

»Weiß ich noch nicht. Vielleicht die populäre Mythologie. Wie alte Ängste wieder aufleben, solche Sachen.«

»Kennst du einen der Hexenzirkel in Edinburgh?«

»Ich kenne Leute, die behaupten, in einem zu sein.«

»Aber du bist noch nie bei einem gewesen?«

»Nein, leider nicht.« Charlie schien plötzlich munter zu werden. »Hören Sie, was soll das alles? Ronnie hat sich eine Überdosis verpasst. Er ist Geschichte. Wozu diese ganzen Fragen?«

»Was kannst du mir über die Kerzen erzählen?«

Charlie explodierte. »Was soll das mit den Kerzen?«

Rebus blieb ganz ruhig und atmete erst mal den Rauch aus, bevor er antwortete. »Im Wohnzimmer waren Kerzen.« Er war kurz davor, Charlie etwas zu erzählen, was dieser anscheinend nicht wusste. Während des ganzen Gesprächs hatte er gespannt auf diesen Augenblick gewartet.

»Das stimmt. Große Kerzen. Ronnie kaufte sie immer in einem Spezialgeschäft für Kerzen. Er *mochte* Kerzen. Sie gaben der Wohnung *Atmosphäre.*«

»Tracy hat Ronnie oben in seinem Zimmer gefunden. Sie glaubt, dass er schon tot war.« Rebus Stimme wurde noch leiser und völlig ausdruckslos. »Doch zwischen dem Zeitpunkt, wo sie uns anrief und bis dann ein Beamter zum Haus kam, war Ronnies Leiche nach unten geschafft worden. Er lag wie aufgebahrt zwischen zwei Kerzen, die völlig heruntergebrannt waren.«

»Von diesen Kerzen war schon nicht mehr viel übrig, als ich gegangen bin.«

»Wann bist du gegangen?«

»Kurz vor Mitternacht. Irgendwo in der Siedlung sollte angeblich eine Party sein. Ich dachte, die laden mich vielleicht ein.«

»Wie lange dürften die Kerzen noch gebrannt haben?«

»Eine Stunde oder zwei. Weiß der Himmel.«

»Wie viel Heroin hatte Ronnie da?«

»Mein Gott, das weiß ich nicht.«

»Wie viel nahm er denn normalerweise bei einem Mal?«

»Das weiß ich wirklich nicht. Ich nehm das Zeug nicht. Ich hasse diesen ganzen Kram. In der sechsten Klasse hatte ich zwei Freunde. Die sind jetzt beide in einer Privatklinik.«

»Wie schön für sie.«

»Wie gesagt, Ronnie hatte seit Tagen keinen Stoff kriegen können. Er war ziemlich fertig, kurz vorm Durchdrehen.

Dann kam er mit welchem nach Hause. Ende der Geschichte.«

»Es ist also nicht viel Stoff im Umlauf?«

»Soweit ich weiß, gibt's reichlich, aber ersparen Sie sich die Mühe, mich nach Namen zu fragen.«

»Wenn es aber doch reichlich gibt, wieso hatte Ronnie dann solche Schwierigkeiten, welchen zu kriegen?«

»Weiß der Himmel. Er wusste es selber nicht. Es war, als wollte plötzlich keiner mehr was mit ihm zu tun haben. Dann war wieder alles gut, und er bekam dieses Päckchen.«

Es wurde Zeit. Rebus entfernte einen unsichtbaren Faden von seinem Hemd.

»Er wurde ermordet«, sagte er. »Oder so gut wie.«

Charlie klappte der Mund auf. Das Blut wich aus seinem Gesicht, als wäre irgendwo ein Hahn geöffnet worden. »Was?«

»Er wurde ermordet. Sein Körper war voller Rattengift. Selbst verabreicht zwar, aber von jemandem besorgt, der vermutlich wusste, dass es tödlich war. Dann hat man sich sehr viel Mühe gegeben, seine Leiche in einer Art rituellen Position im Wohnzimmer hinzulegen. Dort, wo dein Pentagramm ist.«

»Moment mal ...«

»Wie viele Hexenzirkel gibt es in Edinburgh, Charlie?«

»Was? Sechs, sieben. Ich weiß es nicht. Hören Sie ...«

»Kennst du sie? Irgendwen von ihnen? Ich meine persönlich.«

»Mann, Sie wollen mir das doch wohl nicht anhängen!«

»Warum nicht?« Rebus drückte seine Zigarette aus.

»Weil es hirnrissig ist.«

»Für mich scheint alles zu passen.« Gib ihm den Rest,

dachte Rebus. Er ist bereits bis zum Zerspringen angespannt. »Es sei denn, du kannst mich vom Gegenteil überzeugen.«

Charlie ging entschlossen zur Tür, dann blieb er stehen.

»Geh nur«, rief Rebus, »sie ist nicht abgeschlossen. Geh ruhig raus, wenn du willst. Dann *weiß* ich wenigstens, dass du was damit zu tun hast.«

Charlie drehte sich um. Seine Augen wirkten feucht in dem diffusen Licht. Ein Sonnenstrahl drang durch die vergitterte Milchglasscheibe und verwandelte die Staubkörner in Tänzer, die sich im Zeitlupentempo bewegten. Charlie ging durch sie hindurch, als er zum Schreibtisch zurückkehrte.

»Ich hatte nichts damit zu tun, ganz ehrlich.«

»Setz dich«, sagte Rebus, jetzt ganz der freundliche Onkel. »Lass uns noch ein bisschen reden.«

Aber Charlie mochte keine Onkel. Hatte sie noch nie gemocht. Er legte seine Hände auf den Schreibtisch und beugte sich drohend zu Rebus herab. Irgendetwas hatte sich in ihm verhärtet. Er spuckte Gift und Galle, während er sprach.

»Gehn Sie zum Teufel, Rebus. Ich durchschaue Ihr Spielchen, und ich denke nicht im Traum daran mitzuspielen. Verhaften Sie mich, wenn Sie wollen, aber beleidigen Sie mich nicht mit billigen Tricks. So was hab ich bereits im ersten Trimester gelernt.«

Dann setzte er sich in Bewegung, und diesmal öffnete er die Tür und ließ sie hinter sich offen. Rebus stand vom Schreibtisch auf, schaltete den Recorder ab, nahm das Band heraus, steckte es in die Tasche und folgte ihm. Als er in die Eingangshalle trat, war Charlie fort. Er ging zur Empfangstheke. Der Dienst habende Sergeant blickte von seinen Papieren auf.

»Er ist bereits weg«, sagte er.

Rebus nickte. »Das macht nichts.«

»Er sah nicht sehr glücklich aus.«

»Würde ich denn meine Arbeit richtig machen, wenn alle, die hier rausgehen, sich vor Lachen den Bauch hielten?«

Der Sergeant grinste. »Vermutlich nicht. Also, was kann ich für Sie tun?«

»Der Drogentote in Pilmuir. Ich habe einen Namen für die Leiche. Ronnie McGrath. Stammt aus Stirling. Mal sehen, ob wir seine Eltern ausfindig machen können, was?«

Der Sergeant schrieb den Namen auf einen Block. »Sie werden sich sicher freuen zu hören, wie es ihrem Sohn in der großen Stadt geht.«

»Ja«, sagte Rebus und starrte auf die Eingangstür der Polizeiwache. »Das glaube ich auch.«

John Rebus' Wohnung war seine Burg. Sobald er durch die Tür war, zog er die Zugbrücke hoch und versuchte, an nichts mehr zu denken, die Welt um sich herum so lange wie möglich zu vergessen. Dann schenkte er sich einen Drink ein, schob eine Kassette mit Tenorsaxofon-Musik in den Recorder und holte sich ein Buch. Vor vielen Wochen hatte er in einem Anfall von Aufräumwut an einer Wand im Wohnzimmer Regale angebracht, damit er Platz für seine ständig wachsende Büchersammlung hatte. Doch irgendwie schafften es die Bücher, über den Fußboden zu kriechen und ihm unter die Füße zu geraten, so dass er sie als Trittsteine auf dem Weg in den Flur und ins Schlafzimmer benutzte.

Nun lief er gerade über diverse Bücher zum Erkerfenster, wo er die staubigen Jalousien herunterzog. Die Schlitze ließ er offen, so dass das Abendlicht in rötlichen Strahlen hereindrang und ihn an den Vernehmungsraum erinnerte …

Nein, nein, nein, so ging das nicht. Die Arbeit drohte ihn

schon wieder zu vereinnahmen. Er musste den Kopf frei kriegen und ein Buch finden, das ihn in seine kleine Welt ziehen würde, weit weg von den Anblicken und Gerüchen Edinburghs. Er trat unbeirrt auf Autoren wie Tschechow, Heller, Rimbaud und Kerouac, als er in die Küche ging, um eine Flasche Wein auszusuchen.

Unter der Arbeitsplatte in der Küche standen zwei Kartons an der Stelle, wo früher die Waschmaschine gewesen war. Rhona hatte die Waschmaschine mitgenommen, was schon ganz in Ordnung war. Er nannte den so entstandenen Raum seinen Weinkeller und bestellte ab und zu einen Karton mit verschiedenen Weinen aus dem guten kleinen Laden bei ihm um die Ecke. Er griff in einen der Kartons und zog etwas heraus, das sich Château Potensac nannte. Ja, davon hatte er schon mal eine Flasche getrunken. Der war genau richtig.

Er goss ein Drittel der Flasche in ein großes Glas, ging ins Wohnzimmer zurück und hob auf dem Weg eines der Bücher vom Boden auf. Er saß bereits in seinem Sessel, als er einen Blick auf den Einband warf: *The Naked Lunch*. Nein, schlechte Wahl. Er warf das Buch wieder hin und tastete nach einem anderen. *Dr. Jekyll und Mr. Hyde*. Na schön, das wollte er schon seit ewigen Zeiten noch einmal lesen, und es war angenehm kurz. Er trank einen Schluck Wein und ließ ihn im Mund herumgehen, bevor er ihn herunterschluckte. Dann schlug er das Buch auf.

Perfekt getimt, wie in einem Bühnenstück, klopfte es an der Tür. Rebus gab ein Geräusch von sich, das eine Mischung aus Seufzen und Knurren war. Er legte das Buch aufgeschlagen auf die Sessellehne und stand auf. Es war vermutlich Mrs. Cochrane von unten, die ihm sagen wollte, dass er mit dem Treppenhaus dran war. Sie würde das große Pappschild mit der Aufforderung: SIE SIND AN DER REIHE DIE TREPPE ZU PUTZEN dabei haben. Warum konnte sie es nicht einfach an seine Tür hängen, wie es alle anderen offensichtlich machten …?

Er versuchte, ein gutnachbarliches Lächeln aufzusetzen, als er die Tür öffnete, doch der Schauspieler in ihm hatte heute Abend frei. Deshalb hatte er einen eher leidenden Zug um den Mund, als er den Besucher auf seiner Fußmatte anstarrte.

Es war Tracy.

Sie war rot im Gesicht und hatte Tränen in den Augen, doch die Röte kam nicht vom Weinen. Sie wirkte erschöpft, das Haar schweißverklebt.

»Darf ich reinkommen?« Es war eine unüberhörbare Anspannung in ihrer Stimme. Rebus brachte es nicht über sich, Nein zu sagen. Er stieß die Tür weit auf. Sie stolperte an ihm vorbei und steuerte direkt auf das Wohnzimmer zu, als ob sie schon hundert Mal dort gewesen wäre. Rebus prüfte, ob keine neugierigen Nachbarn im Treppenhaus waren, dann schloss er die Tür. Er verspürte ein unangenehmes Kribbeln. Er mochte es nicht, wenn Leute ihn hier besuchten.

Und ganz besonders mochte er nicht, wenn die Arbeit ihn bis nach Hause verfolgte.

Als er ins Wohnzimmer kam, hatte Tracy bereits den Wein ausgetrunken und wirkte entspannter. Ihr Durst war gestillt. Rebus spürte, wie sein Unbehagen zunahm, bis es fast unerträglich war.

»Wie zum Teufel haben Sie mich gefunden?«, fragte er. Er stand in der Tür, als ob er darauf wartete, dass Tracy ging.

»War nicht einfach«, sagte sie. Ihre Stimme klang jetzt etwas ruhiger. »Sie haben mir erzählt, dass Sie in Marchmond wohnen, also bin ich hier rumgelaufen und hab nach Ihrem

Auto gesucht. Dann hab ich Ihren Namen unten an der Klingel gesehen.«

Er musste zugeben, dass sie einen guten Detective abgeben würde. Der größte Teil der Arbeit eines Detective bestand nämlich aus Lauferei.

»Man ist mir gefolgt«, sagte sie jetzt. »Ich hab Angst gekriegt.«

»Ihnen gefolgt?« Jetzt trat er neugierig ins Wohnzimmer. Das Gefühl, überfallen worden zu sein, ließ langsam nach.

»Ja, zwei Männer. Ich glaube jedenfalls, dass es zwei waren. Sie sind mir den ganzen Nachmittag gefolgt. Ich war in der Princes Street, bin einfach rumgeschlendert, und sie waren immer ein kleines Stück hinter mir. Sie müssen gewusst haben, dass ich sie sehen konnte.«

»Und dann?«

»Ich hab sie abgehängt. Bin bei Marks and Spencer rein, zum Ausgang Rose Street gerast und dann in einem Pub im Damenklo verschwunden. Da hab ich eine Stunde gewartet. Das hat's anscheinend gebracht. Dann bin ich hierher.«

»Warum haben Sie mich nicht angerufen?«

»Kein Geld. Deshalb war ich ja überhaupt in der Princes Street.«

Sie hatte sich in seinen Sessel gesetzt und ließ die Arme über die Lehnen baumeln. Er deutete mit dem Kopf auf das leere Glas.

»Möchten Sie noch was?«

»Nein danke. Eigentlich mag ich das Gesöff nicht, aber ich hatte furchtbaren Durst. Eine Tasse Tee könnt ich allerdings vertragen.«

»Tee, in Ordnung.« Gesöff hatte sie den Wein genannt! Er drehte sich um und ging in die Küche, in Gedanken halb bei dem Tee, halb bei ihrer Geschichte. In einem seiner dürftig bestückten Schränke fand er eine noch ungeöffnete Packung Teebeutel. Frische Milch hatte er nicht da, aber aus einer alten Dose ließen sich noch ein bis zwei Löffel Pulver zusammenkratzen. Jetzt Zucker … Plötzlich kam laute Musik aus dem Wohnzimmer, das *Weiße Album*. Meine Güte, er hatte ganz vergessen, dass er dieses alte Band noch hatte. Er zog die Besteckschublade auf, um nach einem Teelöffel zu suchen, und fand mehrere Tütchen Zucker, die er irgendwann mal in der Kantine gestohlen hatte. Was für ein glücklicher Zufall. Der Kessel fing an zu kochen.

»Diese Wohnung ist ja riesig!«

Sie hatte ihn erschreckt, so wenig war er an andere Stimmen bei sich zu Hause gewöhnt. Er drehte sich um und sah, dass sie am Türrahmen lehnte, den Kopf auf die Seite gelegt.

»Finden Sie?«, sagte er, während er einen Becher ausspülte.

»Aber ja. Sehen Sie doch nur, wie hoch die Decken hier sind! In Ronnies Bude kam ich mit den Fingern fast an die Decke.« Sie stellte sich auf die Zehenspitzen, streckte einen Arm nach oben und wedelte mit der Hand. Rebus fürchtete, dass sie irgendwas genommen hatte, irgendwelche Pillen oder Pulver, während er auf der Jagd nach dem Teebeutel war. Sie schien seine Gedanken lesen zu können und lächelte.

»Ich bin bloß erleichtert«, sagte sie. »Und mir ist noch ein bisschen schwindlig vom Laufen. Und von der Angst vermutlich. Aber jetzt fühle ich mich sicher.«

»Wie sahen diese Männer aus?«

»Weiß ich nicht. Ich glaube, sie sahen ein bisschen aus wie Sie.« Sie lächelte wieder. »Einer hatte einen Schnurrbart. Er war ziemlich dick und kriegte oben dünne Haare, aber er war noch nicht alt. An den anderen kann ich mich nicht erinnern. Er hatte wahrscheinlich nichts Bemerkenswertes an sich.«

Rebus goss Wasser in den Becher und tat den Teebeutel dazu. »Milch?«

»Nein, nur Zucker, wenn Sie haben.«

Er hielt ihr eins von den Tütchen hin.

»Wunderbar.«

Im Wohnzimmer stellte er als Erstes die Stereoanlage leiser.

»Tut mir Leid«, sagte Tracy, die jetzt wieder mit untergeschlagenen Beinen in dem Sessel saß und an ihrem Tee nippte.

»Ich wollte mich immer mal erkundigen, ob meine Nachbarn die Anlage hören«, sagte Rebus, als wolle er seine Handlung entschuldigen. »Die Wände sind ziemlich dick, aber die Decke nicht.«

Sie nickte, blies in den Becher; der aufsteigende Dampf legte sich wie ein Schleier auf ihr Gesicht.

»Also«, sagte Rebus, zog seinen zusammenklappbaren Regisseurstuhl unter einem Tisch hervor und setzte sich. »Was können wir wegen dieser Männer unternehmen, die Sie verfolgt haben?«

»Weiß ich doch nicht. Sie sind der Polizist.«

»Das hört sich für mich alles wie aus einem Film an. Ich meine, *warum* sollte irgendjemand Sie verfolgen wollen?«

»Um mir Angst einzujagen?«, schlug sie vor.

»Und warum sollte man Ihnen Angst einjagen wollen?«

Sie dachte kurz darüber nach, dann zuckte sie die Achseln.

»Ich hab übrigens Charlie heute kennen gelernt«, sagte er.

»Ach ja?«

»Mögen Sie ihn?«

»Charlie?« Ihr Lachen klang schrill. »Er ist ätzend. Hängt immer rum, auch wenn ganz klar ist, dass ihn niemand dabeihaben will. Alle hassen ihn.«

»Alle?«

»Ja.«

»Hat Ronnie ihn gehasst?«

Sie zögerte. »Nein«, sagte sie schließlich. »Aber Ronnie hatte auch keine Antenne für diese Dinge.«

»Was ist mit diesem anderen Freund von Ronnie? Neil oder Neilly. Was können Sie mir über den erzählen?«

»Ist das der Typ, der letzte Nacht da war?«

»Ja.«

Sie zuckte die Achseln. »Ich hatte ihn noch nie gesehen.« Sie schien sich für das Buch auf dem Sessel zu interessieren, nahm es in die Hand und blätterte darin herum, als ob sie lesen würde.

»Und Ronnie hat Ihnen gegenüber nie einen Neil oder Neilly erwähnt?«

»Nein.« Sie wedelte mit dem Buch in Rebus' Richtung. »Aber er hat über jemanden namens Edward geredet. Schien wegen irgendwas sauer auf ihn zu sein. Hat häufiger laut diesen Namen gebrüllt, wenn er allein in seinem Zimmer war, nach einem Schuss.«

Rebus nickte bedächtig. »Edward. Vielleicht sein Dealer?«

»Ich weiß es nicht. Vielleicht. Ronnie ist manchmal ziemlich ausgeflippt, wenn er sich einen Schuss verpasst hatte. Da war er wie ein anderer Mensch. Aber er konnte auch so süß sein, so zärtlich …« Ihre Stimme verstummte, die Augen glänzten.

Rebus sah auf seine Uhr. »Okay, was halten Sie davon, wenn ich Sie jetzt zu Ihrer – äh – Wohnung zurückfahre?

Dann können wir uns vergewissern, dass niemand das Haus beobachtet.«

»Ich weiß nicht …« Die Angst kehrte in ihr Gesicht zurück, machte sie um Jahre jünger, verwandelte sie wieder in ein Kind, das sich vor Schatten und Geistern fürchtet.

»Ich bin doch bei Ihnen«, fügte Rebus hinzu.

»Nun ja … Kann ich erst noch was anderes machen?«

»Was denn?«

Sie zupfte an ihren feuchten Klamotten herum. »Ein Bad nehmen.« Dann lächelte sie. »Ich weiß, dass das ein bisschen unverschämt ist, aber ich könnte wirklich eins gebrauchen, und in der Bude gibt es überhaupt kein Wasser.«

Rebus lächelte ebenfalls und nickte bedächtig. »Meine Badewanne steht zu Ihrer Verfügung«, sagte er.

Während sie im Bad war, hängte er ihre Sachen über den Heizkörper im Flur und drehte die Heizung auf. Schon bald war es in der Wohnung wie in einer Sauna. Rebus kämpfte mit den Schiebefenstern im Wohnzimmer und versuchte vergeblich, sie zu öffnen. Er machte noch mehr Tee, diesmal eine ganze Kanne, und als er sie gerade ins Wohnzimmer getragen hatte, hörte er Tracy aus dem Badezimmer rufen. Er ging in den Flur und stellte fest, dass sie den Kopf aus der Badezimmertür steckte. Sie war in Dunstschwaden eingehüllt. Haare, Gesicht und Hals glänzten.

»Keine Handtücher«, sagte sie erklärend.

»Tut mir Leid«, sagte Rebus. Er holte welche aus dem Schrank im Schlafzimmer und brachte sie ihr. Als er sie durch den Türspalt schob, war ihm das unwillkürlich peinlich.

»Danke«, rief sie.

Er hatte das *Weiße Album* durch leisen Jazz ersetzt und

saß mit seinem Tee da, als sie hereinkam. Ein großes rotes Handtuch hatte sie geschickt um ihren Körper geschlungen, ein weiteres um ihren Kopf. Er hatte sich schon oft gefragt, wieso Frauen das so gut konnten. Ihre Arme und Beine waren bleich und dünn, doch sie hatte zweifellos eine gute Figur, und die Hitze des Bades verlieh ihr einen besonderen Glanz. Er erinnerte sich an die Fotos von ihr in Ronnies Zimmer. Und dann fiel ihm die verschwundene Kamera ein.

»Hat Ronnie immer noch gerne fotografiert? Ich meine in letzter Zeit.« Die Wortwahl war leider nicht sehr subtil, und er zuckte ein wenig zusammen. Aber Tracy schien es nicht bemerkt zu haben.

»Ich glaub schon. Wissen Sie, er war ziemlich gut. Er hatte einen guten Blick. Aber er hat den Durchbruch nicht geschafft.«

»Wie hart hat er denn daran gearbeitet?«

»Verdammt hart.« Ihre Stimme klang verärgert. Vielleicht hatte Rebus zu viel berufsbedingte Skepsis mit durchklingen lassen.

»Ja, das glaube ich. Ist wohl ein Beruf, in den man nicht so leicht reinkommt.«

»Sehr wahr. Und es gab einige Leute, die wussten, wie gut Ronnie war. Sie wollten ihn nicht als Konkurrenten. Haben ihm Steine in den Weg gelegt, wann immer und wo immer sie konnten.«

»Sie meinen andere Fotografen?«

»Ja. Als Ronnie sich wirklich ins Zeug gelegt hat, bevor er anfing, alle Illusionen zu verlieren, wusste er nicht so richtig, wie man sich einen Namen macht. Also ist er zu mehreren Studios gegangen, und hat den Typen, die dort arbeiteten, ein paar von seinen Sachen gezeigt. Er hatte einige wirklich geniale Aufnahmen. Sie wissen schon, alltägliche Dinge aus ungewöhnlichen Perspektiven. Das Castle, Waverley Monument, Calton Hill.«

»Calton Hill?«

»Ja, dieses Dingsda.«

»Das Edinburgh Folly?«

»Genau das.« Das Handtuch war ein wenig von ihren Schultern gerutscht, und während Tracy dort saß, die Beine untergeschlagen, und ihren Tee trank, gab es auch noch ein gutes Stück von ihrem Oberschenkel frei. Rebus versuchte, sich auf ihr Gesicht zu konzentrieren. Das war nicht einfach. »Nun ja«, sagte sie gerade, »Man hat ihm ein paar von seinen Ideen geklaut. Ab und zu sah er ein Foto in einem dieser lokalen Käseblätter, und es war aus der gleichen Perspektive aufgenommen, die er benutzt hatte, zur gleichen Tageszeit, die gleichen Filter. Diese Schweine hatten seine Ideen abgekupfert. Er hat ihre Namen unter den Fotos erkannt. Es waren die Typen, denen er seine Mappe gezeigt hatte.«

»Wie lauteten die Namen?«

»Daran kann ich mich nicht mehr erinnern.« Sie zog an dem Handtuch herum. Es lag etwas Defensives in ihren Bewegungen. War es so schwer, sich an einen Namen zu erinnern? Sie kicherte. »Er wollte mich überreden, für ihn zu posieren.«

»Ich habe das Ergebnis gesehen.«

»Nein, nicht diese Fotos. Sie wissen schon, Nacktaufnahmen. Er hat gesagt, er könnte sie für ein Vermögen an bestimmte Magazine verkaufen. Aber das wollte ich nicht. Ich meine, das Geld wäre ja gut und schön gewesen, aber solche Magazine werden doch herumgereicht, oder etwa nicht? Ich meine, sie werden nie weggeworfen. Ich hätte immer Angst gehabt, dass mich irgendwer auf der Straße erkennt.« Sie wartete auf eine Reaktion von Rebus, und als der sich nachdenklich und leicht verwirrt zeigte, lachte sie kehlig. »Es ist also nicht so, wie die Leute immer behaupten. Man kann einen Bullen *doch* in Verlegenheit bringen.«

»Manchmal.« Rebus' Kopf glühte. Verschämt legte er eine Hand auf eine Wange. Er musste unbedingt etwas dagegen tun. »Also«, sagte er, »war Ronnies Kamera tatsächlich viel wert?«

Sie schien verblüfft über diese Wendung des Gesprächs und zog das Handtuch noch enger um sich. »Kommt drauf an. Ich meine, materieller und ideeller Wert, das ist doch nicht dasselbe, oder?«

»Nicht?«

»Nein, nein, nein.« Sie schüttelte so heftig den Kopf, dass sich das Handtuch löste. »Ich hab immer gedacht, man müsste helle sein, um zur Kriminalpolizei zu kommen. Was ich meine ist ...« Sie hob den Blick zur Decke und das Handtuch rutschte ihr vom Kopf, so dass ihr nasse Ringellocken wie Rattenschwänze in die Stirn fielen. »Nein, ach was soll's. Die Kamera hat etwa hundertfünfzig Pfund gekostet. Okay?«

»Okay.«

»Sie interessieren sich wohl für Fotografie?«

»Erst seit kurzem. Noch 'nen Tee?«

Er schenkte ihr Tee ein und tat ein ganzes Tütchen Zucker hinzu. Sie trank ihn sehr süß.

»Danke«, sagte sie und legte die Hände um den Becher. »Hören Sie.« Sie hielt ihr Gesicht in den Dampf, der von dem Tee aufstieg. »Darf ich Sie um einen Gefallen bitten?«

Jetzt kommt's, dachte Rebus. Geld. Er hatte sich bereits vorgenommen nachzusehen, ob irgendwas in der Wohnung fehlte, bevor er sie gehen ließ. »Was denn?«

Jetzt sah sie ihm direkt in die Augen. »Kann ich hier übernachten?« Die Worte schossen förmlich aus ihr heraus. »Ich schlafe auf der Couch oder auf dem Fußboden. Ist mir ganz egal. Ich will bloß nicht in dieses Haus zurück. Nicht heute Abend. Es war in letzter Zeit alles ziemlich irrsinnig, und dann diese Männer, die mich verfolgt haben …« Sie zitterte, und Rebus dachte, wenn das alles Theater war, dann musste sie eine erstklassige Schauspielschülerin sein. Er zuckte die Achseln und wollte etwas sagen. Aber stattdessen stand er auf und ging zum Fenster, um die Entscheidung hinauszuzögern.

Die orangenen Straßenlaternen waren an und beleuchteten das Pflaster, als sei es eine Hollywood-Filmkulisse. Draußen stand ein Auto, direkt gegenüber der Wohnung. Da er im zweiten Stock wohnte, konnte Rebus nicht in das Auto hineinsehen, doch das Fenster an der Fahrerseite war heruntergekurbelt und Rauch strömte heraus.

»Und?«, sagte die Stimme hinter ihm. Sie hatte jetzt jede Zuversicht verloren.

»Was?«, sagte Rebus abgelenkt.

»Kann ich?« Er drehte sich zu ihr um. »Kann ich bleiben?«, wiederholte sie.

»Klar«, sagte Rebus und ging zur Tür. »Bleib solange du willst.«

Er war bereits ein gutes Stück die gewundene Treppe hinuntergelaufen, als er merkte, dass er keine Schuhe anhatte. Er blieb stehen und überlegte. Nein, zum Teufel damit. Seine Mutter hatte ihn immer vor Frostbeulen gewarnt, aber er hatte nie welche bekommen. Jetzt war eine gute Gelegenheit festzustellen, ob er in dieser Hinsicht immer noch Glück hatte.

Als er an der Tür im ersten Stock vorbeikam, ging diese

mit lautem Gerassel auf und Mrs. Cochrane stellte sich in ihrer ganzen Breite Rebus in den Weg.

»Mrs. Cochrane«, sagte er, nachdem er den ersten Schreck überwunden hatte.

»Da.« Sie schob ihm etwas zu, und er konnte nichts anderes tun, als es annehmen. Es war ein Stück Pappe, etwa zwanzig mal dreißig Zentimeter groß. Rebus las, was darauf stand: SIE SIND AN DER REIHE DIE TREPPE ZU PUTZEN. Als er wieder aufblickte, ging Mrs. Cochranes Tür bereits zu. Er konnte hören, wie sie auf ihren Pantoffeln zurück zu ihrem Fernseher und zu ihrer Katze schlurfte. Alte Stinkerin.

Rebus nahm die Pappe mit nach unten, die Stufen fühlten sich durch die Socken empfindlich kalt an. Und die Katze roch auch nicht allzu gut, dachte er gehässig.

Die Haustür war nicht abgeschlossen. Er öffnete sie vorsichtig, damit die alten Scharniere so wenig Lärm wie möglich machten. Das Auto stand noch da. Direkt vor ihm, als er nach draußen trat. Doch der Fahrer hatte ihn bereits gesehen. Der Zigarettenstummel flog auf die Straße, und der Motor wurde gestartet. Rebus lief auf den Zehenspitzen weiter. Im gleichen Augenblick gingen die Scheinwerfer des Autos an, ihr Lichtstrahl war so hell wie ein Suchscheinwerfer in einem Gefangenenlager. Rebus blieb stehen und kniff die Augen zusammen. Das Auto fuhr los, machte einen Schwenk nach links auf die andere Straßenseite und raste die stark abschüssige Straße hinunter. Rebus starrte ihm nach und versuchte, das Nummernschild zu erkennen, doch vor seinen Augen war nur ein weißes Flimmern. Es war ein Ford Escort gewesen. Dessen war er sich sicher.

Als er noch einmal die Straße hinunterschaute, stellte er fest, dass das Auto an der Kreuzung zur Hauptstraße angehalten hatte und auf eine Lücke im Verkehr wartete. Es war weniger als hundert Meter von ihm entfernt. Rebus fasste einen Entschluss. Er war in seiner Jugend ein ganz brauchbarer Sprinter gewesen, immerhin so gut, dass die Schulmannschaft ihn einsetzte, wenn einer fehlte. Er lief jetzt mit einer trunkenen Euphorie. Dann erinnerte er sich an die Flasche Wein, die er aufgemacht hatte. Schon bei dem bloßen Gedanken bekam er Sodbrennen und verlangsamte das Tempo. Genau in dem Augenblick rutschte er auf irgendwas auf dem Bürgersteig aus, blieb stehen und sah das Auto um die Ecke biegen und davondonnern.

Egal. Der erste Blick, als er die Tür öffnete, hatte genügt. Er hatte die Polizei-Uniform gesehen. Zwar nicht das Gesicht des Fahrers, aber ganz deutlich die Uniform. Ein Polizist, ein Constable, der einen Ford Escort fuhr. Zwei junge Mädchen kamen den Bürgersteig entlang. Sie kicherten, als sie an Rebus vorbeigingen, und ihm wurde bewusst, dass er keuchend dastand, ohne Schuhe, aber mit einem Schild in der Hand, das ihn aufforderte, DIE TREPPE ZU PUTZEN. Als er nach unten blickte, sah er, worauf er ausgerutscht war.

Leise fluchend zog er die Socken aus, warf sie in die Gosse und ging barfuß zu seiner Wohnung zurück.

Detective Constable Brian Holmes trank Tee. Bei ihm war das fast so etwas wie ein Ritual Er hielt sich die Tasse vors Gesicht, pustete hinein und nippte. Erst pusten, dann nippen. Schlucken. Dann blies er seinen dunstigen Atem in die Luft. An diesem Abend war er total durchgefroren. Ihm war so kalt wie einem Penner auf einer Parkbank. Doch er hatte noch nicht mal eine Zeitung, und der Tee schmeckte scheußlich. Er stammte aus einer dieser Thermosflaschen, glühend heiß und mit Plastikgeschmack. Die Milch war auch nicht die frischeste, aber zumindest wärmte das Gebräu ein wenig, wenn auch die Wärme nicht bis in den Zehenspitzen vordrang, vorausgesetzt, dass er noch Zehen hatte.

»Irgendwas zu sehen?«, zischte er dem Mann vom Schottischen Tierschutzbund zu, der ein Fernglas vor seine Augen hielt, als wollte er seine Verlegenheit verbergen.

»Nichts«, flüsterte der Beamte. Es war ein anonymer Hinweis gewesen. Der dritte in diesem Monat, und – um fair zu sein – der erste, der ins Leere führte. Hundekämpfe waren wieder in Mode. In den letzten drei Monaten hatte man mehrere »Arenen« gefunden, kleine Erdgruben, die mit Wellblech eingezäunt waren. Die meisten Arenen schienen sich auf Schrottplätzen zu befinden, was dem Begriff »Schrottplatz« eine zusätzliche Bedeutung gab. Doch heute Abend beobachteten sie ein Stück Ödland. Ganz in der Nähe fuhren ratternd Güterzüge vorbei, die ins Zentrum der Stadt wollten, doch abgesehen davon und dem leisen Rauschen des Autoverkehrs in der Ferne war der Ort wie ausgestorben. Ja, hier gab es tatsächlich eine behelfsmäßige Grube. Sie hatten sie sich bei Tageslicht angesehen, indem sie so taten, als würden sie ihre Schäferhunde ausführen, die in Wirklichkeit Polizeihunde waren. In den Arenen benutzten sie hingegen Pitbulls. Brian Holmes hatte zwei ehemalige Kombattanten gesehen, die Augen wahnsinnig vor Angst und Schmerz. Er war nicht dageblieben, als der Tierarzt ihnen die tödliche Spritze verpasste.

»Moment mal.«

Zwei Männer, die Hände in den Taschen vergraben, gingen durch die Wildnis. Sie traten vorsichtig auf den unebenen Boden, um nicht plötzlich in einem Loch zu stehen. Anscheinend wussten sie, wo sie hinwollten, sie steuerten nämlich direkt auf die flache Grube zu. Dort schauten sie sich noch einmal um. Brian Holmes starrte direkt zu ihnen hin, doch er wusste, dass sie ihn nicht sehen konnten. Wie der Tierschutzbeamte hockte er in dichtem Farngestrüpp, hinter ihm die Mauer eines ehemaligen Gebäudes. Obwohl in der Nähe der Grube etwas Licht war, war es hier fast völlig dunkel. Deshalb konnte er wie durch einen Spionspiegel sehen, ohne gesehen zu werden.

»Jetzt haben wir euch«, sagte der Tierschutzbeamte, als die beiden Männer in die Grube sprangen.

»Warten Sie ...«, sagte Holmes, der plötzlich ein merkwürdiges Gefühl bei der Sache hatte. Die beiden Männer hatten angefangen, sich zu umarmen, und während ihre Gesichter in einem langen, intensiven Kuss verschmolzen, ließen sie sich auf den Boden sinken.

»O Gott!«, rief der Mann vom Tierschutzverein.

Holmes starrte seufzend auf den feuchten, steinharten Boden unter seinen Knien.

»Ich glaube, hier sind keine Pitbulls im Spiel«, sagte er. »Und falls doch, dann müsste die Anklage eher auf Sodomie als auf Tierquälerei lauten.«

Der Tierschutzbeamte hielt immer noch entsetzt und gebannt zugleich das Fernglas an seine Augen.

»Man hört ja so einiges«, sagte er, »aber man erwartet doch nicht ... nun ja ... Sie wissen schon.«

»Dass man so was mit eigenen Augen sieht?«, schlug Holmes vor und richtete sich langsam und unter Schmerzen auf.

Er unterhielt sich gerade mit dem wachhabenden Beamten der Nachtschicht, als die Nachricht durchgegeben wurde, Inspector Rebus wolle ihn sprechen.

»Rebus, was will der denn?« Brian Holmes sah auf seine Uhr. Es war Viertel nach zwei. Rebus war zu Hause, und er sollte ihn dort anrufen. Er benutzte das Telefon des Diensthabenden.

»Hallo?« Er kannte John Rebus natürlich und hatte schon bei mehreren Fällen mit ihm zusammengearbeitet. Aber Anrufe mitten in der Nacht – das war etwas völlig anderes.

»Sind Sie das, Brian?«

»Ja, Sir.«

»Haben Sie ein Blatt Papier? Schreiben Sie Folgendes auf. Während er mit Block und Kugelschreiber herumhantierte, glaubte Holmes am anderen Ende Musik zu hören. Etwas, das er kannte. Das *Weiße Album* der Beatles. »Fertig?«

»Ja, Sir.«

»Also, gestern wurde ein Junkie tot in Pilmuir aufgefunden, das heißt, genau genommen ist es jetzt zwei Tage her. Überdosis. Finden Sie heraus, wer die Constables waren, die ihn gefunden haben. Sagen Sie ihnen, sie sollen morgen Früh um zehn in mein Büro kommen. Haben Sie das?«

»Ja, Sir.«

»Gut. Wenn Sie die Adresse von dem Haus haben, wo die Leiche gefunden wurde, dann besorgen Sie sich die Schlüssel – wer auch immer die hat – und fahren hin. In einem der Zimmer im ersten Stock hängen an einer Wand viele Fotos. Einige sind vom Edinburgh Castle. Nehmen Sie die ab und gehen Sie damit zur Redaktion der Lokalzeitung. Die müssen Ordner voller Fotos haben. Wenn Sie Glück haben, hat da vielleicht gerade ein kleiner alter Mann Dienst, der ein Gedächtnis wie ein Elefant hat. Ich möchte, dass Sie nach Fotos suchen, die in letzter Zeit in dem Blatt veröffentlicht wurden und so aussehen, als wären sie aus der gleichen Perspektive aufgenommen worden, wie die von der Wand in dem Zimmer. Haben Sie das?«

»Ja, Sir«, sagte Holmes, der wie wild mitschrieb.

»Gut. Ich möchte wissen, wer diese Zeitungsfotos gemacht hat. Auf der Rückseite von jedem Abzug wird ein Aufkleber oder so was sein, mit Name und Adresse.«

»Sonst noch was, Sir?« Bewusst oder nicht, es klang ziemlich sarkastisch.

»Ja.« Rebus schien seine Stimme um ein Dezibel zu senken. »An der Wand hängen auch ein paar Fotos von einer jungen Frau. Ich möchte mehr über sie wissen. Sie behauptet, ihr zweiter Vorname sei Tracy. So nennt sie sich auch. Fragen Sie ein bisschen rum, zeigen Sie die Fotos jedem, von dem Sie meinen, er könnte was wissen.«

»In Ordnung, Sir. Eine Frage.«

»Schießen Sie los.«

»Warum ich? Warum jetzt? Und wozu soll das gut sein?«

»Das waren drei Fragen. Ich beantworte so viele, wie ich kann, wenn wir uns morgen Nachmittag sehen. Seien Sie um drei in meinem Büro.«

Dann war die Leitung tot. Brian Holmes starrte auf die betrunkenen Buchstabenreihen auf seinem Block. Was da in seiner eigenen Kurzschrift stand, würde Arbeit für eine Woche sein, die ihm innerhalb von wenigen Minuten aufs Auge gedrückt worden war. Der wachhabende Beamte las es über seiner Schulter mit.

»Besser du als ich«, sagte er ganz aufrichtig.

John Rebus hatte Holmes aus einer ganze Reihen von Gründen ausgewählt, aber hauptsächlich, weil Holmes nicht viel über ihn wusste. Er wollte jemanden, der effizient arbeiten würde, methodisch, ohne viel Aufhebens zu machen. Jemanden, der Rebus nicht gut genug kannte, um sich darüber zu beschweren, dass man ihn im Dunkeln ließ, ihn herumschubste. Ihn als Laufburschen und Schnüffler benutzte und die Drecksarbeit machen ließ. Rebus wusste, dass Holmes in dem Ruf stand, tüchtig zu sein und sich nur selten zu beklagen. Damit konnte man schon etwas anfangen.

Er trug das Telefon vom Flur wieder ins Wohnzimmer, stellte es ins Bücherregal und ging zur Stereoanlage, wo er erst den Kassettenrecorder und dann den Verstärker ausschaltete. Dann ging er ans Fenster und schaute auf die leere Straße. Das Licht der Lampen hatte die Farbe von rotem Leicester-Käse angenommen. Diese Assoziation erinnerte ihn an den Mitternachtssnack, den er sich vor zwei Stunden versprochen hatte, und er beschloss, sich in der Küche etwas zu essen zu machen. Tracy würde nichts wollen, da war er sich ganz sicher. Er starrte sie an, wie sie dort auf dem Sofa lag, den Kopf leicht zum Fußboden geneigt. Eine Hand lag auf ihrem Bauch, die andere hing nach unten und berührte den wollenen Teppich. Ihre Augen waren zu Schlitzen zusammengekniffen, der Mund leicht geöffnet, so dass man eine kleine Lücke zwischen ihren beiden Schneidezähnen sehen konnte. Sie hatte fest geschlafen, als er eine Decke über sie geworfen hatte, und sie schlief immer noch. Ihr Atem ging regelmäßig. Irgendetwas plagte ihn, aber er wusste nicht, was es war. Vielleicht der Hunger. Er hoffte, dass der Kühlschrank eine angenehme Überraschung für ihn bereit hätte. Doch als Erstes ging er zum Fenster und schaute noch einmal hinaus. Die Straße war absolut tot, und genauso fühlte sich auch Rebus: tot, aber tatendurstig. Er hob *Dr. Jekyll und Mr. Hyde* vom Fußboden auf und nahm das Buch mit in die Küche.

MITTWOCH

Je mehr eine Sache nach dieser verdächtigen Straße riecht, desto weniger frage ich.

Die Police Constables Harry Todd und Francis O'Rourke standen bereits vor Rebus' Büro, als er am nächsten Morgen ankam. Sie lehnten gegen die Wand und unterhielten sich lässig. Es kümmerte sie offenbar wenig, dass Rebus zwanzig Minuten zu spät kam. Er würde einen Teufel tun und sich entschuldigen. Mit Befriedigung stellte er fest, dass die beiden Constables sich gerade hinstellten und verstummten, als er oben an der Treppe ankam.

Das war ein guter Anfang.

Er öffnete die Tür, ging ins Zimmer und machte die Tür wieder zu. Sollten sie doch noch eine Weile schmoren. Jetzt hatten sie wirklich etwas, worüber sie reden konnten. Er hatte sich bei dem Sergeant am Empfang erkundigt und wusste, dass Brian Holmes nicht da war. Also zog er einen Zettel aus seiner Tasche und rief bei Holmes zu Hause an. Das Telefon klingelte und klingelte. Holmes musste unterwegs sein, seine Aufträge erledigen.

Es lief immer noch gut.

Auf seinem Schreibtisch lag Post. Er blätterte sie durch und zog nur eine Nachricht von Superintendent Watson aus dem Stapel. Es war eine Einladung zum Mittagessen. Heute. Um halb eins. Verdammt. Um drei war er mit Holmes verabredet. Es war ein Essen mit ein paar von den Geschäftsleuten, die das Geld für die Anti-Drogen-Kampagne hinblätterten. Verdammt. Und es fand in The Eyrie statt, was hieß, dass man eine Krawatte und ein sauberes Hemd tragen musste. Rebus sah an sich herunter. Das Hemd würde es tun. Aber die Krawatte nicht. Verdammt.

Die gute Laune verließ ihn schlagartig.

Es hätte ja auch nicht immer so schön weitergehen können. Tracy hatte ihn mit einem Frühstückstablett geweckt. Orangensaft, Toast mit Honig und starker Kaffee. Sie war ganz früh rausgegangen, erklärte sie, und hatte ein bisschen Geld mitgenommen, das sie auf dem Regal im Wohnzimmer gefunden hatte. Sie hoffte, er wäre nicht sauer deswegen. Ein Laden an der Ecke hatte bereits auf gehabt. Dort hatte sie eingekauft, war zurück in die Wohnung gekommen und hatte ihm Frühstück gemacht.

»Erstaunlich, dass dich der Geruch von verbranntem Toast nicht aufgeweckt hat«, hatte sie gesagt.

»Du hast den Mann vor dir, der bei *Flammendes Inferno* eingeschlafen ist«, hatte er geantwortet. Und sie hatte lauthals gelacht, während sie auf dem Bett saß und kleine Bissen von ihrem Toast knabberte, während Rebus langsam und nachdenklich kaute. Was für ein Luxus. Wie lange war es her, dass ihm jemand Frühstück ans Bett gebracht hatte? Ihn beängstigte der Gedanke …

»Herein!«, brüllte er jetzt, obwohl niemand geklopft hatte.

Tracy war klaglos gegangen. Sie fühle sich ganz gut, sagte sie. Schließlich könne sie sich nicht ewig verstecken. Er hatte sie zurück nach Pilmuir gefahren, und dann hatte er etwas Dummes getan. Er hatte ihr zehn Pfund gegeben. Das war nicht einfach Geld, wie ihm sofort klar wurde, als er es ihr gegeben hatte. Es stellte eine Verbindung zwischen ihnen her, eine Verbindung, die er nicht knüpfen sollte. Er hätte ihr den Schein am liebsten wieder aus der Hand gerissen. Doch da war sie bereits ausgestiegen und ging davon, ihr Körper zerbrechlich wie feines Porzellan, ihr Gang entschlossen und voller Energie. In manchen Augenblicken erinnerte sie ihn an seine Tochter Sammy, in anderen …

In anderen Momenten an Gill Templer, seine Exfreundin.

»Herein!«, brüllte er noch einmal. Diesmal ging die Tür einige Zentimeter auf, dann noch ein Stückchen weiter. Ein Kopf erschien im Türrahmen.

»Es hat niemand geklopft, Sir«, sagte der Kopf nervös.

»Tatsächlich nicht?«, sagte Rebus mit seiner besten Bühnenstimme. »Nun, in dem Fall sollte ich wohl stattdessen mit Ihnen beiden reden. Also, warum kommen Sie nicht endlich *rein*!«

Darauf kamen sie schlurfend durch die Tür, beide nun ein bisschen weniger keck. Rebus deutete auf die beiden Stühle vor seinem Schreibtisch. Einer von ihnen setzte sich sofort, der andere blieb in Hab-Acht-Stellung stehen.

»Ich möchte lieber stehen, Sir«, sagte er. Der andere wirkte plötzlich besorgt. Offenbar befürchtete er, gegen irgendeine protokollarische Vorschrift verstoßen zu haben.

»Wir sind doch hier nicht bei der Armee, verdammt noch mal«, sagte Rebus zu dem stehenden Mann, als sich der sitzende gerade erheben wollte. »Also setzen Sie sich hin!«

Beide setzten sich. Rebus rieb sich die Stirn, als hätte er Kopfschmerzen. In Wahrheit hatte er beinah vergessen, wer diese Constables waren und weshalb sie hier waren.

»Na schön«, sagte er. »Was glauben Sie, weshalb ich Sie heute Morgen hierher bestellt habe?« Abgedroschen, aber wirkungsvoll.

»Hat es was mit den Hexen zu tun, Sir?«

»Hexen?« Rebus sah den Constable an, der das gesagt hatte, und erinnerte sich plötzlich an den eifrigen jungen Mann, der ihm damals das Pentagramm gezeigt hatte. »Ganz recht, Hexen. Und Überdosen.«

Sie blinzelten ihn an. Er suchte verzweifelt einen Einstieg in das Verhör, wenn es denn ein Verhör werden sollte. Er hätte sich einige Gedanken darüber machen sollen, bevor er herkam.

Zumindest hätte er sich daran erinnern sollen, dass er dieses Treffen arrangiert hatte. Er sah eine Zehn-Pfund-Note vor sich, ein Lächeln, nahm den Geruch von verbranntem Toast wahr ... Er sah auf das Pentagramm auf der Krawatte des Constable.

»Wie ist Ihr Name, mein Junge?«

»Todd, Sir.«

»Todd? Wissen Sie, was das im Deutschen bedeutet, Todd?«

»Ja, Sir. Ich hab bis zum Abitur Deutsch in der Schule gehabt.«

Rebus nickte und tat so, als wäre er beeindruckt. Verdammt, er *war* beeindruckt. Heutzutage hatten sie anscheinend alle Abitur, all diese unglaublich jung aussehenden Constables. Einige waren sogar noch weiter gegangen, College, Universität. So hatte er beispielsweise den Eindruck, dass Holmes auf der Uni gewesen war. Hoffentlich hatte er sich nicht an einen Klugscheißer gewandt ...

Rebus zeigte auf die Krawatte.

»Die sieht ein bisschen ungewöhnlich aus, Todd.«

Todd blickte sofort auf seine Krawatte herunter, den Kopf so stark gebeugt, dass Rebus schon fürchtete, ihm würde das Genick brechen.

»Sir?«

»Diese Krawatte. Ist das die, die Sie immer tragen?«

»Ja, Sir.«

»Sie haben nicht zufällig in letzter Zeit eine zerbrochen?«

»Eine Krawatte zerbrochen, Sir?«

»Ich meine den Klipp«, erklärte Rebus.

»Nein, Sir.«

»Und wie ist Ihr Name, mein Junge?«, sagte Rebus rasch und wandte sich dem anderen Constable zu, der völlig entgeistert über den bisherigen Verlauf des Gesprächs war.

»O'Rourke, Sir.«

»Ein irischer Name«, bemerkte Rebus.

»Ja, Sir.«

»Und was ist mit Ihrer Krawatte, O'Rourke? Ist die neu?«

»Nein, eigentlich nicht, Sir. Ich meine, ich hab ungefähr ein halbes Dutzend von den Dingern rumliegen.«

Rebus nickte. Er nahm einen Bleistift in die Hand, betrachtete ihn prüfend und legte ihn wieder hin. Das hier war reine Zeitverschwendung.

»Ich würde gern die Berichte sehen, die Sie über das Auffinden des Toten geschrieben haben.«

»Ja, Sir«, sagten sie.

»Und in dem Haus ist Ihnen nichts Besonderes aufgefallen? Ich meine, als Sie dort ankamen? Nichts Außergewöhnliches?«

»Nur der Tote, Sir«, sagte O'Rourke.

»Und die Zeichnung an der Wand«, sagte Todd.

»Hat einer von Ihnen sich oben umgesehen?«

»Nein, Sir.«

»Die Leiche war wo, als Sie ankamen?«

»In dem Zimmer im Erdgeschoss, Sir.«

»Und Sie sind nicht nach oben gegangen?«

Todd sah zu O'Rourke. »Ich glaube, wir haben gerufen, ob jemand da oben ist. Aber raufgegangen sind wir nicht.«

Wie könnte dieser Krawattenklipp nur da oben hingekommen sein? Rebus atmete tief aus, dann räusperte er sich. »Was für einen Wagen fahren Sie, Todd?«

»Sie meinen dienstlich, Sir?«

»Nein, das mein ich natürlich nicht!« Rebus schlug mit dem Bleistift auf den Schreibtisch. »Ich meine privat.«

Todd schien jetzt noch verblüffter als vorher. »Einen Metro, Sir.«

»Farbe?«

»Weiß.«

Rebus wandte den Blick zu O'Rourke.

»Ich habe kein Auto«, gestand O'Rourke. »Ich bin Motorradfan. Zur Zeit fahre ich eine siebenhundertfünfziger Honda.«

Rebus nickte. Also keine Ford Escorts. Keiner der beiden war um Mitternacht Hals über Kopf aus seiner Straße geflüchtet.

»Tja, das war's dann wohl, denke ich.« Mit einem Lächeln entließ er die beiden, nahm den Bleistift wieder in die Hand, prüfte die Spitze und brach sie mit voller Absicht an seiner Schreibtischkante ab.

Rebus dachte an Charlie, als er vor einem kleinen altmodischen Herrenbekleidungsgeschäft in einer Seitenstraße der George Street anhielt. Er dachte an Charlie, als er sich eine Krawatte schnappte und sie bezahlte. Im Auto dachte er wieder an Charlie, als er sich die Krawatte umband, den Motor anließ und losfuhr. Da war er nun auf dem Weg zu einem Mittagessen mit einigen der reichsten Geschäftsleute der Stadt, und das Einzige, woran er denken konnte, war Charlie und daran, dass Charlie vermutlich immer noch die Wahl hatte, eines Tages so wie diese Geschäftsmänner zu werden. Er würde Examen machen, mit Hilfe der guten Beziehungen seiner Familie einen guten Job bekommen und innerhalb von ein bis zwei Jahren mühelos ins höhere Management aufsteigen. Er würde seine dekadenten Schwärmereien vergessen und selber dekadent werden, so wie es nur die Reichen und Erfolgreichen je sein können ... Wahre Dekadenz, nicht so abgedroschener Kram wie Hexerei und Dämonismus, Drogen und Gewalt. Diese Blutergüsse auf Ronnies Körper, könnten die tatsächlich von einem gewalttätigen Sex-Kunden stammen? Ein sadomasochistisches Spiel, das außer Kontrolle geraten war? Vielleicht ein Spiel mit diesem mysteriösen Edward, dessen Namen Ronnie geschrien hatte?

Oder ein Ritual, das zu weit getrieben wurde?

Hatte er den Aspekt des Satanismus zu rasch abgehakt? Sollte ein Polizist nicht für alles offen sein? Vielleicht, aber Satanismus stieß bei ihm auf völlig taube Ohren. Schließlich war er Christ. Er mochte zwar nicht oft in die Kirche gehen, da ihm das Singen von Kirchenliedern und die schlechten Predigten zuwider waren, aber das bedeutete ja nicht, dass er nicht an seinen eigenen kleinen, finsteren Gott glaubte. Jeder hatte einen Gott, der neben einem herzockelte. Und der Gott der Schotten war so Unheil verkündend, wie er nur sein konnte.

Das mittägliche Edinburgh wirkte düsterer denn je. Vielleicht spiegelte es nur seine Stimmung wider. Das Castle schien einen Schatten über die gesamte New Town zu werfen. Doch dieser Schatten fiel nicht auf The Eyrie, konnte so weit gar nicht fallen. The Eyrie war das teuerste Restaurant der Stadt und auch das exklusivste. Gerüchten zufolge war es für mittags zwölf Monate im Voraus ausgebucht, während man auf einen Tisch zum Abendessen nur etwa acht bis zehn Wochen warten musste. Das Restaurant nahm die gesamte obere Etage eines georgianischen Hotels im Herzen der New Town ein, fernab vom Gewühl der Innenstadt.

Nicht dass die Straßen hier besonders ruhig waren. Es herrschte ein ständiger Durchgangsverkehr, wobei immer genügend Autos anhielten, um das Parken zu einem Problem zu machen. Doch nicht für einen Detective. Rebus stellte sein Auto auf einer doppelten gelben Linie direkt vor dem Haupteingang des Hotels ab. Trotz der Warnungen des Portiers von wegen Politessen und Geldbußen ließ er es dort stehen und betrat das Hotel. Er befühlte seinen Magen, während der Lift ihn die vier Stockwerke nach oben trug, und stellte befriedigt fest, dass er hungrig war. Diese Geschäftsleute mochten ihn ja zu Tode langweilen, und die Aussicht, zwei Stunden mit Farmer Watson zu verbringen, war beinah unerträglich, doch er würde gut essen. Ja, er würde ausgezeichnet essen.

Und wenn man ihm bei der Weinkarte freie Hand ließ, würde er diese Knallköpfe auch noch in den Bankrott treiben.

Brian Holmes verließ die Snackbar mit einem Styroporbecher gräulich aussehenden Tees in der Hand. Während er ihn betrachtete, versuchte er sich zu erinnern, wann er das letzte Mal eine gute Tasse Tee getrunken hatte, richtigen Tee, den er selbst aufgebrüht hatte. Sein Leben schien sich nur noch um Styroporbecher und Thermosflaschen zu drehen, um langweilige Sandwiches und Schokoladenkekse. Pusten, nippen. Pusten, nippen. Schlucken.

Dafür hatte er eine akademische Karriere aufgegeben.

Das heißt, er hatte sich genau acht Monate in der akademischen Welt getummelt, als er nämlich Geschichte an der University of London studierte. Den ersten Monat lang hatte er nur Ehrfurcht vor der Stadt selbst empfunden und versucht, mit ihrer Größe klarzukommen und mit den Schwierigkeiten, tatsächlich dort zu leben, sich fortzubewegen und mit Würde zu überleben. Im zweiten und dritten Monat hatte er versucht, sich an das Universitätsleben zu gewöhnen, an neue Freunde und die ständigen Diskussionen, und sich um Anschluss an die eine oder andere Gruppe bemüht. Er hatte immer erst die Lage sondiert, bevor er irgendwo mitmachte, und festgestellt, dass alle nervös waren wie Kinder, die gerade schwimmen lernten. Im vierten und fünften Monat wurde er schließlich zum Londoner und pendelte täglich von seiner Bude in Battersea zur Universität. Plötzlich wurde sein Leben von Zahlen beherrscht, von den Fahrplänen der Züge, Busse und U-Bahnen, besonders von den Abfahrtzeiten der späten Busse und U-Bahnen, die ihn aus den endlosen Diskussionen in den Kaffeebars herausrissen und zurück in sein lautes Zimmer brachten. Die Möglichkeit, einen Zug zu verpassen, wurde allmählich zur Qual, und U-Bahn-Fahrten während der Rushhour waren die reinste Hölle. Die Monate sechs und sieben verbrachte er zurückgezogen in Battersea, lernte in seinem Zimmer und besuchte kaum Vorlesungen. Und im achten Monat, im Mai, als die Sonne ihm den Rücken wärmte, verließ er London und kehrte in den Norden zurück, zurück zu alten Freunden und einer plötzlichen Leere in seinem Leben, die durch Arbeit gefüllt werden musste.

Aber warum in Gottes Namen hatte er sich für die Polizei entschieden?

Er knüllte den mittlerweile leeren Styroporbecher zusammen und zielte auf einen nahen Abfallbehälter. Er fiel daneben. Was soll's, dachte Holmes. Dann riss er sich zusammen, ging zu dem Becher, bückte sich, hob ihn auf und warf ihn in den Müll. Du bist hier nicht in London, Brian, sagte er sich. Eine ältere Frau lächelte ihn an.

So leuchtet eine gute Tat in einer schlimmen Welt.

Eine schlimme Welt, das konnte man wohl sagen. Rebus hatte ihn da mitten hinein in einen menschlichen Schmelztiegel geworfen. Pilmuir, Hiroshima der Seele. Er konnte gar nicht schnell genug hier wegkommen. Hatte Angst, sich zu verstrahlen. Er hatte eine kleine Liste dabei, die er säuberlich von den chaotischen Notizen des Telefongesprächs letzte Nacht angefertigt hatte. Die nahm er jetzt aus der Tasche, um sie abzuhaken. Die Constables waren leicht aufzutreiben gewesen. Rebus musste inzwischen mit ihnen gesprochen haben. Dann war er zu dem Haus in Pilmuir gegangen. In seiner Innentasche steckten jetzt die Fotografien. Edinburgh Castle. Es waren wirklich gute Aufnahmen. Ungewöhnliche Perspektiven. Und das Mädchen. Sie war wohl ganz hübsch. Schwer zu schätzen, wie alt sie war, und ihr Gesicht zeigte die Spuren von einem harten Leben, doch auf ihre Art war sie ganz attraktiv. Er hatte keine Ahnung, wie er etwas über sie herausfinden sollte. Das Einzige, was er hatte, war dieser Name, Tracy. Natürlich gab es Leute, die er fragen konnte. In Edinburgh war er auf heimischem Boden, ein Riesenvorteil bei dieser Art Arbeit. Er hatte reichlich Kontakte, alte Freunde, Freunde von Freunden. Nach dem Fiasko in London hatte er die Kontakte wieder hergestellt. Alle hatten ihm gesagt, er solle nicht gehen. Und alle waren froh gewesen, ihn schon so bald wiederzusehen, nachdem sie ihn gewarnt hatten. Froh, weil sie sich damit brüsten konnten, dass sie es ihm ja gleich gesagt hätten. Das war jetzt erst fünf Jahre her ... Irgendwie kam es ihm viel länger vor.

Warum war er zur Polizei gegangen? Seine erste Wahl war Journalismus gewesen. Das ging weit zurück, bis in seine Schulzeit. Nun ja, Kindheitsträume konnten manchmal wahr werden, wenn auch nur vorübergehend. Schließlich musste er als Nächstes zur Redaktion der lokalen Tageszeitung. Mal sehen, ob er das Castle noch einmal aus so ungewöhnlichen Perspektiven fotografiert finden würde. Und wenn er Glück hatte, bekam er sogar eine anständige Tasse Tee.

Er wollte gerade weitergehen, da sah er auf der anderen Straßenseite das Schaufenster eines Immobilienmaklers. Er hatte immer angenommen, dass diese spezielle Agentur wegen ihres Namens teuer sein würde. Aber was sollte es – er war verzweifelt. Er schlängelte sich durch den völlig zum Erliegen gekommenen Verkehr und blieb vor dem Fenster von Bowyer Carew stehen. Eine Minute später drehte er sich wieder um, die Schultern noch ein wenig mehr gebeugt als vorher, und schlich auf die Brücken zu.

»Und das ist James Carew, von Bowyer Carew.«

James Carew hob sein gut gepolstertes Hinterteil einen Millimeter von seinem gut gepolsterten Stuhl, schüttelte Rebus die Hand und ließ sich wieder nieder. Während sie einander vorgestellt wurden, war sein Blick nicht von Rebus' Krawatte gewichen.

»Finlay Andrews«, fuhr Superintendent Watson fort, und Rebus schüttelte eine weitere feste Freimaurerhand. Er brauchte nicht die geheimen Druckpunkte zu kennen, um einen Freimaurer einordnen zu können. Schon das Händeschütteln an sich sagte ihm bereits alles. Er dauerte ein bisschen länger als normal, genau die Zeit, die der andere brauchte, um festzustellen, ob man selber in der Bruderschaft war oder nicht.

»Mr. Andrews kennen Sie vielleicht. Er hat einen Spielsalon in Duke Terrace. »Wie heißt der noch gleich?« Watson bemühte sich einfach zu sehr – zu sehr, Gastgeber zu sein, zu sehr mit diesen Männern auszukommen, zu sehr, als dass sich irgendwer wohl fühlen könnte.

»Er heißt einfach Finlay's«, half ihm Finlay Andrews und ließ Rebus' Hand los.

»Tommy McCall«, stellte sich der letzte Gast in der mittäglichen Runde selber vor und schüttelte Rebus kurz und lässig die Hand. Rebus setzte sich lächelnd zu ihnen an den Tisch, dankbar, dass er endlich sitzen durfte.

»Doch nicht etwa der Bruder von Tony McCall?«, fragte er beiläufig.

»Genau der.« McCall lächelte. »Sie kennen Tony also?«

»Sogar ziemlich gut«, sagte Rebus. Watson wirkte irritiert. »Inspector McCall«, erklärte Rebus, worauf Watson heftig nickte.

»Also«, sagte Carew und rutschte auf seinem Stuhl hin und her, »was möchten Sie trinken, Inspector Rebus?«

»Nicht im Dienst, Sir«, sagte Rebus und faltete seine hübsch arrangierte Serviette auseinander. Als er Carews Gesichtsausdruck bemerkte, lächelte er. »War nur ein Scherz. Ich hätte gern einen Gin Tonic.«

Alle lächelten. Ein Polizist mit Sinn für Humor, das überraschte die Leute meistens. Sie wären noch mehr überrascht gewesen, hätten sie gewusst, wie selten Rebus Witze machte. Aber er hatte das Bedürfnis mitzuspielen, »gesellig« zu sein, wie dieser unselige Ausdruck lautete.

Ein Kellner stand plötzlich neben ihm.

»Noch einen Gin Tonic, Ronald«, sagte Carew zu dem

Kellner, der sich verbeugte und verschwand. An seiner Stelle tauchte ein weiterer Kellner auf und verteilte große in Leder gebundene Speisekarten. Die dicke Stoffserviette lag schwer auf Rebus' Schoß.

»Wo wohnen Sie, Inspector?« Die Frage kam von Carew. Sein Lächeln schien mehr als nur ein Lächeln, und Rebus war auf der Hut.

»In Marchmont«, sagte er.

»Ach ja«, begeisterte sich Carew, »das war schon immer eine sehr gute Gegend. Da war in früheren Zeiten mal ein riesiges Landgut, wussten Sie das?«

»Tatsächlich?«

»Mmm. Wunderbares Viertel.«

»Was James meint«, unterbrach Tommy McCall, »ist, dass die Häuser dort ein paar Kröten wert sind.«

»Das sind sie auch«, antwortete Carew unwillig. »Sehr günstig gelegen zur Innenstadt, nahe am Meadows-Park und der Universität ...«

»James«, sagte Finlay Andrews warnend, »hör auf, über Geschäfte zu reden.«

»Hab ich das getan?« Carew schien aufrichtig überrascht. Er sah Rebus erneut mit diesem Lächeln an. »Tut mir Leid.«

»Ich würde das Lendenfilet empfehlen«, sagte Andrews. Als der Kellner wieder an ihren Tisch kam, um die Bestellung aufzunehmen, bestellte Rebus aus Trotz Seezunge.

Er versuchte, ganz locker zu sein, die anderen Gäste im Lokal nicht anzustarren, nicht die feine Struktur des Tischtuchs zu erforschen oder die ihm unbekannten Gerätschaften zu untersuchen, die Fingerschalen, die Stempel auf dem Silberbesteck. Aber andererseits war das eine einmalige Gelegenheit, oder etwa nicht? Also warum nicht starren? Er starrte, und sah etwa fünfzig wohl genährte, glückliche Gesichter, größtenteils männlich, ab und zu eine dekorative Frau, die dem Ganzen Anstand und Eleganz verlieh. Filetsteak, das schienen alle anderen zu essen. Und dazu Wein zu trinken.

»Wer möchte den Wein aussuchen?«, fragte McCall und hielt die Karte hoch. Carew sah aus, als würde er sie gerne an sich reißen, also hielt Rebus sich zurück. Wie würde das denn aussehen, wenn er nach der Karte griff und ich, ich, ich rief? Wenn er mit gierigen Augen auf die Preise starrte und sich wünschte …

»Wenn ich darf«, sagte Finlay Andrews und nahm McCall die Weinkarte aus der Hand. Rebus betrachtete den Stempel auf seiner Gabel.

»Superintendent Watson hat Sie also überredet, bei unserer kleinen Aktion mitzumachen«, sagte McCall und sah Rebus an.

»Da brauchte er mich nicht allzu sehr zu überreden«, sagte Rebus. »Ich helfe gern, wenn ich kann.«

»Ich bin sicher, dass Ihre Erfahrungen von unschätzbarem Wert sein werden«, sagte Watson zu Rebus und strahlte ihn an. Rebus strahlte zurück, sagte aber nichts.

Glücklicherweise schien Andrews etwas von Wein zu verstehen, denn er bestellte einen anständigen 82er Bordeaux und einen frischen Chablis. Rebus wurde ein wenig munterer, als Andrews die Bestellung aufgab. Wie war noch mal der Name von diesem Spielclub? Andrews? Finlay's? Ja, das war's. Finlay's. Er hatte schon mal davon gehört, ein kleines, ruhiges Kasino. Rebus hatte bisher nie einen Grund gehabt, dorthin zu gehen, weder dienstlich noch zum Vergnügen. Was bestand schon für ein Vergnügen darin, Geld zu verlieren?

»Hast du eigentlich immer noch Ärger mit diesem Chinesen, Finlay?«, fragte McCall, während zwei Kellner eine Pfütze Suppe in die viktorianischen Teller mit den überbreiten Rändern schöpften.

»Er kommt nicht mehr rein. Die Geschäftsführung hat das Recht, jemandem den Eintritt zu verwehren und so weiter.«

McCall wandte sich lachend an Rebus.

»Finlay hatte ziemliche Probleme in seinem Laden. Wissen Sie, die Chinesen sind der Albtraum jedes Spielkasinobesitzers. Und dieser spezielle Chinese hat Finlay übers Ohr gehauen.«

»Ich hatte einen unerfahrenen Croupier«, erklärte Andrews. »Ein erfahrenes Auge, und ich meine wirklich erfahren, konnte ziemlich exakt sehen, wo die Roulettekugel landen würde, wenn man nur genau beobachtete, wie dieser Junge die Kugel warf.«

»Erstaunlich«, sagte Watson, bevor er in einen Löffel Suppe pustete.

»Eigentlich nicht«, sagte Andrews. »Ich hab das schon einige Male erlebt. Der Trick ist, solche Typen zu entdecken, bevor es ihnen gelingt, einen richtig hohen Einsatz zu machen. Aber schließlich muss man die Dinge nehmen, wie sie kommen. Bisher war es ein gutes Jahr für uns. Eine ganze Menge Geld bewegt sich nach Norden und stellt fest, dass man hier nicht viel anstellen kann. Also warum es nicht einfach verspielen?«

»Geld bewegt sich nach Norden?« Rebus war plötzlich interessiert.

»Leute, Jobs. Führungskräfte aus London mit Londoner Gehältern und Londoner Gewohnheiten. Ist Ihnen das noch nicht aufgefallen?«

»Kann ich nicht behaupten«, gestand Rebus. »Jedenfalls nicht um Pilmuir herum.«

Das wurde allseits mit Lächeln quittiert.

»Mein Immobilienbüro hat es ganz gewiss gemerkt«, sagte Carew. »Es besteht eine starke Nachfrage nach größeren Objekten. Zum Teil auch von Firmen. Unternehmen ziehen nach Norden und eröffnen Büros. Sie wissen, was ein guter Deal ist, wenn sie einen sehen, und Edinburgh ist ein guter Deal. Die Häuserpreise sind irrsinnig gestiegen, und ich sehe keinen Grund, warum sie das nicht weiter tun sollten.« Er bemerkte Rebus' Blick. »Es werden sogar neue Wohnungen in Pilmuir gebaut.«

»Finlay«, fiel ihm McCall ins Wort, »erzähl doch Inspector Rebus mal, wo die chinesischen Spieler ihr Geld aufbewahren.«

»Bitte nicht beim Essen«, sagte Watson, und als McCall kichernd auf seinen Suppenteller starrte, sah Rebus, wie Andrews dem Mann einen hasserfüllten Blick zuwarf.

Inzwischen war der Wein gekommen, honigfarben und gut gekühlt. Rebus nippte. Carew fragte Andrews gerade nach der Baugenehmigung für einen Anbau am Kasino.

»Es scheint alles klarzugehen.« Andrews versuchte, sich nicht zu selbstgefällig anzuhören. Tommy McCall lachte.

»Das kann ich mir vorstellen«, sagte er. »Glaubst du, es würde bei deinen Nachbarn auch alles so reibungslos gehen, wenn sie versuchten, einen riesigen Anbau an *ihr* Haus dranzuklatschen?«

Andrews bedachte ihn mit einem Lächeln, das so kühl war wie der Chablis. »Jeder Fall wird individuell und gewissenhaft geprüft, soweit ich das weiß, Tommy. Vielleicht weißt du es ja besser?«

»Nein, nein.« McCall hatte sein erstes Glas Wein ausgetrunken und wollte sich gerade ein zweites einschränken. »Ich bin sicher, dass das alles ganz korrekt ist.« Er sah Rebus verschwörerisch an. »Sie werden doch wohl nichts weitererzählen, John?«

»Nein.« Rebus sah zu Andrews, der gerade den letzten Löffel Suppe aß. »Beim Mittagessen sind meine Ohren immer auf Durchzug gestellt.«

Watson nickte zustimmend.

»Hallo, Finlay.« Ein großer Mann, kräftig gebaut, aber eher muskulös, stand plötzlich am Tisch. Rebus hatte noch nie einen so teuer aussehenden Anzug gesehen, wie ihn dieser Mann anhatte. Ein seidig glänzendes Blau, das mit silbrigen Streifen durchzogen war. Das Haar des Mannes war ebenfalls silbern, obwohl er dem Gesicht nach zu urteilen erst um die vierzig war. Neben ihm, das heißt beinahe an ihn geschmiegt, stand eine zierliche Orientalin, eher Mädchen als Frau. Sie war exquisit, und alle am Tisch erhoben sich ehrfürchtig von ihren Plätzen. Der Mann forderte sie mit einer energischen Bewegung seiner eleganten Hand auf, sitzen zu bleiben. Die Frau senkte die Augenlider, um sich ihr Entzücken nicht anmerken zu lassen.

»Hallo, Malcolm.« Finlay Andrews deutete auf den Mann. »Das ist Malcolm Lanyon, der Anwalt.« Die letzten beiden Worte waren überflüssig. Jeder kannte Malcolm Lanyon, den Liebling der Klatschspalten. Sein sehr auf Publicity bedachter Lebensstil rief entweder Hass oder Neid hervor. Er verkörperte einerseits all das, was am Anwaltsberuf verabscheuungswürdig war, und war andererseits so etwas wie eine wandelnde Fernseh-Miniserie. Sein Lebensstil schockierte gelegentlich die Spießer, befriedigte aber auch ein tiefes Bedürfnis bei den Lesern der Sonntagsblätter. Er war zudem, dessen war sich Rebus sicher, ein außergewöhnlich guter Anwalt. Das musste er sein, sonst bestünde sein ganzes Image nur aus Pappmaché. Das tat es aber nicht. Es war fest wie gemauerter Stein.

»Das hier«, sagte Andrews und deutete auf die Männer am Tisch, »sind die Mitglieder von diesem Ausschuss, von dem ich dir erzählt habe.«

»Ach ja.« Lanyon nickte. »Die Kampagne gegen Drogen. Eine ausgezeichnete Idee, Superintendent.«

Watson wurde bei diesem Kompliment beinah rot; wobei das Kompliment darin bestand, dass Lanyon wusste, wer Watson war.

»Finlay«, fuhr Lanyon fort, »du denkst doch an morgen Abend?«

»Steht dick in meinem Terminkalender, Malcolm.«

»Ausgezeichnet.« Lanyon ließ seinen Blick über die Anwesenden gleiten. »Ich würde mich übrigens freuen, wenn Sie alle kämen. Nur ein kleines Beisammensein bei mir zu Hause. Es gibt keinen besonderen Anlass, ich hatte bloß Lust, eine Party zu geben. Acht Uhr. Ganz leger.« Er entfernte sich bereits, einen Arm um die zerbrechliche Taille seiner Begleiterin gelegt. Rebus schnappte seine letzten Worte auf, die Adresse. Heriot Row. Eine der exklusivsten Straßen in der New Town. Das war eine neue Welt. Obwohl er nicht sicher sein konnte, dass die Einladung ernst gemeint war, war Rebus versucht, sie anzunehmen. So etwas kam vielleicht nur einmal und nie wieder.

Kurz darauf wandte sich das Gespräch endlich der Anti-Drogen-Kampagne selbst zu, und der Kellner brachte noch mehr Brot.

»Knete«, sagte der nervöse junge Mann, während er einen weiteren Band mit Zeitungen zu dem Tisch brachte, an dem

Holmes stand. »Das regt mich auf. Alle denken nur noch ans Geld. Denen geht's nur noch darum, mehr zu haben als die anderen. Typen, mit denen ich zur Schule gegangen bin, wussten schon mit vierzehn, dass sie Banker oder Steuerberater oder Betriebswirte werden wollten. Ihr Leben war vorbei, bevor es richtig angefangen hatte. Hier ist Mai.«

»Was?« Holmes verlagerte sein Gewicht von einem Bein auf das andere. Warum hatten die hier keine Stühle? Er war seit über einer Stunde hier und blätterte die Ausgaben Tag für Tag durch, eine vom Morgen und eine vom Abend. Seine Finger waren von der Druckerschwärze schon ganz schmutzig. Zu Anfang hatte noch ab und zu eine Schlagzeile oder ein Bericht über ein Fußballspiel, das er damals nicht mitbekommen hatte, sein Interesse geweckt. Doch das erlahmte recht bald, und jetzt war es nur noch reine Routinearbeit. Und was noch schlimmer war, von der ganzen Blätterei taten ihm bereits die Arme weh.

»Mai«, erklärte der junge Mann. »Das sind die Ausgaben vom Mai.«

»Ach ja, danke.«

»Sind Sie mit Juni fertig?«

»Ja, danke.«

Der junge Mann nickte, schloss die beiden Lederschlaufen an der offenen Seite der Mappe, hievte das Ganze mit beiden Armen hoch und schlurfte aus dem Zimmer. Auf ein Neues, dachte Holmes und öffnete diesen letzten Stapel alter Nachrichten und Spaltenfüller.

Rebus hatte Unrecht gehabt. Hier gab es kein altes Faktotum, dessen Gedächtnis einen Computer ersetzt hätte. Es gab noch nicht mal einen Computer. Also blieb ihm nichts anderes übrig, als Seite für Seite umzuschlagen und nach Fotos von vertrauten Orten zu suchen, die durch ungewohnte

Perspektiven ein neues Aussehen erhielten. Wozu? Selbst das wusste er noch nicht, und der Gedanke frustrierte ihn. Er würde es hoffentlich am Nachmittag erfahren, wenn er sich mit Rebus traf. Erneut war ein schlurfendes Geräusch zu hören, als der junge Mann zurückkam, diesmal mit baumelnden Armen und hängender Kinnlade.

»Und warum haben Sie es nicht so gemacht wie Ihre Freunde?«, fragte Holmes im Plauderton.

»Sie meinen, ins Bankgeschäft einsteigen?« Der junge Mann rümpfte die Nase. »Wollte halt was anderes. Ich will Journalist werden. Und irgendwo muss man ja schließlich anfangen, meinen Sie nicht?«

Das muss man in der Tat, dachte Holmes und blätterte eine weitere Seite um. Das muss man in der Tat.

»Es ist immerhin ein Anfang«, sagte McCall und stand auf. Sie knüllten ihre benutzten Servietten zusammen und warfen sie auf das Tischtuch, das stark gelitten hatte. Was einst eine makellose Fläche gewesen war, war jetzt voller Brotkrümel und Weinspritzer. An einer Stelle war ein dunkler Butterfleck, und irgendwer hatte Kaffee verschüttet. Rebus fühlte sich beduselt und vollgefressen, als er sich mühsam von seinem Stuhl erhob. Seine Zunge war pelzig von zu viel Wein und Kaffee, und dieser Cognac – o Gott! Und jetzt gingen diese Männer wieder arbeiten, oder sie behaupteten es zumindest. Rebus musste ebenfalls zurück. Hatte er nicht um drei einen Termin mit Holmes? Aber es war bereits drei Uhr durch. Egal, Holmes würde sich nicht beklagen. Konnte sich nicht beklagen, dachte Rebus selbstgefällig.

»Nicht schlecht«, sagte Carew und tätschelte seinen Bauch. Rebus war sich nicht sicher, ob er das Essen oder seine Leibesfülle meinte.

»Und wir haben eine Menge geklärt«, sagte Watson, »das sollten wir nicht vergessen.«

»Natürlich nicht«, sagte Carew. »Ein sehr fruchtbares Treffen.«

Andrews hatte darauf bestanden, die Rechnung zu bezahlen. Musste gut dreistellig sein, überschlug Rebus rasch. Andrews überprüfte jetzt die Rechnung, hakte jeden Posten ab, als ob er ihn mit der Preisliste in seinem Kopf vergleichen würde. Nicht bloß Geschäftsmann, dachte Rebus gehässig, sondern auch ein verdammt guter Schotte. Dann rief Andrews den flinken Oberkellner zu sich und erklärte ihm leise, dass für eine Bestellung zu viel berechnet worden sei. Der Oberkellner glaubte Andrews unbesehen, änderte die Rechnung auf der Stelle mit seinem Kugelschreiber und entschuldigte sich vielmals.

Das Restaurant leerte sich allmählich. Für sämtliche Gäste war die angenehme Mittagspause zu Ende. Rebus merkte, wie er plötzlich von Schuldgefühlen überwältigt wurde. Er hatte soeben seinen Anteil an etwa zweihundert Pfund verkonsumiert. Mit anderen Worten für vierzig Pfund gegessen und getrunken. Manche hatten noch teurer gespeist und verließen jetzt laut lachend den Speisesaal. Alte Geschichten, Zigarren, rote Gesichter. Sehr zu Rebus' Unbehagen legte McCall ihm einen Arm um die Schulter und deutete mit dem Kopf auf die Leute, die sich überschwänglich verabschiedeten.

»Wenn es in ganz Schottland nur noch fünfzig Tory-Wähler gäbe, John, dann wären die alle in diesem Raum.«

»Das glaub ich gerne«, sagte Rebus.

Andrews, der gerade mit dem Oberkellner fertig war, hatte sie gehört. »Ich dachte, es *gäbe* hier oben nur noch fünfzig Tory-Wähler«, sagte er.

Da war es wieder, fiel Rebus auf, dieses ruhige, selbstsichere Lächeln allerseits. Ich habe Asche statt Brot gegessen, dachte er. Asche statt Brot. Überall um ihn herum war rot glühende Zigarrenasche, und einen Augenblick lang glaubte er, ihm würde schlecht. Doch dann stolperte McCall, und Rebus musste ihn fest halten, bis er sich wieder gefangen hatte.

»Bisschen viel getrunken, Tommy?«, sagte Carew.

»Ich brauch bloß etwas frische Luft«, sagte McCall. »John, würden Sie mir bitte helfen?«

»Selbstverständlich«, sagte Rebus, froh über einen Vorwand zum raschen Aufbruch.

McCall drehte sich noch einmal zu Carew um. »Hast du deinen neuen Wagen dabei?«

Carew schüttelte den Kopf. »Den hab ich in der Garage stehen lassen.«

McCall nickte Rebus zu. »Der Angeber hat sich gerade einen Jaguar V-12 gekauft«, erklärte er. »Fast vierzigtausend, und ich meine nicht die Meilen auf dem Tacho.«

Einer der Kellner stand neben dem Aufzug.

»Schön, die Herren mal wieder gesehen zu haben«, sagte er so automatisch, wie sich die Aufzugtüren schlossen, als Rebus und McCall eingestiegen waren.

»Den muss ich irgendwann mal verhaftet haben«, sagte Rebus, »denn ich war noch nie hier, also kann er mich hier noch nie gesehen haben.«

»Das hier ist gar nichts«, sagte McCall und verzog das Gesicht. »Gar nichts. Wenn Sie ein bisschen Spaß haben wollen, sollten Sie mal abends in den Club kommen. Sagen Sie einfach, sie wären ein Freund von Finlay. Dann lässt man Sie rein. Toller Laden.«

»Vielleicht mach ich das mal«, sagte Rebus, als sich die

Aufzugtüren öffneten. »Sobald mein Smoking aus der Reinigung zurück ist.«

McCall lachte immer noch, als er aus dem Gebäude trat.

Holmes war ganz steif, als er das Gebäude durch den Personaleingang verließ. Der junge Mann hatte ihn durch ein Labyrinth von Gängen geführt und war nun bereits wieder auf dem Rückweg und pfiff vor sich hin, die Hände in den Taschen. Holmes fragte sich, ob er es tatsächlich im Journalismus zu etwas bringen würde. Doch es waren schon seltsamere Dinge passiert.

Er hatte die Fotografien gefunden, die er gesucht hatte. Sie waren in drei aufeinander folgenden Mittwochsausgaben gewesen, jeweils in der Morgenzeitung. Anhand dieser Abbildungen hatte das Bildarchiv die Originale herausgesucht, und auf dem Rücken jedes Originals klebte der gleiche rechteckige goldene Aufkleber, der besagte, dass das Foto Eigentum von Jimmy Huttons Fotostudio war. Auf den Aufklebern stand dankenswerterweise sogar eine Adresse mit Telefonnummer. Also erlaubte sich Holmes den Luxus, sich zu strecken, um seine Wirbelsäule knackend wieder in eine halbwegs normale Stellung zu bringen. Er dachte schon daran, sich ein Pint zu gönnen, aber nachdem er fast zwei Stunden über eine Arbeitsplatte gebeugt verbracht hatte, wollte er nun auf keinen Fall an eine Theke gelehnt stehen müssen, um etwas zu trinken. Außerdem war es Viertel nach drei. Dank des gut, aber langsam arbeitenden Bildarchivs war er bereits zu spät für sein Treffen – sein *erstes* Treffen – mit Inspector Rebus. Er wusste nicht, wie viel Wert Rebus auf Pünktlichkeit legte, aber er fürchtete, dass er das ziemlich eng sehen würde. Doch wenn das Ergebnis seiner bisherigen Arbeit Rebus nicht aufheitern würde, dann war er kein Mensch.

Aber dieses Gerücht eilte ihm ja bekanntermaßen voraus.

Nicht dass Holmes Gerüchten Glauben schenkte. Nun ja, jedenfalls nicht immer.

Wie sich herausstellte, erschien Rebus als Letzter von beiden zu dem verabredeten Termin. Allerdings hatte er vorher angerufen, um sich zu entschuldigen, was schon was hieß. Holmes saß vor Rebus' Schreibtisch, als er endlich hereinkam, seine auffällig bunte Krawatte abnahm und in eine Schublade warf. Erst dann wandte er sich Holmes zu, starrte ihn an, lächelte und streckte eine Hand aus, die Holmes schüttelte.

Das ist ja schon mal was, dachte Rebus, er ist auch kein Freimaurer.

»Sie heißen doch Brian mit Vornamen?«, sagte Rebus, als er sich setzte.

»Ganz recht, Sir.«

»Gut. Dann werde ich Sie Brian nennen, und Sie können mich weiter mit Sir anreden. Einverstanden?«

Holmes lächelte. »In Ordnung, Sir.«

»Fein. Haben Sie etwas herausgefunden?«

Also begann Holmes der Reihe nach zu erzählen. Während er sprach, bemerkte er, dass Rebus fast einschlief, auch wenn er sich krampfhaft bemühte, aufmerksam zuzuhören. Und er hatte unverkennbar eine Fahne. Was auch immer er zum Mittagessen getrunken hatte, es hatte ihm zu gut gemundet. Nachdem er seinen Bericht beendet hatte, wartete er, dass Rebus etwas sagte.

Rebus nickte bloß und schwieg eine ganze Weile. War er dabei, seine Gedanken zu sammeln? Holmes hatte das Bedürfnis, die Leere zu füllen.

»Worum geht es eigentlich, Sir, wenn Sie mir die Frage erlauben?«

»Selbstverständlich dürfen Sie das fragen«, sagte Rebus schließlich, beließ es aber dabei.

»Nun, Sir?«

»Ich bin mir nicht sicher, Brian. Das ist die Wahrheit. Okay, ich werde Ihnen sagen, was ich weiß – und ich betone *weiß*, denn es gibt eine ganze Menge, das ich nur *glaube*, und das ist in diesem Fall nicht ganz dasselbe.«

»Es liegt also ein Verbrechen vor?«

»Das werden Sie mir sagen, wenn Sie mir zugehört haben.« Und nun war es an Rebus, eine Art »Bericht« abzugeben, die ganze Geschichte, während er sie erzählte, in seinem Kopf noch einmal zu ordnen. Aber sie war zu bruchstückhaft, zu spekulativ. Er konnte sehen, wie Holmes mit den einzelnen Versatzstücken kämpfte und versuchte, sich ein Gesamtbild zu machen. Gab es das in dem Fall überhaupt, ein Gesamtbild?

»Sie sehen also«, resümierte Rebus, »wir haben da einen Junkie, voll gepumpt mit Gift, das er sich selbst gespritzt hat. Irgendwer hat das Gift besorgt. Blutergüsse an seinem Körper und eine mögliche Verbindung zu Hexerei. Wir haben eine verschwundene Kamera, einen Krawattenklipp, ein paar Fotos und eine Freundin, die verfolgt wird. Verstehen Sie mein Problem?«

»Zu viele Ansatzpunkte.«

»Genau.«

»Und was machen wir jetzt?«

Dieses »wir« ließ Rebus aufhorchen. Zum ersten Mal hatte er das Gefühl, dass er in dieser Sache nicht länger allein war, was auch immer ›diese Sache‹ sein mochte. Der Gedanke heiterte ihn ein wenig auf, auch wenn jetzt allmählich der Kater einsetzte, dieses unendlich langsame, dumpfe Pochen in beiden Schläfen.

»Ich werde mich mit jemandem treffen, der mir etwas über Hexenzirkel erzählen kann«, sagte er. Plötzlich war er sicher, wie die nächsten Schritte aussehen mussten. »Und Sie werden Huttons Fotostudio einen Besuch abstatten.«

»Das klingt vernünftig.«

»Das sollte es verdammt noch mal auch«, sagte Rebus. »Ich bin derjenige mit Köpfchen, Brian. Und Sie sind der mit den Schuhsohlen. Melden Sie sich später noch mal bei mir und berichten Sie, was Sie erreicht haben. Und jetzt ziehen Sie Leine.«

Rebus hatte eigentlich nicht so unfreundlich sein wollen. Doch gegen Ende hatte der jüngere Mann einen etwas zu vertraulichen, zu verschwörerischen Tonfall angenommen, so dass Rebus das Bedürfnis gehabt hatte, die Grenzen neu abzustecken. Alles nur sein Fehler, wurde ihm klar, als sich die Tür hinter Holmes schloss. Sein Fehler, weil er so geschwätzig und vertrauensselig gewesen war, alles erzählt hatte, und weil er Holmes mit dem Vornamen angeredet hatte. Daran war nur dieses verdammte Mittagessen schuld. Nennen Sie mich Finlay, nennen Sie mich James, nennen Sie mich Tommy ... Egal, es würde sich schon alles regeln. Am Anfang war alles gut gelaufen, dann weniger gut. Es konnte immer noch schlimmer kommen, was Rebus im Übrigen ganz recht war. Er mochte ein gewisses Maß an Feindseligkeit, an Konkurrenzkampf. Das waren klare Pluspunkte in seinem Job.

Rebus war also doch ein Schweinehund.

Brian Holmes verließ zornigen Schrittes die Polizeiwache, die Hände in den Taschen zu Fäusten geballt. Die Knöchel ganz rot. *Sie sind der mit den Schuhsohlen.* Das hatte ihn mit einem Schlag auf den Boden der Tatsachen zurückgebracht, als er gerade glaubte, sie würden sich so gut verstehen. Beinah wie menschliche Wesen und nicht wie Polizisten. Hättest es besser wissen müssen, Brian. Und was den Grund für diese ganze Mühe betraf ... Da lohnte es sich kaum, drüber nachzudenken. Es war alles so fadenscheinig, so typisch für Rebus. Das war überhaupt keine Polizeiarbeit. Hier hatte er einen Inspector vor sich, der im Augenblick nichts Richtiges zu tun hatte und sich die Zeit vertrieb, indem er ein bisschen Philip Marlowe spielte. Dabei könnten sie doch beide ihre Zeit besser nutzen. Nun ja, Holmes zumindest. Er hatte nicht irgendeine gemütliche Anti-Drogen-Kampagne vor sich. Und dass man ausgerechnet Rebus dazu genommen hatte! Sein Bruder saß wegen Rauschgifthandel in Peterhead. War der größte Dealer in Fife gewesen. Das hätte Rebus' Karriere für immer und ewig beenden müssen, stattdessen hatte man ihn befördert. Es war schon eine schlimme Welt.

Und er musste einem Fotografen einen Besuch abstatten. Vielleicht könnte er sich bei der Gelegenheit gleich ein paar Passfotos machen lassen. Seine Sachen packen und nach Kanada, Australien oder in die Staaten fliegen. Scheiß auf seine Wohnungssuche. Scheiß auf die Polizei. Und Scheiß auf Detective Inspector Rebus mit seiner Hexenjagd.

Jetzt hatte er sich Luft gemacht.

In einer seiner chaotischen Schubladen fand Rebus ein paar Aspirin und zerkaute sie zu einem bitteren Pulver, während er die Treppe hinunterging. Böser Fehler. Das entzog seinem Mund auch noch das letzte Tröpfchen Speichel, und er konnte weder schlucken noch sprechen. Der Dienst habende Sergeant trank gerade Tee aus einem Styroporbecher. Rebus riss ihm den Becher aus der Hand und nahm einen großen Schluck von der lauwarmen Brühe. Dann verzog er das Gesicht.

»Wie viel Zucker hast du denn da rein getan, Jack?«

»Wenn ich gewusst hätte, dass du zum Tee kommst, John, hätte ich ihn genau so gemacht, wie du ihn magst.«

Der Dienst habende Sergeant hatte immer eine schlagfertige Antwort parat, und Rebus fiel nie etwas Passendes ein, mit dem er kontern konnte. Er gab den Becher zurück und ging hinaus. Er merkte geradezu, wie der Zucker in ihm klebte.

Ich rühre keinen Tropfen mehr an, dachte er, als er seinen Wagen startete. Ich schwör's bei Gott, höchstens ab und zu mal ein Glas Wein. So viel muss erlaubt sein. Aber keine Besäufnisse mehr, und ich werde nie mehr Wein und Schnaps durcheinander trinken. Okay? Also hilf mir, Gott, und befreie mich von diesem Kater. Ich hab doch nur ein Glas Cognac getrunken, vielleicht zwei Gläser Bordeaux und ein Glas Chablis. Einen Gin Tonic. Das ist doch kaum der Rede Wert, noch längst kein Fall für die Ausnüchterungszelle.

Auf den Straßen war es ruhig. Wenigstens eine Wohltat. Davon ging's ihm zwar nicht besser, aber es war immerhin etwas. Auf diese Weise war er ziemlich schnell in Pilmuir, doch dann fiel ihm ein, dass er ja nicht wusste, wo Charlie wohnte. Charlie, der Mensch, mit dem er reden musste, um an die Adresse eines Hexenzirkels heranzukommen. Eines Zirkels, der weiße Magie praktizierte. Er wollte die Hexereigeschichte noch einmal überprüfen. Außerdem wollte er Charlie noch einmal überprüfen. Aber Charlie sollte nicht wissen, dass er überprüft wurde.

Die Sache mit der Hexerei machte ihm zu schaffen. Rebus glaubte an Gut und Böse, und er glaubte, dass törichte Menschen sich vom Bösen angezogen fühlen konnten. Er wusste einiges über heidnische Religionen, hatte Bücher darüber gelesen, die dicker und ernster waren, als ihnen gut tat. Er hatte nichts dagegen, wenn Leute die Erde anbeteten oder was auch immer. Letztlich lief es alles auf das Gleiche hinaus. Aber er hatte etwas dagegen, wenn Leute das Böse als Macht anbeteten, und sogar noch *mehr* als das, als Wesen nämlich. Und besonders missfiel es ihm, wenn es die Leute nur um des »Kicks« willen taten, ohne zu wissen oder darüber nachzudenken, worauf sie sich da eigentlich einließen.

Leute wie Charlie. Ihm fiel wieder das Buch mit den Gemälden von Giger ein. Satan zwischen zwei Waagschalen, rechts und links eine nackte Frau. Die Frauen wurden von riesigen Bohrern penetriert. Satan war ein Bockskopf mit einer Maske …

Doch wo mochte Charlie jetzt sein? Er würde es herausfinden. Anhalten und fragen. An Türen klopfen. Vorsichtig mit Strafe drohen, sollten Informationen vorenthalten werden. Wenn nötig, würde er den großen bösen Polizisten spielen.

Doch dann stellte sich heraus, dass er nichts dergleichen tun musste. Er stieß nämlich auf zwei Police Constables, die vor einem der mit Brettern verrammelten Häuser herumstanden, nicht allzu weit von dem Haus entfernt, in dem Ronnie gestorben war. Einer der Constables sprach in ein Funkgerät. Der andere schrieb in ein Notizbuch. Rebus hielt sein Auto an und stieg aus. Dann fiel ihm etwas ein. Er beugte sich ins Auto zurück und zog seinen Schlüsselbund aus dem Zündschloss. In dieser Gegend konnte man nicht vorsichtig genug sein. Er schloss sogar noch die Fahrertür ab.

Einen der Constables kannte er. Es war Harry Todd, einer der beiden Männer, die Ronnie gefunden hatten. Todd nahm Haltung an, als er Rebus sah, doch Rebus machte eine wegwerfende Handbewegung, und Todd redete weiter in sein

Funkgerät. Rebus wandte sich stattdessen an den anderen Constable.

»Was ist hier los?« Der Constable hielt mit dem Schreiben inne und sah Rebus mit jenem argwöhnischen, beinah feindseligen Blick an, den uniformierte Polizisten auf einmalige Weise beherrschen. »Inspector Rebus«, erklärte Rebus. Er fragte sich, wo Todds irischer Kollege O'Rourke sein mochte.

»Oh«, sagte der Constable. »Also ...« Er steckte umständlich seinen Kugelschreiber weg. »Wir wurden wegen einer häuslichen Auseinandersetzung gerufen. Eine riesige Schreierei. Doch als wir hier ankamen, war der Mann bereits abgehauen. Die Frau ist noch drinnen. Sie hat ein blaues Auge abbekommen, weiter nichts. Sind Sie eigentlich nicht für zuständig, Sir.«

»Tatsächlich?«, sagte Rebus. »Jedenfalls danke, dass Sie mich darauf aufmerksam machen, Sonny. Ist nett, wenn einem jemand sagt, wofür man ›zuständig‹ ist und wofür nicht. Vielen Dank. Würden Sie mir jetzt freundlicherweise erlauben, das Haus zu betreten?«

Der Constable wurde knallrot. Seine Wangen hoben sich glühend von dem blutleeren Gesicht und dem Hals ab. Nein, selbst sein Hals wurde jetzt rot. Rebus genoss das. Es störte ihn noch nicht mal, dass hinter dem Constable, aber für Rebus deutlich sichtbar, Todd das Ganze mit einem hämischen Grinsen beobachtete.

»Also?«, drängte Rebus.

»Tut mir Leid, Sir.«

»Na schön«, sagte Rebus und ging auf die Haustür zu. Doch noch bevor er sie erreichte, wurde sie von innen geöffnet, und Tracy erschien, die Augen vom Weinen gerötet. Eines zierte ein tiefblaues Veilchen. Sie schien nicht überrascht,

Rebus zu sehen. Sie schien sogar erleichtert und warf sich ihm um den Hals und drückte den Kopf an seine Schulter. Die Tränen flossen aufs Neue.

Rebus, erschrocken und verlegen zugleich, erwiderte die Umarmung nur zögernd, indem er ihr mit den Händen den Rücken tätschelte und väterlich »ist ja schon gut« murmelte, wie zu einem verängstigten Kind. Er drehte den Kopf zu den Constables, die so taten, als würden sie nichts mitbekommen. Dann hielt ein Auto neben seinem, und er sah Tony McCall die Handbremse ziehen, bevor er die Fahrertür aufstieß, ausstieg und Rebus und die junge Frau bemerkte.

Rebus legte Tracy die Hände auf die Arme und schob sie ein wenig von sich, ließ sie aber nicht los. Seine Hände, ihre Arme. Sie sah ihn an und versuchte, gegen die Tränen anzukämpfen. Schließlich zog sie einen Arm weg, damit sie sich die Augen wischen konnte. Dann entspannte sie den anderen Arm, und Rebus' Hand fiel nach unten. Der Kontakt war unterbrochen. Vorläufig.

»John?« Es war McCall, der nun dicht hinter ihm stand.

»Ja, Tony?«

»Wieso ist mein Revier plötzlich dein Revier?«

»Ich kam nur zufällig vorbei«, sagte Rebus.

Im Haus war es erstaunlich sauber und aufgeräumt. Es gab zahlreiche Möbelstücke, wenn sie auch nicht zusammenpassten – zwei verschlissene Sofas, mehrere Stühle, einen Rattantisch und ein halbes Dutzend Sitzkissen, bei denen die Füllung aus den aufgeplatzten Nähten herausquoll. Doch was das Erstaunlichste war, es gab Strom.

»Ob das Elektrizitätswerk das wohl weiß«, sagte McCall, als Rebus im Erdgeschoss das Licht anschaltete.

Trotz der ganzen Einrichtung hatte das Haus etwas Provisorisches an sich. Auf dem Fußboden im Wohnzimmer waren Schlafsäcke ausgebreitet, als ob sie auf zufällig vorbeikommende Streuner warteten. Tracy setzte sich auf eins der Sofas und schlang die Hände um die Knie.

»Ist das deine Wohnung?«, fragte Rebus, obwohl er die Antwort kannte.

»Nein, Charlies.«

»Seit wann weißt du das?«

»Ich hab's erst heute rausgefunden. Er zieht ständig um. Es war nicht einfach, ihn aufzuspüren.«

»Du hast aber nicht lange dazu gebraucht.« Sie zuckte die Achseln. »Was ist passiert?«

»Ich wollte bloß mit ihm reden.«

»Über Ronnie?« McCall horchte auf, als Rebus das sagte. Er war jetzt ganz konzentriert. Er hatte verstanden, dass Rebus versuchte, ihm die Situation zu erklären, während er gleichzeitig Tracy ausfragte.

»Vielleicht blöde von mir, aber ich musste mit jemandem reden.«

»Und?«

»Wir haben uns gestritten. Er hat angefangen. Hat mir vorgeworfen, ich sei schuld an Ronnies Tod.« Sie schaute zu ihnen auf, nicht bittend, sondern nur um zu zeigen, dass sie aufrichtig war. »Das stimmt nicht. Aber Charlie hat gesagt, ich hätte mich um Ronnie kümmern müssen, ihn daran hindern, das Zeug zu nehmen, ihn aus Pilmuir fortschaffen. Aber wie hätte ich das denn tun sollen? Er hätte doch nicht auf mich gehört. Ich hab geglaubt, er wüsste, was er tut. Er ließ sich von keinem was sagen.«

»Hast du das Charlie gesagt?«

Sie lächelte. »Nein. Das ist mir erst jetzt eingefallen. So ist das doch immer, oder? Die schlauen Antworten fallen einem erst hinterher ein, wenn alles vorbei ist.«

»Das kenne ich nur zu gut«, sagte McCall.

»Also habt ihr angefangen, euch anzubrüllen.«

»Ich hab nicht damit angefangen!«, gab sie wütend zurück.

»Okay«, sagte Rebus ganz ruhig. »Charlie hat dich angeschrien, und du hast zurückgeschrien, dann hat er dich geschlagen. Ja?«

»Ja.« Sie wirkte besänftigt.

»Und vielleicht«, fuhr Rebus fort, »hast du zurückgeschlagen?«

»Was das Zeug hielt.«

»Ein Mädchen ganz nach meinem Herzen«, sagte McCall. Er lief im Zimmer umher, drehte die Kissen auf den Sofas um, schlug alte Zeitschriften auf und bückte sich, um jeden einzelnen Schlafsack abzutasten.

»Behandeln Sie mich nicht wie eine Idiotin, Sie Dreckskerl«, sagte Tracy.

McCall schaute überrascht auf. Dann lächelte er und tastete den nächsten Schlafsack ab. »Aha«, sagte er, hob den Schlafsack hoch und schüttelte ihn. Ein kleiner Plastikbeutel fiel auf den Boden. Offenkundig zufrieden hob er ihn auf. »Ein bisschen Koks«, sagte er. »Das macht ein Heim erst richtig gemütlich, was?«

»Davon weiß ich nichts«, sagte Tracy und starrte auf den Beutel.

»Wir glauben dir«, sagte Rebus. »Charlie ist also abgehauen?«

»Ja. Die Nachbarn müssen die Bullen – ich mein die Polizei – gerufen haben.« Sie blickte verlegen zur Seite.

»Man hat uns schon schlimmere Bezeichnungen an den Kopf geworfen«, sagte McCall, »was, John?«

»Allerdings. Als die Constables vor der Tür standen, ist Charlie also einfach verschwunden?«

»Ja, durch die Hintertür.«

»Wo wir schon mal hier sind«, sagte Rebus, »könnten wir eigentlich einen Blick in sein Zimmer werfen, falls so etwas existiert.«

»Gute Idee«, sagte McCall und steckte den Plastikbeutel ein. »Wo Rauch ist, ist auch Feuer.«

Charlie hatte durchaus ein Zimmer. Es enthielt einen Schlafsack, einen Schreibtisch, eine Architektenlampe und mehr Bücher, als Rebus je auf so engem Raum gesehen hatte. Sie waren an den Wänden gestapelt und bildeten wackelige Säulen vom Boden bis zur Decke. Viele stammten aus Bibliotheken und waren längst überfällig.

»Er muss den Stadtvätern ein kleines Vermögen schulden«, sagte McCall.

Es waren Bücher über Wirtschaft, Politik und Geschichte sowie wissenschaftliche und nicht ganz so wissenschaftliche Werke über Dämonismus, Teufelsanbetung und Hexerei. Es gab nur wenige Romane, und die meisten Bücher waren gründlich durchgearbeitet worden, mit vielen Unterstreichungen und Randbemerkungen in Bleistift. Auf dem Schreibtisch lag ein halb fertiger Essay, den Charlie sicher für ein Seminar an der Uni geschrieben hatte. Darin versuchte er offenbar das Magische mit der modernen Gesellschaft zu verknüpfen. Soweit Rebus es beurteilen konnte, war das zum größten Teil unsinniges Geschwafel.

»Hallo!«

Das kam von unten, von den beiden Constables, die offenbar gerade heraufkommen wollten.

»Selber hallo«, rief McCall zurück. Dann schüttete er den

Inhalt einer großen Plastiktüte aus dem Supermarkt auf den Fußboden. Kugelschreiber, Spielzeugautos, Zigarettenblättchen, ein hölzernes Ei, eine Rolle Garn, ein Walkman und ein Schweizer Armeemesser fielen heraus – und eine Kamera. McCall bückte sich, um die Kamera mit Daumen und Mittelfinger aufzuheben. Hübsches Gerät, 35-Millimeter Spiegelreflexkamera. Gutes Fabrikat. Er hielt sie Rebus hin. Der nahm sie, nachdem er zuerst ein Taschentuch hervorgezogen hatte, mit dem er sie anfassen konnte. Dann drehte sich Rebus zu Tracy um, die mit verschränkten Armen gegen den Türrahmen gelehnt stand, und sah sie fragend an. Sie antwortete mit einem Nicken.

»Ja«, sagte sie. »Das ist Ronnies Kamera.«

Die Constables waren jetzt oben an der Treppe angekommen. Rebus ließ die Kamera in die Supermarkttüte fallen, die McCall ihm hinhielt, darauf bedacht, keine Fingerabdrücke zu verwischen.

»Todd«, sagte er zu dem Constable, den er kannte, »bringen Sie diese junge Dame zur Great London Road Station.« Tracy klappte der Mund auf. »Es ist nur zu deiner eigenen Sicherheit«, sagte Rebus. »Geh mit ihnen. Wir sehen uns später, sobald ich Zeit habe.«

Sie schien immer noch etwas einwenden zu wollen. Dann überlegte sie es sich jedoch anders, nickte, drehte sich um und verließ das Zimmer. Rebus lauschte ihren Schritten, wie sie begleitet von den Constables die Treppe hinunterging. McCall suchte immer noch herum, wenn auch ohne großen Eifer. Zwei Funde, damit konnte man schon was anfangen.

»Wo Rauch ist, ist auch Feuer«, sagte er.

»Ich hab heute mit Tommy zu Mittag gegessen«, sagte Rebus.

»Mit meinem Bruder Tommy?« McCall blickte auf. Rebus nickte. »Dann hast du mir was voraus. Mich hat er seit fünfzehn Jahren nicht mehr zum Essen eingeladen.«

»Wir waren im Eyrie.« McCall stieß einen Pfiff aus. »Hatte mit Watsons Anti-Drogen-Kampagne zu tun.«

»Ach so, Tommy blättert reichlich Schotter dafür hin, was? Nein ich sollte wohl nicht so hart mit ihm sein. Er hat mir schon hin und wieder mal einen Gefallen getan.«

»Hatte 'n bisschen viel getrunken.«

McCall lachte leise. »Dann hat er sich also nicht verändert. Aber er kann es sich ja erlauben. Dieses Transportunternehmen von ihm, das läuft jetzt von alleine. Früher war er vierundzwanzig Stunden am Tag und zweiundfünfzig Wochen im Jahr dort. Heutzutage kann er sich so lange freinehmen, wie er will. Sein Steuerberater hat ihm mal empfohlen, ein ganzes *Jahr* auszusetzen. Kannst du dir das vorstellen? Aus steuerlichen Gründen. Diese Probleme müssten wir mal haben, was, John?«

»Da hast du Recht, Tony.« Rebus hielt immer noch die Supermarkttüte in der Hand. McCall deutete mit einem Nicken darauf.

»Ist der Fall damit erledigt?«

»Es macht die Sache etwas klarer«, sagte Rebus. »Ich werde die Kamera vielleicht nach Fingerabdrücken untersuchen lassen.«

»Kann ich dir gleich sagen, was du da finden wirst«, sagte McCall. »Die von dem Toten und von diesem Charlie.«

»Du hast jemanden vergessen.«

»Wen?«

»Dich, Tony. Du hast die Kamera mit den Fingern aufgehoben, erinnerst du dich?«

»Ach, tut mir Leid. Ich hab nicht nachgedacht.«

»Macht nichts.«

»Jedenfalls ist das doch schon mal was, oder? Ein Grund zum Feiern, meine ich. Ich weiß nicht, wie's mit dir aussieht, aber ich komme fast um vor Durst.«

Als sie den Raum verließen, krachte eine der Büchersäulen endgültig zusammen. Die Bücher purzelten auf den Boden wie Dominosteine, die darauf warteten, gemischt zu werden. Rebus öffnete noch einmal die Tür, um nachzusehen, was passiert war.

»Geister«, sagte McCall. »Weiter nichts. Bloß Geister.«

Es machte nicht viel her. Nicht was er erwartet hatte. Okay, da stand in einer Ecke eine Topfpflanze, an den Fenstern waren schwarze Springrollos, und es gab sogar einen Computer, der auf einem recht neu aussehenden Kunststoffschreibtisch vor sich hin staubte. Aber trotzdem war es bloß die zweite Etage eines Mietshauses, nur als Wohnung konzipiert und nicht dafür vorgesehen, professionell als Büro oder Studio benutzt zu werden. Holmes sah sich in dem Raum – dem so genannten »Chefbüro« – um, während das niedliche, gerade der Schulbank entwachsene Mädchen hinausgegangen war, um »Seine Hoheit« zu holen. So hatte sie ihn genannt. Wenn die eigenen Mitarbeiter keinen Respekt vor ihrem Boss hatten oder zumindest ein wenig Furcht, dann stimmte etwas nicht. Und als die Tür aufging und »Seine Hoheit« eintrat, war Holmes sofort klar, dass mit Jimmy Hutton etwas nicht stimmte.

Zum einen war er jenseits der fünfzig, doch was er noch an Haaren auf dem Kopf hatte, hing ihm in langen dünnen Strähnen fast bis in die Augen. Außerdem trug er Jeans, ein Fehler, den viele machen, die sich für ewig jung halten. Und er war klein. Knapp einssechzig. Jetzt begann Holmes, den Scherz der Sekretärin zu verstehen. Seine Hoheit, in der Tat.

Er wirkte ungehalten über die Störung, aber er hatte es sich immerhin verkniffen, die Kamera aus dem Kinderzimmer oder Abstellraum mitzubringen, oder was auch immer in dieser eher kleinen Wohnung als Studio diente. Er streckte eine Hand aus, und Holmes schüttelte sie.

»Detective Constable Holmes«, stellte er sich vor. Hutton nickte, nahm eine Zigarette aus dem Päckchen auf dem Schreibtisch seiner Sekretärin und zündete sie an. Die registrierte das mit offenkundigem Missfallen, während sie sich wieder hinsetzte und ihren engen Rock glatt strich. Hutton hatte Holmes noch nicht ein einziges Mal direkt angesehen. Sein Blick hatte etwas Abwesendes, als ob er mit den Gedanken ganz woanders wäre. Er trat ans Fenster, sah hinaus und legte den Kopf in den Nacken, um eine Rauchwolke an die hohe, dunkle Decke zu pusten, dann ließ er den Kopf sinken und lehnte sich gegen die Wand.

»Hol mir 'nen Kaffee, Christine.« Sein Blick kreuzte kurz den von Holmes. »Wollen Sie auch einen?« Holmes schüttelte den Kopf.

»Bestimmt nicht?«, fragte Christine freundlich, während sie erneut aufstand.

»Na gut. Danke.«

Mit einem Lächeln verließ sie den Raum, um in die Küche oder die Dunkelkammer zu gehen und Wasser aufzusetzen.

»Also«, sagte Hutton. »Was kann ich für Sie tun?«

Noch etwas war seltsam an dem Mann. Er hatte eine hohe Stimme, nicht schrill oder feminin, einfach hoch. Und leicht kratzig, als hätte er sich irgendwann in der Jugend die Stimmbänder ruiniert, und die hätten sich nie davon erholt.

»Mr. Hutton?« Holmes musste sichergehen. Hutton nickte.

»Jimmy Hutton, Berufsfotograf, zu Ihren Diensten. Sie wollen heiraten und möchten, dass ich Ihnen einen Rabatt einräume?«

»Nein, nichts dergleichen.«

»Dann eine Porträtaufnahme. Vielleicht von Ihrer Freundin? Oder von Papa und Mama?«

»Nein, ich fürchte, es ist nichts Geschäftliches. Ich bin aus dienstlichen Gründen hier.«

»Dann gibt's also für mich nichts zu verdienen?« Hutton lächelte, riskierte einen weiteren Blick auf Holmes und zog an seiner Zigarette. »Ich *könnte* ein Porträt von Ihnen machen. Ausgeprägtes Kinn, anständige Wangenknochen. Mit der richtigen Beleuchtung ...«

»Nein danke. Ich hasse es, mich fotografieren zu lassen.«

»Ich red doch nicht von Fotos.« Hutton ging jetzt um den Schreibtisch herum. »Ich rede von Kunst.«

»Deshalb bin ich ja auch hier.«

»Was?«

»Wegen Kunst. Ich war recht beeindruckt von ein paar Fotos von Ihnen, die ich in der Zeitung gesehen habe. Da hab ich mich gefragt, ob Sie mir vielleicht helfen können.«

»Ja?«

»Es geht um eine vermisste Person.« Holmes war kein großer Lügner. Ihm brannten die Ohren, wenn er eine richtig dicke Lüge erzählte. Kein großer Lügner, aber ein ganz passabler. »Ein junger Mann namens Ronnie McGrath.«

»Der Name sagt mir nichts.«

»Er wollte Fotograf werden, deshalb ist mir diese Idee gekommen.«

»Welche Idee?«

»Ob er vielleicht mal bei Ihnen war. Sie wissen schon, um

Sie um Rat zu fragen und so. Schließlich haben Sie in der Branche einen Namen.« Es war beinah zu offenkundig. Holmes konnte es förmlich spüren, war sicher, dass Hutton das Spiel jeden Augenblick durchschauen würde. Doch am Ende siegte die Eitelkeit.

»Nun ja«, sagte der Fotograf und lehnte sich gegen den Schreibtisch, die Arme verschränkt, die Beine gekreuzt, durch und durch selbstbewusst. »Wie sah er denn aus, dieser Ronnie?«

»Mittelgroß, kurze braune Haare. Machte gern Fotostudien. Sie wissen schon, was ich meine, das Castle, Calton Hill ...«

»Fotografieren Sie selbst, Inspector?«

»Ich bin nur Constable.« Holmes lächelte erfreut über den Irrtum. Dann kam ihm ein Verdacht. Wenn Hutton nun das gleiche Spielchen mit *ihm* trieb und bloß an seine Eitelkeit appellierte? »Und ich hab nie viel fotografiert. Ein paar Schnappschüsse im Urlaub und so.«

»Zucker?« Christine steckte den Kopf durch die Tür und lächelte Holmes erneut an.

»Nein danke«, sagte er. »Nur Milch.«

»Gib einen Tropfen Whisky in meinen«, sagte Hutton, »sei so lieb.« Er sah augenzwinkernd zur Tür, die sich bereits wieder schloss. »Kommt mir irgendwie bekannt vor, muss ich zugeben, Ronnie ... Studien vom Castle. Ja, ja. Jetzt erinnere ich mich an einen jungen Mann, der hierher kam. Verdammt nervig war der. Ich stellte gerade eine Musterkollektion zusammen, eine längerfristige Sache. Etwas, wobei man sich hundertprozentig konzentrieren muss. Er kam ständig vorbei, wollte mich sprechen und mir seine Arbeiten zeigen.« Hutton hob entschuldigend die Hände. »Ich meine, wir waren ja alle mal jung. Ich hätte ihm schon gerne geholfen, aber ich hatte einfach nicht die Zeit, jedenfalls in dem Augenblick nicht.«

»Sie haben sich seine Arbeiten also nicht angesehen?«

»Nein. Wie gesagt, keine Zeit. Nach ein paar Wochen kam er dann nicht mehr.«

»Wie lange ist das her?«

»Ein paar Monate. Drei oder vier.«

Die Sekretärin kam mit dem Kaffee herein. Holmes konnte die Whiskydünste aus Huttons Becher riechen und war angewidert und neidisch zugleich. Jedenfalls verlief das Gespräch ganz gut. Es wurde Zeit, auf ein anderes Gleis zu wechseln.

»Danke, Christine«, sagte er, und sie schien sich über diese Vertraulichkeit zu freuen. Sie selber trank nichts, setzte sich hin und nahm sich eine Zigarette. Er dachte kurz daran, ihr Feuer zu geben, doch er hielt sich zurück.

»Hören Sie«, sagte Hutton. »Ich bin Ihnen ja gerne behilflich, aber ...«

»Sie sind ein viel beschäftigter Mann.« Holmes nickte zustimmend. »Ich weiß es sehr zu schätzen, dass Sie sich überhaupt Zeit für mich genommen haben. Und wir sind eigentlich auch fertig.« Er nahm einen Schluck von dem glühend heißen Kaffee, wagte aber nicht, ihn in den Becher zurückzuspucken, sondern würgte ihn mühsam hinunter.

»Na prima«, sagte Hutton und erhob sich von der Schreibtischkante.

»Ach«, sagte Holmes. »Nur noch eines. Es ist eigentlich eher Neugier, aber könnte ich vielleicht mal einen Blick in Ihr Studio werfen? Ich war nämlich noch nie in einem richtigen Studio.«

Hutton sah Christine an, die ein Grinsen hinter ihren Fingern verbarg, indem sie so tat, als würde sie an ihrer Zigarette ziehen.

»Klar«, sagte er und musste nun selber grinsen. »Warum nicht? Kommen Sie mit.«

Der Raum war groß, doch ansonsten etwa so, wie Holmes es erwartet hatte, bis auf ein wichtiges Detail. Ein halbes Dutzend unterschiedliche Kameras standen auf einem halben Dutzend Stativen. Drei der Wände waren mit Fotos behangen, und die vierte war mit einem weißen Hintergrund bespannt, der verdächtig nach einem Betttuch aussah. Das war alles ganz normal. Vor diesem Hintergrund jedoch war die Kulisse für Huttons neuste »Musterkollektion« aufgebaut: zwei große frei stehende Raumteiler, die rosa angestrichen waren. Und davor stand ein Stuhl, gegen den mit verschränkten Armen ein gelangweilt aussehender, blonder junger Mann lehnte.

Der Mann war nackt.

»Detective Holmes, das ist Arnold«, stellte Hutton vor, »Arnold ist ein Modell. Das ist doch wohl nichts Schlimmes?«

Holmes versuchte, seinen Blick von dem Mann loszureißen. Das Blut stieg ihm ins Gesicht. Er sah zu Hutton.

»Nein, nein, natürlich nicht.«

Hutton ging zu einer Kamera und beugte sich herab, um durch den Sucher zu gucken, den er auf Arnold richtete. Allerdings nicht in Kopfhöhe.

»Der männliche Akt kann etwas ganz Exquisites sein«, sagte Hutton gerade. »Nichts lässt sich so gut fotografieren wie der menschliche Körper.« Er drückte den Auslöser, transportierte den Film weiter, drückte wieder und sah dann zu Holmes, ganz offensichtlich amüsiert über das Unbehagen des Polizisten.

»Was machen Sie denn mit den …« Holmes suchte nach einem schicklichen Wort. »Ich meine, wofür sind die?«

»Für meine Musterkollektion, wie ich bereits sagte. Um sie potenziellen zukünftigen Kunden zu zeigen.«

»Klar.« Holmes nickte, um zu zeigen, dass er verstanden hatte.

»Ich bin Künstler, verstehen Sie, nicht bloß Passbildknipser.«

»Klar«, sagte Holmes und nickte erneut.

»Das ist doch wohl nichts Gesetzwidriges?«

»Ich glaube nicht.« Er ging zu dem mit dichtem Stoff verhangenen Fenster und schielte durch eine kleine Öffnung. »Sofern es die Nachbarn nicht stört.«

Hutton lachte. Selbst über das ausdruckslose Gesicht des Modells huschte ein kurzes Grinsen.

»Die stehen Schlange«, sagte Hutton, trat ans Fenster und sah hinaus. »Deshalb musste ich die Vorhänge anbringen. Schmutzfinken waren das. Frauen *und* Männer, drängten sich alle an einem Fenster.« Er zeigte auf ein Fenster in der oberen Etage im Mietshaus gegenüber. »Da. Eines Tages hab ich sie erwischt und mit der Motorkamera ganz schnell ein paar Fotos von ihnen gemacht. Das gefiel ihnen gar nicht.« Er wandte sich vom Fenster ab. Holmes spazierte die Wände entlang, zeigte auf das eine oder andere Foto und nickte Hutton anerkennend zu. Dieser nahm die Komplimente begierig auf und fing an, neben Holmes herzugehen, um ihn auf bestimmte Perspektiven oder Kunstgriffe hinzuweisen.

»Das da ist gut«, sagte Holmes und zeigte auf ein Foto vom Edinburgh Castle, eingehüllt in Nebel. Es war fast identisch mit dem Foto, das er in der Zeitung gesehen hatte, und ähnelte deshalb auch sehr dem in Ronnies Zimmer. Hutton zuckte die Achseln.

»Das ist nichts«, sagte er und legte Holmes eine Hand auf

die Schulter. »Hier, sehen Sie sich mal ein paar von meinen Aktaufnahmen an.«

Ein Dutzend Schwarzweißfotos im Format fünfundzwanzig mal dreißig hingen zusammen in einer Ecke des Raumes an der Wand. Männer und Frauen, nicht alle von ihnen jung und schön. Aber ziemlich gut aufgenommen, vielleicht sogar künstlerisch, vermutete Holmes.

»Das sind nur die besten«, sagte Hutton.

»Die besten oder die geschmackvollsten?« Holmes versuchte, die Bemerkung nicht wertend klingen zu lassen, doch trotzdem war Huttons gute Laune dahin. Er ging zu einer großen Kommode, zog die unterste Schublade auf, nahm eine Ladung Fotos heraus und warf sie auf den Boden.

»Da, schauen Sie doch selbst«, sagte er. »Das ist keine Pornografie. Nichts Schmieriges oder Ekliges oder Obszönes. Das sind nur Körper. Körper in den verschiedensten Posen.«

Holmes blickte auf die Fotos herab, schien ihnen aber nicht viel Aufmerksamkeit zu schenken.

»Tut mir Leid«, sagte er, »wenn es sich so anhörte, als ...«

»Vergessen Sie's.« Hutton betrachtete jetzt wieder sein männliches Modell. Die Schultern des Fotografen hingen herab, und er rieb sich die Augen. »Ich bin bloß müde. Ich wollte Sie nicht anschnauzen. Bin einfach kaputt.«

Holmes starrte über Huttons Schulter zu Arnold hinüber, doch als er sah, dass er es nicht heimlich tun konnte, bückte er sich einfach, nahm sich ein Foto aus der Sammlung am Boden, richtete sich wieder auf und steckte es in seine Jacke. Arnold hatte es natürlich mitbekommen, und Holmes hatte gerade noch Zeit, ihm verschwörerisch zuzuzwinkern, bevor Hutton sich wieder zu ihm umdrehte.

»Die Leute meinen, es wär einfach, den ganzen Tag bloß Fotos zu machen«, sagte Hutton. Holmes riskierte einen Blick über die Schulter des Mannes und sah, dass Arnold tadelnd den Finger hin und her bewegte. Doch dabei lächelte er schelmisch. Er würde nichts verraten. »Aber man kann an gar nichts anderes mehr denken«, fuhr Hutton fort. »Jede wache Minute an jedem Tag, jedes Mal, wenn man etwas ansieht, jedes Mal, wenn man seine Augen benutzt. Alles, was man sieht, ist potenzielles Material.«

Holmes war jetzt an der Tür und hatte nicht vor, noch länger zu bleiben.

»Nun ja, dann lasse ich Sie wohl mal weitermachen«, sagte er.

»Oh«, sagte Hutton, als erwache er gerade aus einem Traum. »Richtig.«

»Vielen Dank für Ihre Hilfe.«

»Keine Ursache.«

»Wiedersehen, Arnold«, rief Holmes, dann zog er die Tür hinter sich zu und war verschwunden.

»Also, zurück an die Arbeit«, sagte Hutton und starrte auf die Fotos auf dem Fußboden. »Hilf mit doch mal eben mit denen da, Arnold.«

»Du bist der Boss.«

Als sie anfingen, die Fotos wieder in der Schublade zu verstauen, bemerkte Hutton: »Ganz netter Typ für einen Bullen.«

»Ja«, sagte Arnold, der nackt dastand, die Hände voller Abzüge. »Er sah jedenfalls nicht wie einer von diesen Typen im schmuddeligen Regenmantel aus.«

Doch als Hutton ihn fragte, wie er das meinte, zuckte Arnold nur die Schultern. Das war schließlich nicht seine Sache. Allerdings war es schade, dass sich dieser Polizist für

Frauen interessierte. Wieder mal ein gut aussehender Mann sinnlos vergeudet.

Holmes blieb draußen etwa eine Minute lang stehen. Aus irgendeinem Grund zitterte er, als ob irgendwo in ihm ein kleiner Motor stotterte. Er legte eine Hand an seine Brust. Ein leichtes Herzflattern, weiter nichts. Das kriegte doch jeder ab und zu, oder? Er kam sich vor, als hätte er gerade ein geringfügiges Verbrechen begangen, und vermutlich stimmte das sogar. Schließlich hatte er jemandem ohne dessen Wissen oder Zustimmung etwas weggenommen. War das nicht Diebstahl? Als Kind hatte er häufig in Läden gestohlen und das Gestohlene immer weggeworfen. Aber, das machten doch alle Kinder, oder? … Oder etwa nicht?

Er zog sein jüngstes Beutestück aus der Tasche. Das Foto hatte sich gewellt, doch er strich es mit den Händen wieder glatt. Eine Frau, die mit einem Kinderwagen an ihm vorbeikam, warf einen Blick auf das Foto, dann eilte sie empört weiter. Es ist schon ganz in Ordnung, Madam, ich bin nämlich Polizist. Er lächelte bei dem Gedanken, dann betrachtete er erneut die Aktaufnahme. Sie war leicht aufreizend, mehr nicht. Eine junge Frau, die auf etwas lag, das wie Seide oder Satin aussah. Sie hatte Arme und Beine gespreizt und war von oben fotografiert. Ihr Mund war zu einem amateurhaften Schmollen geöffnet, die Augen zu Schlitzen zusammengekniffen. Das sollte wohl Ekstase vortäuschen. Doch das war noch nichts Außergewöhnliches. Viel interessanter hingegen war die Identität des Modells.

Denn Holmes war sicher, dass es diese Tracy war, die junge Frau, deren Foto er bereits aus dem besetzten Haus hatte. Deren Herkunft er zu ermitteln versuchte. Die Freundin des Toten. Sie hatte also nackt vor der Kamera posiert, kein bisschen schüchtern, und auch noch ihren Spaß dabei gehabt.

Was war es, das ihn immer wieder zu diesem Haus zurücktrieb? Rebus wusste es nicht genau. Er richtete seine Taschenlampe erneut auf Charlies Wandgemälde und bemühte sich, den Menschen zu verstehen, der es geschaffen hatte. Aber warum wollte er so einen Außenseiter wie Charlie überhaupt verstehen? Vielleicht wegen des quälenden Gefühls, dass er eine zentrale Rolle in dem Fall spielte.

»Was für ein Fall?«

Jetzt hatte er es tatsächlich laut ausgesprochen. Was für ein Fall? Es gab keinen »Fall«, zumindest nicht in dem Sinne, in dem irgendein Gericht das verstehen würde. Es gab Personen, menschliche Verfehlungen, Fragen ohne Antworten. Sogar Gesetzesübertretungen. Aber es gab keinen Fall. Das war das Frustrierende. Wenn es doch nur einen Fall gäbe, etwas halbwegs Strukturiertes, etwas Greifbares, an dem er sich fest halten könnte. Irgendetwas Konkretes, das er *sichtbar* hochhalten könnte: seht her, hier ist es. Doch es gab nichts dergleichen. Alles war gestaltlos wie Kerzenwachs. Aber Kerzenwachs hinterließ doch Spuren. Und nichts verschwand jemals völlig. Stattdessen veränderten die Dinge ihre Form, Substanz und Bedeutung. Ein fünfzackiger Stern innerhalb von zwei konzentrischen Kreisen hatte an sich keine Bedeutung. Für Rebus sah er bloß so aus wie der Sheriffstern aus Blech, den er als Junge gehabt hatte. Gesetzeshüter des Cowboy-Staates Texas mit Blechabzeichen und sechsschüssigem Spielzeugrevolver im Plastikholster.

Für andere war er das Böse an sich.

Er erinnerte sich daran, mit wie viel Stolz er jenes Abzeichen getragen hatte, als er dem Stern den Rücken kehrte und die Treppe hinaufging. Hier hatte der Krawattenklipp gelegen. Er ging an der Stelle vorbei in Ronnies Zimmer, trat ans Fenster und schielte durch einen Spalt zwischen den Brettern, die über die Scheibe genagelt worden waren. Das Auto stand jetzt nicht weit von seinem Auto entfernt. Das Auto, das ihm von der Wache gefolgt war. Das Auto, das er sofort als den Ford Escort erkannt hatte, der vor seiner Wohnung gewartet hatte und dann dröhnend davongerast war. Jetzt war es hier, parkte neben dem ausgebrannten Cortina. Es war hier. Sein Fahrer war hier. Das Auto war leer.

Er hörte den Dielenboden ein einziges Mal knarren, und wusste, dass der Mann hinter ihm war.

»Sie müssen sich hier aber gut auskennen«, sagte er. »Sie haben es geschafft, nicht auf die knarrenden Stufen zu treten.«

Er wandte sich vom Fenster ab und leuchtete mit seiner Taschenlampe in das Gesicht eines jungen Mannes mit kurzen dunklen Haaren. Der versuchte seine Augen vor dem Lichtstrahl zu schützen. Rebus richtete die Lampe auf den Körper des Mannes.

Er trug eine Polizeiuniform.

»Sie müssen Neil sein«, sagte Rebus ganz ruhig. »Oder ziehen Sie Neilly vor?«

Er ließ die Lampe auf den Fußboden leuchten. Das gab ausreichend Licht, um zu sehen und gesehen zu werden. Der junge Mann nickte.

»Neil ist okay. Nur meine Freunde nennen mich Neilly.«

»Und ich bin nicht Ihr Freund«, sagte Rebus und nickte bestätigend. »Aber Ronnie, der war Ihr Freund, nicht wahr?«

»Er war mehr als das, Inspector Rebus«, sagte der Constable und trat ins Zimmer. »Er war mein Bruder.«

In Ronnies Zimmer gab es nichts, wo sie sich hinsetzen konnten, doch das machte nichts. Keiner von ihnen hätte länger als ein bis zwei Sekunden still sitzen können. Sie steckten beide voller Energie. Neil musste seine Geschichte loswerden, und Rebus wollte sie unbedingt hören. Rebus machte den Platz vor dem Fenster zu seinem Territorium und ging dort unauffällig auf und ab. Ab und zu hielt er mit gesenktem Kopf inne, um Neils Worten mehr Aufmerksamkeit zu schenken. Neil blieb in der Nähe der Tür, bewegte sie an der Klinke hin und her und lauschte jedesmal auf den Moment, wo die Tür anfing zu quietschen. Dann bewegte er sie ganz langsam weiter, um das Geräusch voll auszukosten. Die Taschenlampe gab die passende Beleuchtung für die Szene ab, indem sie wilde Schatten an die Wände warf und das Profil eines jeden der beiden Männer als Silhouette zeigte, den Redner und den Zuhörer.

»Natürlich wusste ich, was mit ihm los war«, sagte Neil. »Er mag zwar älter gewesen sein als ich, aber ich kannte ihn immer besser als er mich. Ich wusste, was in ihm vorging.«

»Also wussten Sie, dass er ein Junkie war?«

»Ich wusste, dass er Drogen nahm. Damit hat er schon in der Schule angefangen. Einmal wurde er erwischt und ist fast von der Schule verwiesen worden. Doch sie haben ihn nach drei Monaten wieder aufgenommen, damit er seine Prüfungen machen konnte. Er hat sie alle bestanden. Das kann ich von mir nicht behaupten.«

Ja, dachte Rebus, Bewunderung konnte einen auf einem Auge blind machen …

»Nach den Prüfungen ist er abgehauen. Wir haben monatelang nichts von ihm gehört. Meine Eltern sind fast durchgedreht. Dann haben sie ihn völlig aus ihrem Leben verbannt, einfach abgeschrieben. Es war, als würde er nicht existieren. Ich durfte ihn zu Hause nicht mehr erwähnen.«

»Aber er hat sich mit Ihnen in Verbindung gesetzt?«

»Ja. Er hat mir über einen Freund einen Brief zukommen lassen. Ganz schön clever von ihm. Also hab ich den Brief bekommen, ohne dass meine Eltern davon erfahren haben. Er erzählte mir, dass er jetzt in Edinburgh wäre. Dass es ihm dort besser gefiele als in Stirling. Dass er einen Job hätte und eine Freundin. Das war alles, keine Adresse oder Telefonnummer.«

»Hat er oft geschrieben?«

»Ab und zu. Er hat viel gelogen. Hat gesagt, er käme erst dann nach Stirling zurück, wenn er einen Porsche und eine eigene Wohnung hätte, um es Mum und Dad zu beweisen. Dann hat er aufgehört zu schreiben. Ich hab die Schule abgeschlossen und bin zur Polizei gegangen.«

»Und sind nach Edinburgh gekommen.«

»Nicht sofort, aber irgendwann, ja.«

»Mit der Absicht, ihn zu finden?«

Neil lächelte.

»Überhaupt nicht. Ich vergaß ihn so allmählich. Hatte genug mit meinem eigenen Leben zu tun.«

»Wie ging's dann weiter?«

»Ich hab ihn eines Nachts aufgegriffen, auf meiner regulären Streife.«

»Was ist überhaupt Ihr Revier?«

»Ich bin in Musselburgh stationiert.«

»Musselburgh? Das ist ja nicht gerade ein Spaziergang von hier. Aber was meinen Sie mit ›aufgegriffen‹?«

»Nicht wirklich aufgegriffen, da er eigentlich nichts getan hatte. Er war nur absolut high, und er war zusammengeschlagen worden.«

»Hat er Ihnen erzählt, was er dort gemacht hatte?«

»Nein, das konnte ich mir aber gut vorstellen.«

»Was denn?«

»Für ein paar Schwule am Calton Hill, die auf Gewalt abfahren, den Punchingball gespielt.«

»Merkwürdig, das hat schon mal jemand erwähnt.«

»So was gibt's. Schnelles Geld für Leute, denen alles scheißegal ist.«

»Und Ronnie war alles scheißegal?«

»Nicht immer. Aber dann wieder ... Ich weiß nicht, vielleicht kannte ich ihn doch nicht so gut, wie ich glaubte.«

»Dann haben Sie angefangen, ihn zu besuchen?«

»An jenem ersten Abend musste ich ihn nach Hause bringen. Am nächsten Tag bin ich dann wieder gekommen. Er war überrascht, mich zu sehen, konnte sich nicht mal mehr daran erinnern, dass ich ihm am Abend vorher geholfen hatte.«

»Haben Sie versucht, ihn von den Drogen runterzukriegen?«

Neil schwieg. Die Tür quietschte in den Angeln.

»Am Anfang ja«, sagte er schließlich. »Aber er schien es im Griff zu haben. Ich weiß, das hört sich komisch an, nachdem ich gerade erzählt habe, in was für einem Zustand ich ihn am ersten Abend angetroffen habe. Doch letztlich war es *seine* Entscheidung, wie er mir immer wieder sagte.«

»Was hielt er davon, einen Bruder bei der Polizei zu haben?«

»Er fand das lustig. Allerdings bin ich nie in Uniform hierher gekommen.«

»Bis auf heute Abend.«

»Das stimmt. Jedenfalls hab ich ihn ein paar Mal besucht. Wir sind meistens hier in seinem Zimmer geblieben. Er wollte nicht, dass die anderen mich sehen. Hatte Angst, sie würden den Bullen riechen.«

Jetzt war es an Rebus zu lächeln. »Sie haben nicht zufällig Tracy verfolgt?«

»Wer ist Tracy?«

»Ronnies Freundin. Sie ist gestern Nacht bei mir zu Hause aufgetaucht. Ein paar Männer hatten sie verfolgt.«

Neil schüttelte den Kopf. »Das war ich nicht.«

»Aber Sie *waren* gestern Nacht vor meiner Wohnung?«

»Ja.«

»Und in der Nacht, in der Ronnie starb, waren Sie hier.« Das war hart, aber unbedingt notwendig. Neil hörte auf, mit der Türklinke herumzuspielen, und schwieg etwa zwanzig bis dreißig Sekunden lang. Dann atmete er tief durch.

»Eine Zeit lang, ja.«

»Sie haben das hier verloren.« Rebus hielt ihm den glänzenden Klipp hin, doch Neil konnte ihn bei dem schwachen Licht der Taschenlampe nicht genau erkennen. Allerdings brauchte er ihn gar nicht zu sehen, um zu wissen, was es war.

»Meinen Krawattenklipp? Ich hab mich schon gefragt, wo ich den gelassen habe. An dem Tag war mir die Krawatte abgegangen. Sie steckte in meiner Tasche.«

Rebus machte keinerlei Anstalten, ihm den Klipp zu geben, sondern steckte ihn wieder in seine Tasche. Neil nickte verstehend.

»Warum haben Sie angefangen, mich zu verfolgen?«

»Ich wollte mit Ihnen reden, aber ich fand nicht den Mut dazu.«

»Sie wollten nicht, dass Ihre Eltern von Ronnies Tod erfahren?«

»Ja. Ich dachte, Sie würden vielleicht nicht rausfinden, wer er ist, doch das haben Sie. Ich weiß nicht, wie meine Eltern darauf reagieren werden. Im schlimmsten Fall werden sie sich freuen, weil es ihnen bestätigt, dass sie schon immer Recht hatten, dass es richtig war, keinen Gedanken mehr an ihn zu verschwenden.«

»Und im günstigsten Fall?«

»Im günstigsten Fall?« Neil starrte in die Finsternis hinein und versuchte, Rebus' Blick aufzufangen. »Den gibt es nicht.«

»Vermutlich nicht«, sagte Rebus. »Aber sie müssen trotzdem benachrichtigt werden.«

»Ich weiß. Das war mir von Anfang an klar.«

»Warum haben Sie mich dann trotzdem verfolgt?«

»Weil Sie Ronnie jetzt näher sind als ich. Ich weiß nicht, warum Sie sich so sehr für ihn interessieren, aber das tun Sie. Und das interessiert mich wiederum. Ich will, dass Sie herausfinden, wer ihm das Gift verkauft hat.«

»Das habe ich auch vor, mein Junge, keine Sorge.«

»Und ich möchte Ihnen dabei helfen.«

»Das ist der erste Blödsinn, den Sie von sich gegeben haben. Gar nicht schlecht für einen Constable. Ehrlich gesagt, Neil, Sie wären das Schlimmste, was ich mir antun könnte. Ich habe alle Hilfe, die ich zurzeit brauche.«

»Von wegen zu viele Köche und so?«

»So was in der Richtung.« Rebus kam zu dem Schluss, dass die Beichte beendet war und es nicht mehr viel zu sagen gab. Er löste sich vom Fenster, ging zur Tür und blieb direkt vor Neil stehen. »Sie haben mir die Arbeit bereits schon schwerer gemacht als nötig. Sie riechen nicht nach Bulle, sondern nach Fisch. Genau gesagt nach roten Heringen. Und wissen Sie, was das bedeutet?«

»Was?«

»Sie haben mich auf eine falsche Spur geführt, mein Junge.«

Von unten kam ein Geräusch. Diese knarrenden Dielen waren besser als jeder Infrarot-Alarm. Rebus knipste die Taschenlampe aus.

»Bleiben Sie hier«, flüsterte er. Dann ging er bis zur obersten Treppenstufe. »Wer ist da?« Unter ihm tauchte ein Schatten auf. Er schaltete die Taschenlampe an und leuchtete in Tony McCalls blinzelndes Gesicht.

»Mein Gott, Tony.« Rebus begann, die Treppe hinunterzugehen. »Hast du mich erschreckt.«

»Ich wusste, dass ich dich hier finden würde«, sagte McCall. »Ich wusste es einfach.« Seine Stimme klang näselnd, und Rebus nahm an, dass McCall immer weiter getrunken hatte, seit sie sich vor etwa drei Stunden getrennt hatten. Er blieb auf der Treppe stehen, dann drehte er sich um und ging wieder hinauf.

»Wo gehst du denn nun schon wieder hin?«, rief McCall.

»Ich mach bloß die Tür zu«, sagte Rebus, schloss die Tür von Ronnies Zimmer und ließ Neil drinnen. »Wir wollen doch nicht, dass die Geister sich erkälten, oder?«

McCall kicherte, während Rebus wieder die Treppe hinunterging.

»Dachte, wir genehmigen uns einen Schluck«, sagte er. »Und nicht dieses verdammte alkoholfreie Zeug, das du heute Mittag geschlürft hast.«

»Gute Idee«, sagte Rebus und manövrierte McCall geschickt zur Haustür hinaus. »Das machen wir.« Dann schloss er die Tür hinter sich ab. Ronnies Bruder würde schon eines der vielen Schlupflöcher kennen, durch die man problemlos ins Haus kam und wieder hinaus. Schließlich schien die jeder zu kennen.

Jeder.

»Wohin?«, fragte Rebus. »Ich hoffe, du bist nicht mit dem Auto hier.«

»Hab mich von einem Streifenwagen absetzen lassen.«

»Gut. Dann nehmen wir mein Auto.«

»Wir könnten runter nach Leith fahren.«

»Nein, lieber was Zentraleres. Es gibt ein paar gute Pubs in der Regent Road.«

»Am Calton Hill?« McCall war verblüfft. »Mein Gott, John, ich könnte mir aber was Netteres vorstellen, um einen trinken zu gehen.«

»Ich nicht«, sagte Rebus. »Komm schon.«

Nell Stapleton war die Freundin von Holmes. Holmes hatte schon immer eine Vorliebe für große Frauen gehabt, was er auf seine Mutter zurückführte, die einsfünfundsiebzig gewesen war. Nell war noch fast zwei Zentimeter größer als Holmes' Mutter, trotzdem liebte er sie.

Nell war intelligenter als Holmes. Oder ihre Intelligenz lag auf unterschiedlichen Gebieten, wie er es gern darstellte. An guten Tagen konnte Nell das kryptische Kreuzworträtsel im *Guardian* in weniger als einer Viertelstunde lösen. Aber sie hatte Probleme mit dem Rechnen und konnte sich schlecht Namen merken – beides Stärken von Holmes. Die Leute fanden, dass sie ein schönes Paar wären und offenbar wunderbar zueinander passten. Sie kamen auch gut miteinander aus, da ihre Beziehung auf mehreren einfachen Regeln basierte: nicht von Heirat reden, kein Gedanke an Kinder, keinerlei Andeutung, man könnte vielleicht zusammenziehen, und auf keinen Fall den anderen betrügen.

Nell arbeitete als Bibliothekarin bei der Universität von Edinburgh, was Holmes sehr praktisch fand. So hatte er sie heute beispielsweise gebeten, ihm ein paar Bücher über Okkultismus herauszusuchen. Sie hatte sogar ein bis zwei Dissertationen ermittelt, die er in der Bibliothek lesen konnte, wenn er wollte. Außerdem hatte sie eine Liste einschlägiger Titel zusammengestellt, die sie ihm gab, als sie sich an diesem Abend im Pub trafen.

Im Bridge of Sighs war, wie in den meisten Pubs in der Innenstadt, um diese Zeit nicht viel los. Es war mitten in der Woche und der Abend war noch nicht weit genug fortgeschritten. Die Einen-Drink-nach-Feierabend-Gäste hatten bereits die Jacketts über den Arm geworfen und waren gegangen, während die zu neuem Leben erwachten Nachtschwärmer noch den Bus von ihren Wohnsiedlungen in die Innenstadt kriegen mussten. Nell und Holmes saßen an einem Ecktisch, weit genug entfernt von den Videospielgeräten, aber ein wenig zu nahe an einem der Lautsprecher der Stereoanlage. Als Holmes an die Theke ging, um für sich ein weiteres Halfpint und für Nell ein Glas Orangensaft mit Perrier zu holen, fragte er, ob man die Musik nicht leiser stellen könnte.

»Tut mir Leid, kann ich nicht. Den Gästen gefällt das.«

»Wir *sind* die Gäste«, beharrte Holmes.

»Dann müssen Sie mit dem Manager reden.«

»Okay.«

»Er ist noch nicht da.«

Holmes warf der jungen Frau hinter der Theke einen giftigen Blick zu, bevor er zu seinem Tisch zurückging. Was er dort sah, ließ ihn kurz innehalten. Nell hatte seine Aktenmappe geöffnet und betrachtete das Foto von Tracy.

»Wer ist das?«, fragte Nell und schloss die Mappe.

»Hat mit einem Fall zu tun, an dem ich gerade arbeite«, sagte er eisig. »Wer hat dir erlaubt, meine Aktenmappe zu öffnen?«

»Regel Nummer sieben, Brian, keine Geheimnisse.«

»Trotzdem ...«

»Ganz hübsch, nicht wahr?«

»Was? Ich hab sie mir wirklich noch nicht ...«

»Ich hab sie schon häufiger an der Uni gesehen.«

Jetzt war sein Interesse geweckt. »Tatsächlich?«

»Mmm. In der Cafeteria der Bibliothek. Ich kann mich deshalb an sie erinnern, weil sie älter aussah als die anderen Studenten, mit denen sie zusammen war.«

»Sie ist also Studentin?«

»Nicht unbedingt. In die Cafeteria kommt jeder rein. Nur für die Bibliothek selbst muss man einen Studentenausweis haben, aber ich kann mich nicht erinnern, sie je dort gesehen zu haben. Nur in der Cafeteria. Was hat sie denn angestellt?«

»Nichts, soweit ich weiß.«

»Weshalb hast du dann ein Nacktfoto von ihr in deiner Aktenmappe?«

»Hängt mit einem Auftrag zusammen, den ich von Inspector Rebus bekommen habe.«

»Du sammelst für ihn also unanständige Fotos?«

Jetzt lächelte sie, und er lächelte ebenfalls. Sein Lächeln erstarb, als Rebus und McCall das Pub betraten und über irgendeinen Scherz lachten, während sie zur Theke gingen. Holmes wollte nicht, dass Rebus und Nell sich begegneten. Er bemühte sich sehr, sein Polizeileben hinter sich zu lassen, wenn er sich abends mit ihr traf – abgesehen von solchen Gefälligkeiten wie die Bücherliste über Okkultismus. Außerdem wollte er Nell als Trumpfkarte in der Hinterhand behalten, damit er Rebus jederzeit eine fertige Bücherliste überreichen konnte, sollte er je so etwas brauchen.

Und jetzt sah es so aus, als würde Rebus ihm alles versauen. Und es gab noch einen weiteren Grund, weshalb er nicht wollte, dass Rebus an ihren Tisch geschlendert kam. Er hatte Angst, dass Rebus ihn »Schuhsohle« nennen würde.

Er hielt den Blick auf den Tisch gerichtet, als Rebus sich mit einer einzigen Drehung des Kopfes in der Bar umsah, und war erleichtert, als die beiden höheren Beamten mit ihren Drinks zu dem Pool-Tisch hinübergingen, wo sie sich darüber zu streiten anfingen, wer die beiden Fünfundzwanzig-Pence-Münzen für das Spiel spendieren sollte.

»Was ist los?«

Nell starrte ihn an. Dazu musste sie den Kopf fast auf den Tisch legen, weil er den Blick immer noch gesenkt hatte.

»Nichts«, sagte er. Jetzt drehte er sich ganz zu ihr um, so dass für den übrigen Raum nur die Silhouette seines Hinterkopfes zu sehen war. »Hast du Hunger?«

»Eigentlich schon.«

»Ich auch.«

»Ich dachte, du hättest schon gegessen.«

»Aber nicht genug. Komm, ich lade dich zum Inder ein.«

»Lass mich erst austrinken.« Das tat sie in drei Schlucken. Dann gingen sie zusammen hinaus, und die Tür fiel leise hinter ihnen zu.

»Kopf oder Zahl?«, fragte Rebus McCall und warf eine Münze in die Luft.

»Zahl.«

Rebus betrachtete die Münze. »Zahl. Du fängst an.«

Während McCall sein Queue anlegte und mit einem Auge das Dreieck mit den Bällen fixierte, starrte Rebus auf die Kneipentür. Ist schon okay, dachte er. Holmes war nicht im Dienst und hatte eine Frau dabei. Das gab ihm wohl das Recht, seinen Vorgesetzten zu ignorieren. Vielleicht hatte er auch nichts erreicht, und es gab nichts zu berichten. Auch in Ordnung. Doch Rebus wurde den Gedanken nicht los, dass das Ganze als Brüskierung gemeint war. Er hatte Holmes ganz schön heruntergeputzt, und jetzt schmollte er.

»Du bist dran, John«, sagte McCall, der keinen Ball eingelocht hatte.

»Klar doch, Tony«, sagte Rebus und rieb die Spitze seines Queues mit Kreide ein. »Sofort.«

McCall stellte sich neben Rebus, der sich gerade über das Queue gebeugt hatte.

»Das muss so ungefähr das einzige nicht-schwule Pub in der ganzen Straße sein«, sagte er leise.

»Weißt du, was Homophobie bedeutet, Tony?«

»Versteh mich nicht falsch, John«, sagte McCall und richtete sich auf, um zu beobachten, wie Rebus' Ball das Loch verfehlte. »Ich meine, jedem das Seine und so. Aber einige von diesen Pubs und Clubs ...«

»Du scheinst ja eine Menge darüber zu wissen.«

»Nein, eigentlich nicht. Man hört nur so einiges.«

»Von wem?«

McCall lochte einen gestreiften Ball ein, dann noch einen. »Na hör mal, John. Du kennst Edinburgh genauso gut wie ich. Jeder weiß doch über die schwule Szene hier Bescheid.«

»Wie du schon sagtest, Tony, jedem das Seine.« Plötzlich tauchte eine Stimme in Rebus' Kopf auf: *Du bist der Bruder, den ich nie hatte*. Nein, nein, bloß nicht dran denken. Diese Erinnerung hatte ihn schon zu oft gequält. McCall versiebte den nächsten Stoß, und Rebus trat wieder an den Tisch.

»Wie kommt es nur«, sagte er, während sein Stoß völlig verunglückte, »dass du so viel trinken kannst und dann immer noch so gut spielst?«

McCall lachte in sich hinein. »Alkohol ist gut gegen den Tatterich«, sagte er. »Also trink dieses Pint aus, und ich hol dir ein neues. Meine Runde.«

James Carew meinte, dass er sich ein bisschen Spaß verdient hätte. Er hatte gerade ein stattliches Haus an den Finanzdirektor einer Firma verkauft, die neu in Schottland war. Außerdem hatte ein Architektenpaar, das ursprünglich aus Schottland stammte und nun wieder aus Sevenokas in Kent hierher zurückkehrte, ein besseres Angebot als erwartet für ein Drei-Hektar-Grundstück in den Borders gemacht. Ein guter Tag. Bei weitem nicht der beste, aber trotzdem ein Grund zum Feiern.

Carew selbst besaß ein *pied à terre* in einer der schönsten georgianischen Straßen der New Town und ein Bauernhaus mit einem Stück Land auf der Insel Skye. Die Zeiten waren günstig für ihn. London verlagerte sich anscheinend nach Norden, und die Neuankömmlinge hatten die Taschen voller Geld von den Immobilien, die sie im Südosten verkauft hatten. Sie suchten größere und bessere Häuser und waren auch bereit, dafür zu zahlen.

Um halb sieben verließ er sein Büro in der George Street und kehrte in seine Wohnung zurück, die sich über zwei Etagen erstreckte. Wohnung? Diese Bezeichnung schien schon fast eine Beleidigung: fünf Schlafräume, Wohnzimmer. Esszimmer, zwei Bäder, gut ausgestattete Küche, begehbare Wandschränke, die so groß waren wie ein anständiges Apartment in Hammersmith ... Carew war am richtigen Ort, dem einzig richtigen Ort, und die Zeit war auch gerade richtig. Dieses Jahr musste man jede Chance nutzen, es war ein Jahr wie kein anderes. Er legte im Hauptschlafzimmer seinen Anzug ab, duschte und zog sich anschließend etwas Legereres an, das aber trotzdem teuer aussah. Er war zu Fuß nach Hause gegangen, doch heute Abend würde er das Auto brauchen. Es stand in einer Garage, die man über eine kleine Straße auf der Rückseite seines Hauses erreichte. Der Schlüssel hing am gewohnten Haken in der Küche. War der Jaguar ein übertriebener Luxus? Er schloss lächelnd die Wohnung hinter sich ab. Vielleicht ja. Doch die Liste seiner Laster war schon lang und würde gleich noch länger werden.

Rebus wartete mit McCall, bis das Taxi kam. Er gab dem Fahrer McCalls Adresse und beobachtete, wie der Wagen losfuhr. Verdammt, er fühlte sich selber ziemlich angeschlagen. Er ging in das Pub zurück und steuerte auf die Toilette zu. In der Bar herrschte jetzt mehr Betrieb, und die Musikbox war lauter. Das Personal hinter der Theke war von einer auf drei angewachsen, und sie mussten hart arbeiten, um mit dem Andrang fertig zu werden. Die Toilette war ein kühler, gefliester Zufluchtsort, wo der Zigarettenqualm aus der Bar kaum hineindrang. Der Kiefernnadelgeruch eines Reinigungsmittels stieg Rebus in die Nase, als er sich über eines der Waschbecken beugte. Er steckte sich zwei Finger in den Hals und drückte so lange, bis er anfing zu würgen und ein halbes Pint Bier ausspuckte, dann noch ein halbes. Er atmete tief durch und fühlte sich bereits ein wenig besser. Dann wusch er das Gesicht gründlich mit kaltem Wasser und trocknete es mit einer Hand voll Papiertücher ab.

»Alles klar?« Die Stimme klang nicht wirklich mitfühlend. Der Mann, dem sie gehörte, hatte gerade die Tür zur Herrentoilette aufgestoßen und suchte eilig nach dem nächsten Pinkelbecken.

»Noch nie besser gefühlt«, sagte Rebus.

»Dann ist's ja gut.«

Gut? Da war er sich nicht so sicher, aber zumindest war sein Kopf etwas klarer und er sah die Welt nicht mehr so verschwommen. Er glaubte nicht, dass er bei einer Alkoholkontrolle Probleme kriegen würde, und das war auch gut so, denn sein nächstes Ziel war sein Auto, das in einer dunklen Seitenstraße parkte. Er wunderte sich immer noch, wie Tony McCall, der nach einem halben Dutzend Pints ziemlich wacklig auf den Beinen war, es geschafft hatte, mit so ruhiger Hand und so ruhigem Blick Pool zu spielen. Der Mann war ein Phänomen. Er hatte Rebus sechsmal hintereinander geschlagen. Und Rebus hatte sich angestrengt. Zum Schluss hatte er sogar *richtig* gekämpft. Schließlich machte es sich nicht gut, wenn ein Mann, der kaum noch gerade stehen konnte, einen Ball nach dem anderen einlochte, alles abräumte und mit lautem Gebrüll einen Sieg nach dem anderen feierte. Das machte sich nicht gut. Und es war auch kein gutes Gefühl gewesen.

Es war elf Uhr, vielleicht noch ein bisschen früh. Er erlaubte sich eine Zigarette im parkenden Auto und lauschte bei heruntergekurbeltem Fenster auf die Geräusche der Welt um ihn herum. Die unschuldigen Geräusche des späten Abends: Verkehrslärm, laute Stimmen, Gelächter, das Klappern von Schuhen auf dem Kopfsteinpflaster. Eine Zigarette, mehr nicht. Dann ließ er den Wagen an und fuhr gemächlich die halbe Meile bis zu seinem Ziel. Der Himmel war immer noch ein wenig hell, typisch für den Sommer in Edinburgh. Er wusste, dass es weiter nördlich um diese Jahreszeit niemals richtig dunkel wurde.

Doch die Nacht konnte auf andere Weise dunkel sein.

Den Ersten entdeckte er auf dem Bürgersteig vor dem Gebäude der Scottish Assembly. Es gab keinen Grund, weshalb dieser Junge dort stehen sollte. Es war eine unwahrscheinliche Uhrzeit, um sich mit Freunden zu treffen, und die nächste Bushaltestelle war hundert Meter weiter am Waterloo Place. Der Junge stand einfach da, hatte einen Fuß gegen die Mauer hinter sich gestützt und rauchte eine Zigarette. Er beobachtete, wie Rebus langsam mit dem Auto vorbeifuhr, beugte sogar den Kopf ein wenig nach vorn, um hineinsehen zu können, als wolle er den Fahrer begutachten. Rebus glaubte, ein Lächeln zu erkennen, war sich aber nicht sicher. Nachdem er noch ein Stück gefahren war, drehte er um und kam zurück. Ein Auto hatte neben dem Jungen angehalten und ein Gespräch war im Gange. Rebus fuhr weiter. Auf seiner Straßenseite unterhielten sich zwei junge Männer vor dem Scottish Office. Etwas weiter standen drei Autos vor dem Calton-Friedhof. Rebus drehte noch eine Runde, dann parkte er in der Nähe dieser Autos und ging zu Fuß weiter.

Die Nacht war klar. Keine Wolken am Himmel. Nur ein leichter Wind wehte. Der Junge vor dem Assembly-Gebäude war in das Auto gestiegen. Jetzt stand niemand mehr dort. Rebus überquerte die Straße, stellte sich an die Mauer und wartete, was passieren würde. Beobachtete alles genau. Ein oder zwei Autos fuhren langsam an ihm vorbei. Die Fahrer drehen den Kopf, um ihn anzustarren, aber niemand hielt an. Er versuchte, sich die Nummernschilder zu merken, auch wenn er nicht genau wusste warum.

»Haben Sie Feuer, Mister?«

Er war jung, nicht älter als achtzehn oder neunzehn. Trug Jeans, Turnschuhe, ein ausgeleiertes T-Shirt und eine Jeansjacke. Die Haare waren extrem kurz, das Gesicht glatt rasiert, aber voller Aknenarben. Im linken Ohr hatte er zwei goldene Stecker.

»Danke«, sagte er, als Rebus ihm eine Streichholzschachtel hinhielt. »Was läuft denn so?«, fragte er dann mit belustigtem Blick auf Rebus, bevor er sich die Zigarette anzündete.

»Nicht viel«, sagte Rebus und steckte die Streichholzschachtel wieder ein. Der junge Mann blies den Rauch durch seine Nasenlöcher. Er schien nicht so schnell wieder gehen zu wollen. Rebus fragte sich, ob es irgendwelche Codes gab, die er benutzen sollte. Er merkte, wie er unter seinem dünnen Hemd feucht wurde, trotz der Gänsehaut.

»Na ja, hier ist aber auch nie viel los. Mögen Sie was trinken?«

»Um diese Uhrzeit? Wo denn?«

Der junge Mann deutete vage mit dem Kopf in eine Richtung. »Auf dem Calton-Friedhof. Da kriegt man immer was zu trinken.«

»Lieber nicht, aber trotzdem vielen Dank.« Rebus stellte mit Entsetzen fest, dass er rot wurde. Er hoffte, dass das beim Licht der Straßenlaternen nicht auffallen würde.

»Na schön. Dann bis demnächst mal.« Der junge Mann ging weiter.

»Ja«, sagte Rebus, »bis demnächst.«

»Und danke für das Streichholz.«

Rebus sah ihm hinterher, wie er langsam, aber zielstrebig die Straße entlangging und sich ab und zu umdrehte, wenn ein Auto auftauchte. Nach etwa hundert Metern überquerte er die Straße und ging auf der anderen Seite zurück, ohne auch nur ein einziges Mal zu Rebus zu schauen. Offenbar war er mit den Gedanken ganz woanders. Rebus kam der Junge traurig vor, einsam; ganz bestimmt war er kein Stricher. Aber auch kein Opfer.

Rebus starrte auf die solide Mauer des Calton-Friedhofs, die nur an einigen Stellen von Eisentoren unterbrochen wurde. Er war mal mit seiner Tochter dort gewesen, um ihr die Gräber der Berühmtheiten zu zeigen – David Hume, der Verleger Constable, der Maler David Allan – und die Statue von Abraham Lincoln. Sie hatte ihn nach den Männern gefragt, die raschen Schrittes und mit gesenktem Kopf den Friedhof verließen. Ein älterer Mann, zwei Teenager. Rebus hatte sich auch über sie gewundert. Aber nicht allzu sehr.

Nein, er konnte es nicht. Konnte nicht dort hineingehen. Nicht dass er Angst gehabt hätte, nein das war es nicht, nicht eine Minute lang. Er war bloß ... er wusste nicht was. Doch ihm wurde wieder schwindlig, und er fühlte sich wacklig auf den Beinen. Ich muss zum Auto zurück, dachte er.

Er ging zurück zum Auto.

Er saß bereits eine Zeit lang auf dem Fahrersitz und rauchte nachdenklich die zweite Zigarette, da bemerkte er aus den Augenwinkeln eine Gestalt. Er drehte sich um und schaute zu der Stelle, an der der Junge saß; nein – nicht saß, sondern vor einer niedrigen Mauer hockte. Rebus wandte sich ab und rauchte weiter. Erst in dem Moment stand der Junge auf und ging auf das Auto zu. Er klopfte an das Beifahrerfenster. Rebus atmete tief durch, bevor er die Tür entriegelte. Ohne ein Wort zu sagen stieg der Junge ein und warf die Tür fest hinter sich zu. Dann saß er schweigend da und starrte durch die Windschutzscheibe. Rebus, dem nichts Vernünftiges einfiel, was er hätte sagen können, schwieg ebenfalls. Der Junge hielt es als Erster nicht mehr aus.

»Hiya.«

Es war die Stimme eines Mannes. Rebus wandte sich zur Seite, um den Jungen zu betrachten. Er war vielleicht sechzehn, trug eine Lederjacke und ein offenes Hemd. Zerrissene Jeans.

»Hallo«, antwortete er.

»Haste 'ne Zigarette?«

Rebus reichte ihm das Päckchen. Der Junge nahm sich eine und tauschte das Päckchen dann gegen die Streichholzschachtel. Er inhalierte kräftig, behielt den Rauch lange unten und gab kaum etwas davon wieder an die Atmosphäre ab. Nehmen ohne zu geben, dachte Rebus. Das Kredo der Straße.

»Und, was hast du denn heute Abend vor?« Die Frage hatte auch Rebus auf den Lippen gelegen, doch der Junge hatte sie ausgesprochen.

»Nur ein bisschen Zeit totschlagen«, sagte Rebus. »Ich konnte nicht schlafen.«

Der Junge lachte hämisch. »So, du konntest nicht schlafen, also bist du ein bisschen rumgefahren. Dann hattest du keine Lust mehr zu fahren und hast ganz zufällig hier angehalten. Ausgerechnet in dieser Straße. Um diese Uhrzeit. Dann bist du spazieren gegangen, hast dir die Beine vertreten und bist zurück zum Auto gekommen, stimmt's?«

»Du hast mich also beobachtet«, sagte Rebus.

»Ich *brauchte* dich nicht zu beobachten. Das hab ich alles schon gesehen.«

»Wie oft?«

»Oft genug, James.«

Die Worte waren hart, die Stimme war hart. Rebus hatte keinen Grund zu glauben, dass ihm der junge Mann etwas vormachte. Zwischen diesem und dem anderen Jungen war ein Unterschied wie Tag und Nacht.

»Mein Name ist nicht James«, sagte er.

»Natürlich ist er das. Hier heißt jeder James. Da kann man sich den Namen leichter merken, selbst wenn man sich an das Gesicht nicht erinnert.«

»Ich verstehe.«

Der Junge rauchte schweigend zu Ende, dann schnipste er die Zigarette aus dem Fenster.

»Also, was darf's denn sein?«

»Ich weiß es nicht«, sagte Rebus ehrlich. »Vielleicht eine kleine Autofahrt?«

»Scheiße!« Er zögerte, als ob er es sich anders überlegen würde. »Okay, lass uns auf den Calton Hill rauffahren. Die Aussicht aufs Wasser genießen, eh?«

»In Ordnung«, sagte Rebus und ließ den Motor an.

Sie fuhren die steile und kurvige Straße bis zum Gipfel des Hügels, wo sich das Observatorium und das Folly – eine Kopie einer Seite des griechischen Parthenons – als Silhouette vom Himmel abhoben. Sie waren nicht die Einzigen dort oben. Weitere Autos parkten unbeleuchtet in Richtung Firth of Forth und den blassen Lichtern der Küste von Fife. Rebus wollte sich die anderen Autos nicht zu genau ansehen und beschloss, in diskretem Abstand zu ihnen zu parken. Doch der Junge hatte andere Vorstellungen.

»Halt neben dem Jaguar da«, sagte er in befehlendem Tonfall. »Das ist ein klasse Auto.«

Rebus spürte, wie sein eigenes Auto die Beleidigung mit allem Stolz schluckte, den es aufbringen konnte. Die Bremsen quietschten protestierend, als er anhielt. Er schaltete die Zündung aus.

»Was jetzt?«, fragte er.

»Was immer du willst«, sagte der Junge. »Cash auf die Hand, natürlich.«

»Natürlich. Und wenn wir bloß reden?«

»Kommt drauf an, worüber du reden willst. Je schmutziger, desto mehr kostet's dich.«

»Ich habe gerade an einen Typ gedacht, den ich hier mal getroffen habe. Ist noch gar nicht so lange her. Danach hab ich ihn nicht mehr gesehen. Ich frage mich, was mit ihm wohl passiert ist.«

Plötzlich legte der Junge Rebus eine Hand in den Schritt und rieb fest und schnell gegen den Stoff. Rebus starrte eine volle Sekunde auf die Hand, bevor er sie ruhig, aber mit entschiedenem Griff, entfernte. Der Junge lehnte sich grinsend zurück.

»Wie ist sein Name, James?«

Rebus versuchte, sein Zittern zu unterdrücken. Er musste sauer aufstoßen. »Ronnie«, sagte er schließlich und räusperte sich. »Mittelgroß, dunkle Haare, ziemlich kurz. Hat viel fotografiert. Du weißt schon, so'n richtiger Fotofreak.«

Der Junge zog die Augenbrauen hoch. »Du bist selber Fotograf, was? Machst gern ein paar Schnappschüsse? Ich verstehe.« Er nickte bedächtig. Rebus bezweifelte, dass er verstand, wollte aber nicht mehr sagen, als unbedingt notwendig. Und der Jaguar war tatsächlich sehr schön. Sah ganz neu aus. Der Lack glänzte unglaublich. Da musste jemand Geld haben. Und – o Gott –, warum hatte er eine Erektion?

»Ich glaube, ich weiß jetzt, welchen Ronnie du meinst«, sagte der Junge. »Ich hab ihn auch schon länger nicht gesehen.«

»Was weißt du über ihn?«

Der Junge starrte wieder durch die Windschutzscheibe. »Tolle Aussicht von hier, was?«, sagte er. »Selbst bei Nacht. *Besonders* nachts. Erstaunlich. Tagsüber komm ich nur selten hierher. Dann sieht alles so gewöhnlich aus. Du bist ein Bulle, nicht wahr?«

Rebus sah zu ihm hinüber, doch der Junge starrte immer noch unbekümmert lächelnd durch die Scheibe.

»Hab ich mir doch gedacht«, fuhr er fort. »Von Anfang an.«

»Warum bist du dann ins Auto gestiegen?«

»Aus Neugier vermutlich. Außerdem«, und jetzt schaute er zu Rebus, »sind einige meiner besten Kunden Polizeibeamte.«

»Das geht mich nichts an.«

»Nein? Sollte es aber. Ich bin nämlich noch minderjährig.«

»Hab ich mir gedacht.«

»Na denn …« Der Junge rutschte in seinem Sitz nach unten und legte die Füße auf das Armaturenbrett. Einen Augenblick lang glaubte Rebus, er habe irgendwas vor, und richtete sich ruckartig auf. Doch der Junge lachte nur.

»Was hast du denn gedacht? Hast du gedacht, ich würde dich noch mal *anfassen*? Ja? Pech gehabt, James.«

»Also, was ist nun mit Ronnie?« Rebus wusste nicht, ob er diesen ziemlich hässlichen Jungen am liebsten in den Bauch getreten oder ihn in ein gutes, fürsorgliches Heim gesteckt hätte. Doch auf jeden Fall wusste er, dass er Antworten wollte.

»Gib mir noch 'ne Kippe.« Rebus gab ihm eine. »Danke. Warum interessierst du dich so sehr für ihn?«

»Weil er tot ist.«

»Kommt häufiger vor.«

»Er ist an einer Überdosis gestorben.«

»Das auch.«

»Das Zeug war tödlich.«

Der Junge schwieg einen Augenblick.

»Das ist in der Tat übel.«

»War hier in letzter Zeit irgendwelcher vergifteter Stoff in Umlauf?«

»Nein.« Er lächelte wieder. »Nur guter Stoff. Hast du was dabei?« Rebus schüttelte den Kopf und dachte: *Ich möchte ihn doch am liebsten in den Bauch treten.* »Schade«, sagte der Junge.

»Wie heißt du übrigens?«

»Keine Namen, James, auf gar keinen Fall.« Er streckte

ihm die Hand entgegen, die Handfläche nach oben. »Ich brauch ein bisschen Geld.«

»Ich brauch erst ein paar Antworten.«

»Dann nenn mir die Fragen. Aber zeig mir erst mal deinen guten Willen, eh?« Die Hand streckte sich ihm immer noch erwartungsvoll entgegen. Rebus fand einen zerknitterten Zehner in seiner Jacke und reichte ihn hinüber. Der Junge schien zufrieden. »Dafür kriegst du Antwort auf zwei Fragen.«

Rebus' Zorn wuchs. »Dafür krieg ich so viele Antworten, wie ich will, sonst ...«

»Fährst wohl auf Gewalt ab? Was?« Den Jungen schien das nicht sonderlich zu kümmern. Vielleicht war ihm das alles hinreichend bekannt, sagte sich Rebus.

»Läuft hier viel in puncto Gewalt?«, fragte er.

»Nicht viel.« Der Junge zögerte. »Aber immer noch zu viel.«

»Ronnie machte so was, nicht wahr?«

»Das ist deine zweite Frage«, stellte der Junge fest. »Und die Antwort lautet: ich weiß es nicht.«

»Das zählt nicht«, sagte Rebus. »Außerdem hab ich eh noch reichlich Fragen.«

»Okay, wenn das so ist ...« Der Junge langte nach dem Türgriff und machte Anstalten, sich zu verdrücken. Rebus packte ihn im Nacken und knallte ihn mit dem Kopf auf das Armaturenbrett, genau zwischen seine beiden Füße, die immer noch dort ruhten.

»Mein Gott!« Der Junge fühlte, ob er Blut an der Stirn hatte. Es war keins da. Rebus war sehr zufrieden mit sich – maximale Schockwirkung, minimal erkennbarer Schaden. »Sie können doch nicht ...«

»Ich kann alles machen, was ich will, mein Junge. Ich

kann dich sogar über die höchste Brüstung der Stadt stoßen. Und jetzt erzähl mir von Ronnie.«

»Ich kann Ihnen nichts über Ronnie erzählen.« Jetzt hatte er Tränen in den Augen. Er rieb sich die Stirn, um den Schmerz zu lindern. »Dazu hab ich ihn nicht gut genug gekannt.«

»Dann erzähl mir, *was* du weißt.«

»Okay, okay.« Er wischte sich mit dem Ärmel seiner Jacke schniefend die Nase. »Ich weiß nur, dass ein paar Freunde von mir in eine bestimmte Szene geraten sind.«

»Was für eine Szene?«

»Ich weiß nicht. Irgendwas Hartes. Sie reden nicht darüber, aber die Spuren sind nicht zu übersehen. Blutergüsse, Schnittwunden. Einer von ihnen musste eine ganze Woche ins Krankenhaus. Hat gesagt, er wär die Treppe runtergefallen. Gott, er sah aus, als wär er von 'nem Hochhaus runtergefallen.«

»Aber niemand redet darüber?«

»Es muss irgendwie reichlich Geld dahinter stecken.«

»Sonst noch was?«

»Ist vielleicht nicht so wichtig ...« Der Junge war gebrochen. Rebus hörte das an seiner Stimme. Er würde von nun an bis zum Jüngsten Tag weiterreden. Das war gut, Rebus hatte nämlich nicht allzu viele Ohren in diesem Teil der Stadt. Da könnte ein frisches Paar nicht schaden.

»Was denn?«, blaffte er. Jetzt genoss er seine Rolle.

»Fotos. Man munkelt, dass ein Interesse an Fotos besteht. Keine gestellten, sondern alles echt.«

»Pornoaufnahmen?«

»Nehm ich an. Die Gerüchte waren ein bisschen vage. Wie das halt so ist mit Gerüchten, wenn man sie über ein paar Umwege hört.«

»Wie bei der stillen Post«, sagte Rebus. Das Ganze ist wie bei einem Stille-Post-Spiel, dachte er, alles aus zweiter und dritter Hand, keine absolut sicheren Beweise.

»Was?«

»Egal. Sonst noch was?«

Der Junge schüttelte den Kopf. Rebus griff in die Tasche und fand zu seiner eigenen Überraschung einen weiteren Zehner. Dann fiel ihm ein, dass er irgendwann während seines Trinkgelages mit McCall an einem Geldautomaten gewesen war. Er reichte dem Jungen den Schein.

»Hier. Und ich gebe dir meinen Namen und meine Telefonnummer. Ich bin immer offen für Informationen, egal wie winzig sie sind. Tut mir übrigens leid mit deinem Kopf.«

Der Junge nahm das Geld. »Schon in Ordnung. Bin schon schlechter bezahlt worden.« Dann lächelte er.

»Kann ich dich ein Stück mitnehmen?«

»Bis an die Brücken vielleicht?«

»Kein Problem. Wie heißt du?«

»James.«

»Tatsächlich?« Rebus lächelte.

»Ja wirklich.« Der Junge lächelte ebenfalls. »Hören Sie, da ist noch was.«

»Weiter, James.«

»Es ist bloß ein Name, den ich häufiger gehört hab. Vielleicht hat es ja auch nichts zu bedeuten.«

»Ja?«

»Hyde.«

Rebus runzelte die Stirn. »Hide? Verstecken? Was verstecken?«

»Nein, *Hyde*. H-y-d-e.«

»Was ist mit Hyde?«

»Weiß ich nicht. Wie gesagt, es ist bloß ein Name.«

Rebus umklammerte das Lenkrad. Hyde? *Hyde*? War es das, was Ronnie Tracy hatte sagen wollen? Nicht bloß, dass sie sich verstecken sollte, sondern dass sie sich vor einem Mann namens Hyde verstecken sollte? Während er seine Gedanken zu ordnen versuchte, stellte er fest, dass er schon wieder auf den Jaguar starrte. Oder vielmehr auf das Profil des Mannes auf dem Fahrersitz. Der hatte seine Hand um den Hals eines viel jüngeren Mannes auf dem Beifahrersitz gelegt und streichelte ihn, während er dabei die ganze Zeit leise auf ihn einredete. Streicheln und reden, alles ganz unschuldig.

So war es eigentlich erstaunlich, dass James Carew von der Immobilienfirma Bowyer Carew dermaßen erschrak, als er merkte, dass er angestarrt wurde und sich Detective Inspector John Rebus gegenüber sah, als er zurückstarrte.

Rebus beobachtete das alles, während Carew mit dem Zündschlüssel herumfummelte, den neuen V12-Motor aufheulen ließ und rückwärts vom Parkplatz schoss, als wäre der Teufel persönlich hinter ihm her.

»Der hat's aber eilig«, sagte James.

»Hast du ihn schon mal gesehen?«

»Hab sein Gesicht nicht richtig erkennen können. Den Wagen hab ich jedenfalls noch nie gesehen.«

»Ist ja auch ziemlich neu, was?«, sagte Rebus und startete müde sein eigenes Auto.

In der Wohnung roch es immer noch nach Tracy. Ihr Geruch hing im Wohnzimmer und im Bad. Er sah sie vor sich, wie sie dort drüben saß, die Beine unter sich geschlagen, und ihr das Handtuch vom Kopf rutschte … Wie sie ihm das Frühstück brachte; das schmutzige Geschirr stand noch neben seinem ungemachten Bett. Sie hatte gelacht, als sie sah, dass er auf einer Matratze auf dem Fußboden schlief. »Wie bei den Pennern«, hatte sie gesagt. Die Wohnung schien jetzt leerer, so leer wie sie ihm schon eine ganze Weile nicht mehr vorgekommen war. Außerdem hatte Rebus das Bedürfnis zu baden. Er kehrte ins Badezimmer zurück und drehte das warme Wasser auf. Er konnte immer noch James' Hand auf seinem Bein spüren ... Im Wohnzimmer starrte er eine volle Minute auf eine Flasche Whisky, doch dann kehrte er ihr den Rücken und nahm stattdessen ein leichtes Lager-Bier aus dem Kühlschrank.

Die Badewanne füllte sich nur langsam. Eine archimedische Schraube wäre wirkungsvoller gewesen. Doch das gab ihm genügend Zeit, um noch einmal auf der Wache anzurufen und zu fragen, wie sie mit Tracy zurechtkamen. Was er erfuhr, klang nicht gut. Sie wurde allmählich immer gereizter, weigerte sich zu essen und klagte über Seitenstiche. Blinddarmentzündung? Wohl eher Entzugserscheinungen. Er hatte ein ziemlich schlechtes Gewissen, dass er noch nicht bei ihr gewesen war. Doch auf ein paar Schuldgefühle mehr oder weniger kam es nicht an, also beschloss er, den Besuch bis morgen aufzuschieben. Nur für ein paar Stunden wollte er fort von allem sein, von all dem erbärmlichen Herumwühlen in anderer Leute Leben. Seine Wohnung kam ihm nicht mehr so sicher vor, war für ihn nicht mehr die Burg, die sie noch vor ein oder zwei Tagen gewesen war. Und zu der äußeren Verletztheit kam auch noch eine innere. Er fühlte sich bis in sein tiefstes Inneres beschmutzt, als ob die Stadt eine ihrer Dreckschichten abgelegt und ihm das Zeug per Zwangsernährung eingeflößt hätte.

Zum Teufel damit.

Er war also erwischt worden. Er lebte in der schönsten und zivilisiertesten Stadt Nordeuropas, und trotzdem musste er sich jeden Tag mit ihrer Schattenseite auseinander setzen, mit den Niederungen ihres Animus. *Animus?* Das war ein Wort, das er schon lange nicht mehr benutzt hatte. Er wusste nicht mal mehr, was es genau bedeutete; aber es klang genau richtig. Er nahm einen Schluck Bier aus der Flasche und behielt den Schaum im Mund wie ein Kind, das mit der Zahnpasta spielt. Diese Zeug war nur Schaum. Keine Substanz.

Alles Schaum. Das brachte ihn auf eine weitere Idee. Er würde etwas Badezusatz ins Wasser tun. Schaumbad. Wer zum Teufel hatte ihm das Zeug geschenkt? Ach ja. Gill Templer. Jetzt erinnerte er sich. Erinnerte sich auch an den Anlass. Sie hatte ihn ausgeschimpft, wenn auch ganz freundlich, weil er nie die Badewanne sauber machte. Dann hatte sie ihm das Schaumbad überreicht.

»Das reinigt dich *und* deine Badewanne«, hatte sie von der Flasche vorgelesen. »Und gibt dem Baden neuen Spaß.«

Er hatte vorgeschlagen, dass sie diese Behauptung gemeinsam überprüfen sollten, und das hatten sie getan … Mein Gott, John, du wirst ja schon wieder ganz morbide. Bloss weil sie mit einem hohlköpfigen Diskjockey mit dem unglaublichen Namen Calum McCallum abgezogen ist. Davon ging doch die Welt nicht unter. Es fielen keine Bomben. Kein Sirenengeheul erfüllte die Luft.

Nichts als … Ronnie, Tracy, Charlie, James und die anderen. Und jetzt Hyde. Rebus begriff allmählich, was es hieß, völlig kaputt zu sein. Er entspannte seine nackten Gliedmaßen in dem beinah kochend heißen Wasser und schloss die Augen.

DONNERSTAG

Dieses freiwillige Gefängnis ... mit seinem unergründlichen Einsiedler.

Völlig kaputt. Holmes gähnte wieder, konnte sich vor Müdigkeit kaum auf den Beinen halten. Ausnahmsweise war er vor dem Wecker wach gewesen und kehrte gerade mit einer Tasse Nescafé ins Bett zurück, als das Radio losplärrte. Furchtbar, jeden Morgen so geweckt zu werden. Wenn er noch eine halbe Stunde Zeit hätte, würde er das verdammte Ding auf Radio Three oder einen ähnlichen Sender umstellen. Nur wusste er, dass Radio Three ihn sofort wieder einschlummern lassen würde, während die Stimme von Calum McCallum und die nervigen Platten, die er zwischen Gejohle und Jingles und miesen Witzen spielte, ihn sofort senkrecht im Bett sitzen und mit den Zähnen knirschen ließen. Ein perfekter Start in den neuen Tag.

Heute Morgen hatte er diese dumme, selbstgefällige Stimme ausgetrickst. Er schaltete das Radio aus.

»Hier«, sagte er. »Kaffee. Zeit aufzustehen.«

Nell hob den Kopf ein wenig vom Kissen und blinzelte ihn an.

»Ist es schon neun?«

»Noch nicht ganz.«

Sie kuschelte sich wieder ins Kissen und stöhnte leise.

»Gut. Weck mich noch mal, wenn's so weit ist.«

»Trink deinen Kaffee«, ermahnte er sie und berührte sie an der Schulter. Ihre Schulter war verführerisch warm. Er gestattete sich ein wehmütiges Lächeln, dann drehte er sich um und verließ das Schlafzimmer. Er war bereits zehn Schritte gegangen, da drehte er sich erneut um und ging zurück. Nells Arme waren lang, gebräunt und einladend geöffnet.

Trotz des Frühstücks, das er ihr in die Zelle gebracht hatte, war Tracy stinksauer auf Rebus. Besonders, als er ihr erklärte, dass sie jederzeit gehen könnte, wenn sie es wollte, dass sie nicht unter Arrest stünde.

»Das nennt man *Schutzhaft*«, sagte er zu ihr. »Schutz vor den Männern, die dich verfolgt haben. Schutz vor Charlie.«

»Charlie …« Bei diesem Namen beruhigte sie sich ein wenig und berührte ihr blaues Auge. »Aber warum bist du denn nicht eher gekommen?«, beklagte sie sich. Rebus zuckte die Achseln.

»Viel zu tun«, sagte er.

Jetzt starrte er auf ihr Foto, während Brian Holmes auf der anderen Seite des Schreibtischs saß und vorsichtig Kaffee aus einem angeschlagenen Becher trank. Rebus wusste nicht, ob er Holmes dankbar sein oder ihn dafür hassen sollte, dass er das hier in sein Büro gebracht hatte, es einfach vor ihn auf den Schreibtisch gelegt hatte. Ohne ein Wort zu sagen. Keinen guten Morgen, kein Hallo, wie geht's. Bloß dies. Dieses Foto, diese Nacktaufnahme. Von Tracy.

Rebus hatte die ganze Zeit darauf gestarrt, während Holmes Bericht erstattete. Holmes hatte gestern hart gearbeitet, und er hatte ein Ergebnis erzielt. *Warum also hatte er Rebus in der Kneipe brüskiert?* Wenn er dieses Foto gestern Abend gesehen hätte, würde es ihm nun nicht den Morgen verderben, ihm nicht die Erinnerung an eine Nacht nehmen, in der er ausnahmsweise gut geschlafen hatte. Rebus räusperte sich.

»Haben Sie irgendwas über sie herausgekriegt?«

»Nein, Sir«, sagte Holmes. »Ich hab nur das da.« Er deutete mit dem Kopf auf das Foto, sein Blick war starr. *Ich habe dir das da gegeben. Was willst du mehr von mir?*

»Ich verstehe«, sagte Rebus mit ruhiger Stimme. Er drehte das Foto um und las das kleine Etikett auf der Rückseite. Hutton Studios. Eine Telefonnummer. »In Ordnung. Lassen Sie das bitte bei mir, Brian, ich muss noch darüber nachdenken.«

»Okay«, sagte Holmes und dachte: *er hat Brian zu mir gesagt! Er kann heute Morgen noch nicht klar denken.*

Rebus lehnte sich zurück und nippte an seinem eigenen Becher. Kaffee mit Milch und ohne Zucker. Er war enttäuscht gewesen, als Holmes seinen Kaffee genauso haben wollte. Dadurch hatten sie etwas gemein. Die gleiche Art, den Kaffee zu trinken.

»Wie läuft die Haussuche?«, fragte er beiläufig.

»Schlecht. Woher wissen Sie …?« Da fiel Holmes ein, dass die Liste der zum Verkauf angebotenen Häuser wie eine Boulevardzeitung gefaltet in seiner Jackentasche steckte. Er schlug leicht mit der Hand dagegen. Rebus nickte lächelnd.

»Ich weiß noch, wie ich meine Wohnung gekauft habe«, sagte er. »Ich habe wochenlang diese ganzen kostenlosen Zeitungen durchstöbert, bis ich was gefunden hab, was mir gefiel.«

»Gefallen?« Holmes schnaubte. »Das wäre ein zusätzlicher Vorteil. Mein Problem ist, was zu finden, das ich mir leisten kann.«

»Sieht es so schlimm aus?«

»Ist Ihnen das noch nicht aufgefallen?«, fragte Holmes leicht ungläubig. Er steckte so sehr in der Sache drin, dass er sich kaum vorstellen konnte, dass andere das nicht taten. »Die Preise steigen ins Unermessliche. In der Nähe der Innenstadt könnte ich mir vielleicht gerade mal eine Hundehütte leisten.«

»Ja, jetzt erinnere ich mich, dass mir jemand davon erzählt hat.« Rebus war nachdenklich. »Gestern beim Mittagessen. Wissen Sie, ich war mit diesen Leuten essen, die das Geld für Farmer Watsons Anti-Drogen-Kampagne zur Verfügung stellen. Einer von ihnen war James Carew.«

»Doch nicht etwa von Carew Bowyers?«

»Der Chef persönlich. Möchten Sie, dass ich mal mit ihm rede? Ob er Ihnen nicht einen Rabatt geben kann?«

Holmes lächelte. Das Eis zwischen ihnen war ein wenig gebrochen. »Das wäre super«, sagte er. «Vielleicht kann er ja einen Sommerschlussverkauf veranstalten, mit tollen Sonderangeboten.« Holmes hatte den Satz mit einem Grinsen begonnen, doch das verlor sich genauso rasch wie seine Worte. Rebus hörte nicht zu, war weit weg in Gedanken versunken.

»Ja«, sagte Rebus leise, »ich muss eh ein Wörtchen mit Carew reden.«

»Ach?«

»Wegen eines etwas heiklen Angebots.«

»Haben Sie auch vor umzuziehen?«

Rebus sah Holmes verständnislos an. »Wie dem auch sei«, sagte er. »Wir sollten wohl so eine Art Schlachtplan für heute aufstellen.«

»Ach ja.« Holmes schien sich unbehaglich zu fühlen. »Darüber wollte ich gerade mit Ihnen reden, Sir. Ich hatte heute Morgen einen Anruf. Ich arbeite seit einigen Monaten an einer Hundekampf-Sache, und jetzt steht eine Verhaftung kurz bevor.«

»Hundekämpfe?«

»Ja, Sie wissen schon. Man packt zwei Hunde in eine Grube. Lässt sie sich gegenseitig in Stücke reißen. Wettet auf den Sieger.«

»Ich dachte, das wär mit der Weltwirtschaftskrise ausgestorben.«

»Es ist in jüngster Zeit wieder aufgelebt. Und da gibt's ziemlich üble Sachen. Ich könnte Ihnen Fotos zeigen ...«

»Woher kommt dieses erneute Interesse?«

»Wer weiß? Die Leute suchen nach immer neuen Kicks, irgendwas, das weniger zahm ist als eine Wette beim Buchmacher.«

Rebus nickte jetzt, schien schon wieder in seine eigenen Gedanken versunken.

»Würden Sie sagen, dass das eine Yuppie-Sache ist, Holmes?«

Holmes zuckte die Achseln. *Es geht ihm langsam besser. Er hat aufgehört, mich mit Vornamen anzureden.*

»Ist auch egal. Sie wollen also bei der Verhaftung dabei sein?«

Holmes nickte. »Wenn das geht, Sir.«

»Natürlich geht das«, sagte Rebus. »Und wo findet das Ganze statt?«

»Ich muss noch mal genau nachsehen. Auf jeden Fall irgendwo in Fife.«

»In Fife? Meine heimischen Gefilde.«

»Tatsächlich? Das wusste ich nicht. Wie war noch mal dieses Sprichwort ...?«

»›Wenn du mit einem Fifer Suppe essen willst, brauchst du 'nen langen Löffel.‹«

Holmes lächelte. »Ja, das ist es. Es gibt auch ein ähnliches Sprichwort über den Teufel, oder?«

»Das bedeutet nur, dass wir eine enge Gemeinschaft bilden, Holmes, dass wir fest zusammenhalten. Wir haben für Dummköpfe und Fremde nicht viel übrig. Und nun ab mit Ihnen nach Fife, dann werden Sie schon sehen, was ich meine.«

»Ja, Sir. Was ist mit Ihnen? Ich meine, was werden Sie unternehmen im Hinblick auf ...?« Sein Blick war wieder auf das Foto gerichtet. Rebus nahm es vom Schreibtisch und steckte es vorsichtig in die Innentasche seiner Jacke.

»Machen Sie sich um mich keine Sorgen, mein Junge. Ich hab reichlich zu tun. Allein das Bemühen, Farmer Watson nicht über den Weg zu laufen, ist Arbeit genug für einen Tag. Vielleicht schnapp ich mir auch das Auto. Schöner Tag für eine kleine Spazierfahrt.«

»Schöner Tag für eine kleine Spazierfahrt.«

Tracy gab sich alle Mühe, ihn zu ignorieren. Sie starrte aus dem Beifahrerfenster, als würde sie sich brennend für die an ihnen vorbeifliegenden Geschäfte und Kauflustigen interessieren, für die Touristen und die Kinder, die nun, wo die Sommerferien angefangen hatten, nichts mit sich anzufangen wussten.

Sie war allerdings nur zu froh gewesen, aus der Wache rauszukommen. Er hatte ihr die Autotür aufgehalten und ihr gut zugeredet, damit sie nicht einfach abhaute. Und sie war eingestiegen, wenn auch mürrisch und schweigend. Okay, sie war wütend auf ihn. Er würde darüber hinwegkommen. Und sie auch.

»Ich hab's kapiert«, sagte er. »Du bist sauer. Aber wie oft soll ich dir das denn noch erklären? Es war nur zu deiner eigenen Sicherheit, während ich ein paar Dinge überprüft habe.«

»Wo fahren wir eigentlich hin?«

»Kennst du diese Gegend hier?«

Sie schwieg. Es sollte wohl keine Unterhaltung stattfinden. Nur Fragen und Antworten – *ihre* Fragen.

»Wir fahren bloß ein bisschen rum«, sagte er. »Die Gegend musst du doch kennen. Hier wurde früher viel gedealt.«

»Damit hab ich nichts zu tun!«

Jetzt war es an Rebus zu schweigen. Er war noch nicht zu alt, um irgendwelche Spielchen zu spielen. Er bog nach links ab, dann noch mal nach links, dann nach rechts.

»Hier waren wir doch schon«, bemerkte sie. Es war ihr also aufgefallen. Kluges Mädchen. Allerdings spielte es keine Rolle. Das Einzige, was zählte, war, dass er sie ganz allmählich – linksherum, rechtsherum, dann wieder links und rechts –, ans Ziel brachte.

Er fuhr abrupt an den Straßenrand und zog die Handbremse.

»Wir sind da«, sagte er.

»Hier?« Sie starrte aus dem Seitenfenster auf das Mietshaus. Die ursprünglich rote Steinfassade war im vergangenen Jahr gereinigt worden und hatte nun etwas Knetgummiartiges an sich, knallrosa und irgendwie weich. »Hier?«, wiederholte sie. Das Wort blieb ihr fast im Hals stecken, als sie das Haus erkannte, obwohl sie sich das nicht anmerken lassen wollte.

Als sie den Blick vom Fenster abwandte, lag das Foto auf ihrem Schoß. Sie wischte es mit einem Aufschrei weg, als ob es ein Insekt wäre. Rebus hob das Foto vom Boden auf und hielt es ihr hin.

»Von dir, nehm ich an.«

»Wo zum Teufel hast du das her?«

»Willst du mir was darüber erzählen?«

Ihr Gesicht war jetzt so rot wie die Steinfassade, ihre Augenlider flatterten panisch wie bei einem Vogel. Sie fummelte hektisch an dem Sicherheitsgurt herum, wollte unbedingt aussteigen, doch Rebus hielt das Schloss fest umklammert.

»Lass mich raus!«, brüllte sie und schlug auf seine Faust. Dann stieß sie die Tür auf, doch der Wagen stand so schräg, dass die Tür sofort wieder zufiel. Außerdem gab der Sicherheitsgurt nicht genug nach. Sie war an den Sitz gefesselt.

»Ich dachte, wir statten Mr. Hutton einen Besuch ab«, sagte Rebus gerade, seine Stimme scharf wie eine Klinge. »Fragen ihn nach diesem Foto. Und danach, wie er dir ein paar Pfund gezahlt hat, damit du für ihn Modell stehst. Und wie du ihm Ronnies Fotos gebracht hast, vielleicht um noch ein paar Mäuse mehr zu kriegen oder einfach nur, um Ronnie zu ärgern. War es nicht so, Tracy? Ich möchte wetten, dass Ronnie stinksauer war, als er merkte, dass Hutton seine Ideen geklaut hatte. Er konnte es aber nicht beweisen, stimmt's? Und woher sollte er wissen, wie Hutton überhaupt daran gekommen war? Ich nehme an, du hast Charlie die Schuld zugeschoben, und deshalb seid ihr beide nicht gerade ein Herz und eine Seele. Du warst Ronnie ja eine schöne Freundin, meine Süße. Eine schöne Freundin.«

In diesem Augenblick verlor sie völlig die Fassung und versuchte nicht länger, sich aus dem Sicherheitsgurt zu befreien. Ihr Kopf sank in die Hände, und sie weinte laut und anhaltend. Inzwischen bemühte sich Rebus, ganz ruhig durchzuatmen. Er war nicht stolz auf sich, aber es hatte gesagt werden müssen. Sie musste damit aufhören, sich vor der Wahrheit zu verstecken. Natürlich war das Ganze reine

Mutmaßung, aber Rebus war sicher, dass Hutton alles bestätigen würde, wenn man ihn ein wenig unter Druck setzte. Sie hatte für Geld Modell gestanden und dabei vielleicht erwähnt, dass ihr Freund auch fotografierte. Hatte Hutton die Fotos gegeben und damit Ronnie seine winzige Chance gestohlen, seine Kreativität – und das für ein paar Pfundnoten. Wenn man seinen Freunden nicht trauen konnte, wem dann?

Er hatte sie über Nacht in der Zelle schmoren lassen, um zu sehen, ob sie durchdrehen würde. Das war sie nicht, also musste sie wohl clean sein. Aber das bedeutete nicht, dass sie nicht irgendein teures Laster hatte. Wenn nicht die Nadel, dann etwas anderes. Jeder brauchte doch irgendwas Kleines, Nettes, oder etwa nicht? Und das Geld hatte sie ja schließlich gebraucht. Also hatte sie ihren Freund übers Ohr gehauen …

»Hast du die Kamera in Charlies Bude eingeschmuggelt?«

»Nein!« Trotz allem, was geschehen war, schmerzte dieser Vorwurf anscheinend immer noch. Rebus nickte. Also hatte Charlie die Kamera gestohlen oder jemand anders hatte sie dort eingeschmuggelt. Damit er sie finden würde. Nein … nicht ganz, denn nicht *er* hatte sie gefunden, sondern McCall. Und zwar sehr einfach, genauso wie er ganz locker den Koks in dem Schlafsack gefunden hatte. Ein gute Polizistennase? Oder etwas anderes? Vielleicht eine kleine Information, eine *Insider*information? Wenn man seinen Freunden nicht trauen konnte …

»Hast du die Kamera in der Nacht gesehen, in der Ronnie starb?«

»Sie war in seinem Zimmer. Da bin ich mir ganz sicher.« Sie blinzelte, um die Tränen zurückzuhalten, und putzte sich die Nase mit dem Taschentuch, das Rebus ihr gegeben hatte. Ihre Stimme klang immer noch brüchig, als hätte sie einen kleinen Kloß im Hals, doch allmählich erholte sie sich von dem Schock, den sie beim Anblick des Fotos erlitten hatte, und von dem noch größeren Schock darüber, dass Rebus nun wusste, dass sie Ronnie betrogen hatte.

»Dieser Typ, der Ronnie besuchen kam, der war nach mir in Ronnies Zimmer.«

»Du meinst Neil?«

»Ich glaub, so hieß der.«

Zu viele Köche, dachte Rebus. Er würde wohl seine Auffassung von »Indizien« revidieren müssen. Bisher hatte er allerdings so gut wie nichts, das *nicht* auf reinen Indizien beruhte. Zugleich hatte er das Gefühl, dass die Spirale größer wurde und ihn immer weiter von dem zentralen, dem entscheidenden Punkt entfernte, dem Punkt, an dem Ronnie tot auf einem feuchten, kahlen Boden lag, umgeben von Kerzen und zweifelhaften Freunden.

»Neil war Ronnies Bruder.«

»Wirklich?« Ihre Stimme klang desinteressiert. Der eiserne Vorhang zwischen ihr und der Welt senkte sich langsam wieder. Die Matinee war vorbei.

»Ja, wirklich.« Rebus spürte eine plötzliche Kälte. Wenn es niemanden, *niemanden* außer Neil und mich interessiert, was mit Ronnie passiert ist, warum mache ich mir dann überhaupt Gedanken darüber?

»Charlie hat immer geglaubt, die hätten irgendwie eine schwule Beziehung. Ich hab Ronnie nie gefragt. Er hätte es mir vermutlich auch gar nicht gesagt.« Sie lehnte den Kopf gegen den Sitz und wirkte wieder entspannter. »O Gott.« Mit einem pfeifenden Geräusch stieß sie Luft aus. »Müssen wir denn unbedingt hier bleiben?«

Ihre Hände hoben sich langsam, als wollte sie ihren Kopf umschließen, und Rebus wollte gerade die Frage verneinen, da sah er dieselben Hände, zu kleinen Fäusten geballt, rasch nach unten sausen. Es war kein Platz, um auszuweichen, und so trafen sie ihn voll in den Unterleib. Irgendwo hinter seinen Augen blitzte es auf, und die ganze Welt bestand nur noch aus Lärm und irrsinnigem Schmerz. Er brüllte, krümmte sich vor Schmerzen und ließ den Kopf auf das Lenkrad sinken, das gleichzeitig die Hupe des Autos war. Sie plärrte ungerührt vor sich hin, während Tracy ihren Sicherheitsgurt löste, die Tür öffnete und sich locker aus dem Auto schwang. Sie rannte davon und ließ die Tür weit offen stehen. Rebus musste mit Tränen in den Augen zusehen, als wäre er in einem Swimming-Pool, beobachtete, wie sie am Rande des Beckens davonlief, während ihm das Chlor in den Augen brannte.

»Allmächtiger«, stöhnte er, immer noch über das Lenkrad gebeugt. Er würde sich wohl noch eine ganze Weile nicht rühren können.

Denk wie Tarzan, hatte sein Vater mal zu ihm gesagt, einer der wenigen Ratschläge des alten Herrn. Es war um Prügeleien gegangen, um Zweikämpfe mit den Jungs in der Schule. Vier Uhr hinter dem Fahrradschuppen, diese Geschichten. *Denk wie Tarzan. Du bist stark, der König des Dschungels, und vor allem musst du deine Eier schützen.* Und der alte Knabe hatte ein angewinkeltes Knie auf den Schritt des jungen John zubewegt …

»Danke, Dad.« Rebus' Stimme klang jetzt fauchend. »Danke, dass du mich daran erinnerst.« Dann drehte sich ihm der Magen um.

Gegen Mittag konnte er schon fast wieder gehen, so lange er die Füße nicht zu weit vom Boden hob, und er bewegte sich, als hätte er in die Hose gemacht. Natürlich starrten die Leute ihn an, und er versuchte, speziell für sie so zu tun, als würde er hinken. Stets bereit, die Menschheit zu erfreuen.

Der Gedanke an die Treppe zu seinem Büro hinauf war unerträglich, und Autofahren erwies sich als Qual – es war ihm fast unmöglich, die Pedale zu bedienen. Also hatte er sich mit einem Taxi zur Sutherland Bar fahren lassen. Drei große Whiskys später spürte er an Stelle des Schmerzes eine schläfrige Benommenheit.

»›Als hätt ich vom Schierlingsbecher …‹«, murmelte er vor sich hin.

Er machte sich keine Sorgen um Tracy. Jeder mit einem solchen Schlag konnte ganz gut auf sich selbst aufpassen. Auf der Straße gab's vermutlich Kids, die härter waren als die Hälfte der verdammten Polizeitruppe. Nicht dass Tracy noch ein Kind gewesen wäre. Er hatte immer noch nichts über sie herausgefunden. Das wäre eigentlich Holmes' Aufgabe gewesen, aber Holmes war in Fife und jagte wilde Hunde. Nein, Tracy würde schon nichts passieren. Vermutlich war auch niemand hinter ihr her gewesen. Aber warum war sie dann in jener Nacht zu ihm gekommen? Dafür könnte es hundert Gründe geben. Schließlich war sie auf diese Weise an ein Bett, mehr als eine halbe Flasche Wein, ein heißes Bad und ein Frühstück gekommen. Nicht schlecht, und er war angeblich ein hart gesottener alter Bulle. Zu alt vielleicht. Zu sehr »Bulle« und zu wenig Polizeibeamter. Vielleicht.

Wohin als Nächstes? Die Antwort darauf kannte er bereits. Sofern es seine Beine erlaubten und er, mit Gottes Beistand, wieder fahren konnte.

Er parkte ein Stück vom Haus entfernt, um niemanden aufzuschrecken, wer auch immer da sein mochte. Dann ging er einfach zur Tür und klopfte. Während er dort stand und wartete, erinnerte er sich daran, wie Tracy diese Tür geöffnet hatte und ihm in die Arme gelaufen war, mit blauen Flecken im Gesicht und Tränen in den Augen. Er glaubte nicht, dass Charlie da sein würde. Er glaubte auch nicht, dass Tracy da sein würde. Er *wollte* nicht, dass Tracy da war.

Die Tür ging auf. Ein Junge im Teenageralter blinzelte Rebus verschlafen an. Er hatte glanzlose strähnige Haare, die ihm in die Augen fielen.

»Was is?«

»Ist Charlie da? Ich hab was mit ihm zu besprechen.«

»Nee. Hab ihn heute noch nich gesehn.«

»Okay, wenn ich einen Augenblick warte?«

»Ja.« Der Junge war bereits dabei, Rebus die Tür vor der Nase zuzumachen. Rebus drückte eine Hand gegen die Tür und steckte den Kopf ins Haus.

»Ich meinte, drinnen warten.«

Der Junge zuckte die Achseln, latschte hinein und ließ die Tür offen. Dann schlüpfte er wieder in seinen Schlafsack und zog ihn sich über den Kopf. War wohl nur auf der Durchreise und holte versäumten Schlaf nach. Rebus nahm an, dass der Junge nichts zu verlieren hatte, wenn er einfach einen Fremden hereinließ. Er überließ ihn seinem Schlaf, und nachdem er flüchtig nachgesehen hatte, ob niemand sonst unten war, ging er die steile Treppe hinauf.

Die Bücher lagen immer noch wie durcheinander gepurzelte Dominosteine da, und der Inhalt der Plastiktüte, die McCall ausgeschüttet hatte, war immer noch auf dem Boden verstreut. Rebus schenkte dem keine Beachtung, sondern ging zum Schreibtisch, setzte sich hin und ging die Papiere durch, die dort lagen. Er hatte den Lichtschalter neben der Tür von Charlies Zimmer gedrückt, und jetzt schaltete er auch noch die Schreibtischlampe an. An den Wänden hingen erstaunlicherweise keine Poster, Ansichtskarten oder Ähnliches. Es war nicht wie das typische Zimmer eines Studenten. Es strahlte etwas Neutrales aus, und das war vermutlich genau das, was Charlie beabsichtigte. Er wollte für seine Aussteigerfreunde nicht wie ein Student aussehen; und für seine studentischen Freunde wollte er nicht wie ein Aussteiger aussehen. Er wollte sich immer seiner jeweiligen Umgebung anpassen. Also, ein Chamäleon und nicht nur ein Tourist.

Rebus' Hauptinteresse galt dem Essay über das Magische, aber er sah auch den übrigen Schreibtischinhalt gründlich durch, wo er schon einmal hier war. Nichts Außergewöhnliches. Nichts, was darauf hindeutete, dass Charlie verunreinigte Drogen in Umlauf brachte. Also nahm Rebus sich den Essay, schlug ihn auf und begann zu lesen.

Nell mochte die Bibliothek am liebsten, wenn es so ruhig war wie jetzt. Während der Vorlesungszeit benutzten viele Studenten sie als Treffpunkt, als einen besseren Jugendclub. Dann war es im Lesesaal auf dem ersten Stock sehr laut. Häufig wurden Bücher einfach liegen gelassen, falsch zurückgestellt oder verschwanden ganz. Das war alles sehr frustrierend. Doch während der Sommermonate kamen nur die eifrigsten Studenten in die Bibliothek, diejenigen, die eine Magisterarbeit schreiben mussten oder etwas aufzuarbeiten hatten, aber auch die ganz wenigen, die sich wirklich für ihr Fach begeisterten und auf Sonne und Freizeit verzichteten, um hier drinnen in Ruhe zu lernen.

Mit der Zeit kannte sie ihre Gesichter, dann ihre Namen. In der fast menschenleeren Cafeteria geriet man häufiger in ein Gespräch, gab sich gegenseitig Literaturtipps. Und in der Mittagszeit konnte man in der Grünanlage sitzen oder hinter der Bibliothek in The Meadows spazieren gehen, wo ebenfalls Bücher gelesen wurden und in Gedanken versunkene Gesichter zu sehen waren.

Natürlich war der Sommer auch die Zeit für die eintönigsten Bibliotheksaufgaben. Bestandsaufnahme, Reparatur malträtierter Bücher. Arbeiten an der Systematik, Computer-Updates und so weiter. Doch die Atmosphäre entschädigte einen reichlich dafür. Alle Spuren von Hektik waren verschwunden. Es gab keine Beschwerden, dass zu wenige Exemplare von diesem oder jenem Buch da wären, das dringend von einem Kurs mit zweihundert Studenten für einen längst überfälligen Essay gebraucht wurde. Doch nach dem Sommer würden die neuen Studenten kommen, und mit Beginn jedes Studienjahrs fühlte sie sich um genau dieses Jahr älter und weiter von den Studenten entfernt. Bereits jetzt kamen sie ihr unglaublich jung vor und strahlten etwas aus, das sie nie haben würde.

Sie sah gerade die Liste der gewünschten Neuanschaffungen durch, als der Lärm losging. Die Aufsicht am Bibliothekseingang hatte jemanden aufgehalten, der versucht hatte, ohne Ausweis hereinzukommen. Normalerweise hätte der Mann an der Pforte kein Aufsehen deswegen gemacht, doch das Mädchen war so offenkundig verstört, so offenkundig keine Leserin, noch nicht mal eine Studentin. Sie stritt laut herum, während eine Studentin nur ruhig erklärt hätte, dass sie ihren Ausweis zu Haus vergessen hatte. Aber noch etwas war seltsam ... Neil runzelte konzentriert die Stirn und versuchte, das Mädchen einzuordnen. Als sie das Mädchen im Profil sah, erinnerte sie sich an das Foto in Brians Aktenmappe. Ja, es war dasselbe Mädchen. Nein, eigentlich kein Mädchen, sondern eine erwachsene, wenn auch jugendlich aussehende Frau. Die Falten um ihre Augen verrieten sie, egal wie schlank ihr Körper war und wie modisch jung ihre Klamotten. Aber warum machte sie so ein Theater? Sie war immer nur in die Cafeteria gegangen und hatte, soweit Nell wusste, bisher nie versucht, in die Bibliothek selbst zu kommen. Nells Neugier war geweckt.

Der Mann hielt Tracy am Arm fest. Sie beschimpfte ihn wütend, ihre Augen blitzten. Nell versuchte, Autorität in ihren Gang zu legen, während sie auf die beiden zuging.

»Gibt es ein Problem, Mr. Clarke?«

»Ich werd schon damit fertig, Miss.« Seine Augen straften seine Worte Lügen. Er schwitzte. Er war längst über das Rentenalter hinaus und an derartige körperliche Auseinandersetzungen nicht gewöhnt, und er wusste nicht, wie er damit umgehen sollte. Nell sprach die Frau an.

»Sie können hier nicht einfach reinplatzen. Aber wenn Sie einem der Studenten da drinnen etwas ausrichten wollen, werde ich sehen, was ich tun kann.«

Die Frau wehrte sich erneut. »Ich will bloß rein!« Jedes logische Argument prallte an ihr ab. Sie hatte nur einen Gedanken: wenn man sie daran hinderte hineinzukommen, dann *musste* sie es trotzdem irgendwie schaffen.

»Das können Sie aber nicht«, sagte Nell verärgert. Sie hätte sich nicht einmischen sollen. Sie war daran gewöhnt, mit ruhigen und vernünftigen Menschen umzugehen. Okay, ab und zu drehte mal jemand durch, weil er ein Buch nicht fand. Aber sie wurden nie ausfallend. Diese Frau starrte sie an, und ihr Blick schien absolut bösartig. Es fehlte jede Spur von menschlicher Güte darin. Nell spürte, wie sich ihr die Nackenhaare sträubten. Dann stieß die Frau einen durchdringenden Schrei aus und machte einen so gewaltigen Satz nach vorn, dass der alte Mann sie loslassen musste. Ihre Stirn knallte in Nells Gesicht. Die Bibliothekarin schien abzuheben, blieb aber wie angewurzelt stehen und kippte dann um wie ein gefällter Baum. Einen Augenblick lang sah es so aus, als würde Tracy wieder zur Vernunft kommen. Der Mann von der Pforte wollte sie sich schnappen, doch sie kreischte erneut, und er wich zurück. Dann schob sie sich an ihm vorbei durch die Bibliothekstür nach draußen und fing an zu laufen. Sie hielt den Kopf gesenkt, Arme und Beine ruderten unkoordiniert. Der Mann beobachtete sie, immer noch voller Angst, dann wandte er sich dem blutigen Gesicht der bewusstlosen Nell Stapleton zu.

Der Mann, der die Tür öffnete, war blind.

»Ja?«, fragte er aus der offenen Tür heraus. Blicklose Augen schimmerten hinter den dunkelgrünen Gläsern seiner Brille. Der Flur hinter ihm war dunkel. Wozu brauchte er auch Licht?

»Mr. Vanderhyde?«

Der Mann lächelte. »Ja?«, wiederholte er. Rebus konnte den Blick nicht von dem älteren Mann losreißen. Diese grünen Gläser erinnerten ihn an Bordeauxflaschen. Vanderhyde musste etwa fünfundsechzig sein, vielleicht sogar schon siebzig. Sein Haar war silbrig gelb, dicht und sehr gepflegt. Er trug ein Hemd mit offenem Kragen und eine braune Weste, an der aus einer Tasche eine Uhrkette hing. Und er stützte sich kaum merklich auf einen Stock mit silbernem Knauf. Aus irgendeinem Grund kam Rebus der Gedanke, dass Vanderhyde wohl in der Lage sein würde, den Stock rasch und effektiv als Waffe einzusetzen, sollte je ein unangenehmer Besucher vorbeikommen.

»Mr. Vanderhyde, ich bin Polizeibeamter.« Rebus griff nach seiner Brieftasche.

»Ersparen Sie sich die Mühe mit dem Ausweis, es sei

denn, er ist in Braille.« Vanderhydes Worte ließen Rebus mit der Hand in der Jackentasche erstarren.

»Natürlich«, murmelte er und kam sich absolut lächerlich vor. Merkwürdig, wie behinderte Menschen die besondere Gabe hatten, einem das Gefühl zu geben, dass man viel weniger konnte als sie.

»Sie sollten wohl besser reinkommen, Inspector.«

»Danke.« Rebus war bereits im Flur, bevor er es registrierte. »Woher wussten Sie ...?«

Vanderhyde schüttelte den Kopf. »Auf gut Glück geraten«, sagte er und ging voran. »Ein Schuss ins Schwarze, könnte man vielleicht sagen.« Sein Lachen klang schroff. Auch wenn er nur wenig vom Flur erkennen konnte, fragte sich Rebus, wie selbst ein Blinder eine so furchtbare Inneneinrichtung zu Stande bringen konnte. Eine ausgestopfte Eule starrte von ihrem staubigen Sockel herunter, daneben stand ein Schirmständer, der wie ein ausgehöhlter Elefantenfuß aussah. Auf einem mit Schnitzerei verzierten Tischchen lag ein Stapel ungelesener Post und ein schnurloses Telefon. Letzteres betrachtete Rebus mit besonderem Interesse.

»Die Technik hat ja so große Fortschritte gemacht, finden Sie nicht?«, sagte Vanderhyde gerade. »Von unschätzbarem Wert für diejenigen von uns, die einen ihrer Sinne verloren haben.«

»Ja«, antwortete Rebus, während Vanderhyde die Tür zu einem Zimmer öffnete, das für Rebus' Augen fast genauso dunkel war wie der Flur.

»Hier herein, Inspector,«

»Danke.« Das Zimmer war muffig und hatte den typischen Geruch von Medikamenten und alten Leuten. Mit einem großen Sofa und zwei schweren Sesseln war es bequem eingerichtet. Eine ganze Wand wurde von Büchern eingenommen, die hinter Glas standen. Einige einfallslose Aquarelle verhinderten, dass die anderen Wände kahl wirkten. Überall stand irgendwelcher Zierrat herum. Die Sachen auf dem Kaminsims fielen Rebus besonders auf. Auf der breiten Holzfläche war kein Zentimeter mehr frei, und die Stücke waren exotisch. Rebus erkannte afrikanische, karibische, asiatische und orientalische Einflüsse, hätte aber keinem einzelnen Stück ein bestimmtes Land zuordnen können.

Vanderhyde ließ sich in einen Sessel plumpsen. Rebus fiel auf, dass in dem Zimmer keine Beistelltische oder sonstige überflüssige Möbel herumstanden, gegen die der blinde Mann hätte stoßen können.

»Lauter Schnickschnack, Inspector. Plunder, den ich auf meinen Reisen als junger Mann zusammengetragen habe.«

»Zeugnis ausgedehnter Reisen.«

»Zeugnis einer wahllosen Sammelwut«, korrigierte Vanderhyde. »Möchten Sie einen Tee?«

»Nein danke, Sir.«

»Vielleicht etwas Stärkeres?«

»Danke, aber lieber nicht.« Rebus lächelte.« »Ich hatte gestern Abend ein bisschen zu viel.«

»Man hört Ihrer Stimme an, wie Sie lächeln.«

»Sie scheinen gar nicht neugierig zu sein, weshalb ich hier bin, Mr. Vanderhyde.«

»Vielleicht deshalb nicht, weil ich es *weiß*, Inspector. Oder vielleicht, weil ich endlose Geduld habe. Zeit bedeutet mir nicht so viel wie den meisten Leuten. Deshalb habe ich keine Eile, Ihre Erklärungen zu hören. Ich schaue nämlich selten auf die Uhr.« Er lächelte wieder, die Augen auf irgendeinen Punkt leicht rechts und etwas oberhalb von Rebus fixiert. Rebus schwieg, in der Hoffnung, noch mehr über den Mann zu erfahren. »Andererseits«, fuhr Vanderhyde fort, »da ich nicht mehr ausgehe und nur selten Gäste habe, und da ich meines Wissens nie gegen das Gesetz verstoßen habe, schränkt das die möglichen Gründe für Ihren Besuch ganz erheblich ein. Möchten Sie wirklich keinen Tee?«

»Lassen Sie sich nicht von mir hindern, sich selbst einen zu machen.« Rebus hatte den fast leeren Becher auf dem Fußboden neben dem Sessel des alten Mannes entdeckt. Er sah an seinem eigenen Sessel herunter. Ein weiterer Becher stand auf dem dezent gemusterten Teppich. Vorsichtig streckte er den Arm danach aus. Der Becher war unten noch leicht warm und die Stelle auf dem Teppich, wo er gestanden hatte, ebenfalls.

»Nein«, sagte Vanderhyde. »Ich habe gerade erst einen getrunken. Ebenso wie mein Gast.«

»Ihr Gast?« Rebus klang überrascht. Der alte Mann lächelte und schüttelte nachsichtig mit dem Kopf. Rebus fühlte sich ertappt, aber er wollte trotzdem weitermachen. »Haben Sie nicht gesagt, Sie hätten nicht oft Besuch?«

»Ganz so habe ich es, glaub ich, nicht gesagt. Dennoch entspricht es durchaus der Wahrheit. Heute ist die Ausnahme, die die Regel bestätigt. Zwei Besucher.«

»Darf ich fragen, wer der andere Besucher war?«

»Darf *ich* fragen, Inspector, weshalb Sie hier sind?«

Jetzt war es an Rebus, nickend vor sich hin zu lächeln. Das Blut stieg dem alten Mann in die Wangen. Rebus hatte es geschafft, ihn zu verärgern.

»Also?« Ungeduld schwang in Vanderhydes Stimme mit.

»Nun ja, Sir.« Rebus erhob sich bedächtig aus dem Sessel und begann, im Zimmer umherzugehen. »Ich bin im Essay eines Studenten über das Okkulte auf Ihren Namen gestoßen. Überrascht Sie das?«

Der alte Mann dachte darüber nach. »Es freut mich sogar

ein wenig. Schließlich habe auch ich ein Ego, dass gestreichelt werden will.«

»Aber es überrascht Sie nicht?« Vanderhyde zuckte die Achseln. »In dem Essay werden Sie im Zusammenhang mit einer in Edinburgh ansässigen Gruppe erwähnt, einer Art Hexenzirkel, der in den sechziger Jahren aktiv war.«

»›Hexenzirkel‹ ist ein ungenauer Begriff, aber das macht nichts.«

»Sie hatten also damit zu tun?«

»Die Tatsache streite ich nicht ab.«

»Nun ja, wenn wir schon von Tatsachen reden, dann muss man sagen, dass Sie eher der Guru dieser Gruppe waren. ›Guru‹ mag ein ungenauer Begriff sein.«

Vanderhyde lachte, ein krächzendes, unbehagliches Geräusch. »Touché, Inspector. Ein Punkt für Sie. Fahren Sie fort.«

»Ihre Adresse herauszufinden war nicht schwierig. Es gibt nicht allzu viele Vanderhydes im Telefonbuch.«

»Meine Verwandtschaft lebt größtenteils in London.«

»Der Grund für meinen Besuch, Mr. Vanderhyde, ist ein Mord, oder zumindest ein Fall, wo jemand an dem Ort, wo der Tote gefunden wurde, am Beweismaterial herummanipuliert hat.«

»Interessant.« Vanderhyde legte die Hände zusammen und berührte mit den Fingerspitzen die Lippen. Es fiel schwer zu glauben, dass dieser Mann blind war. Rebus' Herumgehen schien Vanderhyde allerdings nicht zur Kenntnis zu nehmen.

»Als die Leiche entdeckt wurde, lag sie mit weit ausgebreiteten Armen da, die Beine zusammen…«

»Nackt?«

»Nein, nicht ganz. Nur der Oberkörper. Zu beiden Seiten

der Leiche brannte eine Kerze, und jemand hatte auf eine Wand ein Pentagramm gemalt.«

»Sonst noch was?«

»Nein. Außer dass neben der Leiche ein Glas mit ein paar Spritzen stand.«

»Der Tod wurde durch eine Überdosis herbeigeführt?«

»Ja.«

»Hmm.« Vanderhyde erhob sich aus seinem Sessel und ging schnurstracks zum Bücherschrank. Er öffnete ihn zwar nicht, stand aber so da, als würde er die Titel lesen. »Wenn wir es mit einem Opfer zu tun haben, Inspector – ich nehme an, das ist Ihre Theorie?«

»Eine von vielen, Sir.«

»Also, *wenn* wir es mit einem Opfer zu tun haben, dann wäre die Todesart sehr ungewöhnlich. Nein, nicht nur das, von so etwas habe ich noch nie gehört. Zunächst einmal würden nur sehr wenige Satanisten überhaupt ein Menschenopfer in Betracht ziehen. Viele Psychopathen haben Morde begangen und sie hinterher als Ritual gerechtfertigt, aber das ist wieder etwas anderes. Doch in jedem Fall erfordert ein Menschenopfer – erfordert jedes Opfer – Blut. Bei manchen Riten rein symbolisch, wie das Blut und der Leib Christi. Bei anderen aber ganz real. Ein Opfer *ohne* Blut? Das wäre etwas völlig Neues. Und jemandem eine Überdosis zu verabreichen ... Nein, Inspector, die plausiblere Erklärung ist ganz bestimmt, wie Sie bereits sagten, dass jemand versucht hat, eine falsche Spur zu legen, nachdem das Opfer bereits tot war.«

Vanderhyde drehte sich wieder um, und zwar so weit, dass sein Gesicht in Rebus' Richtung zeigte. Er hob die Arme, um zu signalisieren, dass er keine weiteren Erklärungen zu bieten hatte.

Rebus setzte sich wieder hin. Als er den Becher noch einmal berührte, fühlte er sich nicht mehr warm an. Die Spur war abgekühlt, hatte sich verflüchtigt, war nicht mehr da.

Er hob den Becher auf und betrachtete ihn. Ein ganz unschuldiges Ding mit einem Blumenmuster. Ein einzelner Riss lief vom Rand nach unten. Plötzlich hatte Rebus eine Eingebung und war sogleich überzeugt, dass er damit Recht hatte. Er stand wieder auf und ging zur Tür.

»Wollen Sie schon gehen?«

Er antwortete Vanderhyde nicht, sondern lief rasch zum Fuß der dunklen Eichentreppe. Auf halber Strecke machte diese eine Biegung um neunzig Grad. Von unten konnte Rebus den kleinen Treppenabsatz in der Mitte gut einsehen. Noch vor einer Sekunde war dort jemand gewesen, hatte dort lauschend gekauert. Er hatte die Gestalt mehr *gespürt* als gesehen. Er räusperte sich, eher aus Nervosität als aus Notwendigkeit.

»Komm da runter, Charlie.« Er hielt inne. Schweigen. Aber er konnte den jungen Mann immer noch spüren, gleich hinter der Treppenbiegung. »Es sein denn, du willst, dass ich raufkomme. Das willst du aber doch bestimmt nicht? Nur wir beide, da oben im Dunkeln?« Weiteres Schweigen, das nur durch das Schlurfen von Vanderhydes Pantoffeln und das Klopfen seines Spazierstocks auf dem Fußboden unterbrochen wurde. Als Rebus sich umsah, stand der alte Mann mit trotzig vorgeschobenem Kinn da. Er hatte immer noch seinen Stolz. Rebus fragte sich, ob ihm jemals etwas peinlich war.

Dann zeigte ein kurzes Knarren der Dielen an, dass Charlie auf den Treppenabsatz getreten war.

Rebus verzog das Gesicht zu einem Lächeln, das siegesbewusst und erleichtert zugleich war. Er hatte sich selbst vertraut und sich dieses Vertrauens als würdig erwiesen.

»Hallo, Charlie«, sagte er.

»Ich wollte sie nicht schlagen. Sie ist als Erste auf mich losgegangen.«

Charlies Stimme war deutlich zu hören, doch er schien auf dem Treppenabsatz angewurzelt zu sein. Er stand leicht gebeugt da, sein Gesicht war nur als Silhouette zu erkennen, seine Arme hingen an den Seiten herab. Die gebildete Stimme wirkte irgendwie körperlos, schien nicht zu dieser schattenhaften Figur zu gehören.

»Warum kommst du nicht zu uns?«

»Wollen Sie mich verhaften?«

»Wie lautet die Anklage?« Die Frage kam von Rebus. Seine Stimme klang leicht amüsiert.

»Das hättest *du* fragen sollen, Charles«, rief Vanderhyde in belehrendem Tonfall.

Rebus hatte plötzlich genug von diesen Spielchen. »Komm runter«, befahl er. »Dann trinken wir noch einen Earl Grey zusammen.«

Rebus hatte die dunkelroten Samtvorhänge im Wohnzimmer aufgezogen. Im restlichen Tageslicht wirkte der Raum weniger voll gestopft, nicht mehr so überwältigend und ganz bestimmt weniger unheimlich. Die Figürchen auf dem Kaminsims waren reiner Zierrat, nicht mehr und nicht weniger. Die Bücher im Schrank stellten sich zum größten Teil als beliebte Werke der Literatur heraus: Dickens, Hardy, Trollope. Rebus fragte sich, ob Trollope überhaupt noch gelesen wurde.

Während Charlie in der engen Küche Tee machte, saßen Vanderhyde und Rebus schweigend im Wohnzimmer und lauschten dem leisen Klappern der Tassen und dem Klirren der Löffel.

»Sie haben ein gutes Gehör«, stellte Vanderhyde schließlich fest. Rebus zuckte die Achseln. Er versuchte, sich immer noch ein Urteil über das Zimmer zu bilden. Nein, leben könnte er hier nicht, aber er konnte sich zumindest vorstellen, einen älteren Verwandten an so einem Ort zu besuchen.

»Ah, der Tee«, sagte Vanderhyde, als Charlie mit dem klappernden Tablett hereinkam. Während er das Tablett zwischen den Sesseln und dem Sofa auf den Boden stellte, suchte er Rebus' Blick. Seine Augen hatten einen flehenden Ausdruck. Rebus ging nicht darauf ein, sondern nahm mit einem kurzen Nicken seine Tasse entgegen. Er wollte gerade bemerken, wie gut Charlie sich anscheinend in seinem auserwählten Schlupfwinkel auskannte, da kam Charlie ihm zuvor. Er reichte Vanderhyde einen Becher, der nur halb voll war – eine weise Vorsichtsmaßnahme. Dann nahm er die Hand des alten Mannes und führte sie an den großen Henkel.

»So, Onkel Matthew«, sagte er.

»Danke, Charles«, sagte Vanderhyde, und wenn er hätte sehen können, wäre sein vages Lächeln wohl direkt auf Rebus gerichtet gewesen und nicht ein paar Zentimeter über der Schulter des Detective gelandet.

»Wie gemütlich«, bemerkte Rebus und atmete das trockene Aroma des Earl Grey ein.

Charlie setzte sich auf das Sofa, schlug die Beine übereinander und wirkte fast entspannt. Ja, er kannte dieses Zimmer gut, ging dort so selbstverständlich ein und aus, so wie man in eine alte bequeme Hose schlüpft. Er machte Anstalten, etwas zu sagen, doch Vanderhyde schien erst etwas klarstellen zu wollen.

»Charles hat mir alles über diese Sache erzählt, Inspector Rebus. Nun ja, das heißt, er hat mir so viel erzählt, wie ich seiner Meinung nach wissen sollte.« Charlie starrte seinen Onkel wütend an, der bloß lächelte, obwohl er seine Verärgerung offenbar genau spürte. »Ich habe Charles gesagt, er solle noch einmal mit Ihnen reden. Das scheint er aber nicht zu wollen. *Schien* er nicht zu wollen. Jetzt hat er keine andere Wahl mehr.«

»Woher wussten Sie das?«, fragte Charlie, der hier viel besser hinpasste als in irgendein hässliches besetztes Haus in Pilmuir, dachte Rebus.

»Woher wusste ich was?«, fragte Rebus.

»Wo Sie mich finden würden. Woher wussten Sie von Onkel Matthew?«

»Ach das.« Rebus zupfte unsichtbare Fäden von seiner Hose. »Aus deinem Essay. Er lag auf deinem Schreibtisch. Wie praktisch.«

»Was?«

»Einen Essay über das Okkulte zu schreiben, wenn man einen Hexer in der Familie hat.«

Vanderhyde lachte in sich hinein. »Keinen Hexer, Inspector. Niemals. Ich glaube, ich habe in meinem ganzen Leben nur einen Hexer getroffen, einen *wahren* Hexer. Und der ist tatsächlich von hier.«

»Onkel Matthew«, unterbrach Charlie. »Ich glaube nicht, dass der Inspector hören will …«

»Ganz im Gegenteil«, sagte Rebus. »Deswegen bin ich doch hier.«

»Ach so.« Charlie klang enttäuscht. »Also nicht, um mich zu verhaften?«

»Nein, allerdings hättest du eine ordentliche Ohrfeige verdient für das blaue Auge, das du Tracy verpasst hast.«

»Sie hat es verdient!« Charlies Stimme klang bockig. Er hatte die Unterlippe vorgeschoben wie ein kleines Kind.

»Du hast eine Frau geschlagen?«, fragte Vanderhyde entgeistert. Charlie sah zu ihm hin, dann schaute er wieder weg, als könnte er einem Blick nicht standhalten, der gar nicht da war – nicht da sein konnte.

»Ja«, fauchte Charlie. »Aber guck doch mal.« Er zog seinen Rollkragenpullover am Hals herunter. Zwei lange Striemen kamen zum Vorschein, das Werk spitzer Fingernägel.

»Ganz schöne Kratzer«, kommentierte Rebus für den blinden Mann. »Du hast die Kratzer, sie ein blaues Auge. Damit wärt ihr wohl quitt, sozusagen Auge um Hals.«

Vanderhyde beugte sich auf seinem Stock leicht nach vorne und lachte wieder in sich hinein.

»Sehr gut, Inspector«, sagte er. »Wirklich sehr gut. Nun …« Er führte den Becher an seine Lippen und pustete. »Was können wir für Sie tun?«

»Ich bin in Charlies Essay auf Ihren Namen gestoßen. In einer Fußnote wurden Sie als mündliche Quelle zitiert. Deshalb nahm ich an, dass Sie hier in Edinburgh wohnen und man irgendwie an Sie herankommen könnte. Außerdem gibt es nicht allzu viele …«

»… Vanderhydes im Telefonbuch«, beendete der alte Mann den Satz. »Ja, das sagten Sie bereits.«

»Aber Sie haben schon die meisten von meinen Fragen beantwortet. Das heißt, was die schwarze Magie betrifft. Ich würde jedoch gern noch ein paar Dinge mit Ihrem Neffen klären.«

»Möchten Sie, dass ich …?« Vanderhyde hatte sich schon halb erhoben. Rebus deutete ihm mit einer Handbewegung an, er könne ruhig bleiben. Dann wurde ihm bewusst, dass diese Geste sinnlos war. Doch Vanderhyde hielt bereits inne, als hätte er Rebus' Reaktion vorausgeahnt.

»Nein, Sir«, sagte Rebus, als Vanderhyde sich wieder setzte. »Es dauert nur ein paar Minuten.« Er wandte sich Charlie zu, der fast in den tiefen Polstern des Sofas versank. »Also, Charlie«, begann Rebus, »du bist bis jetzt bei mir als Dieb und wegen Beihilfe zum Mord vermerkt. Hast du irgendwas dazu zu sagen?«

Rebus beobachtete mit Vergnügen, wie das Gesicht des jungen Mannes seine bräunliche Farbe verlor und nun eher an rohen Teig erinnerte. Vanderhyde zuckte, aber ebenfalls eher amüsiert als aus Unbehagen. Charlie sah auf der Suche nach einem freundlichen Blick von einem zum anderen. Aber die Augen, die er sah, waren blind für sein Flehen.

»Ich … ich …«

»Ja?«, drängte Rebus.

»Ich hol mir noch 'nen Tee«, sagte Charlie, als ob diese sechs mageren Worte das Einzige wären, was von seinem Vokabular übrig war. Rebus lehnte sich geduldig zurück. Sollte der Kerl sich doch eine Tasse nach der anderen einschenken und noch einen Pott aufschütten. Er würde schon seine Antworten kriegen. Er würde Charlie Gerbsäure schwitzen lassen, und er würde seine Antworten kriegen.

»Ist Fife immer so trostlos?«

»Nur die malerischen Flecken. Der Rest ist gar nicht so schlecht.«

Der Beamte vom schottischen Tierschutzverband führte Brian Holmes im Dämmerlicht über ein Feld. Die ganze Gegend war völlig flach; nur ein abgestorbener Baum unterbrach die Monotonie. Es wehte ein heftiger Wind, der außerdem auch noch kalt war. Der Tierschutzbeamte hatte ihn als »aist wind« bezeichnet. Holmes nahm an, dass »aist« Ost bedeutete und dass der Mann etwas verdrehte geographische Vorstellungen hatte, da der Wind eindeutig von Westen wehte.

Das Gelände erwies sich als trügerisch. Obwohl es flach aussah, stieg es leicht an. Sie gingen einen Hang hinauf, der zwar nicht steil, aber trotzdem spürbar war. Holmes erinnerte das an einen Hügel irgendwo in Schottland, den »elektrischen Berg«, wo man auf Grund einer perspektivischen Täuschung glaubte, man stiege bergauf, während man in Wirklichkeit nach *unten* ging. Oder war es genau umgekehrt? Irgendwie glaubte er nicht, dass sein Begleiter der richtige Mann für diese Frage wäre.

Sobald sie die Anhöhe passiert hatten, konnte Holmes die dunklen Umrisse eines stillgelegten Bergwerks sehen, das durch eine Reihe Bäume von dem Feld abgeschirmt wurde. Die Minen hier in der Gegend waren alle ausgebeutet, und das schon seit den sechziger Jahren. Jetzt, da von irgendwoher Geld aufgetaucht war, hatte man begonnen, die Schlackehalden, die jahrelang geschwelt hatten, abzutragen und damit die Löcher zu füllen, die durch den Tagebau entstanden waren. Die Zechengebäude wurden abgerissen, das Gelände neu bepflanzt, als ob es in Fife nie Bergbau gegeben hätte.

Das alles war Brian Holmes bekannt. Seine Onkel waren Bergleute gewesen. Vielleicht nicht genau hier, aber trotzdem waren sie für ihn eine unerschöpfliche Quelle an Informationen und Anekdoten gewesen. Der kleine Brian hatte sich jede Einzelheit gemerkt.

»Öde«, sagte er vor sich hin, während er dem Tierschutzbeamten einen flachen Abhang hinunter bis zu den Bäumen folgte, wo etwa ein halbes Dutzend Männer beisammen standen und von einem Fuß auf den anderen traten. Als sie die beiden kommen hörten, drehten sie sich um.

Holmes stellte sich dem am ältesten aussehenden Mann in Zivil vor.

»DC Brian Holmes, Sir.«

Der Mann nickte lächelnd, dann deutete er mit dem Kopf auf einen viel jüngeren Mann. Alle, Uniformierte, Beamte in Zivil, sogar der Judas vom Tierschutzverein grinsten amüsiert über Holmes' Irrtum. Er spürte, wie ihm das Blut ins Gesicht schoss, und stand wie angewurzelt da. Der junge Mann hatte Erbarmen mit ihm und streckte die Hand aus.

»Ich bin DS Hendry, Brian. Ab und zu hab ich hier das Sagen.« Noch mehr Amüsement. Diesmal grinste Holmes mit.

»Tut mit Leid, Sir.«

»Ich fühle mich sogar geschmeichelt. Ist doch schön, sich vorzustellen, dass ich noch so jung aussehe und Harry da drüben so alt.« Er nickte dem Mann zu, den Holmes irrtümlich für den ranghöheren Beamten gehalten hatte. »Also gut, Brian. Ich erzähle Ihnen jetzt kurz, was ich eben schon diesen Jungs erzählt habe. Wir haben einen zuverlässigen Tipp, dass heute Abend hier ein Hundekampf stattfindet. Der Platz ist ziemlich abgelegen, ein halbe Meile von der Hauptstraße entfernt, das nächste Haus ist eine Meile von hier. Wirklich perfekt. Es gibt nur einen Weg von der Hauptstraße hierher, den die Lkws als Anfahrt benutzen. Über diesen Weg werden sie wohl kommen. Vermutlich drei oder vier Kleinbusse mit den Hunden und dann wer weiß wie viele Autos mit den Wettern. Sollte es zu einer Massenveranstaltung ausarten, werden wir Verstärkung anfordern. Jedenfalls geht's uns nicht so sehr um die Wetter. Wir wollen die Hundehalter erwischen. Angeblich ist Davy Brightman der Hauptdrahtzieher. Besitzt mehrere Schrottplätze in Kirkcaldy und Methil. Wir wissen, dass er einige Pitbulls hält, und wir glauben, dass er mit ihnen bei Kämpfen antritt.«

Eins der Funkgeräte begann laut zu knistern, dann war der übliche Polizeicode zu hören. DS Hendry antwortete.

»Ist ein Detective Constable Holmes bei Ihnen?«, fragte die Stimme. Hendry starrte Holmes an, als er ihm das Funkgerät reichte. Holmes konnte ihn nur entschuldigend ansehen.

»Hier DC Holmes.«

»DC Holmes, wir haben eine Nachricht für Sie.«

»Schießen Sie los«, sagte Holmes.

»Es geht um eine Miss Nell Stapleton.«

Während er im Warteraum des Krankenhauses saß und Schokolade aus dem Automaten aß, ging Rebus in Gedanken noch einmal die Ereignisse des Tages durch. Als es zu dem Zwischenfall mit Tracy im Auto kam, begann sich sein Hodensack in einem Akt von Selbstschutz in seinen Körper zu verkriechen. Es tat immer noch weh. Wie ein doppelter Hodenbruch –, nicht dass er je einen gehabt hätte.

Doch der Nachmittag war wirklich sehr interessant gewesen. Vanderhyde war interessant gewesen. Und Charlie, nun ja, Charlie hatte gesungen wie ein Vögelchen.

»Was wollen Sie denn von mir wissen?«, hatte er gesagt, als er mit einer weiteren Kanne Tee ins Wohnzimmer kam.

»Ich interessiere mich für Zeit, Charlie, für die zeitlichen Abläufe. Dein Onkel hat mir bereits erklärt, dass *ihm* Zeit nichts bedeutet. Er lässt sich nicht davon beherrschen, aber Polizisten tun das. Besonders in einem Fall wie diesem. Weißt du, ich hab da noch ein paar Probleme mit der Abfolge der Ereignisse. Das würde ich, wenn möglich, gerne klären.«

»Okay«, sagte Charlie. »Und wie kann ich Ihnen dabei helfen?«

»Du warst doch in jener Nacht bei Ronnie?«

»Ja, für eine Weile.«

»Und du bist dann gegangen, weil du zu irgendeiner Party wolltest?«

»Das stimmt.«

»Dann waren nur noch Neil und Ronnie im Haus?«

»Nein, Neil war bereits gegangen.«

»Du wusstest natürlich nicht, dass Neil Ronnies Bruder war?«

Die Überraschung in Charlies Gesicht schien echt, doch Rebus hatte ihn bereits als guten Schauspieler erlebt und ließ sich so schnell nichts vormachen, jedenfalls nicht mehr.

»Nein, das hab ich nicht gewusst. Scheiße, sein Bruder. Warum wollte er denn nicht, dass jemand von uns ihn kennen lernte?«

»Neil und ich haben den gleichen Beruf«, erklärte Rebus. Charlie schüttelte bloß lächelnd den Kopf. Vanderhyde lehnte sich nachdenklich in seinen Sessel zurück, wie ein gewissenhafter Geschworener bei einem Prozess.

»Also«, fuhr Rebus fort, »Neil sagt, er sei früh gegangen, da Ronnie nicht reden wollte.«

»Ich kann mir vorstellen warum.«

»Warum?«

»Ganz einfach. Er hatte sich doch gerade Stoff beschafft, oder? Er hatte seit ewigen Zeiten keinen Stoff gesehen, und jetzt hatte er wieder welchen.« Charlie fiel plötzlich ein, dass ja sein betagter Onkel zuhörte. Er verstummte und schaute zu dem alten Mann. Gewitzt wie immer schien Vanderhyde das zu spüren, denn er bewegte hoheitsvoll die Hand, als wollte er sagen, er sei schon so lange auf diesem Planeten, dass ihn nichts mehr schockieren könne.

»Ich glaube, du hast Recht«, sagte Rebus zu Charlie.

»Hundertprozentig. In dem leeren Haus verpasst sich Ronnie also einen Schuss. Das Zeug ist tödlich. Als Tracy reinkommt, findet sie ihn in seinem Zimmer …«

»Das behauptet *sie*«, fiel ihm Charlie ins Wort. Rebus nahm seine Skepsis nickend zur Kenntnis.

»Lass uns erst mal davon ausgehen, dass es so war. Er ist tot, oder zumindest sieht es für sie so aus. Sie gerät in Panik und läuft davon. So weit, so gut. Nun fängt die Sache an unklar zu werden, und da brauche ich deine Hilfe, Charlie. Danach bringt nämlich jemand Ronnies Leiche nach unten. Warum weiß ich nicht. Vielleicht ist das nur ein dummer Streich, oder – wie Mr. Vanderhyde so treffend bemerkte – jemand hat versucht, eine falsche Spur zu legen. Wie dem auch sei, etwa an diesem Punkt innerhalb der Chronologie taucht ein zweites Päckchen mit weißem Pulver auf. Tracy hat nur eins gesehen …«, Rebus bemerkte, dass Charlie ihn wieder unterbrechen wollte, »… das behauptet sie jedenfalls. Also, Ronnie hatte ein Päckchen und verpasste sich damit einen Schuss. Als er stirbt, gerät seine Leiche nach unten und wie von Zauberhand taucht ein weiteres Päckchen auf. In diesem neuen Päckchen ist guter Stoff, nicht das Gift, das Ronnie sich gespritzt hat. Und um die Verwirrung noch ein bisschen größer zu machen, verschwindet Ronnies Kamera und taucht später bei dir auf, Charlie, in deinem Zimmer und in deiner schwarzen Plastiktüte.«

Charlie hatte den Blick von Rebus abgewandt. Er starrte jetzt auf den Fußboden, auf seinen Becher, auf die Teekanne. Auch als er sprach, sah er Rebus nicht an.

»Ja, ich hab sie genommen.«

»Du hast die Kamera genommen?«

»Hab ich doch gerade gesagt.«

»Okay.« Rebus' Stimme war neutral. Charlies nagendes

schlechtes Gewissen könnte jeden Augenblick in offenen Zorn umschlagen. »Wann hast du sie genommen?«

»Also, ich hab nicht gerade auf die Uhr geguckt.«

»Charles!« Vanderhydes Stimme war laut. Er stieß das Wort wie einen Peitschenhieb hervor. Charlie zuckte zusammen. Voller kindlicher Furcht vor dieser imposanten Gestalt, seinem Onkel, dem Zauberer, setzte er sich unwillkürlich gerade hin.

Rebus räusperte sich. Der Geschmack des Earl Grey machte seine Zunge pelzig. »War irgendwer im Haus, als du zurückkamst?«

»Nein. Nun ja, abgesehen von Ronnie.«

»War er oben oder unten?«

»Er lag oben an der Treppe, wenn Sie es unbedingt wissen müssen. Lag da, als hätte er versucht runterzukommen. Ich dachte, er wäre völlig hinüber. Aber irgendwie sah er seltsam aus. Ich meine, wenn jemand schläft, dann ist doch trotzdem *irgendeine* Bewegung da. Aber Ronnie war … starr. Seine Haut war kalt und feucht.«

»Und er lag oben an der Treppe?«

»Ja.«

»Was hast du dann gemacht?«

»Nun ja, ich wusste, dass er tot war. Und es kam mir vor, als ob ich träumte. Das hört sich blöde an, aber es war so. Jetzt weiß ich, dass ich es einfach nicht wahrhaben wollte. Ich bin in Ronnies Zimmer gegangen.«

»Stand das Glas mit den Spritzen dort?«

»Daran kann ich mich nicht erinnern.«

»Macht nichts. Red weiter.«

»Ich wusste, wenn Tracy zurückkäme …«

»Ja?«

»Gott, das muss sich anhören, als wär ich ein Monster.«

»Was denn?«

»Also, ich wusste, wenn sie zurückkäme und sähe, dass Ronnie tot ist, dann würde sie sich alles von ihm nehmen, was sie finden könnte. Ich *wusste*, dass sie das tun würde, ich hatte es einfach im Gefühl. Also nahm ich mir etwas, von dem er sicher gewollt hätte, dass ich es bekomme.«

»Sozusagen als Erinnerungsstück?«, fragte Rebus süffisant.

»Nicht ganz«, gab Charlie zu. Rebus hatte plötzlich einen ernüchternden Gedanken: *das läuft alles viel zu glatt.* »Es war das Einzige, was Ronnie besaß, das irgendwas wert war.«

Rebus nickte. Ja, das klang schon plausibler. Nicht dass Charlie das Geld unbedingt gebraucht hätte; er konnte immer auf Onkel Matthew rechnen. Doch es war das Verbotene an dieser Tat, was ihn anmachte. Irgendwas, von dem Ronnie gewollt hätte, dass er es bekäme. Wohl kaum.

»Also hast du die Kamera geklaut?« Charlie nickte. »Und dann bist du gegangen?«

»Ich bin sofort nach Hause zurück. Irgendwer sagte, dass Tracy mich gesucht hätte. Sie wär ziemlich fertig gewesen. Also nahm ich an, dass sie das mit Ronnie bereits wusste.«

»Und sie war nicht mit der Kamera abgehauen. Stattdessen hatte sie nach dir gesucht.«

»Ja.« Charlie wirkte beinahe zerknirscht. Beinahe. Rebus fragte sich, wie das alles auf Vanderhyde wirken mochte.

»Sagt dir der Name Hyde etwas?«

»Eine Figur bei Robert Louis Stevenson.«

»Abgesehen davon.«

Charlie zuckte die Achseln.

»Oder jemand namens Edward?«

»Eine Figur bei Robert Louis Stevenson.«

»Das kapier ich nicht.«

»Tut mir leid, war ein kleiner Scherz. Edward ist der Vorname von Hyde in *Jekyll und Hyde*. Nein, ich kenne niemanden, der Edward heißt.«

»Na schön. Soll ich dir mal was erzählen, Charlie?«

»Was denn?«

Rebus sah zu Vanderhyde, der ausdruckslos dasaß. »Ich glaube übrigens, dass dein Onkel bereits weiß, was ich sagen will.«

Vanderhyde lächelte. »Kann schon sein. Korrigieren Sie mich, wenn ich Unrecht habe, Inspector Rebus, aber Sie wollten wohl sagen, wenn der Leichnam des jungen Mannes von seinem Zimmer zur Treppe bewegt wurde, dann muss man davon ausgehen, dass die Person, die den Leichnam bewegt hat, im Haus war, als Charles kam.«

Charlie fiel die Kinnlade herunter. Rebus hatte diese Reaktion noch nie im wirklichen Leben beobachtet.

»Ganz gut«, sagte er. »Ich würde sagen, du hast Glück gehabt, Charlie. Ich würde sagen, dass jemand dabei war, die Leiche die Treppe hinunterzuschaffen, als er dich kommen hörte. Dann hat er sich in einem der anderen Räume versteckt, vielleicht sogar in diesem stinkenden Badezimmer, bis du wieder fort warst. Derjenige war die ganze Zeit mit dir im Haus.«

Charlie schluckte. Dann klappte er den Mund zu. Dann ließ er den Kopf nach vorne fallen und fing an zu weinen. Nicht ganz leise, sondern so, dass sein Onkel es mitbekam. Der lächelte und nickte Rebus zufrieden zu.

Rebus aß den letzten Bissen Schokolade. Sie hatte antiseptisch geschmeckt, genauso wie der Flur draußen roch, die Krankensäle selbst und dieser Warteraum, wo sich besorgte

Gesichter in alten bunten Zeitungsbeilagen vergruben und versuchten, länger als ein bis zwei Sekunden ein scheinbares Interesse aufrechtzuerhalten. Die Tür ging auf und Holmes kam herein. Er wirkte erschöpft und besorgt. Er hatte eine vierzigminütige Autofahrt hinter sich, während der er genügend Zeit gehabt hatte, sich das Schlimmste auszumalen, und das Ergebnis stand ihm im Gesicht geschrieben. Rebus wusste, dass eine rasche Behandlung vonnöten war.

»Es geht ihr gut. Sie können zu ihr, wann immer Sie wollen. Sie behalten sie eigentlich ohne besonderen Grund über Nacht hier. Sie hat eine gebrochene Nase.

»Eine gebrochene Nase?«

»Das ist alles. Keine Gehirnerschütterung, keine Sehstörungen. Bloß eine gebrochene Nase, der Fluch vieler Möchtegernboxer.«

Einen Augenblick lang fürchtete Rebus, Holmes würde an seiner lockeren Darstellung Anstoß nehmen. Doch dann machte sich bei dem jüngeren Mann Erleichterung bemerkbar, und er lächelte. Seine Schultern entspannten sich und sein Kopf fiel ein wenig nach vorn, heilfroh, dass seine schlimmsten Befürchtungen doch nicht eingetreten waren.

»Also«, sagte Rebus, »Möchten Sie sie sehen?«

»Ja.«

»Kommen Sie, ich bring sie hin.« Er legte Holmes eine Hand auf die Schulter und bugsierte ihn wieder zur Tür hinaus.

»Aber woher wussten Sie das denn?«, fragte Holmes, während sie den Flur entlanggingen.

»Was?«

»Dass es Nell war? Das mit Nell und mir?«

»Also, Sie sind doch Detective, Brian. Denken Sie mal darüber nach.«

Rebus konnte förmlich sehen, wie Holmes sich das Hirn zermarterte. Er hoffte, dass dieser Prozess eine therapeutische Wirkung haben würde. Nach einer ganzen Weile machte Holmes plötzlich den Mund auf.

»Nell hat keine Familie, also hat sie nach mir gefragt.«

»Nun ja, sie hat *schriftlich* nach Ihnen gefragt. Wegen der gebrochenen Nase kann man nur schwer verstehen, was sie sagt.«

Holmes nickte matt. »Aber man konnte mich nicht finden, also hat man Sie gefragt, ob Sie wüssten, wo ich wäre.«

»Das ist ziemlich nah dran. Gut gemacht. Wie war's übrigens in Fife? Ich komm nur noch einmal im Jahr dorthin.« *Am 28. April*, dachte er bei sich.

»Fife? Das war ganz okay, ich musste allerdings vor der Festnahme weg. Das war schade. Ich fürchte, ich hab das Team, bei dem ich mitmachen sollte, nicht gerade beeindruckt.«

»Wer hat es geleitet?«

»Eine junger DS namens Hendry.«

Rebus nickte. »Den kenne ich. Es überrascht mich, dass sie ihn nicht kennen oder zumindest mal von ihm gehört haben.«

Holmes zuckte die Achseln. »Ich hoffe bloß, dass sie die Dreckskerle erwischen.«

Rebus war vor der Tür eines Krankensaals stehen geblieben.

»Ist es hier?«, fragte Holmes. Rebus nickte.

»Wollen Sie, dass ich mitkomme?«

Holmes starrte seinen Vorgesetzten beinah dankbar an, dann schüttelte er den Kopf.

»Nein, es geht schon. Wenn sie schläft, werd ich nicht lange bleiben. Nur noch eine Frage.«

»Ja?«

»Wer hat das getan?«

Wer das getan hatte – das war am schwierigsten zu begreifen. Während er den Flur entlangging, sah Rebus Nells geschwollenes Gesicht vor sich, wie sie sich abmühte zu sprechen, es ihr aber nicht gelang. Sie hatte mit einer Handbewegung um Papier gebeten. Er hatte sein Notizbuch aus der Tasche gezogen und ihr einen Stift gegeben. Dann hatte sie eine Zeit lang wie wild geschrieben. Er blieb stehen, holte das Notizbuch hervor und las es zum vierten oder fünften Mal an diesem Abend.

»Ich hatte gerade in der Bibliothek zu tun, als eine Frau versuchte, sich an der Aufsicht vorbei ins Gebäude zu drängen. Fragen Sie den Mann, wenn Sie das überprüfen wollen. Dann hat mir diese Frau ihren Kopf ins Gesicht geknallt. Ich hatte nur versucht zu helfen, sie zu beruhigen. Sie muss geglaubt haben, dass ich ihr was wollte. Stimmt aber nicht. Ich wollte nur helfen. Sie war die Frau von diesem Foto, der Nacktaufnahme, die Brian gestern Abend im Pub in seiner Aktenmappe hatte. Sie waren doch auch da, im gleichen Pub wie wir? Nicht einfach, sich nicht zu sehen – schließlich war das Lokal leer. Wo ist Brian? Auf der Jagd nach weiteren schlüpfrigen Bildern für Sie, Inspector?«

Rebus lächelte wieder, wie er auch in dem Moment gelächelt hatte. Sie hatte Power, diese Frau. Irgendwie gefiel sie ihm, trotz des verpflasterten Gesichts und der beiden Veilchen. Sie erinnerte ihn sehr stark an Gill.

Tracy hinterließ also eine unerfreuliche Spur des Chaos, auf der man sie verfolgen konnte. Kleines Miststück. War sie einfach ausgeflippt oder hatte sie eine echte Absicht mit ihrem Besuch in der Universitätsbibliothek verfolgt? Rebus lehnte sich gegen die Wand im Flur. Gott, was für ein Tag. Eigentlich sollte er gerade ein wenig Leerlauf haben. »Alles auf den neuesten Stand zu bringen«, bevor er sich voll und ganz der Anti-Drogen-Kampagne widmete. Eigentlich sollte er also gerade eine ruhige Kugel schieben. Wer glaubt, wird selig.

Die aufschwingende Doppeltür zum Krankensaal riss ihn aus seinen Gedanken. Er bemerkte, dass Brian Holmes im Flur stand. Holmes wirkte leicht orientierungslos, doch dann entdeckte er seinen Vorgesetzten und kam rasch auf ihn zu. Rebus war sich immer noch nicht sicher, ob Holmes für ihn eine wertvolle Unterstützung oder eher eine Belastung war. Konnte jemand beides auf einmal sein?

»Alles in Ordnung?«, fragte er besorgt.

»Ja, ich nehm's an. Sie ist wach. Das Gesicht sieht allerdings noch ziemlich schlimm aus.«

»Das sind nur Blutergüsse. Die haben gesagt, dass die Nase wieder vollständig heilen wird. Man wird nicht sehen können, dass sie mal gebrochen war.«

»Ja, das hat Nell auch gesagt.«

»Sie kann reden? Das ist gut.«

»Sie hat mir auch erzählt, wer es getan hat.« Holmes sah Rebus an, der den Blick abwandte. »Was hat das alles zu bedeuten? Was hat Nell damit zu tun?«

»Nichts, soweit ich weiß. Sie war bloß gerade am falschen Ort und so weiter. Schreiben Sie's als Zufall ab.«

»Zufall? Das ist ja leicht gesagt. Betrachten wir es als ›Zufall‹, und dann können wir die ganze Sache vergessen, meinen Sie das? Ich weiß nicht, was für ein Spielchen Sie spielen, Rebus, aber ich mache da nicht länger mit.«

Holmes drehte sich um und ging erhobenen Hauptes den Flur hinunter. Rebus hätte ihn beinah noch gewarnt, dass an dieser Seite des Gebäudes kein Ausgang war, aber Holmes war nicht auf Gefälligkeiten aus. Er brauchte etwas Zeit, eine Ruhepause. Das brauchte Rebus auch, doch zunächst musste er noch über einiges nachdenken, und dafür war die Wache der beste Ort.

Nur weil er sie ganz langsam nahm, schaffte Rebus die Stufen bis zu seinem Büro. Er saß gerade mal zehn Minuten an seinem Schreibtisch, als ihn ein Verlangen nach Tee zum Telefon greifen ließ. Dann lehnte er sich zurück und hielt sich ein Blatt Papier vor die Nase, auf dem er versucht hatte, die »Fakten« des »Falles« darzulegen. Ihn fröstelte bei dem Gedanken, dass er möglicherweise Zeit und Kraft verschwendete. Eine Jury hätte sicher große Probleme, hier überhaupt ein Verbrechen zu erkennen. Es gab keinerlei Hinweis, dass Ronnie sich den Schuss nicht selbst verpasst hatte. Andererseits *war* er eine ganze Weile nicht an Stoff herangekommen, obwohl es reichlich Drogen in der Stadt gab, und irgendwer *hatte* seine Leiche von der Stelle bewegt und ein Päckchen mit gutem Heroin dagelassen, vielleicht in der Hoffnung, dass es getestet und für sauber befunden würde. Dann hätte man den Tod auf einen Unfall zurückgeführt, auf eine simple Überdosis. Aber stattdessen hatte man das Rattengift gefunden.

Rebus starrte auf das Blatt Papier. Etliche »Vielleichts« und reine Mutmaßungen hatten sich bereits in das Bild eingeschlichen. Möglicherweise stimmte der Rahmen nicht. Dann dreh das Bild doch anders herum, John, und fang noch mal von vorne an.

Warum hatte sich jemand die Mühe gemacht, Ronnie zu töten? Schließlich hätte sich der arme Kerl früher oder später sowieso selber umgebracht. Ronnie litt unter Entzug, weil er länger nicht an Stoff herangekommen war. Dann bekam er welchen, hatte aber gewusst, dass das Zeug alles andere als sauber war. Also hatte er zweifellos auch gewusst, dass derjenige, der es ihm gegeben hatte, ihn töten wollte. Aber er hatte es trotzdem genommen ... Nein, so gesehen ergab es noch viel weniger Sinn. Noch mal von vorn.

Warum sollte jemand ein Interesse an Ronnies Tod haben? Es gab mehrere nahe liegende Antworten. Weil er etwas wusste, das er nicht wissen sollte. Weil er etwas besaß, das er nicht haben sollte. Weil er etwas nicht besaß, das er haben sollte. Welches war die richtige Antwort? Rebus wusste es nicht. Niemand schien es zu wissen. Das Ganze ergab immer noch keinen Sinn.

Es klopfte, dann wurde die Tür von einem Constable aufgestoßen, der einen Becher Tee in der Hand hielt. Der Constable war Harry Todd. Rebus erkannte ihn.

»Sie kommen ja ganz schön rum.«

»Ja, Sir«, sagte Todd und stellte den Tee auf eine Ecke des Schreibtischs, auf die wenigen Quadratzentimeter Holz, die unter dem ganzen Papierkram zu sehen waren.

»Nichts los heute Abend?«

»Das Übliche, Sir. Einige Betrunkene. Ein paar Einbrüche. Schlimmer Autounfall in der Nähe der Docks.«

Rebus nickte und griff nach dem Tee. »Kennen Sie einen Kollegen namens Neil McGrath?« Rebus führte den Becher an den Mund und starrte Todd an, der leicht rot wurde.

»Ja, Sir«, sagte er. »Den kenne ich.«

»Mm-hm.« Rebus probierte den Tee und schien den faden Geschmack nach Milch und heißem Wasser für gut zu befinden. »Er hat sie gebeten, ein Auge auf mich zu werfen, was?«

»Sir?«

»Wenn Sie ihn zufällig sehen, Todd, sagen Sie ihm, es wär alles in Ordnung.«

»Ja, Sir.« Todd wandte sich zum Gehen.

»Und noch was, Todd.«

»Ja, Sir?«

»Lassen Sie sich nicht mehr in meiner Nähe blicken, verstanden?«

»Ja, Sir.« Todd war eindeutig geknickt. An der Tür zögerte er, als hätte er plötzlich eine Idee, wie er sich bei seinem Vorgesetzten wieder einschmeicheln könnte. Lächelnd drehte er sich noch einmal zu Rebus um.

»Haben Sie von dem Knaller drüben in Fife gehört, Sir?«

»Was für ein Knaller?« Rebus klang desinteressiert.

»Das mit dem Hundekampf, Sir.« Rebus bemühte sich sehr, weiterhin gleichgültig zu wirken. »Die haben dort einen Hundekampf hoppgenommen. Raten Sie mal, wen sie verhaftet haben?«

»Malcolm Rifkind, den Außenminister?«, riet Rebus. Das versetzte Todd einen schweren Dämpfer. Das Lächeln schwand aus seinem Gesicht.

»Nein, Sir«, sagte er und wandte sich erneut zum Gehen. Rebus' Geduldsfaden war kurz.

»Also, wen dann?«, blaffte er.

»Diesen Diskjockey, Calum McCallum«, sagte Todd und machte die Tür hinter sich zu. Rebus starrte geschlagene fünf Sekunden auf die Tür, bis endlich der Groschen bei ihm fiel: Calum McCallum ... der Lover von Gill Templer!

Rebus hob den Kopf und fing an zu brüllen, eine Mischung aus Lachen und irrwitzigem Siegesgeheul. Und als er endlich aufhörte zu lachen, bemerkte er, dass die Tür wieder aufgegangen war. Jemand stand im Rahmen und beobachtete mit verblüfftem Gesicht, wie er sich aufführte.

Es war Gill Templer.

Rebus sah auf seine Uhr. Es war fast ein Uhr morgens.

»Machst du Spätschicht, Gill?«, fragte er, um seine Verlegenheit zu kaschieren.

»Ich nehme an, du hast es schon gehört«, sagte sie, ohne auf seine Frage einzugehen.

»Was gehört?«

Sie kam ins Zimmer, stieß einen Haufen Papiere von einem Stuhl auf den Fußboden und setzte sich. Sie wirkte erschöpft. Rebus starrte auf die ganzen Papiere, die sich über den Fußboden verteilten.

»Morgen früh kommen ja die Putzfrauen.«, sagte er. Dann fügte er hinzu: »Ich hab's gehört.«

»Hast du deshalb so ein Geschrei veranstaltet?«

»Ach das.« Rebus versuchte, es mit einem Achselzucken abzutun, doch er spürte, wie ihm das Blut in die Wangen stieg. »Nein«, sagte er, »das war bloß ... das war wegen was anderem ...«

»Nicht sehr überzeugend, Rebus, du Schweinehund.« Ihre Worte klangen matt. Er wollte sie aufheitern, ihr sagen, dass sie gut aussähe oder etwas Ähnliches. Aber es wäre nicht wahr gewesen, und sie hätte ihn wieder nur böse angesehen. Also ließ er es. Sie wirkte mitgenommen, zu wenig Schlaf und nichts mehr, worüber sie sich freuen konnte. Ihr Leben war gerade zusammengebrochen, zusammen mit diesem Mann irgendwo in Fife in eine Zelle gesperrt worden. Vielleicht würde man ihn fotografieren und ihm die Fingerabdrücke abnehmen, um das Ganze dann irgendwo abzuheften. Ihr Leben, Calum McCallum.

Das Leben war voller Überraschungen.

»Also, was kann ich für dich tun?«

Sie schaute zu ihm auf, betrachtete sein Gesicht, als ob sie nicht genau wüsste, wer er war oder warum sie hier war. Dann riss sie sich mit einem heftigen Zucken der Schultern zusammen.

»Es hört sich sicher blöd an, aber ich kam wirklich nur zufällig hier vorbei. Ich hab in der Kantine noch einen Kaffee getrunken und wollte dann nach Hause, da hörte ich ...« Sie schauderte erneut. Dieses Zucken, das eigentlich kein Zucken war. Rebus sah, wie total fertig sie war, und hoffte, sie würde keinen Nervenzusammenbruch bekommen. »Ich weiß über Calum Bescheid. Wie konnte er mir das antun, John? So etwas vor mir zu verheimlichen? Ich meine, worin liegt denn der Reiz zu beobachten, wie Hunde sich gegenseitig zerfetzen ...«

»Das wirst du ihn selber fragen müssen, Gill. Soll ich dir noch einen Kaffee holen?«

»Um Gottes willen. Ich werde eh kaum schlafen können. Einen Gefallen könntest du mir allerdings tun, wenn es nicht zu viel Mühe macht.«

»Sprich.«

»Würdest du mich nach Hause bringen?« Rebus nickte bereits zustimmend. »Und in die Arme nehmen.«

Rebus stand langsam auf, zog seine Jacke an, steckte Papier und Stift in die Tasche und ging zu Gill hinüber. Sie hatte sich bereits von ihrem Stuhl erhoben, und nun standen sie mitten im Raum auf Berichten, die gelesen werden mussten, Papieren, die unterzeichnet werden mussten, Festnahmestatistiken und anderem und umarmten sich fest. Sie vergrub ihr Gesicht an seiner Schulter. Er legte das Kinn auf ihren Hals und starrte auf die verschlossene Tür. Mit einer Hand massierte er Gill den Rücken, mit der anderen tätschelte er sie. Schließlich machte sie sich los, erst den Kopf, dann den Oberkörper. Die Arme hatte sie jedoch immer noch um ihn gelegt. Ihre Augen waren feucht, doch das Schlimmste war überstanden. Sie sah schon ein bisschen besser aus.

»Danke«, sagte sie.

»Das hab ich genauso gebraucht wie du«, sagte Rebus. »Komm, sehen wir zu, dass du nach Hause kommst.«

FREITAG

Die Bewohner, so schien es, waren alle recht wohlhabend und eifrig bemüht, noch bessere Geschäfte zu machen und ihre immer größeren Gewinne prahlerisch zur Schau zu stellen.

Es klopfte an seiner Wohnungstür. Ein autoritäres Klopfen mit dem alten Klopfer aus Messing, den er nie sauber machte. Rebus öffnete die Augen. Die Sonne schien in sein Wohnzimmer, der Arm des Plattenspielers lief knisternd in der Auslaufrille einer Platte. Eine weitere Nacht, die er vollständig angezogen im Sessel verbracht hatte. Die Matratze im Schlafzimmer könnte er genauso gut verkaufen. Aber würde jemand eine Matratze ohne Bettgestell kaufen?

Wieder ging es klopf, klopf, klopf. Immer noch geduldig. Immer noch darauf wartend, dass er öffnen würde. Seine Augen waren verklebt, und er steckte sein Hemd wieder in die Hose, während er vom Wohnzimmer zur Tür ging. Alles in allem fühlte er sich gar nicht so schlecht. Nicht steif, keine Verspannungen im Nacken. Wenn er sich gewaschen und rasiert hatte, könnte er sich sogar wie ein Mensch fühlen.

Er öffnete die Tür, als Holmes gerade erneut klopfen wollte.

»Brian.« Rebus klang aufrichtig erfreut.

»Morgen. Darf ich reinkommen?«

»Klar. Wie geht's Nell?«

»Ich hab heute Morgen angerufen. Sie sagen, sie hätte gut geschlafen.«

Sie steuerten auf die Küche zu, Rebus ging voran. Holmes hatte sich vorgestellt, dass die Wohnung nach Bier und Zigaretten riechen würde, eine typische Junggesellenbude. In Wirklichkeit war sie sauberer, als er erwartet hatte, und sogar halbwegs geschmackvoll eingerichtet. Überall waren Bücher. Er wäre nie auf die Idee gekommen, dass Rebus viel las. Allerdings sah ein Teil der Bücher ungelesen aus, als seien sie für ein langweiliges, verregnetes Wochenende gekauft worden. Ein Wochenende, das nie kam.

Rebus deutete vage in Richtung Wasserkessel und Küchenschrank.

»Würden Sie uns einen Kaffee machen? Ich geh nur schnell unter die Dusche.«

»Okay.« Holmes glaubte, dass seine Nachricht wohl warten könnte. Zumindest bis Rebus ganz wach war. Vergeblich suchte er nach Nescafé, stattdessen fand er in einem der Schränke ein Päckchen gemahlenen Kaffee, vakuumverpackt, der mehrere Monate über das Verfallsdatum hinaus war. Er öffnete es und gab ein paar Löffel in die Teekanne, während das Wasser kochte. Aus dem Badezimmer kam das Geräusch von fließendem Wasser, begleitet vom blechernen Klang eines Transistorradios. Stimmen. Irgendeine Talk-Show, nahm Holmes an.

Solange Rebus im Bad war, nutzte er die Chance, sich ein wenig in der Wohnung umzusehen. Das Wohnzimmer war riesig und hatte eine hohe, mit einem Sims umgebene Decke. Holmes spürte, wie er neidisch wurde. Er würde sich niemals eine solche Wohnung kaufen können. Er sah sich in der Easter Road und in Gorgie um, jeweils in der Nähe der Fußballstadien der Hibs und der Hearts. In diesen beiden Stadtteilen könnte er sich eine Wohnung leisten, sogar eine anständige Wohnung mit drei Zimmern. Aber die Zimmer würden klein sein und die Gegend schäbig. Er war kein Snob. Verdammt noch mal, er war wohl doch einer. Er wollte in der New Town wohnen, im Dean Village, hier in Marchmont, wo die Studenten in hübschen Cafés herumsaßen und philosophierten.

Er war nicht allzu vorsichtig mit der Nadel, als er den Arm von der Platte hob. Es war eine Platte von irgendeiner Jazz-Combo. Sie sah alt aus, und er suchte vergeblich nach einer Hülle. Die Geräusche aus dem Badezimmer hatten aufgehört. Leise schlich er in die Küche zurück, wo er in der Besteckschublade ein Teesieb fand. Damit konnte er den Satz von dem Kaffee auffangen, den er nun in zwei Becher goss. Rebus kam herein, in ein Badetuch gehüllt, und rieb sich den Kopf mit einem kleineren Handtuch. Er musste abnehmen oder ein bisschen was für seine Muskeln tun. Sein Oberkörper begann schlaff zu werden und war leichenblass.

Er nahm sich einen Becher und nippte.

»Mmm. Richtiger.«

»Den hab ich im Schrank gefunden. Es ist allerdings keine Milch da.«

»Macht nichts. Ist gut so. Sie sagen, Sie hätten den Kaffee im Schrank gefunden? Vielleicht machen wir ja doch noch einen Detektiv aus Ihnen. Ich zieh mir nur schnell was an.« Und schon war er wieder weg, diesmal nur für zwei Minuten. Die Sachen, in denen er zurückkam, waren sauber, aber ungebügelt. Holmes fiel auf, dass es in der Küche zwar einen Anschluss für eine Waschmaschine gab, aber keine Maschine. Rebus schien seine Gedanken lesen zu können.

»Meine Frau hat sie mitgenommen, als sie ausgezogen ist. Sie hat eine Menge mitgenommen. Deshalb sieht die Wohnung auch so kahl aus.«

»Sie sieht nicht kahl aus, sondern als wäre es Absicht.«

Rebus lächelte. »Gehn wir ins Wohnzimmer.«

Rebus deutete Holmes an, sich zu setzen, dann setzte auch er sich. Der Sessel war immer noch warm vom nächtlichen Schlaf. »Wie ich sehe, waren Sie schon hier.«

Holmes sah ihn überrascht an. Erwischt. Ihm fiel ein, dass er den Tonarm von der Platte genommen hatte.

»Ja«, sagte er.

»So was sehe ich gern«, sagte Rebus. »Ja, wir machen noch eine Detektiv aus Ihnen, Brian.«

Holmes war sich nicht sicher, ob das schmeichelhaft oder herablassend gemeint war. Er ging nicht darauf ein.

»Es gibt da etwas, das Sie möglicherweise wissen wollen«, begann er.

»Ich weiß es bereits«, sagte Rebus. »Tut mir Leid, dass ich Ihnen die Überraschung verderbe, aber ich war letzte Nacht noch ziemlich lange auf der Wache, und da hat es mir jemand erzählt.«

»Letzte Nacht?« Holmes war irritiert. »Aber man hat die Leiche doch erst heute Morgen gefunden.«

»Die Leiche? Sie meinen, er ist tot?«

»Ja. Selbstmord.«

»O Gott, die arme Gill.«

»Gill?«

»Gill Templer. Sie war mit ihm zusammen.«

»Inspector Templer?« Holmes war schockiert. »Ich dachte, sie lebt mit diesem Diskjockey zusammen.«

Nun war Rebus irritiert. »Reden wir denn nicht von dem?«

»Nein«, sagte Holmes. Die Überraschung funktionierte also doch noch. Er empfand echte Erleichterung.

»Von wem reden wir dann?«, fragte Rebus mit wachsender Beklemmung. »Wer hat Selbstmord begangen?«

»James Carew.«

»Carew?«

»Ja. Er wurde heute Morgen in seiner Wohnung gefunden. Offenbar eine Überdosis.«

»Eine Überdosis wovon?«

»Ich weiß nicht. Irgendwelche Tabletten.«

Rebus war fassungslos. Er erinnerte sich an Carews Gesichtsausdruck in jener Nacht auf dem Calton Hill.

»Verdammt«, sagte er. »Ich wollte doch mit ihm reden.«

»Ich hab mich schon gefragt ...«, sagte Holmes.

»Was?«

»Sie sind vermutlich nicht dazu gekommen, ihn zu fragen, ob er mir eine Wohnung besorgen kann?«

»Nein«, sagte Rebus. »Dazu hatte ich keine Gelegenheit.«

»War nur ein Scherz«, sagte Holmes, als er merkte, dass Rebus seine Bemerkung wörtlich genommen hatte. »War er ein Freund von Ihnen? Ich meine, ich weiß, dass Sie sich mit ihm zum Mittagessen getroffen haben, aber mir war nicht klar ...«

»Hat er einen Abschiedsbrief hinterlassen?«

»Weiß ich nicht.«

»Wer *könnte* das denn wissen?«

Holmes dachte einen Augenblick nach. »Ich glaube, Inspector McCall war am Tatort.«

»Gut, kommen Sie mit.« Rebus war bereits aufgesprungen.

»Und Ihr Kaffee?«

»Scheiß auf den Kaffee. Ich will mit Tony McCall sprechen.«

»Was war das denn für eine Sache mit Calum McCallum?«, sagte Holmes, der jetzt ebenfalls aufstand.

»Sie haben also nichts davon gehört?« Holmes schüttelte den Kopf. »Ich erzähl es Ihnen unterwegs.«

Und Rebus war bereits im Aufbruch, schnappte sich seine Jacke und nahm die Schlüssel heraus, um die Wohnungstür abzuschließen. Holmes fragte sich, was das wohl für ein Geheimnis sein mochte. Was hatte Calum McCallum getan? Gott, er hasste Leute, die sich geheimnisvoll gaben.

Rebus las den Abschiedsbrief in Carews Schlafzimmer. Er war elegant geschrieben, mit einem richtigen Federkiel, doch aus einigen Worten sprach eindeutig Angst. Zittrige Buchstaben waren durchgestrichen und neu geschrieben worden. Auch das Papier war sehr edel, dick und mit Wasserzeichen. Der V12 stand in einer Garage hinter der Haus. Die Wohnung selbst war absolut umwerfend, das reinste Museum für Art-déco-Stücke, Drucke moderner Kunst und wertvoller Erstausgaben, die hinter Glas standen.

Das ist das genaue Gegenteil von Vanderhydes Wohnung, hatte Rebus gedacht, als er durch die Zimmer ging. Dann hatte McCall ihm den Abschiedsbrief gegeben.

»Wie ich der Erste unter den Sündern bin, bin ich auch der Erste unter den Leidenden.« War das irgendein Zitat? Gewiss war das Ganze ein bisschen weitschweifig für einen Abschiedsbrief. Aber Carew hatte sicher einen Entwurf nach dem anderen angefertigt, bis er zufrieden war. Der Brief musste präzise sein, sollte ihn bei der Nachwelt ins rechte Licht rücken. »Eines Tages wirst du vielleicht erfahren, was Recht und Unrecht bei dieser Sache ist.« Nicht dass Rebus allzu sehr danach suchen musste. Er hatte beim Lesen das mulmige Gefühl, dass Carews Worte direkt an ihn gerichtet waren, dass er Dinge sagte, die nur Rebus so richtig verstehen konnte.

»Merkwürdiger Abschiedsbrief«, sagte McCall.

»Ja«, sagte Rebus.

»Du hast ihn erst kürzlich kennen gelernt, oder?«, sagte McCall. »Ich erinnere mich, dass du das erwähnt hast. Machte er da einen normalen Eindruck? Ich meine, wirkte er irgendwie depr:miert oder so?«

»Ich hab ihn danach noch mal gesehen.«

»Ach ja?«

»Vor ein paar Nächten hab ich mal auf dem Calton Hill herumgeschnüffelt. Er saß dort in seinem Wagen.«

»Ah-ha.« McCall nickte. Allmählich ergab alles ein bisschen mehr Sinn.

Rebus gab ihm den Brief zurück und ging zum Bett. Die Laken waren zerwühlt. Drei leere Tablettenfläschchen standen ordentlich aufgereiht auf dem Nachttisch. Auf dem Fußboden lag eine leere Cognacflasche.

»Der Mann ist stilvoll abgetreten«, sagte McCall und steckte den Brief in die Tasche. »Davor hatte er bereits zwei Flaschen Wein geleert.«

»Ja, ich hab sie im Wohnzimmer gesehen. Lafitte einundsechzig. Wein für einen ganz speziellen Anlass.«

»Es gibt keinen spezielleren, John.«

Beide Männer drehten sich um, als sie die Anwesenheit einer dritten Person im Raum spürten. Es war Farmer Watson, schwer atmend vom Treppensteigen.

»Das ist absolut beschissen«, sagte er. »Eine der Stützen unserer Kampagne bringt sich um, und das ausgerechnet mit einer Überdosis. Wie sieht das denn aus?«

»Beschissen, Sir«, antwortete Rebus, »wie Sie bereits sagten.«

»Ja, ja, hab ich gesagt.« Watson zeigte mit einem Finger auf Rebus. »Jetzt ist es Ihre Aufgabe, John, dafür zu sorgen, dass die Medien sich nicht genüsslich darüber hermachen – oder über uns.«

»Ja, Sir.«

Watson schaute zum Bett hinüber. »Schade um diesen verdammt anständigen Mann. Was bringt jemanden nur dazu, so etwas zu tun? Ich meine, sehen Sie sich doch bloß mal diese Wohnung an. Außerdem hat er noch ein Anwesen auf einer der Inseln. Eine eigene Firma. Teures Auto. Dinge, von denen unsereins nur träumen kann. Das gibt einem doch zu denken, nicht wahr?«

»Ja, Sir.«

»Okay.« Watson warf einen letzten Blick auf das Bett, dann schlug er Rebus auf die Schulter. »Ich verlasse mich ganz auf Sie, John.«

»Ja. Sir.«

McCall und Rebus sahen ihrem Vorgesetzten hinterher.

»Verdammt noch mal!«, flüsterte McCall. »Er hat mich nicht ein Mal angesehen. Ich hätte genauso gut nicht da sein können.«

»Da solltest du deinem Schicksal dankbar sein, Tony. Ich wünschte, ich hätte deine Fähigkeit, sich unsichtbar zu machen.«

Beide Männer lächelten. »Genug gesehen?«, fragte McCall.

»Ich dreh noch eine Runde«, sagte Rebus. »Dann nerv ich dich nicht mehr.«

»Ganz wie du meinst, John. Bloß noch eine Sache.«

»Was denn?«

»Was zum Teufel hast du mitten in der Nacht auf dem Calton Hill verloren?«

»Frag nicht«, sagte Rebus und warf ihm eine Kusshand zu, während er auf das Wohnzimmer zusteuerte.

Natürlich *würde* es der Knaller in den Lokalnachrichten sein. Da führte kein Weg dran vorbei. Die Rundfunkstationen und Zeitungen hätten sicher Mühe zu entscheiden, welche Schlagzeile stärker fetter werden sollte: Diskjockey bei illegalem Hundekampf festgenommen oder Schock über Selbstmord von Immobilienkönig. Nun ja, irgendwas in dieser Richtung. Jim Stevens hätte seinen Spaß daran gehabt, aber Jim Stevens war in London und dort angeblich mit einer Frau verheiratet, die halb so alt war wie er.

Rebus bewunderte solche gefährlichen Schritte. Für James Carew hingegen hatte er keinerlei Bewunderung übrig. In zumindest einem Punkt hatte Watson allerdings Recht: Carew hatte alles, was man sich wünschen konnte, und Rebus konnte sich nur schwer vorstellen, dass er Selbstmord begangen hatte, bloß weil er von einem Polizeibeamten auf dem Calton Hill gesehen worden war. Nein, das mochte vielleicht der Auslöser gewesen sein, aber es *musste* noch mehr dahinter stecken. Etwas, auf das es vielleicht hier in der Wohnung oder in den Geschäfträumen von Bowyer Carew auf der George Street einen Hinweis gab.

James Carew besaß eine Menge Bücher. Bereits ein erster Blick zeigte, dass es größtenteils anspruchsvolle Werke in teuren Ausgaben waren, aber sämtlich ungelesen. Ihre Rücken knackten, als sie nun zum ersten Mal von Rebus geöffnet wurden. Ganz oben rechts im Regal standen einige Titel, die ihn weitaus mehr interessierten. Bücher von Genet und Alexander Trocchi, eine Ausgabe von Forsters *Maurice* und sogar *Letzte Ausfahrt Brooklyn*. Gedichte von Walt Whitman, der Text der *Torchlight Trilogy*. Eine bunte Mischung hauptsächlich schwuler Literatur. Dagegen war ja nichts zu sagen. Doch dass diese Bücher separat ganz oben im Regal standen, ließ für Rebus erkennen, dass er es hier mit einem Mann zu tun hatte, der sich seiner selbst schämte. Dabei gab es dafür doch keinen Grund, nicht in der heutigen Zeit …

Wem wollte er das denn weismachen? Durch Aids war Homosexualität wieder etwas anrüchiger worden, und indem er aus seinen Neigungen ein Geheimnis machte, hatte Carew sich angreifbar gemacht und war dadurch leicht zu erpressen gewesen.

Ja, Erpressung. Selbstmörder waren gelegentlich Erpressungsopfer, die keinen Ausweg mehr aus ihrer Situation gesehen hatten. Vielleicht gab es ja einen Hinweis darauf, einen Brief, eine Notiz oder Ähnliches. *Irgendwas*. Bloß damit Rebus sich beweisen konnte, dass er nicht völlig paranoid war.

Dann fand er es.

In einer Schublade. Dazu noch in einer abgeschlossenen Schublade, aber Carews Schlüsselbund steckte in seiner Hose. Er war im Schlafanzug gestorben, und seine übrigen Kleidungsstücke waren nicht zusammen mit der Leiche abtransportiert worden. Rebus holte die Schlüssel aus dem Schlafzimmer und ging wieder zum Schreibtisch im Wohnzimmer. Ein prächtiger Schreibtisch, ganz bestimmt ein antikes Stück. Die Oberfläche war kaum groß genug, um ein DIN-A4-Blatt und einen Ellbogen unterzubringen. Was einst ein nützliches Möbelstück gewesen war, stand nun als Zierrat in der Wohnung eines reichen Mannes. Rebus zog die Schublade vorsichtig auf und nahm einen in Leder gebundenen Tischkalender heraus. Eine Seite pro Tag, große Seiten. Wohl kaum ein normaler Terminkalender, so wie das Ding weggeschlossen war. Eher eine Art Tagebuch. Rebus schlug es gespannt auf – und war sogleich enttäuscht. Die Seiten waren zum größten Teil unbeschrieben, nur ab und zu fanden sich ein bis zwei Zeilen in Bleistift.

Rebus fluchte.

Immer mit der Ruhe, John. Das ist besser als gar nichts. Er hielt bei einer Seite inne, auf der etwas stand. Die Bleistifteintragung war schwach, aber deutlich geschrieben. »Jerry, 16.00.« Eine simple Verabredung. Rebus blätterte zu dem Tag, an dem das Mittagessen in The Eyrie stattgefunden hatte. Die Seite war leer. Gut. Das bedeutete, dass es hier keine Termine von Geschäftsessen waren. Es waren überhaupt nur wenige Termine eingetragen. Rebus was sicher, dass Carews Kalender im Büro randvoll sein würde. Das hier war eine viel privatere Angelegenheit.

»Lindsay, 18.30.«

»Marks, 11.00.« An dem Tag war es aber früh losgegangen, und was war das für ein Name – zwei Personen, die beide Mark hießen? Oder eine Person, deren Nachname Marks war? Vielleicht sogar das Kaufhaus …? Die anderen Namen – Jerry, Lindsay – waren androgyn und anonym. Er brauchte eine Telefonnummer, einen Ort.

Er blätterte eine weitere Seite um. Und musste zweimal hinsehen, was dort geschrieben stand. Er fuhr mit dem Finger an den Buchstaben entlang.

»Hyde, 22.00.«

Hyde. Was hatte Ronnie in der Nacht, in der er starb, zu Tracy gesagt? *Versteck dich, er ist hinter mir her?* Ja, und auch James hatte ihm den Namen genannt – nicht hide, wie verstecken, sondern H-Y-D-E.

Hyde!

Rebus stieß einen Freudenschrei aus. Es gab eine Verbindung, wie schwach sie auch sein mochte. Eine Verbindung zwischen Ronnie und James Carew. Etwas, das über eine flüchtige Transaktion auf dem Calton Hill hinausging. Ein Name. Rasch blätterte er die übrigen Seiten durch. Hyde tauchte noch dreimal auf, immer am späten Abend (wenn am Calton Hill der Betrieb losging), und immer freitags. Mal der zweite Freitag im Monat, mal der dritte. Vier Eintragungen im Laufe von sechs Monaten.

»Irgendwas gefunden?« McCall beugte sich neugierig über Rebus' Schulter.

»Ja«, sagte Rebus. Dann überlegte er es sich anders. »Nein, eigentlich nicht, Tony. Bloß ein altes Tagebuch, aber der Kerl war kein großer Schreiber.«

McCall nickte und zog wieder ab. Ihn interessierte die Hi-Fi-Anlage viel mehr.

»Der Typ hatte Geschmack«, sagte McCall, während er die Anlage begutachtete. »Plattenspieler von Linn. Weißt du, wie viel so was kostet, John? Hunderte. Die sehen nach nichts aus, sind aber einfach verdammt gut.«

»Also ein bisschen so wie wir«, sagte Rebus. Er spielte mit dem Gedanken, den Terminkalender in seine Hose zu schieben. Er wusste, dass das nicht erlaubt war. Und was würde es ihm bringen? Aber wo Tony McCall ihm gerade so günstig den Rücken zuwandte ... Nein, nein, er konnte es nicht. Geräuschvoll warf er den Kalender in die Schublade zurück, schob die Schublade wieder zu und schloss sie ab. Dann gab er den Schlüssel McCall, der immer noch vor der Hi-Fi-Anlage hockte.

»Danke, John. Weißt du, das sind echt schöne Geräte.«

»Ich wusste gar nicht, dass du dich für so was interessierst.«

»Schon als Kind. Musste meine Anlage verkaufen, als wir

geheiratet haben. Zu laut.« Er richtete sich auf. »Glaubst du, dass wir hier irgendwelche Antworten finden?«

Rebus schüttelte den Kopf. »Ich glaube, er hat all seine Geheimnisse für sich bewahrt. Schließlich war er ein sehr zurückgezogen lebender Mann. Nein, ich glaube, er hat die Antworten mit ins Grab genommen.«

»Na prima. Dann ist ja alles klar, was?«

»Kristallklar, Tony«, sagte Rebus.

Was hatte der alte Mann, Vanderhyde, noch mal gesagt? Irgendwas von falschen Spuren legen. Rebus hatte das quälende Gefühl, dass es für diese vielen Rätsel eine einfache Lösung gab, so kristallklar, wie man sie sich nur wünschen konnte. Das Problem war nur, dass auch noch andere Geschichten mit dem Ganzen verwoben waren. *Vermische ich meine Metaphern? Na schön, dann vermische ich halt meine Metaphern.* Jetzt ging es einzig darum, auf den Grund dieses Sumpfes zu gelangen und die kleine Schatzkiste nach oben zu holen, die man Wahrheit nennt.

Er wusste außerdem, dass es sich um ein Problem der Zuordnung handelte. Er musste die miteinander verknüpften Geschichten in separate Stränge teilen und dann damit arbeiten. Zur Zeit machte er den Fehler, dass er versuchte, sie alle zu einem Muster zu verweben, ein Muster, das vielleicht gar nicht da war. Wenn er die Geschichten voneinander trennte, hatte er vielleicht die Chance, jede für sich zu lösen.

Ronnie hatte Selbstmord begangen. Carew ebenfalls. Dadurch bestand eine zweite Gemeinsamkeit zwischen ihnen, abgesehen von dem Namen Hyde. War das vielleicht ein Kunde von Carew? Jemand, der ein größeres Objekt erworben hatte mit dem Geld, das er durch den Handel mit harten Drogen verdient hatte? Das wäre gewiss eine Verbindung.

Hyde. Der Name könnte falsch sein. Wie viele Hydes gab es im Edinburgher Telefonbuch? Es könnte durchaus ein Deckname sein. Schließlich benutzten männliche Prostituierte selten ihren eigenen Namen. Hyde. Jekyll und Hyde. Ein weiterer Zufall: Rebus hatte an dem Abend, als Tracy zu ihm kam, das Buch von Stevenson gelesen. Vielleicht sollte er nach jemandem suchen, der Jekyll hieß. Jekyll, der ehrenwerte Doktor, von der Gesellschaft geachtet; Hyde, sein Alter Ego, klein und viehisch, ein Geschöpf der Nacht. Er erinnerte sich an die schattenhaften Gestalten, denen er auf dem Calton Hill begegnet war ... Konnte die Antwort so offenkundig sein?

Er parkte auf dem einzigen freien Platz vor der Great London Road Station und stieg die vertrauten Stufen hinauf. Sie schienen mit den Jahren immer höher zu werden, und er hätte schwören können, dass es jetzt mehr waren als damals, als er hier angefangen hatte – wann war das gewesen? – vor sechs Jahren? Eigentlich gar kein so langer Zeitraum im Leben eines Menschen. Warum fühlte er sich dann so wie dieser verdammte Sisyphus?

»Hallo, Jack«, sagte er zu dem Dienst habenden Sergeanten, der ihn ohne das übliche Nicken vorbeigehen ließ. Merkwürdig, dachte Rebus. Jack war nie ein besonders fröhlicher Typ gewesen, zumindest hatte er aber immer seine Nackenmuskeln eingesetzt. Er war berühmt für seine leichte Verbeugung, in die er alles hineinlegen konnte – von Zustimmung bis hin zu einer Beleidigung.

Aber heute hatte er für Rebus nichts übrig.

Rebus beschloss, den Affront zu ignorieren, und ging die Treppe hinauf. Zwei Constables, die gerade herunterkamen, verstummten, als sie an ihm vorbeikamen. Rebus wurde rot im Gesicht, aber er ging einfach weiter, mittlerweile überzeugt, er hätte vergessen, den Reißverschluss an seiner Hose hochzuziehen. Vielleicht hatte er es auch nur irgendwie geschafft, einen Schmutzfleck auf die Nase zu kriegen. Oder so etwas Ähnliches. Er würde das in seinem Büro in aller Ruhe überprüfen.

Dort wartete Holmes auf ihn. Er saß auf Rebus' Stuhl, an Rebus' Schreibtisch und hatte mehrere Wohnungsangebote vor sich ausgebreitet. Als Rebus hereinkam, stand er auf und packte schuldbewusst seine Blätter zusammen wie ein Kind, das mit einem unanständigen Buch erwischt worden war.

»Hallo, Brian.« Rebus zog seine Jacke aus und hängte sie an die Tür. »Hören Sie, ich möchte, dass Sie mir Name und Adresse sämtlicher Einwohner von Edinburgh besorgen, die entweder Jekyll oder Hyde heißen. Ich weiß, das hört sich bescheuert an, aber tun Sie es einfach. Dann ...«

»Ich glaube, Sie sollten sich besser hinsetzen, Sir«, sagte Holmes mit zitternder Stimme. Rebus starrte ihn an. Er sah die Furcht in den Augen des jungen Mannes und wusste, dass das Schlimmste eingetreten war.

Rebus stieß die Tür zum Vernehmungsraum auf. Sein Gesicht hatte mittlerweile die Farbe von eingelegten roten Beeten, und Holmes, der ihm folgte, fürchtete, dass sein Vorgesetzter jeden Augenblick einen Herzinfarkt erleiden würde. In dem Raum waren zwei Kriminalbeamte, beide in Hemdsärmeln, als hätten sie eine anstrengende Sitzung hinter sich. Sie drehten sich um, als Rebus eintrat, und derjenige von ihnen, der gesessen hatte, stand wie zum Kampf bereit auf. Auf der anderen Seite des Tisches sprang der junge Mann mit dem heimtückischen Gesicht, der Rebus unter dem Namen »James« bekannt war, kreischend auf und beförderte seinen Stuhl mit lautem Klappern auf den Steinboden.

»Halten Sie ihn mir vom Leib!«, schrie er.

»Also, John …«, begann einer der Detectives, ein gewisser Sergeant Dick. Rebus hob eine Hand, um zu zeigen, dass er nicht vorhatte, gewalttätig zu werden. Die beiden Detectives sahen sich an, nicht sicher, ob sie ihm glauben sollten. Dann sprach Rebus, den Blick auf den jungen Mann gerichtet.

»Du wirst schon noch kriegen, was du verdienst, so wahr ich hier stehe.« Rebus sprach ruhig, aber mit unverkennbarem Zorn in der Stimme. »Ich krieg dich dafür noch an den Eiern, mein Junge. Da kannst du einen drauf lassen! Das sag ich dir!«

Der junge Mann hatte inzwischen erkannt, dass die anderen Rebus zurückhalten würden. Dieser Mann spuckte nur hohle Drohungen aus. Er lächelte spöttisch.

»Yeah, klar doch«, sagte er von oben herab. Rebus wollte sich schon auf ihn stürzen, doch Holmes' Hand packte ihn fest an der Schulter und riss ihn zurück.

»Lassen Sie's sein, John«, warnte ihn der andere Detective, ein gewisser DC Cooper. »Überlassen Sie uns die Sache. Es wird nicht lange dauern.«

»Für mich immer noch zu lange«, fauchte Rebus, als Holmes ihn aus dem Raum zog und die Tür hinter ihnen zumachte. Dann stand Rebus mit gesenktem Kopf in dem düsteren Flur. Aller Zorn war verraucht. Es war wirklich kaum zu glauben …

»Inspector Rebus!«

Rebus und Holmes drehten sich beide erschrocken zu der Stimme um. Sie gehörte einer Polizistin, die ebenfalls verängstigt wirkte.

»Ja?«, brachte Rebus nach einem Schlucken hervor.

»Der Super möchte Sie in seinem Büro sprechen. Ich glaube, es ist dringend.«

»Das ist es sicher«, sagte Rebus und ging derart bedrohlich auf die Frau zu, dass sie hastig zurückwich und Richtung Eingang und Tageslicht entschwand.

»Das ist eine ganz beschissene abgekartete Sache, bei allem Respekt, Sir.«

Denk immer an die goldene Regel, John, sagte sich Rebus: fluche nie in Gegenwart eines Vorgesetzten, ohne »bei allem Respekt« hinzuzufügen. Das hatte er bei der Armee gelernt. Solange man diese Floskel hinzusetzte, konnten einen die hohen Tiere nicht wegen Insubordination drankriegen.

»John.« Watson verschränkte seine Finger und betrachtete sie, als hätte er sie noch nie gesehen. »John, wir müssen der Sache nachgehen. Das ist unsere Pflicht. *Ich* weiß, dass es Unsinn ist, und alle anderen wissen das auch, aber wir müssen *beweisen*, dass es Unsinn ist. Das ist unsere Pflicht.«

»Trotzdem, Sir ...«

Watson unterbrach ihn mit einer Handbewegung. Dann begann er wieder seine Finger umeinander zu schlingen.

»Guter Gott, Rebus, Sie sind doch bereits vom Dienst ›entbunden‹, bis unsere kleine Kampagne so richtig in Schwung kommt.«

»Ja, Sir, aber genau das will er.«

»Er?«

»Ein Mann namens Hyde. Er will, dass ich aufhöre, in dem Fall Ronnie McGrath herumzuschnüffeln. Nur darum geht es. Deshalb ist das Ganze eine abgekartete Sache.«

»Das mag schon sein. Trotzdem bleibt die Tatsache bestehen, dass gegen Sie eine Beschwerde vorgebracht wurde ...«

»Von diesem kleinen Dreckskerl da unten.«

»Er sagt, Sie hätten ihm Geld gegeben, zwanzig Pfund, glaube ich.«

»Ich hab ihm tatsächlich zwanzig Pfund gegeben, aber nicht für eine Nummer, um Himmels willen!«

»Wofür dann?«

Rebus antwortete nicht. Er gab sich geschlagen. Warum *hatte* er diesem Jungen namens James das Geld auch gegeben? Er hatte sich selber ausgetrickst. Hyde hätte es nicht besser machen können. Und jetzt war James da unten und gab den Kollegen seine sorgfältig einstudierte Geschichte zum Besten. Und man konnte sagen, was man wollte, etwas Dreck blieb immer kleben. Und oft nicht zu wenig. Ließ sich selbst mit reichlich Wasser und Seife nicht abwaschen. Dieser kleine Drecksack.

»Das spielt Hyde direkt in die Hände, Sir«, wagte Rebus einen letzten Versuch. »Wenn die Geschichte wahr wäre, warum ist er nicht bereits gestern gekommen? Warum hat er bis heute gewartet?«

Doch Watson hatte sich entschieden.

»Nein, John. Ich will Sie ein paar Tage nicht hier haben. Vielleicht sogar eine ganze Woche. Ruhen Sie sich ein bisschen aus. Machen Sie, was Sie wollen, aber halten Sie sich aus dieser Sache raus. Wir werden das schon in Ordnung bringen, keine Sorge. Wir werden seine Geschichte in so kleine Stücke zerlegen, dass er sie nicht mehr erkennen kann. Und eins dieser Stücke wird kaputtgehen, und damit die ganze Geschichte. Machen Sie sich keine Sorgen.«

Rebus starrte Watson an. Was er gesagt hatte, klang vernünftig, es war sogar ziemlich clever und subtil. Vielleicht war der Farmer doch nicht so ein Bauerntölpel. Er seufzte.

»Wie Sie meinen, Sir.«

Watson nickte lächelnd.

»Übrigens«, sagte er, »erinnern Sie sich an diesen Andrews? Er hat so einen Club namens Finlay's.«

»Wir haben mit ihm zu Mittag gegessen, Sir.«

»Genau. Er hat mir vorgeschlagen, mich um eine Mitgliedschaft zu bewerben.«

»Wie schön für Sie, Sir.«

»Offenbar beträgt die Wartezeit etwa ein Jahr – wegen all dieser reichen Engländer, die in den Norden kommen –, aber er hat gesagt, er könnte das Ganze in meinem Fall ein bisschen verkürzen. Ich hab gesagt, er soll sich die Mühe sparen. Ich trinke kaum, und spielen tu ich schon gar nicht. Trotzdem eine nette Geste. Vielleicht sollte ich ihn bitten, Sie an meiner Stelle zu berücksichtigen. Dann hätten Sie in Ihrer freien Zeit was zu tun.«

»Ja, Sir.« Rebus schien den Vorschlag zu überdenken. Alkohol und Spiele, keine schlechte Kombination. »Ja, Sir«, sagte er. »Das wäre sehr freundlich von Ihnen.«

»Dann werd ich mal sehen, was ich tun kann. Noch eine Sache.«

»Ja, Sir?«

»Haben Sie vor, heute Abend zu der Party bei Malcolm Lanyon zu gehen? Er hat uns eingeladen, als wir in The Eyrie waren, erinnern Sie sich noch?«

»Das hatte ich ganz vergessen, Sir. Wäre es ... angesagt, dass ich nicht hingehe?«

»Überhaupt nicht. Ich selber schaffe es vielleicht nicht, aber ich sehe keinen Grund, weshalb Sie nicht hingehen sollten. Aber kein Wort über ...« Watson nickte in Richtung Tür und meinte damit den Vernehmungsraum.

»Verstanden, Sir. Danke.«

»Ach ja, und noch was, John.«

»Ja, Sir?«

»Fluchen Sie nicht in meiner Gegenwart. Niemals. Mit oder ohne Respekt. Okay?«

Rebus spürte, wie er rot wurde. Nicht vor Zorn, sondern vor Verlegenheit. »Ja, Sir«, sagte er im Hinausgehen.

Holmes wartete ungeduldig in Rebus' Büro.

»Was wollte er denn?«

»Wer?« Rebus gab sich äußerst nonchalant. »Ach, Watson meinen Sie? Er wollte mir mitteilen, dass er mich für eine Mitgliedschaft im Finlay's empfohlen hat.«

»Finlay's Club?« Holmes sah ihn fragend an. Das hatte er nun überhaupt nicht erwartet.

»Ganz recht. In meinem Alter steht es mir doch wohl zu, Mitglied in einem Club in der Stadt zu sein, finden Sie nicht?«

»Ich weiß nicht.«

»Ach ja, und dann wollte er mich noch an eine Party heute Abend bei Malcolm Lanyon erinnern.«

»Dem Anwalt?«

»Genau dem.« Rebus hatte Holmes völlig aus dem Konzept gebracht, und das wusste er. »Ich hoffe, Sie waren fleißig, während ich meinen kleinen Plausch hatte.«

»Äh?«

»Hydes und Jekylls, Brian. Ich hatte Sie um Adressen gebeten.«

»Ich hab die Liste hier. Ist Gott sei Dank nicht allzu lang. Dann werde ich mir wohl die Schuhsohlen ablaufen müssen?«

Rebus war platt. »Nein, ganz und gar nicht. Sie können Ihre Zeit besser verwenden. Nein, ich glaube, diesmal sollten es meine Schuhsohlen sein.«

»Aber ... bei allem Respekt, sollten Sie sich nicht aus allem raushalten?«

»Bei allem Respekt, Brian, das geht Sie einen Scheiß an.«

Von zu Hause aus versuchte Rebus Gill anzurufen, aber sie war nicht da. Wollte sich sicher aus allem raushalten. Während der Heimfahrt letzte Nacht war sie schweigsam gewesen und hatte ihn auch nicht hereingebeten. Durchaus verständlich. Außerdem wollte er die Situation nicht ausnutzen … Weshalb versuchte er dann, sie anzurufen? Natürlich wollte er die Situation ausnutzen! Er wollte sie zurückhaben.

Er räumte im Wohnzimmer auf, spülte ein bisschen und brachte einen Müllsack voller Schmutzwäsche in den nächsten Waschsalon, um ihn dort waschen zu lassen. Die Frau, die die Sachen annahm, eine Mrs. Mackay, war ganz empört über Calum McCallum.

»Der ist doch berühmt und so. Da sollte er's eigentlich besser wissen.«

Rebus lächelte und nickte zustimmend.

Zurück in der Wohnung, setzte er sich hin und nahm sich ein Buch, obwohl er wusste, er würde sich nicht darauf konzentrieren können. Er wollte nicht, dass Hyde gewann, und wenn man ihn von dem Fall fern hielt, würde genau das passieren. Er nahm die Liste aus der Tasche. In Lothian gab es niemandem mit Nachnamen Jekyll und knapp ein Dutzend Hydes. Diese wenigen Nummern immerhin waren ihm sicher. Wenn Hyde nun eine Geheimnummer hatte? Er würde diese Möglichkeit von Brian Holmes überprüfen lassen.

Er griff zum Telefon und hatte die Nummer schon zur Hälfte gewählt, als er merkte, dass er in Gills Büro anrief. Er tippte auch noch die restlichen Zahlen ein. Was sollte es, sie würde eh nicht da sein.

»Hallo?«

Es war Gill Templers Stimme, so unerschütterlich wie immer. Aber dieser Trick war am Telefon leicht hinzukriegen. Wie alle alten Tricks.

»Hier ist John.«

»Ach hallo. Danke fürs Mitnehmen gestern.«

»Wie geht's dir?«

»Mir geht's gut, ganz ehrlich. Ich fühl mich bloß ein bisschen … ich weiß nicht, verwirrt trifft es irgendwie nicht so ganz. Ich fühle mich hereingelegt. Besser kann ich es nicht erklären.«

»Wirst du ihn besuchen?«

»Was? In Fife? Nein, ich glaube nicht. Nicht, weil ich es nicht ertragen könnte, *ihm* gegenüberzutreten. Ich *will* ihn sogar sehen. Es ist nur die scheußliche Vorstellung, in die Wache zu gehen, wo jeder weiß, wer ich bin und warum ich da bin.«

»Ich geh mit dir, Gill, wenn du willst.«

»Danke, John. Vielleicht in ein oder zwei Tagen. Aber jetzt noch nicht.«

»Natürlich.« Er merkte, dass er den Hörer so fest umklammert hielt, dass ihm die Finger wehtaten. Gott, diese ganze Geschichte schmerzte ihn jedes Mal aufs Neue. Ob Gill eine Ahnung hatte, wie seine Gefühle in dieser Sekunde aussahen? Er wusste, er hätte sie nicht in Worte fassen können. Die Worte dafür waren noch nicht geprägt worden. Er fühlte sich ihr so nah und doch so fern. Wie ein Schuljunge, der seine erste Freundin verloren hat.

»Danke für den Anruf, John. Hat mich gefreut. Aber ich sollte jetzt wohl besser …«

»Ja klar, selbstverständlich. Du hast ja meine Nummer, Gill. Pass auf dich auf.«

»Wiedersehen, J…«

Er hatte die Verbindung bereits unterbrochen. Bedräng sie nicht, John, ermahnte er sich. Damit hast du sie das erste Mal verloren. Setz nichts voraus. Das mag sie nicht. Lass ihr genügend Spielraum. Vielleicht war es überhaupt ein Fehler gewesen, sie anzurufen. Verdammt und zugenäht.

Bei allem Respekt.

Dieser kleine Heimtücker namens James. Dieser kleine Drecksack. Er würde ihm den Kopf abreißen, wenn er ihn erwischte. Er fragte sich, wie viel Hyde dem Jungen wohl gezahlt hatte. Ganz bestimmt sehr viel mehr als zwei Zehner.

Das Telefon klingelte.

»Rebus.«

»John? Hier ist noch mal Gill. Ich hab es gerade erfahren. Warum hast du mir nichts davon gesagt?«

»Von was?« Er stellte sich gleichgültig, obwohl er wusste, dass sie ihn sofort durchschauen würde.

»Von der Beschwerde gegen dich.«

»Ach das. Na komm schon, Gill, du weißt doch, dass so etwas ab und zu vorkommt.«

»Ja, aber warum hast du nichts *gesagt*? Warum hast du mich immer weiter plappern lassen?«

»Du hast doch gar nicht geplappert.«

»Verdammt!« Sie schien den Tränen nahe. »Warum versuchst du immer wieder, Dinge in dieser Weise vor mir zu verbergen? Was ist nur mit dir los?«

Rebus wollte ihr gerade eine Erklärung geben, da wurde die Verbindung unterbrochen. Er starrte dümmlich auf den Hörer und fragte sich, *warum* er es ihr eigentlich nicht gesagt hatte. Weil sie genug eigene Sorgen hatte? Weil es ihm peinlich war? Weil er von einer verletzlichen Frau kein Mitleid gewollt hatte? Gründe gab es genug.

Oder etwa nicht?

Natürlich gab es die. Bloß schien keiner davon sein schlechtes Gewissen beruhigen zu können. *Warum versuchst du immer wieder, Dinge vor mir zu verbergen?* Da war es wieder, dieses Wort: verbergen – verstecken – hide. Als Verb eine Handlung, als Substantiv ein Ort. Und eine Person. Gesichtslos, aber Rebus kannte ihn allmählich immer besser. Sein Widersacher war gerissen, daran gab es keinen Zweifel. Doch der Kerl sollte nur ja nicht darauf hoffen, dass sich alles immer so einfach erledigen lassen würde wie bei Ronnie and Carew. Oder auf die Tour, die er jetzt bei Rebus versuchte.

Das Telefon klingelte wieder.

»Rebus.«

»Hier ist Superintendent Watson. Ich bin froh, dass ich Sie zu Hause erwische.«

Weil, fügte Rebus im Stillen hinzu, das bedeutet, dass ich nicht unterwegs bin und dir Ärger mache.

»Ja, Sir. Irgendwelche Probleme?«

»Ganz im Gegenteil. Sie vernehmen immer noch diesen männlichen Prostituierten. Sollte jetzt nicht mehr lange dauern. Aber der Grund, weshalb ich anrufe, Sir. Ich hab mit dem Kasino gesprochen.«

»Kasino, Watson?«

»Sie wissen schon, Finlay's.«

»Ach ja.«

»Und man hat mir gesagt, Sie wären dort jederzeit willkommen, wann immer Ihnen danach ist. Sie brauchen nur Finlay Andrews Namen zu erwähnen, und schon sind Sie drin.«

»In Ordnung, Sir. Nun ja, dann vielen Dank.«

»Gern geschehen, John. Schade, dass wir im Augenblick auf Sie verzichten müssen, bei dieser Selbstmordgeschichte und diesem ganzen Ärger. Die Presse hat sich darauf gestürzt und schnüffelt nach Dreck in allen Ecken. Was für ein Job.«

»Ja, Sir.«

»McCall muss sich nun mit Ihren Fragen herumschlagen. Ich hoffe bloß, er kommt nicht ins Fernsehen. Ist ja nicht gerade fotogen, was?«

Watsons Stimme ließ anklingen, als wäre Rebus daran schuld, und Rebus wollte sich gerade entschuldigen, da legte der Superintendent am anderen Ende eine Hand auf die Sprechmuschel und wechselte ein paar Worte mit einer anderen Person. Und als er sich wieder meldete, tat er das nur, um sich hastig zu verabschieden.

»Offenbar eine Pressekonferenz«, sagte er. Und das war's.

Rebus starrte eine volle Minute auf den Hörer. Wenn noch mehr Anrufe kommen sollten, dann sollten sie gefälligst jetzt kommen. Aber nichts geschah. Er warf das Telefon auf den Fußboden, wo es mit lautem Krachen aufschlug. Insgeheim hoffte er, dass er es eines Tages kaputtkriegen würde und wieder ein altmodisches Telefon mit Schnur benutzen könnte. Aber das verdammte Ding war anscheinend stabiler, als es aussah.

Er schlug gerade das Buch auf, da ertönte der Türklopfer. Tap, tap, tap. Also ein dienstlicher Besuch und nicht Mrs. Cochrane, die wissen wollte, warum er immer noch nicht die Treppe geputzt hatte.

Es war Brian Holmes.

»Kann ich reinkommen?«

»Ich denke schon.« Rebus war nicht gerade begeistert. Aber er ließ die Tür offen, damit der junge Detective ihm ins Wohnzimmer folgen konnte, wenn er wollte. Er wollte, und folgte Rebus, wobei er sich betont fröhlich gab.

»Ich hab mir gerade eine Wohnung in der Nähe von Tollcross angesehen, und da dachte ich …«

»Sparen Sie sich die Entschuldigungen, Brian. Sie wollen

kontrollieren, was ich mache. Setzen Sie sich und erzählen Sie, was während meiner Abwesenheit passiert ist.« Rebus sah auf die Uhr, während Holmes sich setzte. »Einer Abwesenheit – für das Protokoll – von nicht ganz zwei Stunden.«

»Tja, ich hab mir Sorgen gemacht, das ist alles.«

Rebus starrte ihn an. Natürlich, direkt und immer gleich auf das Wesentliche kommend. Vielleicht konnte er ja doch noch etwas von Holmes lernen.

»Es ist also nicht auf Anweisung vom Farmer?«

»Überhaupt nicht. Außerdem hab ich mir tatsächlich eine Wohnung angesehen.«

»Wie war sie?«

»Unbeschreiblich scheußlich. Kochplatte im Wohnzimmer, Dusche in einem winzigen Schrank. Kein Bad, keine Küche.«

»Wie viel wollten die dafür haben? Nein, sagen Sie es mir lieber nicht. Es würde mich nur deprimieren.«

»Ich fand es in der Tat deprimierend.«

»Sie können immer noch ein Angebot für diese Wohnung hier machen, wenn die mich wegen Verführung eines Minderjährigen einbuchten.«

Holmes blickte auf, sah, dass Rebus lächelte, und grinste erleichtert.

»Die Geschichte von dem Typ bricht bereits an allen Ecken auseinander.«

»Haben Sie je daran gezweifelt?«

»Natürlich nicht. Jedenfalls hab ich gedacht, das hier könnte Sie aufheitern.« Holmes schwenkte einen großen braunen Umschlag, der diskret in seinem Cordjackett gesteckt hatte. Rebus hatte dieses Cordjackett noch nie gesehen und nahm an, dass das die Wohnungskauf-Uniform des Detective Constable war.

»Was ist das?«, fragte Rebus und nahm den Umschlag entgegen.

»Fotos. Von der Razzia letzte Nacht. Dachte, das könnte Sie interessieren.«

Rebus öffnete den Umschlag und nahm einen Stapel fünfundzwanzig mal dreißig Zentimeter großer Schwarzweißfotos heraus. Sie zeigten die mehr oder weniger verschwommenen Umrisse von Männern, die durch Ödland hasteten. Das wenige Licht, das vorhanden war, hatte einen grellen Halogen-Stich.. Aus riesigen schwarzen Schatten stachen einige kalkweiße Gesichter hervor, denen Überraschung und Schock deutlich anzusehen war.

»Wo haben Sie die her?«

»Dieser DS Hendry hat sie mir geschickt mit einem kurzen Schreiben, dass ihm das mit Nell leid täte. Er dachte, die Fotos würden mich ein wenig aufheitern.«

»Ich hab Ihnen doch gesagt, er ist ein anständiger Kerl. Haben Sie eine Ahnung, wer von diesen Idioten der DJ ist?«

Holmes sprang auf und hockte sich neben Rebus, der ein Foto in der Hand gezückt hatte.

»Moment mal«, sagte Holmes, »es gibt eine bessere Aufnahme von ihm.« Er blätterte den Stapel durch, bis er das Bild gefunden hatte, das er suchte. »Hier. Der da. Das ist McCallum.«

Rebus betrachtete den verschwommenen Abzug. Der Ausdruck von Angst, der sich so deutlich auf dem unscharfen Gesicht zeigte, hätte von einem Kind gemalt sein können. Weit aufgerissene Augen und ein Mund, der zu einem O verzogen war. Die Haltung seiner Arme deutete Unentschlossenheit an. Sollte er noch rasch fliehen oder sich endgültig ergeben?

Rebus lächelte so breit, dass sich Falten um seine Augen bildeten.

»Sind Sie sicher, dass er es ist?«

»Einer unserer Uniformierten hat ihn erkannt. Er sagt, er hätte sich von McCallum mal ein Autogramm geben lassen.«

»Ich bin beeindruckt. Ich fürchte, er wird nicht mehr allzu viele unterschreiben. Wo sitzt er?«

»Alle, die sie verhaftet haben, sind ins Gefängnis von Dunfermline gebracht worden.«

»Wie schön für sie. Übrigens, hat man auch die Anführer geschnappt?«

»Samt und sonders. Einschließlich Brightman. Er war der Boss.«

»Davy Brightman? Der Schrotthändler?«

»Genau der.«

»Gegen den hab ich in der Schule ein paarmal Fußball gespielt. Er war linker Verteidiger in seiner Mannschaft und ich Außenstürmer in unserer. Bei einem Spiel hat er mich mal bös mit dem Stollen erwischt.«

»Rache ist süß«, sagte Holmes.

»Das ist sie, Brian.« Rebus betrachtete das Foto erneut. »Das ist sie.«

»Ein paar von den Wettern sind übrigens anscheinend abgehauen, aber sie sind alle auf dem Film. Die Kamera lügt nie, was, Sir?«

Rebus begann, die übrigen Bilder durchzusehen. »Ein mächtiges Instrument, so eine Kamera«, sagte er. Plötzlich veränderte sich sein Gesichtsausdruck.

»Sir? Alles in Ordnung?«

Rebus' Stimme war nur noch ein Flüstern. »Ich hatte gerade eine Erleuchtung, Brian. Eine ... wie nennt man das noch? Epiphanie, oder?«

»Keine Ahnung, Sir.« Holmes war überzeugt, dass bei seinem Chef irgendetwas durchgeknallt war.

»Epiphanie, ja. Jetzt *weiß* ich, worum es bei dieser ganzen Sache geht, Brian. Ich bin mir ganz sicher. Dieser Dreckskerl vom Calton Hill hat irgendwas von Fotos erzählt, von irgendwelchen Fotos, für die sich alle interessierten. Das waren *Ronnies* Fotos.«

»Was? Die in seinem Zimmer?«

»Nein, nicht die.«

»Dann die in Huttons Studio?«

»Nicht ganz. Nein, ich weiß nicht genau, *wo* diese Fotos sind, die ich meine, aber ich kann es mir verdammt gut vorstellen. »Hide« kann auch Versteck heißen. Brian, kommen Sie mit.«

»Wohin?« Holmes beobachtete, wie Rebus aufsprang und zur Tür ging. Er fing an, die Fotos zusammenzupacken, die Rebus einfach hatte fallen lassen.

»Lassen Sie die liegen«, befahl Rebus und zog seine Jacke über.

»Aber wo zum Teufel gehen wir hin?«

»Sie haben Ihre Frage bereits selbst beantwortet«, sagte Rebus und drehte sich grinsend zu Holmes um. »Genau dort gehen wir hin.«

»Aber *wohin* denn?«

»Zum Teufel natürlich. Kommen Sie mit.«

Es wurde langsam kalt. Die Sonne hatte sich mehr oder weniger verausgabt und zog sich aus dem tagtäglichen Wettstreit zurück. Die Wolken waren schweinchenrosa. Zwei letzte kräftige Sonnenstrahlen leuchteten auf Pilmuir, Lichtkegel wie aus einer riesigen Taschenlampe. Und sie hatten sich genau dieses eine Gebäude herausgepickt. Die anderen

Häuser in der Straße ließen sie links liegen. Rebus atmete tief durch. Er musste zugeben, dass es ein erstaunlicher Anblick war.

»Wie der Stall von Bethlehem«, sagte Holmes.

»Ein verdammt merkwürdiger Stall«, erwiderte Rebus. »Gott muss einen seltsamen Sinn für Humor haben, wenn er so was für witzig hält.«

»Sie haben doch gesagt, wir würden zum Teufel gehen.«

»Ich hab aber nicht erwartet, dass Cecil B. DeMille Regie führen würde. Was geht da vor?«

Im blendenden Licht dieses letzten Aufbäumens der Sonne war kaum zu erkennen, dass direkt vor Ronnies Haus ein Lieferwagen und ein Müllcontainer standen.

»Von der Stadt?«, vermutete Holmes. »Die renovieren da vermutlich.«

»Warum das denn, um Himmels willen?«

»Es gibt reichlich Leute, die Wohnungen suchen«, antwortete Holmes. Rebus hörte nicht zu. Als das Auto hielt, war er bereits draußen und ging rasch auf den Container zu, der schon reichlich mit Müll aus dem Haus gefüllt war. Von drinnen war lautes Hämmern zu hören. Hinten im Lieferwagen saß ein Arbeiter und nippte an einem Plastikbecher, in der anderen Hand hielt er eine Thermosflasche.

»Wer ist hier verantwortlich?«, wollte Rebus wissen.

Der Arbeiter pustete in seinen Becher und trank erst einen weiteren Schluck, bevor er antwortete. »Ich, nehm ich an.« Sein Blick war misstrauisch. Er konnte Autorität eine Meile gegen den Wind riechen. »Diese Teepause steht mir zu.«

»Kein Problem. Was geht hier vor?«

»Wer will das wissen?«

»Die Kriminalpolizei.«

Er starrte Rebus durchdringend an, der noch durchdringender zurückstarrte, und wusste sofort, wie er sich zu verhalten hatte. »Man hat uns gesagt, wir sollen hier renovieren. Das Haus bewohnbar machen.«

»In wessen Auftrag?«

»Das weiß ich nicht. Von irgendwem. Wir schnappen uns einfach den Auftragswisch und tun unsere Arbeit.«

»Na schön.« Rebus hatte dem Mann bereits den Rücken gekehrt und ging auf die Haustür zu. Holmes folgte ihm, nachdem er dem Vorarbeiter entschuldigend zugelächelt hatte. Im Wohnzimmer tünchten zwei Arbeiter in Overalls und mit dicken roten Gummihandschuhen die Wände. Charlies Pentagramm war bereits überstrichen. Durch die trocknende Farbschicht hindurch waren die Umrisse gerade noch zu erkennen. Die Männer sahen sich zu Rebus um, dann drehten sie sich wieder zur Wand.

»Beim nächsten Anstrich ist das ganz weg«, sagte einer von ihnen. »Keine Sorge.«

Rebus starrte den Mann an, dann marschierte er an Holmes vorbei aus dem Zimmer. Er stieg die Treppe hinauf und steuerte auf Ronnies Zimmer zu. Dort packte ein weiterer Arbeiter, viel jünger als die beiden unten, Ronnies wenige Habseligkeiten in einen großen schwarzen Plastiksack. Als Rebus das Zimmer betrat, erwischte er den jungen Mann dabei, wie er gerade eins der Taschenbücher vorne in seinen Overall schob. Der Junge erstarrte.

Rebus zeigte auf das Buch.

»Es gibt einen Angehörigen, mein Junge. Tu das in den Sack zu den anderen Sachen.«

Etwas in Rebus' Tonfall veranlasste den Teenager zu gehorchen.

»Sonst noch was Interessantes gefunden?«, fragte Rebus

und bewegte sich, die Hände in den Taschen, auf den jungen Mann zu.

»Nichts«, sagte der Junge schuldbewusst.

»Insbesondere«, fuhr Rebus fort, als hätte der Teenager nichts gesagt, »Fotos. Vielleicht nur einige wenige, vielleicht ein ganzer Stapel. Hmm?«

»Nein. Absolut nicht.«

»Bist du sicher?«

»Ganz sicher.«

»Na schön. Geh runter zum Wagen und hol ein Brecheisen oder so was. Ich will, dass diese Dielen rausgerissen werden.«

»Äh?«

»Du hast mich schon verstanden, mein Junge. Los jetzt.«

Holmes stand nur da und beobachtete das Ganze mit stiller Bewunderung. Rebus schien an Statur gewonnen zu haben, schien breiter und größer geworden zu sein. Holmes durchschaute den Trick nicht so ganz. Vielleicht war es ja eine optische Täuschung, weil er die Hände in den Taschen hatte und die Ellbogen nach außen spreizte. Was auch immer es war, es funktionierte. Der junge Arbeiter stolperte aus der Tür und hastete die Treppe hinunter.

»Sind Sie sicher, dass sie dort sein werden?«, fragte Holmes leise. Er bemühte sich, in neutralem Tonfall zu sprechen, um sich bloß nicht zu skeptisch anzuhören. Aber Rebus war gegen jegliche Zweifel immun. Für ihn war es, als hätte er die Fotos bereits in der Hand.

»Ich bin mir ganz sicher, Brian. Ich kann sie förmlich *riechen*.«

»Meinen Sie nicht, dass das nur das Badezimmer ist?«

Rebus drehte sich um und sah ihn an, als hätte er ihn noch nie gesehen. »Da könnten Sie Recht haben, Brian. Gar nicht schlecht.«

Holmes folgte Rebus zum Badezimmer. Als Rebus die Tür auftrat, wurden beide Männer von dem furchtbaren Gestank förmlich überwältigt. Von krampfartigem Würgen gepackt, standen sie vornübergebeugt da. Rebus nahm ein Taschentuch, hielt es vor sein Gesicht, griff nach der Klinke und zog die Tür wieder zu.

»Das Bad hatte ich ganz vergessen«, sagte er. »Warten Sie hier.«

Kurz darauf kam er mit dem Vorarbeiter, einer Plastiktonne, einer Schaufel und drei kleinen weißen Schutzmasken zurück, von denen er eine Holmes gab. Die primitive Pappkappe wurde von einem Gummi gehalten. Holmes atmete tief durch und setzte die Maske auf. Er wollte gerade sagen, dass der Gestank immer noch zu riechen war, als Rebus erneut die Tür mit dem Fuß aufstieß und, während der Vorarbeiter eine starke Taschenlampe in das Badezimmer hielt, über die Schwelle trat.

Rebus zog die Mülltonne an den Rand der Badewanne und bedeutete dem Vorarbeiter, er solle mit der Lampe in die Wanne leuchten. Holmes fiel fast rückwärts aus dem Zimmer. Eine fette Ratte, die sich gerade an dem ekligen Inhalt der Wanne gütlich tat, quiekte laut. Mit glühend roten Augen starrte sie in den Lichtstrahl. Rebus ließ die Schaufel nach unten sausen und teilte das Tier in zwei Hälften. Holmes schoss aus dem Zimmer, schob die Maske hoch und lehnte sich würgend gegen die feuchte Wand. Verzweifelt schnappte er nach Luft, doch der Gestank war so überwältigend, dass die Übelkeit in immer kürzeren Abständen wiederkehrte.

Drinnen im Bad tauschten Rebus und der Vorarbeiter ein Lächeln, das die Augen über ihren Gesichtsmasken mit Fältchen überzog. Sie hatten in ihrem Leben schon Schlimmeres gesehen – viel Schlimmeres. Aber natürlich waren beide nicht so kindisch, dass sie die Sache hätten in die Länge ziehen wollen, also machten sie sich an die Arbeit. Der Vorarbeiter hielt die Lampe, während Rebus den Inhalt der Wanne langsam in die Mülltonne schaufelte. Die Fäkalienmasse lief dickflüssig von der Schaufel und spritzte Rebus auf Hemd und Hose. Er ignorierte es, ignorierte alles bis auf die vorliegende Aufgabe. Er hatte schmutzigere Jobs bei der Armee erledigt und noch viel schmutzigere während seiner gescheiterten Ausbildung beim SAS. Dagegen war das hier eine Routinesache. Und zumindest hatte diese Arbeit einen Sinn, und ein Ende war auch abzusehen.

Das hoffte er zumindest.

Inzwischen rieb sich Holmes mit dem Handrücken die feuchten Augen. Durch die offene Tür konnte er die Fortschritte beobachten. Im Schein der Lampe tanzten unheimliche Schatten über Wände und Decke, während eine Silhouette geräuschvoll Scheiße in eine Tonne schaufelte. Es war wie eine Szene aus einem neuzeitlichen *Inferno*, es fehlten nur die Teufel, die die zur Hölle verdammten Arbeiter antrieben. Doch diese Männer hier sahen zwar nicht gerade glücklich aus bei ihrer Arbeit, aber zumindest ... nun ja, *professionell* war der Ausdruck, der einem in den Sinn kam. Lieber Gott, er wollte doch nichts weiter als eine Wohnung, die er sein eigen nennen konnte, ab und zu einen Urlaub und ein anständiges Auto. Und Nell natürlich. Nun ja, vielleicht konnte er daraus für sie irgendwann mal eine lustige Geschichte machen.

Aber im Augenblick war ihm absolut nicht nach lächeln zu Mute.

Dann hörte er ein lautes Lachen und drehte sich um. Es dauerte eine Weile, bis ihm klar wurde, dass es aus dem Badezimmer kam, dass es John Rebus' Lachen war und dass John Rebus gerade eine Hand in den widerlichen Dreck tauchte und mit den Fingern irgendetwas wieder daraus hervorzog. Die Gummihandschuhe, die Rebus bis zu den Ellbogen schützten, nahm Holmes gar nicht wahr. Er drehte sich einfach um und ging auf wackeligen Beinen die Treppe hinunter.

»Jetzt hab ich dich!«, rief Rebus.

»Draußen gibt's einen Wasserschlauch«, sagte der Vorarbeiter.

»Gehen Sie schon vor«, sagte Rebus und schüttelte einen Teil der Klumpen von dem Päckchen. »Hurtig voran, Macduff.«

»Mein Name ist MacBeth«, rief der Vorarbeiter zurück, während er auf die Treppe zusteuerte.

In der kühlen, frischen Luft spritzten sie das Päckchen ab, das sie gegen die Vorderwand des Hauses gestellt hatten. Rebus sah es sich aus der Nähe an. Ein roter Plastikbeutel, wie eine Tragetasche aus einem Plattenladen, war um ein Stück Stoff gewickelt, ein T-Shirt oder etwas Ähnliches. Das Ganze war mit mindestens einer kompletten Rolle Tesafilm umwickelt und zusätzlich mit einer Kordel verschnürt, die in der Mitte fest verknotet war.

»Warst ein cleverer kleiner Bursche, Ronnie«, sagte Rebus zu sich selbst, als er das Päckchen aufhob. »Cleverer, als die je vermutet hätten.«

Am Lieferwagen ließ er die Gummihandschuhe fallen und schüttelte dem Vorarbeiter die Hand. Sie tauschten die Namen ihrer Stammkneipen aus und verabredeten, sich irgendwann mal abends auf einen netten kleinen Drink zu treffen. Dann ging er zum Auto. Holmes folgte ihm verlegen. Während der gesamten Rückfahrt zu Rebus' Wohnung wagte

Holmes nicht einmal vorzuschlagen, ob sie nicht das Fenster öffnen und etwas frische Luft hereinlassen könnten.

Rebus war wie ein Kind am Geburtstagsmorgen, das gerade sein Geschenk bekommen hat. Er drückte das Päckchen an sich und machte dadurch sein Hemd noch dreckiger. Aber er schien es nicht öffnen zu wollen.

Jetzt, da er es besaß, konnte er auf die Enthüllung warten. Doch sie würde kommen, und das war das Einzige, was zählte.

Als sie in der Wohnung ankamen, änderte sich Rebus' Stimmung jedoch erneut. Er stürzte sofort in die Küche, um eine Schere zu holen. Holmes entschuldigte sich und ging ins Bad, wo er sich Hände, Arme und Gesicht gründlich schrubbte. Seine Kopfhaut juckte, und am liebsten wäre er unter die Dusche gestiegen und ein bis zwei Stunden darunter stehen geblieben.

Als er aus dem Badezimmer kam, hörte er ein Geräusch aus der Küche. Es war das genaue Gegenteil von dem Lachen, das er vorhin gehört hatte, ein verzweifeltes Jammern. Rasch ging er in die Küche und sah Rebus dort stehen, den Kopf gesenkt, die Hände auf die Arbeitsplatte gestützt, als suche er dort Halt. Das Päckchen lag geöffnet vor ihm.

»John? Was ist los?«

Rebus' Stimme war leise und klang plötzlich sehr müde. »Das sind bloß Bilder von einem dämlichen Boxkampf. Weiter nichts. Bloß beschissene Sportfotos.«

Holmes kam ganz langsam näher, weil er fürchtete, dass Rebus völlig durchdrehen würde, wenn er jetzt Lärm machte oder eine hastige Bewegung.

»Vielleicht«, schlug er vor und schaute über Rebus' gebeugte Schulter, »vielleicht ist da jemand in der Menge. Im

Publikum. Dieser Hyde könnte einer von den Zuschauern sein.«

»Die Zuschauer sind bloß eine verschwommene Masse. Sehen Sie doch selbst.«

Holmes betrachtete die Bilder. Es waren ungefähr zwölf Fotos. Zwei Federgewichtler droschen erbarmungslos aufeinander ein. Es war nicht gerade hohe Boxkunst, aber es war auch nichts Ungewöhnliches an dem Kampf.

»Vielleicht ist das Hydes Boxclub.«

»Vielleicht«, sagte Rebus, den das Ganze kaum noch interessierte. Er war so sicher gewesen, dass er die Fotos finden würde, und so sicher, dass sie sich als der letzte, entscheidende Stein zu diesem Puzzle erweisen würden. Warum waren sie sonst so sorgfältig versteckt gewesen, so clever? Und so gut geschützt. Dafür musste es doch einen Grund geben.

»Vielleicht«, sagte Holmes, der wieder lästig wurde, »vielleicht übersehen wir irgendwas. Der Stoff, in den die Fotos eingewickelt waren, die Plastiktüte ...?«

»Seien Sie doch nicht so verdammt stur, Holmes!« Rebus schlug mit einer Hand auf die Arbeitsplatte, beruhigte sich aber sofort wieder. »Entschuldigung. Tut mir Leid.«

»Schon gut«, sagte Holmes kühl. »Ich mach uns einen Kaffee. Und dann sollten wir uns die Fotos mal genauer ansehen, meinen Sie nicht?«

»Ja«, sagte Rebus und richtete sich auf. »Gute Idee.« Er steuerte auf die Tür zu. »Ich geh mich jetzt duschen.« Er drehte sich um und lächelte Holmes zu. »Ich muss ja zum Himmel stinken.«

»Ein sehr ländlicher Geruch, Sir«, sagte Holmes und lächelte ebenfalls. Beide lachten über die Anspielung auf Farmer Watson. Dann ging Rebus duschen, und Holmes kochte Kaffee, neidisch auf die Geräusche aus dem Badezimmer. Er sah sich noch einmal die Fotos an. Ziemlich gründlich diesmal, in der Hoffnung, etwas zu finden, womit er Rebus beeindrucken konnte, um ihn ein wenig aufzuheitern.

Die Boxer waren jung und vom Ring aus fotografiert worden oder jedenfalls aus nächster Nähe. Doch der Fotograf – Ronnie McGrath vermutlich – hatte keinen Blitz benutzt, sondern sich einzig auf die Lampen über dem verräucherten Ring verlassen. Deshalb waren weder die Boxer noch die Zuschauer klar zu erkennen. Ihre Gesichter waren grobkörnig, die Umrisse der Kämpfer durch die Bewegung verschwommen. Warum hatte der Fotograf keinen Blitz benutzt?

Auf einem Foto war die rechte Seite schwarz, als wäre etwas vor die Linse geraten. Was? Ein vorbeigehender Zuschauer? Die Jacke von irgendwem?

Plötzlich war es Holmes sonnenklar. Die Jacke des *Fotografen* war vor die Linse geraten, und das deshalb, weil die Fotos heimlich aufgenommen worden waren, unter einer Jacke verborgen. Das würde auch die schlechte Qualität der Fotos erklären und die oft schiefe Perspektive. Also *musste* es einen Grund für die Existenz der Fotos geben, und sie waren tatsächlich der Anhaltspunkt, nach dem Rebus gesucht hatte. Jetzt mussten sie diesen Anhaltspunkt nur noch entschlüsseln.

Das Rauschen der Dusche wurde leiser und hörte dann ganz auf. Wenige Sekunden später kam Rebus nur mit einem Handtuch bekleidet aus dem Bad. Er hielt es in der Taille fest, während er ins Schlafzimmer ging, um sich anzuziehen. Er stand gerade auf einem Bein und wollte in eine Hose schlüpfen, als Holmes hereinplatzte. Triumphierend schwenkte er die Fotos.

»Ich glaub, ich hab's!«, rief er. Rebus blickte erstaunt auf und zog die Hose an.

»Ja«, sagte er. »Ich glaub, mir ist es jetzt auch klar. Ich hatte gerade unter der Dusche eine Eingebung.«

»Ach.«

»Also, holen Sie den Kaffee«, sagte Rebus. »Wir setzen uns ins Wohnzimmer und dann sehen wir mal, ob wir die gleiche Idee hatten. Okay?«

»Ja«, sagte Holmes und fragte sich wieder mal, warum er ausgerechnet zur Polizei gegangen war, wo es doch so viele weitaus befriedigendere Berufe gab.

Als er mit zwei Bechern Kaffee ins Wohnzimmer kam, ging Rebus gerade auf und ab, das Telefon zwischen Ohr und Schulter geklemmt.

»In Ordnung«, sagte er. »Ich warte. Nein, nein. Ich möchte nicht zurückrufen. Ich hab gesagt, ich *warte*. Danke.«

Er nahm den Kaffee von Holmes entgegen und verdrehte die Augen, um seine Fassungslosigkeit über die Dummheit der Person am anderen Ende der Leitung zu bekunden.

»Wer ist das?«, fragte Holmes nur mit Mundbewegungen.

»Die Stadtverwaltung«, sagte Rebus laut. »Andrew hat mir einen Namen und eine Durchwahl gegeben.«

»Wer ist Andrew?«

»Andrew MacBeth, der Vorarbeiter. Ich will rauskriegen, wer den Auftrag für die Renovierungsarbeiten in dem Haus erteilt hat. Merkwürdiger Zufall, finden Sie nicht? Dass die genau dann anfangen zu renovieren, wenn wir uns da ein bisschen umsehen wollen.« Er sprach wieder ins Telefon. »Ja? Das ist richtig. Ach, ich verstehe.« Er sah Holmes an, doch sein Blick verriet nichts. »Wie kann denn so was passieren?« Er hörte erneut zu. »Ja, ich verstehe. O ja, ganz Ihrer Meinung, es scheint nur ein bisschen merkwürdig. Aber diese Dinge kommen halt vor. Die liebe Computerisierung. Trotzdem danke für Ihre Hilfe.«

Mit einem Knopfdruck unterbrach er die Verbindung. »Sie haben vermutlich das Wesentliche mitgekriegt.«

»Sie haben keinen Beleg, wer die Renovierungsarbeiten in Auftrag gegeben hat?«

»So in etwa, Brian. Es sind schon alle Unterlagen da, es fehlt nur so eine Kleinigkeit wie die Unterschrift. Sie können das nicht verstehen.«

»Nichts Handschriftliches, aus dem man was entnehmen könnte?«

»Der Auftragszettel, den Andrew mir gezeigt hat, war getippt.«

»Also, was meinen Sie?«

»Dass Mr. Hyde anscheinend überall Freunde hat. Auf jeden Fall bei der Stadt, aber vermutlich auch bei der Polizei. Ganz zu schweigen von diversen weniger seriösen Institutionen.«

»Und was nun?«

»Die Fotos. Was haben wir sonst in der Hand?«

Sie betrachteten jedes Bild ganz genau, ließen sich dabei Zeit, wiesen sich gegenseitig auf diesen oder jenen verschwommenen Fleck, dieses oder jenes Detail hin und testeten ihre Ideen aneinander aus. Es war ein mühsames Geschäft. Und die ganze Zeit murmelte Rebus etwas über Ronnie McGraths letzte Worte an Tracy vor sich hin, dass sie von Anfang an der Schlüssel zu allem gewesen waren. Sie konnten in dreifacher Weise verstanden werden: tauch unter, hüte dich vor einem Mann namens Hyde, und ich hab was versteckt. So clever. So komplex. Beinah schon *zu* clever für Ronnie. Vielleicht war er sich der verschiedenen Bedeutungen gar nicht bewusst gewesen …

Nach anderthalb Stunden warf Rebus das letzte Foto auf den Fußboden. Holmes lag halb auf dem Sofa und rieb sich mit einer Hand die Stirn, während er in der anderen eins von den Fotos hielt. Seine Augen verweigerten ihm allmählich den Dienst.

»Es bringt nichts, Brian. Absolut nichts. Ich kann mir auf diese ganze Sache keinen Reim machen. Sie?«

»Eigentlich auch nicht«, gab Holmes zu. »Doch ich vermute, dass Hyde diese Bilder unbedingt haben wollte – will.«

»Was heißt das?«

»Das heißt, er weiß, dass sie existieren, aber er weiß nicht, wie schlecht sie sind. Er glaubt, da ist etwas drauf, das in Wirklichkeit gar nicht drauf ist.«

»Ja, aber was? Da fällt mir was ein, Ronnie hatte in der Nacht, in der er starb, Blutergüsse am Körper.«

»Nicht weiter überraschend, wenn man bedenkt, dass ihn jemand die Treppe heruntergeschleift hat.«

»Nein, da ist er bereits tot gewesen. Das war vorher passiert. Seinem Bruder ist es aufgefallen. Tracy ist es aufgefallen, aber niemand hat ihn je danach gefragt. Irgendwer hat mir was von gewalttätigem Sex erzählt.« Er zeigte auf die verstreuten Fotos. »Vielleicht hat er das damit gemeint.«

»Einen Boxkampf?«

»Ja, illegale Boxkämpfe, wo zwei Jungs, die kräftemäßig nicht zusammenpassen, erbarmungslos aufeinander eindreschen.«

»Wozu?«

Rebus starrte auf die Wand, als suche er dort das Wort, das ihm fehlte. Dann wandte er sich wieder Holmes zu.

»Aus dem gleichen Grund, weshalb Männer Hundekämpfe veranstalten. Wegen des Kicks.«

»Das klingt unglaublich.«

»Vielleicht *ist* es unglaublich. Aber so wie mein Gehirn im Augenblick funktioniert, könnte ich sogar glauben, dass man grüne Männchen auf dem Mars entdeckt hat.« Er streckte sich. »Wie spät ist es?«

»Gleich acht. Wollten Sie nicht zu dieser Party bei Malcolm Lanyon?«

»O Gott!« Rebus sprang auf. »Ich komme zu spät. Das hatte ich ganz vergessen.«

»Dann lass ich Sie jetzt allein, damit Sie sich fertig machen können. Wir können in dieser Sache im Moment doch nicht viel tun.« Holmes deutete auf die Fotos. »Außerdem sollte ich Nell besuchen.«

»Ja, ja, ab mit Ihnen, Brian.« Rebus zögerte. »Und danke.«

Holmes zuckte lächelnd die Achseln.

»Eins noch«, begann Rebus.

»Ja?«

»Ich habe kein sauberes Jackett. Könnten Sie mir Ihres leihen?«

Das Jackett saß nicht gerade toll, die Ärmel waren ein wenig zu lang, und um den Brustkorb war es zu eng, aber so ganz daneben war's auch nicht. Rebus versuchte so zu tun, als kümmerte ihn das nicht, als er vor Malcolm Lanyons Haustür stand. Die Tür wurde von der umwerfend aussehenden Orientalin geöffnet, die mit Lanyon auch in The Eyrie gewesen war. Sie trug ein tief ausgeschnittenes schwarzes Kleid, das knapp an ihre Oberschenkel reichte. Sie lächelte Rebus an, als würde sie ihn erkennen, oder tat zumindest so.

»Kommen Sie rein.«

»Ich hoffe, ich bin nicht zu spät.«

»Überhaupt nicht. Malcolms Partys laufen nicht nach der Uhr. Die Leute kommen und gehen, wie es Ihnen gefällt.« Ihre Stimme hatte einen kühlen, aber nicht unangenehmen Beiklang. Rebus blickte an ihr vorbei und stellte erleichtert fest, dass zwar einige männliche Gäste Anzüge trugen, andere hingegen Sportjacketts. Lanyons persönliche Assistentin – Rebus fragte sich gerade *wie* persönlich – führte ihn ins Esszimmer, wo ein Barmann hinter einem Tisch voller Flaschen und Gläser stand.

Es klingelte erneut. Ihre Finger berührten Rebus an der Schulter. »Wenn Sie mich bitte entschuldigen«, sagte sie.

»Selbstverständlich«, sagte Rebus und ging zu dem Barmann. »Ein Gin Tonic«, sagte er. Dann drehte er sich wieder um, um hinter ihr her zu sehen, während sie durch den breiten Flur zur Tür ging.

»Hallo, John.« Jetzt schlug eine viel kräftigere Hand auf Rebus' Schulter. Sie gehörte Tommy McCall.

»Hallo, Tommy.« Rebus nahm seinen Drink von dem Barmann entgegen, und McCall reichte sein leeres Glas hinüber, um es wieder füllen zu lassen.

»Schön, dass Sie kommen konnten. Natürlich geht's heute Abend nicht ganz so ausgelassen zu wie sonst. Alle sind ein bisschen bedrückt.«

»Bedrückt?« Das stimmte, die Gespräche um sie herum waren gedämpft. Dann bemerkte Rebus ein paar schwarze Krawatten.

»Ich bin bloß gekommen, weil ich glaube, James hätte es so gewollt.«

»Natürlich«, sagte Rebus nickend. Den Selbstmord von James Carew hatte er schon wieder völlig vergessen. Mein Gott, dabei war das erst heute Morgen passiert! Es kam ihm wie eine Ewigkeit vor. Und all diese Leute hier waren

Carews Freunde oder Bekannte gewesen. Rebus' Nasenspitze zuckte.

»Hat er in letzter Zeit irgendwie deprimiert gewirkt?«, fragte er.

»Eigentlich nicht. Er hatte sich doch gerade dieses Auto gekauft. Wohl kaum ein Zeichen von Depression!«

»Vermutlich nicht. Haben Sie ihn gut gekannt?«

»Ich glaube, keiner von uns hat ihn besonders gut gekannt. Er war ein ziemlicher Einzelgänger. Und natürlich hielt er sich häufig außerhalb der Stadt auf, teils geschäftlich, teils auf seinem Landsitz.«

»Er war nicht verheiratet, oder?«

Tommy McCall starrte ihn an, dann trank er einen großen Schluck Whisky. »Nein«, sagte er, »Ich glaube nicht, dass er je verheiratet war. In gewisser Weise ist das ein Segen.«

»Ja, ich verstehe, was Sie meinen», sagte Rebus, der spürte, wie sich der Gin allmählich bemerkbar machte. »Aber ich versteh immer noch nicht, warum er es getan hat.«

»Es sind doch immer die Stillen, nicht wahr? Das hat Malcolm erst vor ein paar Minuten gesagt.«

Rebus schaute sich um. »Ich hab unseren Gastgeber noch gar nicht gesehen.«

»Ich glaube, er ist im Wohnzimmer. Soll ich einen Rundgang mit Ihnen machen?«

»Ja, warum nicht?«

»Es lohnt sich.« McCall blickte Rebus an. »Sollen wir oben im Billardraum oder unten am Swimming-Pool anfangen?«

Rebus lachte und schüttelte sein leeres Glas. »Ich glaube, als Erstes gehen wir noch mal an die Bar, meinen Sie nicht?«

Das Haus war fantastisch, es gab kein anderes Wort dafür. Rebus dachte kurz an den armen Brian Holmes und lächelte. Wir sind schon ein schönes Gespann, Junge. Die Gäste waren auch nett. Einige kannte er von Ansehen, einige dem Namen nach, ein paar vom Hörensagen und viele vom Namen des Unternehmens her, das sie leiteten. Doch vom Gastgeber war nichts zu sehen, obwohl jeder behauptete, »früher am Abend« mit ihm gesprochen zu haben.

Später dann, als Tommy McCall allmählich laut und betrunken wurde, entschloss sich Rebus, der auch nicht mehr ganz sicher auf den Beinen war, zu einem weiteren Rundgang durch das Haus. Diesmal jedoch allein. Im ersten Stock gab es eine Bibliothek, in die sie beim ersten Mal nur einen flüchtigen Blick geworfen hatten. Doch da drinnen stand ein Schreibtisch, den Rebus sich unbedingt genauer ansehen wollte. Auf dem Treppenabsatz blickte er um sich, doch alle schienen unten zu sein. Einige wenige Gäste hatten sogar Badesachen angezogen und tummelten sich an oder in dem sechs Meter langen Pool im Untergeschoss.

Er drückte die schwere Messingklinke herunter und huschte in die schwach beleuchtete Bibliothek. Drinnen roch es nach altem Leder, ein Geruch, der Rebus in längst vergangene Jahrzehnte zurückversetzte – in die zwanziger oder vielleicht in die dreißiger Jahre. Auf dem Schreibtisch stand eine Lampe, deren Licht auf einige Papiere fiel. Rebus war schon am Schreibtisch, bevor es ihm auffiel: die Lampe war bei seinem ersten Besuch nicht an gewesen. Er drehte sich um und sah Lanyon, der auf der anderen Seite des Raumes gegen die Wand gelehnt stand, die Arme verschränkt und grinsend.

»Inspector«, sagte er. Seine Stimme war genauso gediegen wie sein maßgeschneiderter Anzug. »Was für ein interessantes Jackett Sie tragen. Saiko hat mir gesagt, dass Sie hier sind.«

Lanyon kam langsam auf ihn zu und streckte eine Hand aus. Rebus nahm sie und erwiderte den kräftigen Druck.

»Ich hoffe, ich bin nicht …«, begann er. »Ich meine, es war nett von Ihnen …«

»Du lieber Gott, keine Ursache. Kommt der Superintendent auch?«

Rebus zuckte die Schultern und spürte, wie das Jackett im Rücken spannte.

»Nein. Nun ja, egal. Ich sehe, dass Sie wie ich ein Bücherliebhaber sind.« Lanyon betrachtete die Bücherregale. »Das ist mein Lieblingsraum im ganzen Haus. Ich weiß gar nicht, warum ich überhaupt Partys gebe. Es wird wohl von mir erwartet, und deshalb mache ich es eben. Außerdem ist es natürlich interessant, die diversen Permutationen zu beobachten. Wer mit wem redet, wessen Hand zufällig gerade wessen Arm ein wenig zu zärtlich drückt. Diese Art Dinge.«

»Von hier aus werden Sie nicht viel davon mitbekommen«, sagte Rebus.

»Aber Saiko erzählt es mir. Sie ist wunderbar in diesen Dingen. Sie kriegt alles mit, egal, wie vorsichtig die Leute sind. Sie hat mir zum Beispiel von Ihrem Jackett erzählt. Beige, hat sie gesagt, aus Cord, passt weder zum Rest Ihrer Kleidung noch sitzt es richtig. Also ist es geliehen, hab ich Recht?«

Rebus applaudierte im Stillen. »Bravo«, sagte er. »Das ist es wohl, was Sie zu so einem guten Anwalt macht.«

»Nein, jahrelanges Studium hat mich zu einem guten Anwalt gemacht. Aber um ein *bekannter* Anwalt zu sein, dazu braucht man nur ein paar einfache Partytricks. Wie den, den ich Ihnen gerade gezeigt habe.«

Lanyon ging an Rebus vorbei. Am Schreibtisch blieb er stehen und sah die Papiere durch.

»Wollten Sie hier irgendwas Besonderes sehen?«

»Nein«, sagte Rebus, »nur den Raum.«

Lanyon schaute ihn lächelnd an. Er schien ihm nicht ganz zu glauben. »Es gibt viel interessantere Räume hier im Haus. Aber die halte ich verschlossen.«

»Ach?«

»Es braucht doch beispielsweise nicht *jeder* zu wissen, was für Bilder man besitzt.«

»Ja, ich verstehe.«

Lanyon setzte sich jetzt an den Schreibtisch und schob sich eine Brille mit Halbgläsern auf die Nase. Er schien sich plötzlich sehr für die Papiere vor ihm zu interessieren.

»Ich bin James Carews Nachlassverwalter«, sagte er. »Ich war gerade dabei zu klären, wer von seinem Testament profitiert.«

»Eine furchtbare Sache.«

Lanyon schien ihn nicht zu verstehen. Dann nickte er. »Ja. Tragisch.«

»Sie haben ihm wohl ziemlich nahe gestanden?«

Lanyon lächelte erneut, so als ob er wüsste, dass diese Frage bereits mehreren Leuten auf der Party gestellt worden war. »Ich kannte ihn recht gut«, sagte er schließlich.

»Wussten Sie, dass er homosexuell war?«

Rebus hatte auf eine Reaktion gehofft. Es kam keine, und er verfluchte sich, dass er seinen Trumpf so früh ausgespielt hatte.

»Natürlich«, sagte Lanyon mit gleich bleibend ruhiger Stimme. Er sah Rebus an. »Soweit ich weiß, ist das kein Verbrechen.«

»Das kommt ganz darauf an, Sir, wie Sie wissen sollten.«

»Was meinen Sie damit?«

»Als Anwalt müssen Sie doch wissen, dass es immer noch gewisse Gesetze gibt ...«

»Ja, ja, natürlich. Aber Sie wollen doch hoffentlich nicht unterstellen, dass James in irgendwelche schmutzigen Sachen verwickelt war.«

»Was glauben *Sie*, weshalb er sich umgebracht hat, Mr. Lanyon? Ich hätte gern Ihre Meinung als Jurist gehört.«

»Er war ein Freund von mir. Da spielen juristische Erwägungen keine Rolle.« Lanyon starrte auf die schweren Vorhänge vor seinem Schreibtisch. »Ich weiß nicht, warum er Selbstmord begangen hat. Vielleicht werden wir es nie erfahren.«

»Darauf würde ich nicht wetten, Sir«, sagte Rebus, während er auf die Tür zuging. Dort legte er die Hand auf die Klinke und blieb stehen. »Es würde mich interessieren, wer nun tatsächlich von dem Vermögen profitieren wird – natürlich erst, wenn Sie alles durchgearbeitet haben.«

Lanyon schwieg. Rebus öffnete die Tür, machte sie wieder hinter sich zu und blieb einen Augenblick auf dem Treppenabsatz stehen, um tief durchzuatmen. Keine schlechte Vorstellung, dachte er bei sich. Zumindest hatte er sich damit einen Drink verdient. Und diesmal würde er – im Stillen – einen Toast zum Gedenken an James Carew aussprechen.

Kindermädchen zu spielen war nicht gerade seine Lieblingsbeschäftigung, aber er hatte die ganze Zeit gewusst, dass es dazu kommen würde.

Tommy McCall sang hinten im Auto eine Rugby-Hymne, während Rebus hastig Saiko, die im Eingang stand, zum Abschied zuwinkte. Sie rang sich sogar ein Lächeln ab. Nun ja, schließlich tat er ihr sogar einen Gefallen, indem er einen lärmenden Betrunkenen unauffällig von dem Anwesen entfernte.

»Bin ich verhaftet, John?«, brüllte McCall mitten zwischen seiner Singerei.

»Nein! Jetzt halt um Himmels willen die Klappe!«

Rebus stieg ins Auto und ließ den Motor an. Er blickte ein letztes Mal zurück und sah, dass Lanyon sich zu Saiko in den Eingang gestellt hatte. Sie schien ihn über das Vorgefallene zu informieren, und er quittierte es mit einem Nicken. Es war das erste Mal, dass Rebus ihn seit ihrer Begegnung in der Bibliothek sah. Er löste die Handbremse, setzte rückwärts aus der Parklücke und fuhr los.

»Hier links, dann die nächste rechts.«

Tommy McCall hatte zu viel getrunken, aber sein Orientierungssinn funktionierte anscheinend noch. Trotzdem hatte Rebus ein komisches Gefühl …

»Die Straße ’runter, und dann ist es das letzte Haus, direkt auf der Ecke.«

»Aber da wohnst du doch gar nicht«, wandte Rebus ein.

»Sehr richtig, Inspector. Da wohnt mein Bruder. Ich dachte, wir gehen auf einen Schlummertrunk bei ihm vorbei.«

»Mein Gott, Tommy, du kannst doch nicht einfach …«

»Unsinn. Er wird sich freuen, uns zu sehen.«

Als Rebus vor dem Haus anhielt, stellte er mit einem Blick aus dem Seitenfenster erleichtert fest, dass in Tony McCalls Wohnzimmer noch Licht brannte. Plötzlich schoss Tommys Hand an ihm vorbei auf die Hupe, und ein lautes Plärren schallte durch die stille Nacht. Rebus stieß die Hand weg, und Tommy fiel wieder in seinen Sitz zurück, doch er hatte bereits genug angerichtet. Die Gardine bewegte sich im Wohnzimmer der McCalls, und einen Augenblick später ging an einer Seite des Hauses eine Tür auf. Tony McCall kam heraus und blickte nervös hinter sich. Rebus kurbelte das Fenster herunter.

»John?« Tony McCall klang besorgt. »Was ist los?«

Doch bevor Rebus eine Erklärung abgeben konnte, war Tommy bereits aus dem Auto gestiegen und umarmte seinen Bruder.

»Es ist meine Schuld, Tony. Alles nur meine Schuld. Ich wollte dich einfach sehen, weiter nichts. Sei mir bitte nicht böse.«

Tony McCall hatte die Situation rasch erfasst und sah zu Rebus, als ob er sagen wollte: *du kannst nichts dafür.* Dann wandte er sich seinem Bruder zu.

»Das ist sehr freundlich von dir, Tommy. Lange nicht gesehen. Du solltest besser reinkommen.«

Tommy McCall drehte sich zu Rebus um. »Siehst du? Ich hab dir doch gesagt, dass wir bei Tony willkommen sein würden. Bei Tony ist man immer willkommen.«

»Du solltest auch besser reinkommen, John«, sagte Tony.

Rebus nickte unglücklich.

Tony führte sie durch den Flur ins Wohnzimmer. Der Teppich war dick und gab unter den Füßen nach, die Möbel sahen aus wie aus *Schöner Wohnen.* Rebus hatte Angst, sich zu setzen, um nur ja keine Delle in eins der aufgeplusterten Kissen zu machen. Tommy hingegen ließ sich sofort in einen Sessel fallen.

»Wo sind denn die Kleinen?«, fragte er.

»Im Bett«, antwortete Tony leise.

»Ach, dann weck sie auf. Sag ihnen, ihr Onkel Tommy ist hier.«

Tony ignorierte das. »Ich setz den Kessel auf«, sagte er.

Tommys Augen fielen bereits zu, seine Arme hingen schlaff zu beiden Seiten des Sessels herunter. Während Tony in der Küche war, betrachtete Rebus das Zimmer genauer. Überall stand Zierrat herum, auf dem Kaminsims, auf allen verfügbaren Flächen der großen Schrankwand und als Arrangement auf dem Couchtisch. Es waren kleine Gipsfiguren, schimmernde Glaskreationen und Feriensouvenirs. Auf Rücken- und Seitenlehnen von Sesseln und Sofa lagen Schoner. Der ganze Raum wirkte überladen und ungemütlich. Es schien beinah unmöglich, sich dort zu entspannen. Er begriff allmählich, weshalb Tony McCall an seinem freien Tag in Pilmuir herumgelaufen war.

Eine Frau steckte den Kopf durch die Tür. Ihre Lippen waren dünn und gerade, die Augen wachsam, aber finster. Sie starrte auf den schlafend daliegenden Tommy McCall, dann entdeckte sie Rebus und deutete ein Lächeln an. Die Tür ging ein Stück weiter auf, und man konnte sehen, dass sie einen Bademantel trug. Sie ihn hielt mit einer Hand fest am Hals zusammen, als sie anfing zu sprechen.

»Ich bin Sheila. Tonys Frau.«

»Ja, hallo, John Rebus.« Rebus machte Anstalten aufzustehen, doch eine nervös flatternde Hand ließ ihn sich wieder hinsetzen.

»Ach ja«, sagte sie. »Tony hat schon häufiger von Ihnen erzählt. Sie arbeiten zusammen, nicht wahr?«

»Das stimmt.«

»Ja.« Sie war unkonzentriert und wandte den Blick wieder Tommy McCall zu. Ihre Stimme wurde plötzlich völlig tonlos. »Sehen Sie sich ihn doch an. Den erfolgreichen Bruder. Eigene Firma, großes Haus. Sehen Sie ihn sich doch nur an.« Sie schien eine Rede über soziale Ungerechtigkeit loslassen zu wollen, als sie von ihrem Mann unterbrochen wurde, der sich gerade mit einem Tablett in der Hand an ihr vorbeiquetschte.

»Du hättest doch nicht extra aufstehen müssen, Schatz«, sagte er.

»Bei diesem lauten Gehupe konnte doch kein Mensch mehr weiterschlafen.« Ihr Blick fiel auf das Tablett. »Du hast den Zucker vergessen«, sagte sie kritisierend.

»Ich nehm keinen Zucker«, sagte Rebus. Tony schenkte Tee aus der Kanne in zwei Tassen.

»Erst die Milch, Tony, dann den Tee«, sagte sie, ohne auf Rebus' Bemerkung einzugehen.

»Das ist vollkommen egal, Sheila«, sagte Tony. Er reichte Rebus eine Tasse.

»Danke.«

Sie stand noch ein bis zwei Sekunden da und beobachtete die beiden Männer, dann fuhr sie mit einer Hand an ihrem Morgenrock herunter.

»Okay«, sagte sie. »Dann gute Nacht.«

»Gute Nacht«, erwiderte Rebus.

»Sieh zu, dass es nicht zu spät wird, Tony.«

»Mach ich, Sheila.«

Sie lauschten, wie sie die Treppe zum Schlafzimmer hinaufging, und nippten dabei an ihrem Tee. Dann atmete Tony McCall hörbar aus.

»Tut mir Leid«, sagte er.

»Was denn?«, sagte Rebus. »Wenn zwei Betrunkene mitten in der Nacht bei *mir* hereingeplatzt wären, was meinst du, was die von mir zu hören gekriegt hätten! Ich finde, sie ist erstaunlich ruhig geblieben.«

»Sheila ist immer erstaunlich ruhig. Zumindest nach außen hin.«

Rebus deutete mit dem Kopf auf Tommy. »Was machen wir mit ihm?«

»Er kann da ruhig liegen bleiben und seinen Rausch ausschlafen.«

»Bist du sicher? Ich kann ihn nach Hause fahren, wenn du …«

»Nein, nein, um Gottes willen, er ist mein Bruder. Ein Sessel für die Nacht ist doch wohl das Mindeste, was ich für ihn tun kann.« Tony schaute zu Tommy herüber. »Sieh ihn dir an. Du würdest kaum glauben, was für einen Unsinn wir als Kinder getrieben haben. Wir haben die ganze Nachbarschaft in Angst und Schrecken versetzt. An den Haustüren geklingelt, Feuer gelegt, Leuten mit dem Fußball die Scheibe eingeschmissen. Wir waren ganz schön wüst, kann ich dir sagen. Jetzt sehe ich ihn nur noch, wenn er in diesem Zustand ist.«

»Soll das heißen, er hat diese Nummer schon mal abgezogen?«

»Ein paar Mal. Kommt mit dem Taxi angefahren und pennt im Sessel ein. Am nächsten Morgen weiß er dann nicht mehr, wie er hergekommen ist. Er frühstückt, steckt den Kindern ein paar Pfund zu und ist wieder weg. Er ruft niemals an oder kommt ganz normal zu Besuch. Und eines Nachts hören wir draußen wieder ein Taxi brummen, und da ist er.«

»Das war mir nicht klar.«

»Ach, ich weiß auch nicht, warum ich dir das erzähle, John. Ist schließlich nicht dein Problem.«

»Es macht mir nichts aus, mir das anzuhören.«

Aber Tony McCall schien nicht weiter darüber reden zu wollen. »Wie gefällt dir das Zimmer?«, fragte er stattdessen.

»Es ist sehr hübsch«, log Rebus. »Man merkt, dass da viel Mühe drin steckt.«

»Das stimmt.« McCall klang nicht überzeugt. »Und viel Geld. Siehst du die Glasfigürchen da? Du kannst dir nicht vorstellen, wie viel ein einziges von denen kosten kann.«

»Tatsächlich?«

McCall betrachtete den Raum, als wäre *er* der Gast. »Willkommen bei mir daheim«, sagte er schließlich. »Ich glaub, ich würde lieber in einer der Zellen auf der Wache wohnen.« Er stand auf, ging zu Tommys Sessel hinüber und hockte sich vor seinen Bruder, der ein Auge offen hatte. Es wirkte vom Schlaf ganz glasig. »Du Scheißkerl«, flüsterte Tony McCall. »Du verdammter Scheißkerl.« Und dann senkte er den Kopf, damit man seine Tränen nicht sehen konnte.

Es wurde bereits hell, als Rebus die vier Meilen zurück nach Marchmont fuhr. Er hielt an einer Bäckerei an, die vierundzwanzig Stunden geöffnet hatte, und kaufte warme Brötchen und kalte Milch. Das war die Zeit, wo er die Stadt am liebsten mochte, die wohltuend friedliche Atmosphäre eines frühen Morgens. Er fragte sich, warum die Leute nicht einfach zufrieden mit ihrem Schicksal sein konnten. *Ich hab alles, was ich nie gewollt habe, und es reicht trotzdem nicht.* Er selbst wollte jetzt nur noch schlafen, und diesmal im Bett und nicht im Sessel. Vor seinen Augen lief immer wieder die gleiche Szene ab: Tommy McCall, völlig weggetreten, das Kinn voller Speichel, und Tony McCall, wie er vor ihm hockte und sein Körper bebte, überwältigt von Gefühlen. Ein Bruder war etwas Furchtbares. Ein Leben lang ist er dein Konkurrent, und trotzdem kannst du ihn nicht hassen, ohne dich selbst zu hassen. Und er sah noch andere Bilder vor sich: Malcolm Lanyon in seinem Arbeitszimmer, Saiko, wie sie in der Tür stand, James Carew tot in seinem Bett, Nell Stapletons übel zugerichtetes Gesicht, Ronnie McGraths zerschundener Körper, den alten Vanderhyde mit seinen blicklosen Augen, die Angst in den Augen von Calum McCallum, Tracy mit ihren kleinen Fäusten …

Wie ich der Erste unter den Sündern bin, bin ich auch der Erste unter den Leidenden.

Carew hatte diese Zeile irgendwo geklaut … aber von wo? Wen interessiert das denn schon, John? Es könnte nur ein weiterer verdammter Strang in dieser Geschichte sein, und davon gab es bereits viel zu viele, die zu einem undurchdringlichen Wirrwarr verknüpft waren. Sieh zu, dass du nach Hause kommst, schlaf, vergiss.

Eines war jedenfalls sicher: er würde wüste Träume haben.

SAMSTAG

Wenn Sie es aber vorziehen sollten, eine andere Wahl zu treffen, dann werden Ihnen in diesem Zimmer und im nämlichen Augenblick ein neues Wissensgebiet und neue Wege zu Ruhm und Macht eröffnet werden.

Doch dann träumte er überhaupt nicht. Und als er aufwachte, war Wochenende, die Sonne schien und sein Telefon klingelte.

»Hallo?«

»John? Hier ist Gill.«

»Oh, hallo Gill. Wie geht's dir?«

»Mir geht's gut. Und dir?«

»Hervorragend.« Das war nicht gelogen. Er hatte so gut geschlafen wie seit Wochen nicht mehr und war kein bisschen verkatert.

»Tut mir Leid, dass ich so früh anrufe. Irgendwelche Fortschritte mit der Verleumdungssache?«

»Welche Verleumdungssache?«

»Die Sachen, die dieser Junge über dich erzählt.«

»Ach das. Nein, ich hab noch nichts weiter gehört.« Er dachte an Mittagessen, an ein Picknick, eine Fahrt aufs Land. »Bist du in Edinburgh?«, fragte er.

»Nein. In Fife.«

»In Fife? Was machst du denn da?«

»Calum ist hier, das weißt du doch.«

»Natürlich weiß ich das, aber ich dachte, du wolltest erst mal nichts mit ihm zu tun haben.«

»Er wollte mich sehen. Deshalb rufe ich im Übrigen an.«

»Ach?« Rebus runzelte neugierig die Stirn.

»Calum will mit dir reden.«

»Mit *mir*? Warum?«

»Das wird er dir vermutlich selber sagen. Er hat mich nur gebeten, es dir auszurichten.«

Rebus dachte einen Augenblick nach. »Möchtest du denn, dass ich mit ihm rede?«

»Ist mir eigentlich ziemlich egal. Ich hab ihm gesagt, ich würde die Nachricht weitergeben. Und dass das der letzte Gefallen wäre, den er von mir erwarten könnte.« Ihre Stimme war kühl und glatt wie ein Schieferdach im Regen. Rebus spürte, wie er selbst dieses Dach herunterrutschte, wie er sie zufrieden stellen wollte, ihr helfen wollte. »Ach ja«, fügte sie hinzu, »er hat mir gesagt, wenn du dich skeptisch anhören solltest, soll ich dir sagen, es hätte mit Hyde's zu tun.«

»Hydes?« Rebus richtete sich ruckartig auf.

»H-y-d-e Apostroph s.«

»Hyde's was?«

Sie lachte. »Ich weiß es nicht, John. Aber es klingt so, als ob es *dir* irgendwas sagen sollte.«

»Das tut es, Gill. Bist du in Dunfermline?«

»Ich rufe vom Diensthabenden aus an.«

»Okay, ich bin in einer Stunde da.«

»In Ordnung, John.« Sie klang ganz gelassen. »Bis dann.«

Er unterbrach die Verbindung, zog seine Jacke an und verließ die Wohnung. Bis Tollcross herrschte viel Verkehr, ebenso auf der Lothian Road und bei dem Schlenker über die

Princes Street zur Queensferry Road. Seit der Privatisierung der öffentlichen Verkehrsmittel war der Busverkehr in der Innenstadt ein einziges Trauerspiel: Doppeldecker, einstöckige Busse und sogar Minibusse – alle wetteiferten um Kunden. Eingekeilt zwischen zwei dunkelroten LRT-Bussen und zwei grünen einstöckigen Bussen, verlor Rebus auch noch das letzte bisschen Geduld. Er drückte mit einer Hand die Hupe, scherte aus und raste an dem ganzen Stau vorbei. Ein Motorradkurier, der sich zwischen zwei Fahrzeugschlangen durchquetschte, musste heftig ausweichen, um einen Unfall zu vermeiden, und stieß gegen einen Saab. Rebus wusste, er hätte anhalten sollen. Aber er fuhr einfach weiter.

Wenn er doch nur eins von diesen Blaulichtern mit Magnetfuß gehabt hätte, wie sie die Leute von den Sondereinheiten auf ihr Autodach setzten, wenn sie zu spät zum Essen oder zu einer Verabredung kommen würden. Aber er hatte nur seine Scheinwerfer – Fernlicht eingeschaltet – und die Hupe. Als er den Stau hinter sich hatte, nahm er die Hand von der Hupe, schaltete das Licht aus und ordnete sich wieder in den fließenden Verkehr auf der allmählich breiter werdenden Straße ein.

Trotz einer Verzögerung am gefürchteten Barnton-Kreisverkehr war er recht schnell an der Forth Road Bridge, bezahlte die Maut und fuhr hinüber, aber er ließ sich Zeit, weil er wie immer die Aussicht genießen wollte. Die Marinewerft von Rosyth lag unter ihm auf der linken Seite. Viele seiner Schulfreunde (wobei »viel« relativ war; er hatte nie viele Freunde gehabt) hatten in Rosyth problemlos Jobs gefunden und waren vermutlich immer noch dort. Das schien so ungefähr der einzige Ort in Fife zu sein, wo es noch Arbeit gab. Die Bergwerke hatten in schöner Regelmäßigkeit schließen müssen. Irgendwo an der Küste, in der anderen Richtung, gruben Männer noch unter dem Forth und schaufelten immer unrentablere Kohle heraus …

Hyde! Calum McCallum wusste etwas über Hyde! Und er wusste auch, dass Rebus das interessierte. Also musste es sich herumgesprochen haben. Sein Fuß trat das Gaspedal weiter durch. McCallum würde natürlich einen Handel mit ihm abschließen wollen. Die Anklage ganz fallen lassen oder zumindest irgendwie harmlos umfrisieren. Na gut, er würde ihm die Sonne, den Mond und die Sterne versprechen.

Damit er es endlich wusste. Wusste, wer Hyde war, wusste, wo Hyde war. Damit er endlich wusste …

Die Hauptwache der Polizei von Dunfermline war leicht zu finden, da sie ganz in der Nähe eines Kreisverkehrs am Stadtrand lag. Gill war ebenfalls leicht zu finden. Sie saß nämlich in ihrem Auto auf dem großen Parkplatz vor der Wache. Rebus parkte gleich neben ihr, stieg aus seinem Auto aus und an der Beifahrerseite ihres Wagens ein.

»Morgen«, sagte er.

»Hallo, John.«

»Alles in Ordnung?« Das war bei näherem Hinsehen wahrscheinlich die dümmste Frage, die er je gestellt hatte. Ihr Gesicht war blass und eingefallen, und ihr Kopf schien zwischen den Schultern zu versinken, während ihre Hände auf dem Lenkrad lagen und die Fingerspitzen leise auf dem Armaturenbrett trommelten.

»Mir geht's gut«, sagte sie, und beide lächelten über die Lüge. »Ich hab dem Diensthabenden Bescheid gesagt, dass du kommst.«

»Soll ich deinem Freund irgendwas ausrichten?«

Ihre Stimme klang fest. »Nein.«

»Okay.«

Rebus stieß die Autotür auf, aber er schloss sie ganz sanft, als er ging, hinüber zum Eingang der Wache.

Seit über einer Stunde war sie durch die Flure des Krankenhauses geirrt. Es war gerade Besuchszeit, deshalb störte es niemanden sonderlich, wenn sie den ein oder anderen Krankensaal betrat, an Betten vorbeiging, ab und zu den alten, kranken Männern und Frauen zulächelte, die mit einsamen Augen zu ihr heraufstarrten. Sie beobachtete, wie Familien zu entscheiden versuchten, wer als Nächstes an Opas Bett sitzen sollte, weil immer nur zwei Personen gleichzeitig zugelassen waren. Sie suchte nach einer bestimmten Frau, obwohl sie sich nicht sicher war, ob sie sie wiedererkennen würde. Den einzigen Anhaltspunkt, den sie hatte, war die Tatsache, dass die Bibliothekarin eine gebrochene Nase hatte.

Vielleicht hatte man sie gar nicht dabehalten. Vielleicht war sie bereits wieder zu Hause bei ihrem Mann oder Freund oder was auch immer. Vielleicht sollte Tracy lieber warten und noch einmal in die Bibliothek gehen. Nur dass man dort nun besonders auf sie Acht geben würde. Der Mann an der Aufsicht würde sie erkennen. Die Bibliothekarin würde sie erkennen.

Aber würde *sie* die Bibliothekarin erkennen?

Eine Glocke ertönte und machte ihr unmissverständlich klar, dass die Besuchszeit zu Ende ging. Sie eilte zum nächsten Krankensaal und fragte sich: wenn nun die Bibliothekarin in einem Privatzimmer liegt? Oder in einem anderen Krankenhaus? Oder …

Nein! Da war sie! Tracy blieb abrupt stehen, machte eine Kehrtwendung und ging auf die andere Seite des Krankensaals. Besucher verabschiedeten sich von den Patienten und wünschten ihnen gute Besserung. Alle wirkten erleichtert, sowohl die Besucher als auch die Besuchten. Sie mischte sich unter die Leute, die Stühle zurück auf einen Stapel stellten und Mäntel, Schals und Handschuhe anzogen. Dann zögerte sie und schaute noch einmal zum Bett der Bibliothekarin. Auf beiden Seiten standen mehrere Blumensträuße, und der einzige Besucher, ein Mann, beugte sich gerade über die Bibliothekarin, um ihr einen langen Kuss auf die Stirn zu geben. Die Bibliothekarin drückte dem Mann die Hand, und ... Und der Mann kam Tracy bekannt vor. Sie hatte ihn schon mal gesehen ... Auf der Polizeiwache! Er war ein Freund von Rebus, und er war Polizist! Sie erinnerte sich jetzt, dass er nach ihr gesehen hatte, als sie in der Zelle festgehalten worden war.

O Gott, sie hatte die Frau eines Polizisten angegriffen!

Plötzlich war sie sich ganz unsicher. Warum war sie überhaupt gekommen? Konnte sie die Sache jetzt noch durchziehen? Zusammen mit einer Familie verließ sie den Krankensaal, dann lehnte sie sich draußen im Flur gegen die Wand. Konnte sie? Ja, wenn sie die Nerven behielt. Ja, sie konnte es.

Sie tat so, als betrachtete sie einen Getränkeautomaten, als Holmes durch die Pendeltür des Krankensaals kam und sich langsam über den Flur von ihr entfernte. Sie wartete volle zwei Minuten, zählte bis hundertzwanzig. Er kam nicht zurück. Er hatte nichts vergessen. Tracy wandte sich von dem Getränkeautomaten ab und ging auf die Pendeltür zu.

Für sie fing die Besuchszeit gerade erst an.

Sie war noch nicht weit gekommen, als eine junge Krankenschwester sie anhielt.

»Die Besuchszeit ist vorbei«, sagte die Schwester.

Tracy versuchte zu lächeln, versuchte, normal auszusehen. Das war schwierig, doch lügen war einfach.

»Ich hab meine Uhr verloren. Ich glaube, ich hab sie bei meiner Schwester am Bett liegen lassen.« Sie deutete mit dem Kopf in Nells Richtung. Nell, die das Gespräch mitbekam, hatte sich zu ihr umgedreht. Sie riss die Augen weit auf, als sie Tracy erkannte.

»Aber beeilen Sie sich bitte«, sagte die Schwester im Weitergehen. Tracy lächelte die Schwester an und sah ihr nach, als sie durch die Pendeltür ging. Jetzt waren nur noch die Patienten in ihren Betten da, eine plötzliche Stille, und sie. Sie ging auf Nells Bett zu.

»Hallo«, sagte sie. Sie schaute auf das Krankenblatt, das am Ende des eisernen Bettgestells befestigt war. »Nell Stapleton«, las sie.

»Was wollen Sie?« Nells Augen zeigten keine Angst. Ihre Stimme war schwach, weil sie hinten aus dem Rachen kam und nicht von ihrer Nase unterstützt wurde.

»Ich wollte Ihnen was sagen«, sagte Tracy. Sie kam ganz dicht an Nell heran und hockte sich auf den Boden, so dass man sie von der Tür des Krankensaals aus kaum sehen konnte. Sie hoffte, dass es so aussähe, als würde sie nach ihrer Uhr suchen. »Ja?«

Tracy lächelte, weil sie Nells merkwürdige Stimme amüsant fand. Sie klang wie eine Marionette in einer Kindersendung. Doch das Lächeln verging ihr rasch und sie wurde rot, weil ihr wieder einfiel, dass sie nur deswegen hier war, weil es *ihre* Schuld war, dass diese Frau hier lag. Die Pflaster über der Nase, die Blutergüsse unter den Augen, das war alles ihr Werk.

»Ich bin gekommen, um zu sagen, dass es mir Leid tut. Das ist eigentlich alles. Bloß dass es mir Leid tut.«

Nells Blick war starr.

»Und«, fuhr Tracy fort, »nun ja … nichts.«

»Erzählen Sie's mir«, sagte Nell, aber das Sprechen war viel zu anstrengend für sie. Sie hatte die meiste Zeit geredet, als Brian Holmes da war, und ihr Mund war trocken. Sie drehte sich um und griff nach dem Krug mit Wasser auf dem Schränkchen neben dem Bett.

»Lassen Sie mich das machen.« Tracy goss Wasser in einen Plastikbecher und gab ihn Nell, die in kleinen Schlucken trank, um ihren Mund zu befeuchten. »Schöne Blumen«, sagte Tracy.

»Von meinem Freund«, sagte Nell zwischen zwei Schlucken.

»Ja, ich hab gesehen, wie er gegangen ist. Er ist Polizist, nicht wahr? Ich weiß das, weil ich eine Bekannte von Inspector Rebus bin.«

»Ja, ich weiß.«

»Das wissen Sie?« Tracy schien schockiert. »Dann wissen Sie also, wer ich bin?«

»Ich weiß, dass Sie Tracy heißen, wenn Sie das meinen.«

Tracy biss sich auf die Unterlippe. Ihr Gesicht wurde wieder rot.

»Das spielt doch keine Rolle, oder?«, sagte Nell.

»Nein.« Tracy versuchte, locker zu klingen. »Es spielt keine Rolle.«

»Ich wollte Sie fragen ...«

»Ja?« Tracy schien erpicht darauf, das Thema zu wechseln.

»Was wollten Sie eigentlich in der Bibliothek?«

Die Frage gefiel Tracy nicht besonders. Sie dachte kurz nach, zuckte die Achseln und sagte: »Ich wollte nach Ronnies Fotos suchen.«

»Ronnies Fotos?« Nell horchte auf. Das wenige, was Brian während der Besuchszeit gesagt hatte, hatte sich auf die

Fortschritte im Fall Ronnie McGrath bezogen, insbesondere auf die Entdeckung einiger Fotos im Haus des toten Jungen. Wovon redete Tracy da?

»Ja«, sagte sie. »Ronnie hat sie in der Bibliothek versteckt.«

»Was waren das denn für Fotos? Ich meine, warum musste er sie verstecken?«

Tracy zuckte die Achseln. »Er hat mir nur erzählt, das wär seine Lebensversicherungspolice. Genau das hat er gesagt, ›Lebensversicherungspolice‹.«

»Und wo genau hat er sie versteckt?«

»Auf dem fünften Stock, hat er gesagt. In einer gebundenen Ausgabe von etwas, das sich *Edinburgh Magazine* nennt. Ich glaub, das ist eine Zeitschrift.«

»Das stimmt«, sagte Nell lächelnd. »Das ist eine Zeitschrift.«

Nells Anruf hatte Brian Holmes in beste Laune versetzt. Doch zunächst war er völlig schockiert gewesen und hatte mit ihr geschimpft, weil sie aufgestanden war.

»Ich liege doch im Bett«, sagte sie. Ihre Stimme wurde vor Aufregung ganz undeutlich. »Sie haben mir das Münztelefon ans Bett gebracht. Jetzt hör zu ...«

Dreißig Minuten später wurde er in einen Gang auf dem fünften Stock der Edinburgh University Library geführt. Die Bibliotheksangestellte prüfte die komplizierten Dezimalzahlen, die an jedem Regal standen, bis sie fand, was sie suchte, und ihn zu einer dunklen Reihe großer gebundener Bände führte. Am Ende des Ganges saß ein Student an einem Schreibtisch und starrte, an einem Bleistift kauend, desinteressiert zu Holmes. Holmes lächelte dem Studenten freundlich zu, doch der sah regelrecht durch ihn hindurch.

»Hier ist es«, sagte die Bibliothekarin. »*Edinburgh Review* und *New Edinburgh Review.* ›New‹ heißt es, wie Sie sehen, ab 1969. Die älteren Ausgaben bewahren wir natürlich in einem besonders gesicherten Raum auf. Wenn Sie von diesen Jahrgängen welche wollen, dauert es ein bisschen ...«

»Nein, die hier reichen. Das ist genau das, was ich brauche. Vielen Dank.«

Die Bibliothekarin nahm seinen Dank mit einer leichten Verbeugung entgegen. »Sie denken doch daran, Nell von uns allen viele Grüße zu bestellen?«, sagte sie.

»Ich werde nachher mit ihr telefonieren. Ich vergess es nicht.«

Mit einer weiteren Verbeugung wandte sich die Bibliothekarin ab und ging ans andere Ende der Regalreihe. Dort blieb sie stehen und drückte einen Schalter. Neonröhren leuchteten flackernd über Holmes auf. Er lächelte ihr dankbar zu, aber sie war bereits fort. Mit raschen Schritten bewegte sie sich auf ihren quietschenden Gummiabsätzen Richtung Lift.

Holmes betrachtete die Rücken der gebundenen Bände. Die Sammlung war nicht vollständig, was bedeutete, dass einige Jahrgänge ausgeliehen waren. Ein unsinniger Ort, um etwas zu verstecken. Er nahm den Band von 1971-72, hielt ihn mit dem Zeigefinger der rechten und der linken Hand am Rücken hoch und schüttelte ihn. Es fielen keine Zettel und keine Fotos heraus. Er stellte den Band zurück ins Regal und nahm den nächsten, schüttelte ihn und stellte ihn wieder zurück.

Der Student an dem Schreibtisch sah nicht mehr durch Holmes hindurch. Er sah ihn *an*, und zwar so, als hielte er Holmes für verrückt. Ein weiterer Band gab nichts her, dann noch einer. Holmes begann schon das Schlimmste zu befürchten. Er hatte gehofft, etwas zu finden, womit er Rebus überraschen konnte, etwas, wodurch sich alle offenen Fragen klären würden. Er hatte versucht, den Inspector zu erreichen, doch Rebus war nirgends zu finden gewesen. Er war verschwunden.

Die Fotos machten mehr Krach, als er erwartet hatte, als sie zwischen den Seiten herausrutschten. Es knallte richtig, als sie mit ihren glänzenden Kanten auf dem gebohnerten Fußboden auftrafen. Er bückte sich und begann, sie aufzusammeln, während der Student fasziniert zusah. Das, was er von den auf dem Boden verstreuten Bildern erkennen konnte, reichte, um Holmes' Hochstimmung einen Dämpfer zu versetzen. Es waren Abzüge von den Boxkampffotos, nichts weiter. Keine neuen Bilder, keine Enthüllungen, keine Überraschungen.

Verflucht sei Ronnie McGrath, weil er ihn wieder hatte hoffen lassen. Die Fotos waren eine »schöne« Lebensversicherung. Für ein Leben, das bereits verwirkt war.

Er wartete auf den Aufzug, aber der steckte irgendwo fest. Also nahm er die Treppe, die sich steil nach unten wand, und landete im Erdgeschoss, jedoch in einem Teil der Bibliothek, den er noch nicht kannte. Es war ein enger Flur, in dem auf beiden Seiten alte und kaputte Bücher an den Wänden aufgestapelt waren. Als er ihn vorsichtig passierte, spürte er eine plötzliche Kälte, die er nicht einordnen konnte. Dann stieß er eine Tür auf und befand sich in der großen Eingangshalle. Die Bibliothekarin, die ihn herumgeführt hatte, saß wieder an ihrem Schreibtisch. Als sie ihn sah, begann sie heftig zu winken. Er eilte gehorsam zu ihr. Sie nahm ein Telefon ab und drückte einen Knopf.

»Ein Anruf für Sie«, sagte sie und streckte sich über den Schreibtisch, um ihm den Hörer zu reichen.

»Hallo?« Er war verblüfft; wer zum Teufel wusste denn, dass er hier war?

»Brian, wo haben Sie denn um Himmels willen gesteckt?« Es war natürlich Rebus. »Ich hab Sie überall gesucht. Ich bin im Krankenhaus.«

Holmes stockte das Herz. »Nell?«, sagte er so theatralisch, dass der Kopf der Bibliothekarin hochschoss.

»Was?«, knurrte Rebus. »Nein, nein, Nell geht's gut. Sie hat mir bloß gesagt, wo ich Sie erreichen kann. Ich rufe aus dem Krankenhaus an, und das kostet mich ein Vermögen.« Wie zur Bestätigung ertönte ein Tut-tut-tut, gefolgt von dem Klappern der Münzen, die durch den Einwurfschlitz geschoben wurden. Die Verbindung war wieder hergestellt.

»Mit Nell ist alles okay«, sagte Brian zu der Bibliothekarin. Sie nickte erleichtert und wandte sich wieder ihrer Arbeit zu.

»Natürlich ist alles okay mit ihr«, sagte Rebus, der die Worte mitbekommen hatte. »Jetzt hören Sie zu. Ich möchte, dass Sie ein paar Dinge für mich erledigen. Haben Sie Papier und Stift?«

Brian fand beides auf dem Schreibtisch. Er musste lächeln, weil er sich an das erste Telefongespräch erinnerte, das er je mit John Rebus geführt hatte. Es ähnelte diesem so sehr: ›ein paar Dinge zu erledigen‹. Meine Güte, wie viel war seitdem geschehen …

»Haben Sie das?«

Holmes erschrak. »Tut mir Leid, Sir«, sagte er. »Ich war mit den Gedanken ganz woanders. Könnten Sie das bitte wiederholen?«

Ein deutlich hörbares Geräusch, eine Mischung aus Verärgerung und Ungeduld, kam aus dem Hörer. Dann begann Rebus von vorn, und diesmal hörte Brian Holmes jedes Wort.

Tracy hätte nicht sagen können, warum sie Nell Stapleton besucht oder warum sie ihr das alles erzählt hatte. Sie spürte eine Art Verbindung zwischen ihnen, nicht nur wegen dem, was sie getan hatte. Nell Stapleton hatte etwas an sich, etwas Kluges und Gütiges, etwas, das Tracy in ihrem bisherigen Leben gefehlt hatte. Vielleicht fiel es ihr deshalb so schwer, das Krankenhaus zu verlassen. Sie war durch die Flure gelaufen, hatte in einem Café gegenüber vom Hauptgebäude zwei Tassen Kaffee getrunken, war durch die Notaufnahme spaziert, durch die Röntgenabteilung, selbst durch irgendeine Spezialabteilung für Diabetiker. Schließlich hatte sie sich doch auf den Weg gemacht, war aber nur bis zur städtischen Kunsthochschule gekommen. Dort hatte sie kehrtgemacht und war die zweihundert Schritte zurück zum Krankenhaus gegangen.

Sie wollte gerade durch das Tor an der Seite gehen, als die Männer sie schnappten.

»Hey!«

»Würden Sie bitte mit uns kommen, Miss.«

Sie hörten sich an wie Leute vom Sicherheitsdienst oder sogar wie Polizisten, deshalb leistete sie keinen Widerstand. Vielleicht wollte der Freund von Nell Stapleton sie sehen und ihr eine ordentliche Abreibung verpassen. Es war ihr egal. Sie führten sie zum Eingang des Krankenhauses, deshalb wehrte sie sich nicht. Bis es zu spät war.

Im letzten Augenblick blieben die beiden Männer abrupt stehen, drehten Tracy um und stießen sie hinten in einen Krankenwagen.

»Hey! Was soll das?« Die Türen fielen bereits zu, und sie war allein in dem heißen, düsteren Innenraum. Sie hämmerte gegen die Türen, doch das Fahrzeug setzte sich schon in Bewegung. Durch den Ruck beim Anfahren wurde sie gegen die Türen geschleudert, dann wieder auf den Boden. Als sie sich ein wenig erholt hatte, sah sie, dass es sich um einen alten Krankenwagen handelte, der nicht mehr für seinen ursprünglichen Zweck benutzt wurde. Die Innenausstattung war entfernt worden, so dass das Fahrzeug jetzt nur noch ein ganz normaler Kleinbus war. Die Fenster waren mit Brettern verrammelt, und eine Metallplatte trennte Tracy vom Fahrer. Mit zusammengebissenen Zähnen kroch sie bis zu dieser Platte und begann, mit den Fäusten dagegen zu schlagen. Irgendwann schrie sie laut auf, als ihr klar geworden war, dass die beiden Männer, die sie eben am Tor geschnappt hatten, dieselben waren, die ihr an jenem Tag auf der Princes Street gefolgt waren, an dem Tag, an dem sich sie zu John Rebus geflüchtet hatte. »O Gott«, murmelte sie, »o Gott, o Gott.«

Sie hatten sie am Ende doch gefunden.

Der Abend war schwül, die Straßen für einen Samstag ruhig.

Rebus klingelte an der Tür und wartete. Währenddessen schaute er nach links und rechts. Eine Doppelreihe wunderschöner georgianischer Häuser, deren steinerne Fassaden Zeit und Autoabgase allerdings dunkel gefärbt hatten. In vielen der Häuser waren jetzt Büros der schottischen Anwaltsvereinigung, Kanzleien von Wirtschaftsprüfern oder Niederlassungen von irgendwelchen Geldinstituten. Aber einige wenige – äußerst wenige – dienten immer noch ein paar Reichen und Fleißigen als angenehmer und gut ausgestatteter Wohnsitz. Rebus war schon einmal in dieser Straße gewesen, vor langer Zeit, als er gerade bei der Kriminalpolizei angefangen hatte. Damals hatte er wegen dem Tod eines jungen Mädchens ermittelt. Er konnte sich kaum noch an den Fall erinnern. Außerdem war er jetzt viel zu sehr damit beschäftigt, sich für den bevorstehenden Abend in die richtige Stimmung zu versetzen.

Er zupfte an der schwarzen Fliege an seinem Hals. Die ganze Kostümierung, Smokingjacke, Hemd, Fliege und Lackschuhe, hatte er sich am Nachmittag in einem Laden auf der George Street geliehen. Er war sich wie ein Idiot vorgekommen. Doch als er sich im Badezimmerspiegel betrachtet hatte, hatte er zugeben müssen, dass er tatsächlich smart aussah. Jedenfalls würde er so in einem Etablissement wie Finlay's auf der Duke Terrace nicht allzu sehr auffallen.

Die Tür wurde von einer strahlenden jungen Frau geöffnet. Sie war elegant gekleidet und begrüßte ihn, als würde sie sich wundern, warum er nicht öfter kam.

»Guten Abend«, sagte sie. »Kommen Sie doch bitte herein.«

Das tat er gerne. Die Eingangshalle war sehr dezent. Cremefarbene Wände, hochfloriger Teppichboden, einige Stühle, die von Charles Rennie Mackintosh hätten entworfen sein können. Sie hatten hohe Lehnen und sahen äußerst unbequem aus.

»Wie ich sehe, gefallen Ihnen unsere Stühle«, sagte die Frau.

»Ja«, antwortete Rebus und erwiderte ihr Lächeln. »Mein Name ist übrigens Rebus. John Rebus.«

»Ah ja. Finlay hat mir gesagt, Sie würden erwartet. Da das Ihr erster Besuch hier ist, möchten Sie, dass ich mit Ihnen einen kurzen Rundgang mache?«

»Das ist sehr freundlich.«

»Aber zuerst bekommen Sie was zu trinken, und der erste Drink geht immer aufs Haus.«

Rebus versuchte, nicht allzu neugierig zu wirken, aber er

konnte nicht anders. Schließlich war er durch und durch Polizist und hatte seine Berufsehre. Also stellte er seiner Begleiterin, deren Name Paulette war, einige Fragen zu diesem und jenem Teil des Spielclubs. Ihm wurde gezeigt, wo die Keller lagen (»Finlay hat ihren Inhalt für eine Viertelmillion versichern lassen«), die Küche (»unser Koch ist sein Gewicht in Beluga wert«) und die Gästezimmer (»die Richter sind die schlimmsten, ein oder zwei enden immer hier, weil sie zu betrunken sind, um nach Hause zu gehen«). Die Keller und die Küche waren im Untergeschoss, im Erdgeschoss befanden sich eine ruhige Bar und ein kleines Restaurant mit Garderobe und Toiletten sowie ein Büro. Vorbei an einer Sammlung schottischer Gemälde aus dem 18. und 19. Jahrhundert von Künstlern wie Jacob More und David Allan, führte eine mit Teppich ausgelegte Treppe hinauf in den ersten Stock, wo der eigentliche Spielbereich lag: Roulette, Blackjack, einige weitere Tische für Kartenspiele und ein Tisch zum Würfeln. Die Spieler waren Geschäftsleute, die Einsätze hielten sich im Rahmen, keine hohen Gewinne und keine hohen Verluste. Sie hatten ihre Chips ganz nahe bei sich liegen.

Paulette zeigte auf zwei geschlossene Räume.

»Privaträume, für Privatspiele.«

»Was denn?«

»Hauptsächlich Poker. Die professionelleren Spieler buchen ungefähr einmal im Monat einen Raum. Manchmal spielen sie die ganze Nacht hindurch.«

»Genau wie im Film.«

»Ja.« Sie lachte. »Genau wie im Film.«

Die zweite Etage bestand aus den drei Gästezimmern, die ebenfalls abgeschlossen waren, sowie Finlay Andrews' privater Suite.

»Die ist natürlich nicht zugänglich«, sagte Paulette.

»Natürlich nicht«, pflichtete Rebus ihr bei, als sie wieder die Treppe hinuntergingen.

Das war also Finlay's Club. An diesem Abend war nicht viel los. Er hatte nur zwei oder drei Gesichter gesehen, die er erkannt hatte: einen Anwalt, der so tat, als kenne er ihn nicht, obwohl sie im Gericht mal aneinander geraten waren, einen Fernsehansager, dessen tiefe Bräune unecht wirkte, und Farmer Watson.

»Hallo, John.« Obwohl Watson sich in einen Anzug mit Frackhemd gequetscht hatte, sah er trotzdem aus wie ein Polizist ohne Uniform. Er war in der Bar, als Paulette und Rebus zurückkamen. Er hatte die Hand um ein Glas Orangensaft gelegt und versuchte, entspannt auszusehen, doch er wirkte absolut fehl am Platze.

»Sir.« Rebus hatte keinen Augenblick geglaubt, dass Watson trotz seiner Drohung tatsächlich hier auftauchen würde. Er stellte ihm Paulette vor, die sich entschuldigte, dass sie ihn nicht an der Tür begrüßt hatte.

Watson tat ihre Entschuldigung mit einer Handbewegung ab und präsentierte sein Glas. »Man hat sich schon um mich gekümmert«, sagte er. Sie setzten sich an einen freien Tisch. Die Stühle waren bequem und gut gepolstert und Rebus spürte, wie er sich entspannte. Watson hingegen schaute sich nervös um.

»Ist Finlay nicht da?«, fragte er.

»Er muss hier irgendwo sein«, sagte Paulette. »Finlay läuft immer irgendwo herum.«

Merkwürdig, dachte Rebus, dass sie ihm auf ihrem Rundgang nicht begegnet waren.

»Wie ist der Club denn so, John?«, fragte Watson.

»Eindrucksvoll«, antwortete Rebus und nahm Paulettes Lächeln entgegen wie ein eifriger Schüler ein Lob von seinem

Lehrer. »Sehr eindrucksvoll. Er ist größer, als man glaubt. Warten Sie mal ab, bis Sie das Obergeschoss sehen.«

»Und dann gibt's ja noch diesen Anbau«, sagte Watson.

»Ach ja, den hatte ich ganz vergessen.« Rebus sah zu Paulette.

»Ja, richtig«, sagte sie. »Wir bauen hinten am Gebäude an.«

»Bauen?«, sagte Watson. »Ich dachte, das wäre ein Fait accompli?«

»O nein.« Sie lächelte wieder. »Finlay ist sehr eigen. Der Fußboden war nicht ganz in Ordnung, also hat er ihn wieder rausreißen lassen. Die Arbeiter mussten wieder von vorne anfangen. Jetzt warten wir auf eine Ladung Marmor aus Italien.«

»Das muss ja ein paar Pfund kosten«, sagte Watson und nickte vor sich hin.

Rebus dachte über den Anbau nach. Irgendwo im hinteren Teil des Erdgeschosses, vorbei an Toiletten, Garderobe, Büros und begehbaren Einbauschränken, musste es eine weitere Tür geben, die ursprünglich in den Garten geführt hatte, jetzt aber vielleicht der Durchgang zum Anbau war.

»Noch einen Drink, John?« Watson war bereits aufgestanden und deutete auf Rebus' leeres Glas.

»Gin mit frisch gepresstem Orangensaft bitte«, sagte er und reichte ihm das Glas.

»Und für Sie, Paulette?«

»Nein danke.« Sie stand von ihrem Stuhl auf. »Ich muss noch arbeiten. Jetzt, wo Sie sich ein bisschen auskennen, sollte ich mich lieber wieder um die Gäste an der Tür kümmern. Wenn Sie oben spielen wollen, können Sie sich im Büro Chips besorgen. Bei einigen Spielen wird auch Bargeld angenommen, bei den interessantesten allerdings nicht.«

Ein weiteres Lächeln, dann ein Knistern von Seide und ein kurzes Aufblitzen schwarzer Reizwäsche und sie war entschwunden. Watson bemerkte, wie Rebus hinter ihr her sah.

»Immer gemach, Inspector«, sagte er und lachte in sich hinein, während er zur Bar ging. Dort erklärte ihm der Barmann, dass er nur zu winken brauche, wenn er etwas zu trinken haben wolle. Die Bestellung würde bei den Herren am Tisch aufgenommen und ihnen umgehend gebracht.

»Was für ein Leben, was, John?«

»Ja, Sir. Was gibt's Neues auf dem Revier?«

»Sie meinen den kleinen Stricher, der die Beschwerde eingereicht hat? Er ist abgehauen. Verschwunden. Hat uns eine falsche Adresse angegeben, das Übliche.«

»Also bin ich vom Fleischerhaken?«

»So in etwa.« Rebus wollte protestieren. »Warten Sie noch ein paar Tage ab, John, mehr verlange ich nicht von Ihnen. Bis ein bisschen Gras über die Sache gewachsen ist.«

»Es wird also darüber geredet?«

»Ein paar von den Jungs haben sich darüber lustig gemacht. Ich glaube, das kann man ihnen nicht verdenken. In ein bis zwei Tagen gibt's was anderes, worüber sie ihre Witze reißen können, und die ganze Sache wird vergessen sein.«

»Es *gibt* nichts zu vergessen!«

»Ich weiß, ich weiß. Es war nur ein Komplott, um Sie aus dem Verkehr zu ziehen, und hinter allem steckt der geheimnisvolle Mr. Hyde.«

Rebus starrte Watson an, die Lippen fest zusammengekniffen. Am liebsten hätte er den ganzen Laden zusammengeschrien. Stattdessen atmete er tief durch und schnappte sich den Drink, sobald der Kellner das Tablett auf den Tisch gestellt hatte. Er hatte bereits zwei große Schlucke genommen, als der Kellner ihn informierte, dass er den Orangensaft des anderen Herrn trinke. Sein eigener Gin Orange stand noch auf dem Tablett. Rebus wurde rot, während Watson, schon wieder lachend, eine Fünf-Pfund-Note auf den Tisch legte. Der Kellner hüstelte verlegen.

»Ihre Drinks machen zusammen sechs Pfund fünfzig, Sir«, erklärte er Watson.

»Du meine Güte!« Watson kramte in seiner Tasche nach Kleingeld, fand eine zerknitterte Pfundnote und ein paar Münzen und legte sie auf das Tablett.

»Danke, Sir.« Der Kellner nahm das Tablett und wandte sich ab, noch bevor Watson fragen konnte, ob er noch etwas zurückbekäme. Er sah Rebus an, der nun seinerseits lächelte.

»Also«, sagte Watson. »Ich meine sechs Pfund fünfzig! Davon müssen manche Familien eine ganze Woche leben.«

»Was für ein Leben«, hielt Rebus dem Superintendent seine Worte von eben entgegen.

»Ja, gut gesagt, John. Ich hätte schon fast vergessen, dass es andere Dinge im Leben gibt als die eigene Bequemlichkeit. Sagen Sie mal, in welche Kirche gehen Sie eigentlich?«

»Na so was. Ihr seid wohl gekommen, um uns alle einzubuchten?« Beide Männer drehten sich beim Klang dieser neuen Stimme um. Es war Tommy McCall. Rebus sah auf seine Uhr. Acht Uhr dreißig. Tommy sah aus, als wäre er auf dem Weg zum Club bereits in ein paar Pubs gewesen. Er ließ sich schwer auf den Stuhl fallen, auf dem Paulette gesessen hatte.

»Was trinkt ihr?« Er schnipste mit den Fingern und der Kellner kam mit gerunzelter Stirn langsam auf den Tisch zu.

»Sir?«

Tommy blickte zu ihm auf. »Hallo, Simon. Noch mal das Gleiche für die Gendarmerie und für mich das Übliche.«

Rebus beobachtete, wie der Kellner auf McCalls Worte reagierte. Ganz recht, mein Junge, dachte Rebus bei sich, wir sind von der Polizei. Warum jagt dir das denn so einen Schrecken ein? Der Kellner wandte sich ab, als ob er Rebus' Gedanken lesen könnte, und ging mit steifen Schritten zur Bar zurück.

»Was führt euch beide denn hierher?« McCall zündete sich eine Zigarette an. Er war offenkundig froh, Gesellschaft gefunden zu haben, und bereit, die ganze Nacht durchzumachen.

»Es war Johns Idee«, sagte Watson. »Er wollte gern hierher, also hab ich das mit Finlay geregelt. Dann hab ich mir überlegt, dass ich eigentlich auch mitkommen könnte.«

»Sehr gut.« McCall schaute sich um. »Heute Abend ist allerdings nicht viel los, bis jetzt jedenfalls noch nicht. Normalerweise wimmelt es hier nur so von Leuten, die Sie sofort erkennen würden, Namen, die einem so vertraut sind wie der eigene. Heute Abend ist es ziemlich lahm.«

Er hatte eine Runde Zigaretten angeboten, und Rebus hatte eine genommen, zündete sie nun an und nahm dankbar einen tiefen Zug, den er sofort bereute, da Nikotin und Alkohol in seinem Körper im gleichen Augenblick eine unheilige Allianz eingingen. Er musste rasch und konzentriert nachdenken. Erst Watson und jetzt McCall – er hatte keinen von beiden eingeplant.

»Übrigens, John«, sagte Tommy McCall, »danke, dass du mich gestern Abend mitgenommen hast.« Seine Stimme hatte einen leicht verschwörerischen Unterton, den allerdings nur Rebus mitbekam. »Sorry, wenn ich dir irgendwelche Umstände gemacht habe.«

»Kein Problem, Tommy. Hast du gut geschlafen?«

»Ich hab nie Probleme mit dem Schlafen.«

»Ich auch nicht«, mischte sich Farmer Watson ein. »Der Vorteil eines guten Gewissens, was?«

Tommy wandte sich zu Watson. »Schade, dass Sie nicht zu Malcolm Lanyons Party kommen konnten. Wir hatten viel Spaß dort, nicht wahr, John?«

Tommy lächelte Rebus an, der zurücklächelte. Eine Gruppe am Nebentisch lachte über einen Witz. Die Männer rauchten dicke Zigarren, die Frauen ließen ihre Armbänder klimpern. McCall beugte sich zu ihnen hinüber, weil er wohl gern mitgelacht hätte, doch seine geröteten Augen und sein schiefes Lächeln fanden bei den Leuten wenig Anklang.

»Schon ordentlich getankt heute Abend, Tommy?«, fragte Rebus. Als er seinen Namen hörte, wandte sich McCall wieder Rebus und Watson zu.

»Das eine oder andere«, sagte er. »Zwei von meinen Lkws haben nicht pünktlich geliefert, die Fahrer waren besoffen oder so. Dadurch hab ich zwei große Aufträge verloren. Musste meine Sorgen ertränken.«

»Das tut mir Leid«, sagte Watson aufrichtig. Rebus nickte zustimmend, aber McCall schüttelte theatralisch den Kopf.

»Nicht so schlimm«, sagte er. »Ich hab sowieso vor, den Betrieb zu verkaufen, mich zur Ruhe zu setzen, solange ich noch jung bin. Barbados, Spanien, wer weiß. Eine kleine Villa kaufen.« Seine Augen verengten sich, seine Stimme wurde zu einem Flüstern. »Und ratet mal, wer Interesse hat, die Firma zu kaufen? Da kommt ihr nie drauf. Finlay.«

»Finlay Andrews?«

»Ganz genau.« McCall lehnte sich zurück, zog an seiner Zigarette und blinzelte in den Rauch. »Finlay Andrews.« Er beugte sich wieder vertraulich vor. »Er hat seine Finger in so manchen Läden drin. Nicht nur dieser Schuppen hier. Dazu den einen oder anderen Aufsichtsratsposten und jede Menge Aktien, das kann ich euch flüstern.«

»Ihre Drinks.« Die Stimme des Kellners hatte jetzt mehr als nur einen leicht missbilligenden Tonfall. Er schien gar nicht gehen zu wollen, selbst als McCall eine Zehn-Pfund-Note auf das Tablett warf und ihn fortwinkte.

»Ja«, fuhr McCall fort, nachdem der Kellner sich doch noch zurückgezogen hatte. »Die Finger in vielen Läden. Alles ganz korrekt natürlich. Es wäre höllisch schwer, das Gegenteil zu beweisen.«

»Und er will deine Firma kaufen?«, fragte Rebus.

McCall zuckte die Achseln. »Er hat mir einen guten Preis genannt. Keinen fantastischen Preis, aber ich werde nicht verhungern.«

»Ihr Wechselgeld, Sir.« Es war schon wieder der Kellner. Seine Stimme war eisig. Er hielt McCall, der ihn entgeistert anstarrte, das Tablett hin.

»Ich wollte nichts zurück«, erklärte er. »Das war als Trinkgeld gedacht. Aber«, er zwinkerte Rebus und Watson zu und nahm die Münzen vom Tablett, »wenn Sie es nicht wollen, junger Mann, dann nehm ich's halt wieder.«

»Danke, Sir.«

Rebus genoss den Auftritt. Der Kellner signalisierte McCall auf jede erdenkliche Art Gefahr, aber McCall war zu betrunken oder zu naiv, um es zu merken. Gleichzeitig war sich Rebus der Komplikationen bewusst, die sich daraus ergeben konnten, dass Superintendent Watson und Tommy McCall an dem Abend im Finlay's waren, an dem der Laden hochgehen sollte.

Plötzlich ertönte Lärm aus der Eingangshalle, laute Stimmen, die eher ausgelassen als wütend klangen. Auch Paulettes Stimme war zu hören, erst bittend, dann energisch. Rebus sah wieder auf seine Uhr. Acht Uhr fünfzig. Genau pünktlich.

»Was ist da los?« Alle in der Bar schauten interessiert auf. Einige waren sogar aufgestanden, um nachzusehen. Der Barmann drückte einen Knopf an der Wand neben den Spiegeln, dann eilte er in die Eingangshalle. Rebus folgte ihm. Unmittelbar im Eingang diskutierte Paulette mit mehreren Männern, die zwar Anzüge anhatten, aber die sahen schon ziemlich abgetragen aus. Einer erklärte ihr, sie könnte ihn nicht wegschicken, da er eine Krawatte anhätte. Ein anderer sagte, sie wären extra an diesem Abend in die Stadt gekommen und hätten von jemandem in einer Bar von dem Club erfahren.

»Philip war sein Name. Wir sollten sagen, Philip hätte gesagt, es wär okay, dann kämen wir rein.«

»Es tut mir Leid, meine Herren, aber dies ist ein *Privat*club.« Der Barmann hatte sich jetzt eingemischt, aber seine Anwesenheit war unerwünscht.

»Wir reden mit der Dame hier, Kumpel, okay? Wir wollen doch nur einen Drink und vielleicht ein kleines Spielchen machen, da ist doch nichts dabei!«

Rebus beobachtete, wie zwei weitere »Kellner«, harte junge Typen mit kantigen Gesichtern, rasch die Treppe vom ersten Stock herunterkamen.

»Sehen Sie doch mal ...«

»Nur ein kleines Spielchen ...«

»Extra an diesem Abend in die Stadt ...«

»Tut mir Leid ...«

»Lass mein Jackett los, Kumpel ...«

»Hey! ...«

Neil McGrath landete den ersten Schlag und erwischte einen von den schweren Jungs mit einer Rechten voll im Magen, worauf der Mann sich heftig krümmte. Immer mehr

Leute kamen in den Flur, ließen Bar und Restaurant praktisch unbeaufsichtigt. Rebus, der immer noch die Schlägerei beobachtete, bewegte sich langsam rückwärts durch die Menge, vorbei an der Tür zur Bar, am Restaurant und auf die Garderobe, die Toiletten, die Bürotür und die Tür dahinter zu.

»Tony! Bist du das?« Das musste ja passieren. Tommy McCall hatte seinen Bruder Tony als einen der angeblich betrunkenen Eindringlinge erkannt. Tony, dadurch abgelenkt, erhielt einen Schlag ins Gesicht, der ihn rückwärts gegen die Wand warf. »Was fällt dir ein, meinen Bruder zu schlagen!« Im Nu war Tommy auch dabei und mischte an vorderster Front mit. Die Constables Neil McGrath und Harry Todd waren gesunde und sportliche junge Männer, sie hielten sich wacker. Doch als sie Superintendent Watson sahen, erstarrten sie automatisch, obwohl er gar nicht wissen konnte, wer sie waren. Jeder von ihnen bekam einen üblen Schlag verpasst, was ihnen schmerzlich klar machte, dass hier nicht gespaßt wurde. Sie vergaßen Watson und hauten um sich, was das Zeug hielt.

Rebus bemerkte, dass einer aus der Gruppe sich bei der Prügelei ein wenig zurückhielt, nicht richtig mitmachte. Er blieb außerdem in der Nähe der Tür und war anscheinend bereit, sofort zu fliehen, wenn nötig. Und er sah immer wieder zur anderen Seite des Flurs, wo Rebus stand. Rebus winkte ihm zu. Detective Constable Holmes winkte nicht zurück. Dann drehte sich Rebus um und stand vor der Tür am Ende des Flurs, der Tür zum Anbau des Clubs. Er schloss die Augen, nahm all seinen Mut zusammen, ballte die rechte Hand zur Faust und schlug sich damit ins Gesicht. Nicht mit voller Wucht, dafür sorgte schon irgendein Selbsterhaltungstrieb, aber fest genug. Er fragte sich, wie Leute es fertig brachten, sich die Pulsadern aufzuschneiden. Dann öffnete er die tränenden Augen und befühlte seine Nase. An seiner Oberlippe war Blut, das aus beiden Nasenlöchern tropfte. Er ließ es tropfen und hämmerte gegen die Tür.

Nichts. Er hämmerte noch einmal. Der Lärm von der Prügelei hatte inzwischen einen Höhepunkt erreicht. *Na, komm schon, komm schon.* Er nahm ein Taschentuch heraus und hielt es unter seine Nase. Leuchtend rote Tropfen fielen darauf. Die Tür war von innen nicht abgeschlossen. Sie öffnete sich ein kleines Stück und ein Paar Augen starrten Rebus an.

»Was gibt's?«

Rebus trat ein wenig zurück, damit der Mann den Aufruhr am Eingang sehen konnte. Die Augen wurden vor Erstaunen ganz groß, dann starrte der Mann wieder auf Rebus' blutiges Gesicht, bevor er die Tür weiter aufmachte. Der Mann war kräftig, noch recht jung, hatte aber für sein Alter unnatürlich dünne Haare. Als ob er diesen Mangel ausgleichen wollte, hatte er einen riesigen Schnurrbart. Rebus erinnerte sich an Tracys Beschreibung von einem der Männer, die ihr an dem Abend gefolgt waren, als sie zu seiner Wohnung kam. Auf diesen Mann könnte die Beschreibung passen.

»Wir brauchen Sie da draußen«, sagte Rebus. »Kommen Sie mit.«

Der Mann zögerte, dachte nach. Rebus fürchtete schon, er würde die Tür wieder schließen, und stellte sich darauf ein, sie mit voller Wucht einzutreten. Doch der Mann riss die Tür auf, trat heraus und ging an Rebus vorbei. Rebus gab ihm einen Klaps auf den muskulösen Rücken.

Der Weg war frei. Rebus ging durch die Tür, tastete nach dem Schlüssel und schloss hinter sich ab. Oben und unten waren Riegel. Er schob den oberen über die Tür. Lass niemanden rein, dachte er, und niemanden raus. Erst dann sah er sich um. Er stand oben auf einer schmalen Betontreppe, ohne Teppich. Vielleicht hatte Paulette ja die Wahrheit gesagt. Vielleicht war der Anbau noch gar nicht fertig. Diese Treppe sah allerdings nicht so aus, als ob sie als Teil von Finlay's Club gedacht wäre. Sie war viel zu schmal, fast wie eine Geheimtreppe. Langsam ging Rebus nach unten. Die Absätze seiner geliehenen Schuhe klapperten viel zu laut auf den Stufen.

Rebus zählte zwanzig Stufen und nahm an, dass er jetzt bereits unterhalb des Erdgeschosses sein musste, etwa in Höhe der Keller oder sogar noch ein bisschen tiefer. Vielleicht hatte Finlay Andrews ja doch vor den Bauvorschriften kapitulieren müssen. Und da er nicht nach oben bauen durfte, hatte er eben nach *unten* gebaut. Die Tür am Fuße der Treppe sah ziemlich solide aus. Ebenfalls rein auf Zweckmäßigkeit ausgerichtet, nichts Dekoratives. Man würde schon einen Vorschlaghammer benötigen, um diese Tür einzuschlagen. Rebus probierte es stattdessen mit dem Türknauf. Er drehte sich, und die Tür ging auf.

Absolute Dunkelheit. Rebus tastete sich durch die Tür und versuchte, mit Hilfe des wenigen Lichts, das oben von der Treppe schimmerte, irgendetwas zu erkennen. Es gab aber nichts zu erkennen. Anscheinend war er in einer Art Lagerraum. Einem großen leeren Raum. Dann ging das Licht an, vier Reihen Neonröhren hoch oben an der Decke. Obwohl sie nicht sehr stark waren, sorgten sie für eine ausreichende Beleuchtung. Mitten im Raum stand ein kleiner Boxring, umgeben von ein paar Dutzend Stühlen mit steifen Lehnen. *Hier* war es also. Der Diskjockey hatte Recht gehabt.

Calum McCallum brauchte alle Freunde, die er kriegen

konnte. Daher hatte er Rebus von den Gerüchten erzählt, die er gehört hatte, Gerüchte über einen kleinen Club innerhalb eines Clubs, wo die ganz abgekochten unter den Reichen in der Stadt »interessante Wetten« setzen konnten. Ein bisschen was anderes als das Übliche, hatte McCallum gesagt. Beispielsweise auf zwei Strichjungen zu wetten, Junkies, die man großzügig dafür bezahlte, dass sie sich gegenseitig windelweich schlugen und hinterher nicht darüber redeten. Die man mit Geld und Drogen bezahlte. An beiden war kein Mangel, seit diese vergnügungssüchtigen Neureichen in den Norden gezogen waren.

Hyde's Club. Benannt nach Robert Louis Stevensons Schurken Edward Hyde, der dunklen Seite der menschlichen Seele. Die Figur des Mr. Hyde basierte auf Deacon Brodie, einem Einwohner der Stadt, der tagsüber Geschäftsmann und nachts Räuber gewesen war. Rebus konnte in dem großen Raum Schuldgefühle, Angst und Sensationsgier riechen. Erkalteter Zigarrenrauch, verschütteter Whisky, vergossener Schweiß. Doch es gab da immer noch eine Frage, die beantwortet werden musste. War Ronnie dafür bezahlt worden, die Reichen und Einflussreichen zu fotografieren – ohne dass sie das merkten natürlich? Oder hatte er auf eigene Faust gehandelt, war als Punchingball hierher bestellt worden, aber geschickt genug gewesen, eine versteckte Kamera mitzubringen? Die Antwort war vielleicht gar nicht wichtig. Entscheidend war, dass der Besitzer des Clubs, der Mann, der mit diesen niederen Instinkten spielte, Ronnie umgebracht hatte. Er hatte dafür gesorgt, dass er keinen Stoff mehr bekam, und ihm dann Rattengift gegeben. Er hatte einen seiner Helfershelfer zu dem besetzten Haus geschickt, damit der dafür sorgte, dass es wie ein simpler Fall von Überdosis aussah. Deshalb hatten sie den erstklassigen Stoff bei Ronnie gelassen. Und um eine falsche Spur zu legen, hatten sie die Leiche nach unten gebracht und die Kerzen aufgestellt. Hielten dieses Szenario für besonders schockierend. Nur hatten sie im Kerzenlicht das Pentagramm an der Wand gar nicht gesehen, also hatte es nichts weiter bedeutet, dass sie die Leiche auf diese besondere Art drapiert hatten.

Rebus hatte von Anfang an den Fehler gemacht, zu viel in die Situation hineinzulesen. Er selbst hatte das Bild verwischt, indem er Verbindungen sah, wo keine waren, ein Komplott und eine Verschwörung vermutet, die nicht existierten. Das wahre Komplott war viel größer, ein Heuhaufen gegen eine Nadel.

»Finlay Andrews!« Die Worte hallten von den Wänden wider und verklangen ungehört im Raum. Rebus zog sich hinauf in den Boxring und betrachtete von dort die Stühle. Er konnte die glänzenden und selbstgefälligen Gesichter der Zuschauer fast sehen. Der mit Segeltuch bespannte Boden des Rings war mit braunen Flecken gesprenkelt – getrocknetes Blut. Das hier war natürlich längst nicht alles. Schließlich gab es ja noch die »Gästezimmer« und die verschlossenen Türen, hinter denen »Privatspiele« gespielt wurden. Ja, er konnte sich das ganze Sodom vorstellen, das – nach James Carews privatem Terminkalender zu urteilen – jeden dritten Freitag im Monat hier stattfand. Junge Männer wurden vom Calton Hill geholt, um die Kunden zu bedienen. Auf einem Tisch, im Bett, wo auch immer. Und Ronnie hatte das möglicherweise alles fotografiert. Aber Andrews hatte herausgefunden, dass Ronnie einige Fotos als eine Art Lebensversicherung irgendwo versteckt hatte. Er konnte natürlich nicht wissen, dass sie als Erpressungsmittel oder als Beweismaterial praktisch wertlos waren. Er wusste nur, dass sie existierten.

Rebus kletterte aus dem Ring und ging an den Stuhlreihen vorbei. An der Rückwand der Halle, mehr oder weniger im Dunkeln, waren zwei Türen. Er lauschte erst an der einen, dann an der anderen. Keinerlei Geräusche, trotzdem war er sich sicher ... Er wollte gerade die linke Tür öffnen, doch irgendetwas, ein Instinkt vielleicht, veranlasste ihn, die rechte Tür zu wählen. Er zögerte kurz, dann drehte er den Knauf und drückte gegen die Tür.

Gleich neben der Tür war ein Lichtschalter. Rebus betätigte ihn, und zwei zierliche Lampen zu beiden Seiten eines Betts gingen an. Das Bett stand an einer Seitenwand. Sonst war nicht viel in dem Zimmer, abgesehen von zwei großen Spiegeln, einer an der Wand gegenüber dem Bett und einer über dem Bett. Als Rebus darauf zuging, fiel die Tür klickend hinter ihm ins Schloss. Ihm war zuweilen von seinen Vorgesetzten vorgeworfen worden, er hätte eine zu lebhafte Fantasie. Doch in diesem Augenblick schaltete er seine Fantasie völlig aus. Halt dich an die Tatsachen, John. An das Bett und an die Spiegel. Die Tür klickte erneut. Mit einem Satz war er dort und zerrte an dem Knauf, doch der bewegte sich nicht. Die Tür war fest verschlossen.

»Scheiße!« Er ging einen Schritt zurück und trat mit dem Absatz seines Schuhs unten gegen die Tür. Die Tür zitterte, aber sie hielt. Sein Schuh jedoch nicht, der Absatz flog davon. Na toll, damit war seine Kaution für die geliehenen Sachen futsch. Jetzt mal ganz ruhig, denk nach. Jemand hatte die Tür abgeschlossen. Also musste noch irgendjemand hier unten sein, und der einzige Ort, wo dieser jemand sich versteckt haben könnte, war das andere Zimmer, das Zimmer neben diesem hier. Er wandte sich wieder um und betrachtete den Spiegel gegenüber dem Bett.

»Andrews!«, brüllte er den Spiegel an. »Andrews!«

Die Stimme wurde durch die Wand gedämpft, klang fern, aber trotzdem klar.

»Hallo, Inspector Rebus. Schön, Sie zu sehen.«

Rebus hätte fast gelächelt, aber er beherrschte seine Miene.

»Ich wünschte, ich könnte das Gleiche sagen.« Er starrte in den Spiegel und stellte sich vor, wie Andrews direkt dahinter stand und ihn beobachtete. »Eine hübsche Idee«, sagte er im Plauderton. Er brauchte Zeit, um seine Kraft und seine Gedanken zu sammeln. »In einem Raum ficken die Leute, während alle anderen kostenlos durch einen Spionspiegel zusehen können.«

»Kostenlos zusehen?« Die Stimme schien näher zu kommen. »Nein, nicht kostenlos, Inspector. Alles hat seinen Preis.«

»Ich nehme an, die Kamera haben Sie auch da drüben aufgebaut, stimmt's?«

»Fotografiert und vorgeführt. Vorgeführt ist unter den gegebenen Umständen wohl ganz passend, finden Sie nicht?«

»Erpressung.« Es war eine Feststellung, weiter nichts.

»Lediglich Gefälligkeiten, die meist ohne weitere Fragen erteilt werden. Aber ein Foto kann ein nützliches Instrument sein, wenn Gefälligkeiten verweigert werden.«

»Deshalb hat James Carew Selbstmord begangen?«

»O nein. Das war eigentlich Ihr Werk, Inspector. James hat mir erzählt, dass Sie ihn erkannt hätten. Er fürchtete, Sie könnten durch ihn dem Hyde's auf die Spur kommen.«

»Haben Sie ihn umgebracht?«

»*Wir* haben ihn umgebracht, John. Was sehr schade ist. Ich mochte James. Er war ein guter Freund.«

»Sie haben anscheinend eine Menge Freunde.«

Jetzt war Lachen zu hören. Doch die Stimme war ruhig,

fast schon elegisch. »Ja, es dürfte denen wohl einige Mühe bereiten, einen Richter zu finden, der die Verhandlung gegen mich führt, oder einen Anwalt, der mich anklagt, oder fünfzehn gute und aufrechte Männer als Geschworene. Alle waren sie im Hyde's. Jeder Einzelne von ihnen. Auf der Suche nach einem Spiel mit etwas mehr Kick. Mehr als das, was da oben abläuft. Ich hab die Idee von einem Freund in London. Er führt dort ein ähnliches Etablissement, vielleicht nicht ganz so extrem wie das Hyde's. Es gibt eine Menge neues Geld in Edinburgh, John. Geld für jeden. Hätten Sie gerne Geld? Würden Sie Ihrem Leben nicht gern etwas mehr Kick geben? Erzählen Sie mir jetzt nicht, Sie wären glücklich in Ihrer kleinen Wohnung, mit Ihrer Musik, Ihren Büchern und Ihren Weinflaschen.« Rebus machte ein überraschtes Gesicht. »Ja, ich weiß einiges über Sie, John. Information ist *mein* besonderer Kick.« Andrews Stimme wurde leiser. »Sie könnten Mitglied werden, wenn Sie wollen. Ich könnte mir durchaus vorstellen, dass Sie das wollen. Eine Mitgliedschaft hat immerhin ihre Vorzüge.«

Rebus lehnte den Kopf gegen den Spiegel. Seine Stimme war fast nur noch ein Flüstern.

»Ihre Gebühren sind mir zu hoch.«

»Wie bitte?« Andrews' Stimme schien näher denn je, sein Atem war fast zu hören. Rebus Stimme war immer noch leise.

»Ich sagte, Ihre Gebühren sind mir zu hoch.«

Plötzlich holte er mit einem Arm aus, ballte die Hand zur Faust und schlug durch den Spiegel hindurch, der in tausend Stücke zersprang. Ein weiterer Trick aus seiner SAS-Ausbildung. Schlag nicht *gegen* etwas, sondern schlag immer *hindurch*, selbst wenn es eine Mauer aus Stein ist. Glassplitter flogen um ihn herum, gruben sich auf der Suche nach nackter Haut in den Ärmel seines Jacketts. Seine Faust öffnete sich und wurde zur Klaue. Gleich hinter dem Spiegel erwischte er Andrews am Hals, packte fest zu und zerrte den Mann nach vorn. Andrews schrie. Er hatte Glas im Gesicht, Splitter steckten ihm im Haar, in den Lippen, ließen seine Augen tränen. Mit zusammengebissenen Zähnen zog Rebus ihn dicht zu sich heran.

»Ich sagte«, fauchte er, »Ihre Gebühren sind mir zu hoch.« Dann ballte er die unverletzte Hand zur Faust, versetzte Andrews einen Schlag aufs Kinn und ließ ihn los. Andrews fiel bewusstlos zurück ins Zimmer.

Rebus zog den kaputten Schuh aus und schlug damit die Glasscherben ab, die noch im Rahmen des Spiegels steckten. Dann kletterte er vorsichtig ins Nebenzimmer, ging zur Tür und öffnete sie.

Er sah Tracy sofort. Sie stand orientierungslos mitten im Boxring, die Arme hingen schlaff an den Seiten herab.

»Tracy?«, sagte er.

»Kann sein, dass sie Sie nicht hört, Inspector Rebus. Heroin kann nämlich diese Wirkung haben.«

Rebus sah Malcolm Lanyon aus dem Dunkeln treten. Hinter ihm waren zwei weitere Männer. Einer war groß und hatte eine gute Figur für einen Mann reiferen Alters. Er hatte dicke schwarze Augenbrauen und einen dichten Schnurrbart, der silbrig durchsetzt war, und tief liegende Augen. Sein Gesicht war durch und durch finster. Noch nie hatte Rebus einen so calvinistisch aussehenden Mann gesehen. Der andere Mann war stämmiger und sah weniger wie ein selbstgerechter Sünder aus. Er hatte lockiges, aber schütteres Haar, sein grobschlächtiges Gesicht war voller Narben, das Gesicht eines Arbeiters. Er grinste anzüglich.

Rebus blickte wieder zu Tracy herüber. Ihre Pupillen waren wie Stecknadelköpfe. Er ging zum Ring, kletterte hinein und drückte sie an sich. Ihr Körper war völlig willenlos, das Haar feucht vor Schweiß. Sie hätte eine lebensgroße Stoffpuppe sein können, so wenig Kraft war in ihr. Doch als Rebus ihr Gesicht so hielt, dass sie ihn ansehen musste, schimmerten ihre Augen, und er spürte, wie ihr Körper zuckte.

»*Mein* besonderer Kick«, sagte Lanyon gerade. »Scheint, als hätte ich's nötig gehabt.« Er blickte hinüber zu dem Zimmer, in dem Andrews bewusstlos lag. »Finlay hat gesagt, er würde allein mit Ihnen fertig. Nachdem ich Sie gestern Abend erlebt habe, kamen mir Zweifel.« Er gab einem der Männer ein Handzeichen. »Sieh mal nach, wie's Finlay geht.« Der Mann verschwand. Rebus gefiel, wie sich die Situation entwickelte.

»Hätten Sie was dagegen, in mein Büro zu kommen, um sich zu unterhalten?«, fragte er.

Lanyon dachte darüber nach. Er sah zwar, dass Rebus ein starker Mann war, aber auch, dass er alle Hände voll mit dem Mädchen zu tun hatte. Außerdem hatte Lanyon natürlich seine Männer, während Rebus allein war. Er ging zum Ring, packte eins der Seile und zog sich nach oben. Als er nun Rebus gegenüberstand, sah er die Schnitte an dessen Arm und Hand.

»Übel«, sagte er. »Wenn Sie das nicht behandeln lassen …«

»Könnte ich verbluten?«

»Genau.«

Rebus sah auf das Segeltuch am Boden, wo sein Blut frische Flecken neben den namenlosen anderen bildete. »Wie viele von ihnen sind im Ring gestorben?«, fragte er.

»Das weiß ich wirklich nicht. Nicht viele. Wir sind keine Tiere, Inspector Rebus. Es mag gelegentlich mal einen …

Unfall gegeben haben. Ich war selten im Hyde's. Ich habe lediglich neue Mitglieder eingeführt.«

»Und wann werden Sie zum Richter ernannt?«

Lanyon lächelte. »Das wird noch eine Weile dauern. Aber irgendwann *wird* es passieren. Ich war mal in London in einem ähnlichen Club wie dem Hyde's. Da hab ich übrigens Saiko kennen gelernt.« Rebus bekam große Augen. »O ja«, sagte Lanyon. »Sie ist eine sehr vielseitige junge Frau.«

»Ich nehme an, das Hyde's hat Ihnen und Andrews überall in Edinburgh Carte blanche gegeben?«

»Es hat bei der einen oder anderen Baugenehmigung geholfen, bei manchen Prozessen für den richtigen Ausgang gesorgt. Solche Dinge.«

»Und was passiert jetzt, wo ich über alles Bescheid weiß?«

»Nun ja, da brauchen Sie sich keine Sorgen zu machen. Finlay und ich sehen für Sie eine langfristige Zukunft in der Entwicklung Edinburghs zu einer großen Industrie- und Handelsstadt.« Der Bodyguard unten am Ring lachte laut.

»Wie meinen Sie das?«, fragte Rebus. Er konnte spüren, wie sich Tracys Körper anspannte und wieder Kraft bekam. Wie lange das anhalten würde, wusste er allerdings nicht.

»Ich meine«, sagte Lanyon, »dass man Sie in Beton konservieren könnte, als Stütze einer der neuen Umgehungsstraßen.«

»So was haben Sie wohl auch schon mal gemacht?« Die Frage war rein rhetorisch; das Lachen des Gorillas hatte sie bereits beantwortet.

»Ein oder zweimal. Wenn etwas aus dem Weg geräumt werden musste.«

Rebus sah, wie Tracys Hände sich langsam zu Fäusten ballten. Dann kam der Bodyguard zurück, der nach Andrews gesehen hatte.

»Mr. Lanyon!«, rief er. »Ich glaube, Mr. Andrews geht es sehr schlecht!«

In dem Moment, als Lanyon sich von ihnen wegdrehte, riss sich Tracy mit einem furchtbaren Schrei von Rebus los, holte kurz mit den Fäusten aus und verpasste Lanyon einen gewaltigen Schlag zwischen die Beine. Als er zu Boden ging, fiel er eigentlich nicht, sondern sank mit einem gurgelnden Geräusch in sich zusammen, während Tracy durch die große Wucht des Schlags ins Stolpern geriet und auf den Segeltuchboden fiel.

Rebus verlor ebenfalls keine Zeit. Er packte Lanyon und riss ihn hoch. Mit einer Hand drehte er ihm einen Arm auf den Rücken, während er mit der anderen Hand Lanyons Kehle umschloss. Die beiden Gorillas näherten sich dem Ring, doch als Rebus seine Finger noch etwas tiefer in Lanyons Hals grub, zögerten sie. Einen Augenblick war die Lage unentschieden, dann schoss einer von ihnen auf die Treppe zu. Sekundenbruchteile später folgte ihm sein Partner. Rebus atmete heftig. Er ließ Lanyon los und sah zu, wie er zu Boden sank. Dann stellte sich Rebus mitten in den Ring, zählte wie ein Schiedsrichter leise bis zehn und streckte einen Arm hoch in die Luft.

Oben hatten sich die Dinge einigermaßen beruhigt. Die Mitarbeiter mussten sich zwar ein wenig renovieren, aber sie taten es erhobenen Hauptes, da sie sich wacker geschlagen hatten. Die Betrunkenen – Holmes, McCall, McGrath und Todd – waren hinauskomplimentiert worden, und Paulette glättete die Wogen, indem sie allen kostenlose Getränke anbot. Als sie Rebus durch die Tür von Hyde's kommen sah, erstarrte sie einen Augenblick. Dann verwandelte sie sich wieder in die perfekte Gastgeberin, auch wenn ihre Stimme etwas weniger herzlich war als vorher und ihr Lächeln falsch.

»Ah, John.« Es war Superintendent Watson, der immer noch sein Glas in der Hand hielt. »Was war das denn für ein Gerangel? Und wohin sind Sie verschwunden?«

»Ist Tommy McCall noch da, Sir?«

»Der muss irgendwo sein. Hat was von kostenlosen Getränken gehört und ist Richtung Bar losspaziert. Was haben Sie mit Ihrer Hand gemacht?«

Rebus sah nach unten und stellte fest, dass seine Hand immer noch an mehreren Stellen blutete.

»Sieben Jahre Unglück«, sagte er. »Haben Sie eine Minute Zeit, Sir? Ich möchte Ihnen gern was zeigen. Aber erst muss ich einen Krankenwagen rufen.«

»Aber warum denn um Himmels willen? Der Aufruhr ist doch vorbei, oder?«

Rebus sah seinen Vorgesetzten an. »Darauf würde ich nicht wetten, Sir«, sagte er. »Noch nicht mal, wenn die Chips aufs Haus gingen.«

Rebus trottete müde nach Hause, nicht weil er körperlich erschöpft war, sondern weil er sich innerlich beschmutzt fühlte. Er schaffte kaum die Treppe. Auf der ersten Etage blieb er minutenlang – wie es ihm schien – vor Mrs. Cochranes Tür stehen. Er versuchte, nicht über das Hyde's nachzudenken, darüber, was es bedeutete, was es gewesen war, welche Bedürfnisse es erfüllt hatte. Aber auch wenn er nicht bewusst daran dachte, flogen Bruchstücke davon in seinem Kopf herum, kleine Scherben blanken Horrors.

Mrs. Cochranes Katzen wollten raus. Er konnte sie auf der anderen Seite der Tür hören. Eine Katzentür wäre die Lösung gewesen, aber Mrs. Cochrane hielt nichts davon.

Das wäre, als würde man die Tür für jeden Fremden offen lassen, hatte sie gesagt. Da könnte ja jedes Katzenvieh einfach reinspazieren.

Wie wahr. Irgendwie fand Rebus die nötige Kraft, um die restlichen Stufen hinaufzusteigen. Er schloss seine Tür auf und machte sie hinter sich wieder zu. Sein Refugium. In der Küche kaute er an einem alten Brötchen herum, während er darauf wartete, dass das Wasser kochte.

Watson hatte sich seine Geschichte mit wachsendem Unbehagen und immer größerer Fassungslosigkeit angehört. Er hatte sich laut gefragt, wie viele wichtige Leute in die Sache verwickelt sein mochten. Doch das konnten nur Andrews und Lanyon beantworten. Man hatte einige Videofilme sowie eine eindrucksvolle Fotosammlung gefunden. Watsons Lippen waren ganz blutleer geworden, obwohl viele der Gesichter Rebus nichts sagten. Aber manche schon. Andrews hatte in Bezug auf die Richter und Anwälte Recht gehabt. Zum Glück waren keine Polizisten auf den Fotos. Bis auf einen.

Rebus hatte einen Mord aufklären wollen und war stattdessen auf ein Vipernnest gestoßen. Er war sich nicht sicher, wie viel davon ans Licht kommen würde. Zu viele hätten ihren guten Ruf zu verlieren. Der Glaube der Öffentlichkeit an die Grundsätze und Institutionen der Stadt, ja des ganzen Landes, würde erschüttert. Wie lange würde es dauern, die Scherben von *diesem* zerbrochenen Spiegel aufzusammeln? Rebus befühlte sein verbundenes Handgelenk. Wie lange, bis die Wunden verheilt waren?

Er ging mit seinem Tee ins Wohnzimmer. Tony McCall saß wartend im Sessel.

»Hallo, Tony«, sagte Rebus.

»Hallo, John.«

»Danke für deine Hilfe vorhin.«

»Wozu sind denn Freunde da?«

Als ihn Rebus vor der Aktion um Hilfe gebeten hatte, war Tony McCall zusammengebrochen.

»Ich weiß alles darüber, John«, hatte er gestanden. »Tommy hat mich einmal mitgenommen. Es war entsetzlich. Ich bin auch nicht lange geblieben. Aber vielleicht gibt es Fotos von mir ... Ich weiß es nicht ... Vielleicht gibt es welche.«

Rebus hatte nicht weiter zu fragen brauchen. Es war alles aus McCall herausgesprudelt, wie Bier aus einem Hahn: die unerquickliche Situation zu Hause, ein bisschen Spaß haben wollen, dann mit niemandem darüber reden können, weil er nicht wusste, wer es bereits wusste. Selbst da hielt er es noch für das Beste, nur ja nicht an der Sache zu rühren. Rebus hatte sich für die Warnung bedankt.

»Ich zieh das trotzdem durch«, hatte er gesagt. »Mit oder ohne deine Hilfe. Ganz wie du willst.«

Tony McCall hatte sich bereit erklärt zu helfen.

Rebus setzte sich hin, stellte den Tee auf den Fußboden und zog das Foto aus der Tasche, das er aus dem Hyde's hatte mitgehen lassen. Er warf es McCall zu. McCall nahm es und starrte mit angstvollen Augen darauf.

»Andrews war übrigens hinter Tommys Speditionsfirma her«, sagte Rebus. »Er hätte sie auch bekommen, und das zu einem Schleuderpreis.«

»Dieser miese Dreckskerl«, sagte McCall, während er das Foto systematisch in immer kleinere Stücke riss.

»Warum hast du es getan, Tony?«

»Hab ich dir doch schon gesagt, John. Tommy hat mich mitgenommen. Nur ein bisschen Spaß ...«

»Nein, nicht das. Warum bist du in das besetzte Haus eingebrochen und hast Ronnie diesen Stoff untergeschoben?«

»Ich?« McCalls Augen waren noch größer geworden, aber sie blickten immer noch mehr angstvoll als überrascht. Es war alles reine Vermutung, doch Rebus wusste, dass er richtig geraten hatte.

»Na komm schon, Tony. Glaubst du etwa, Finlay Andrews hält irgendwelche Namen geheim? Er geht unter, und er hat keinen Grund, irgendjemanden ungeschoren davonkommen zu lassen.«

McCall dachte darüber nach. Er ließ die Schnipsel des Fotos in den Aschenbecher flattern und zündete sie mit einem Streichholz an. Erst als sie zu schwarzer Asche zerfallen waren, schien er zufrieden zu sein.

»Andrews brauchte jemanden, der ihm einen Gefallen tat. Bei ihm ging es immer um ›Gefälligkeiten‹. Ich glaube, er hat zu oft den *Paten* gesehen. Pilmuir war meine Streife, mein Revier. Wir hatten uns über Tommy kennen gelernt, also dachte er, er könnte mich darum bitten.«

»Und du hast es bereitwillig getan.«

»Nun ja, er hatte immerhin das Foto.«

»Da muss doch mehr dahinter stecken.«

»Also ...« McCall zögerte erneut und zerdrückte die Asche mit dem Zeigefinger im Aschenbecher. Jetzt war nur noch eine feine Staubschicht übrig. »Ja, zum Teufel, ich hatte nichts dagegen, es zu machen. Der Kerl war schließlich ein Junkie, ein Stück Müll. Und er war bereits tot. Ich brauchte nichts weiter zu tun, als ein kleines Päckchen neben ihn zu legen, das war alles.«

»Hast du denn nie gefragt warum?«

»Stell keine Fragen, hieß es.« Er lächelte. »Finlay bot mir eine Mitgliedschaft an, verstehst du? Eine Mitgliedschaft im Hyde's. Ich wusste, was das bedeutete. Ich würde mich zwischen den ganzen Mister Wichtigs tummeln. Ich hab sogar schon angefangen, von beruflicher Karriere zu träumen, was ich seit langem nicht mehr getan hatte. Wir wollen doch mal ehrlich sein, John, wir sind doch bloß kleine Fische in einem kleinen Teich.«

»Und Hyde hat dir die Chance angeboten, mit den Haien zu spielen?«

McCall lächelte traurig. »Ich nehm an, das war's wohl.«

Rebus seufzte. »Tony, Tony, Tony. Womit hätte das denn geendet?«

»Vermutlich damit, dass du mich mit ›Sir‹ hättest anreden müssen«, antwortete McCall, dessen Stimme allmählich wieder fester wurde. »Stattdessen wird es so sein, dass ich durch den Prozess auf die Titelseite der Revolverblätter komme. Nicht gerade die Art von Ruhm, von der ich geträumt hab.«

Er stand auf.

»Also dann bis vor Gericht«, sagte er und ließ John Rebus mit seinem geschmacklosen Tee und seinen Gedanken allein.

Rebus schlief unruhig und war früh wach. Er duschte, jedoch ohne die übliche musikalische Begleitung. Er rief im Krankenhaus an und erfuhr, dass es Tracy gut ginge und dass man Finlay Andrews bei nur sehr geringem Blutverlust wieder zusammengeflickt hätte. Dann fuhr er zur Great London Road, wo Malcolm Lanyon zur Vernehmung festgehalten wurde.

Rebus war offiziell immer noch eine Unperson, und DS Dick und DC Cooper sollten das Verhör führen. Aber Rebus wollte in der Nähe sein. Er kannte die Antwort auf all ihre Fragen und wusste, zu welchen Tricks Lanyon fähig war. Er wollte nicht, dass der Schweinehund wegen eines Formfehlers ungeschoren davonkam.

Zuerst aber ging er in die Kantine, kaufte sich ein Brötchen mit Speck, und als er Dick und Cooper dort an einem Tisch sitzen sah, setzte er sich zu ihnen.

»Hallo, John«, sagte Dick und starrte auf den Boden seines schmutzigen Kaffeebechers.

»Ihr seid aber frühe Vögel«, bemerkte Rebus. »Könnt es wohl kaum erwarten.«

»Farmer Watson will die ganze Chose so bald wie möglich vom Tisch haben, am besten noch eher.«

»Kann ich mir gut vorstellen. Hört mal, ich werde den ganzen Tag da sein, wenn ihr mich für irgendwas braucht.«

»Danke, John«, sagte Dick mit einer Stimme, die Rebus klar machte, dass sein Angebot so willkommen war wie Zahnschmerzen.

»Nun ja …«, begann Rebus, verkniff sich aber die Bemerkung und fing stattdessen an zu essen. Dick und Cooper schienen wegen des erzwungenen frühen Aufstehens noch nicht ganz wach zu sein. Jedenfalls waren sie keine besonders lebhaften Tischgefährten. Rebus beendete rasch sein Frühstück und stand auf.

»Habt ihr was dagegen, wenn ich kurz einen Blick auf ihn werfe?«

»Ganz und gar nicht«, sagte Dick. »Wir sind in fünf Minuten da.«

Als er die Eingangshalle im Erdgeschoss durchquerte, wäre Rebus beinah mit Brian Holmes zusammengestoßen.

»Heute sind aber viele frühe Vögel hinter dem Wurm her«, sagte Rebus. Holmes sah ihn verständnislos und verschlafen an. »Egal. Ich möchte schnell mal einen Blick auf Lanyon-alias-Hyde werfen. Haben Sie Lust, auch ein bisschen Voyeur zu spielen?«

Holmes antwortete nicht. Stattdessen verfiel er in Gleichschritt mit Rebus.

»Lanyon könnte dieses Image sogar gefallen«, sagte Rebus. Holmes sah ihn noch verständnisloser an. Rebus seufzte. »Egal.«

»Tut mir Leid, Sir. Ist gestern Abend ein bisschen spät geworden.«

»Ach so. Vielen Dank übrigens.«

»Ich bin fast gestorben, als ich sah, wie der verdammte Farmer uns anstarrte, er in seinem Begräbnisanzug und wir als angebliche Besoffene aus Dundee.«

Sie tauschten ein wissendes Lächeln aus. Okay, der Plan war ziemlich schwach gewesen. Rebus hatte ihn während der fünfzigminütigen Rückfahrt von Calum McCallums Zelle in Fife entwickelt. Aber er hatte funktioniert. Sie hatten ein Ergebnis.

»Ja«, sagte Rebus. »Ich fand auch, dass Sie gestern Abend ein bisschen nervös aussahen.«

»Wie meinen Sie das?«

»Nun ja, Sie haben doch einen auf italienische Armee gemacht, oder? Vorwärts, es geht zurück! Oder so ähnlich.«

Holmes blieb abrupt stehen und klappte den Mund auf. »Ist das der Dank dafür? Wir haben gestern Abend für Sie unsere Karriere aufs Spiel gesetzt, wir alle vier. Sie haben mich als Ihren Laufburschen benutzt – such dies, check das –, als verdammtes Stück Schuhsohle, und die Hälfte der Aufträge war noch nicht mal offiziell. Sie sind schuld, dass meine Freundin fast umgebracht wurde ...«

»Einen Augenblick mal ...«

»... und das alles nur, um Ihre Neugier zu befriedigen. Okay, jetzt sind die Bösen hinter Gittern, und das ist gut, aber sehen Sie doch mal das Resultat. Es ist Ihr Erfolg, wir anderen haben nichts davon bis auf ein paar blaue Flecken und keine verdammten Sohlen mehr unter den Schuhen!«

Rebus starrte beinah zerknirscht auf den Boden. Die Luft entwich seinen Nasenlöchern so laut wie bei einem spanischen Stier.

»Das hab ich doch glatt vergessen«, sagte er schließlich. »Ich wollte heute Morgen diesen verdammten Anzug zurückbringen. Die Schuhe sind im Eimer. Als Sie von Schuhsohlen sprachen, ist es mir wieder eingefallen.«

Dann ging er weiter den Flur entlang auf die Zellen zu und ließ Holmes sprachlos stehen.

An einer der Zellen hing eine Tafel, auf der in Kreide Lanyons Name stand. Rebus ging zu der Stahltür und schob das Rollgitter zur Seite. Irgendwie erinnerte ihn das an die Gitter vor den Türen von Prohibitionsclubs. Ein heimliches Klopfzeichen, und das Gitter öffnete sich. Er sah in die Zelle, erschrak und tastete nach der Alarmglocke neben der Tür. Als Holmes die Sirene hörte, vergaß er, dass er eigentlich sauer und gekränkt war, und lief los. Unterdessen zerrte Rebus mit den Fingernägeln an der Kante der verschlossenen Tür.

»Wir müssen hier rein!«

»Sie ist abgeschlossen, Sir.« Holmes bekam es mit der Angst; sein Vorgesetzter wirkte völlig wahnsinnig. »Da kommt jemand.«

Ein uniformierter Sergeant kam schwerfällig angetrabt, die Schlüssel klimperten an einer Kette.

»Schnell!«

Das Schloss bewegte sich, und Rebus riss die Tür auf. Drinnen lag Malcolm Lanyon in sich zusammengesunken auf dem Fußboden, den Kopf gegen das Bett gelehnt. Seine Füße waren nach außen gedreht wie bei einer Puppe. Eine Hand lag auf dem Boden. Eine dünne Nylonschnur, so was wie Angelschnur, war um die Knöchel der Finger gewickelt, die ganz dunkel waren. Die Schnur lag in einer Schlaufe um

Lanyons Hals und hatte sich so tief in das Fleisch eingegraben, dass man sie kaum noch sehen konnte. Lanyons Augen waren entsetzlich hervorgequollen, seine geschwollene Zunge hing obszön aus seinem blutunterlaufenen Gesicht. Es war wie eine letzte makabere Geste, und Rebus, dem es so vorkam, als zeige die Zunge auf ihn, fasste das als persönliche Beleidigung auf.

Er wusste, dass es viel zu spät war, doch der Sergeant löste die Schnur und legte die Leiche flach auf den Boden. Holmes lehnte den Kopf gegen die kalte Metalltür und kniff die Augen zusammen, um den Vorgang in der Zelle nicht mitansehen zu müssen.

»Er muss sie irgendwo am Körper versteckt gehabt haben«, sagte der Sergeant als Entschuldigung für diese ungeheure Schlamperei und sah auf die Schnur, die er jetzt in der Hand hielt. »Mein Gott, was für eine Art abzutreten.«

Rebus dachte: Er hat mich betrogen, er hat mich betrogen. Ich hätte niemals den Mut gehabt, das zu tun, mich langsam zu erwürgen … Das würde ich niemals fertig bringen, irgendetwas in mir würde mich daran hindern …

»Wer war hier drinnen, seit er hergebracht wurde?«

Der Sergeant starrte Rebus verständnislos an.

»Die üblichen, nehm ich an. Er musste gestern Abend ein paar Fragen beantworten, nachdem Sie ihn hergebracht hatten.«

»Ja, aber *danach*?«

»Nun ja, er hat was gegessen, nachdem Sie gegangen sind. Das ist so ungefähr alles.«

»Verdammter Scheißkerl«, knurrte Rebus, verließ mit großen Schritten die Zelle und ging über den Flur zurück. Holmes, dessen Gesicht weiß und feucht war, war einige Schritte hinter ihm, holte aber langsam auf.

»Sie werden die Sache begraben, Brian«, sagte Rebus mit vor Wut zitternder Stimme. »Sie werden alles begraben, das weiß ich, und es wird noch nicht mal ein Kreuz geben, das die Stelle markiert, gar nichts. Ein Junkie ist aus eigenem Verschulden gestorben. Ein Immobilienmakler hat Selbstmord begangen. Und nun bringt sich ein Anwalt in einer Polizeizelle um. Es besteht keine Verbindung dazwischen, es wurde kein Verbrechen begangen.«

»Aber was ist mit Andrews?«

»Was glauben Sie, wo wir hingehen?«

Sie kamen gerade rechtzeitig im Krankenhaus an, um zu erleben, wie effektiv das Personal in einem Notfall handelte. Rebus eilte durch den Saal und schob alle beiseite, die ihn aufhalten wollten. Finlay Andrews lag mit entblößter Brust im Bett und bekam Sauerstoff zugeführt, während die Herzüberwachungsanlage angeschlossen wurde. Ein Arzt hielt in jeder Hand eine Elektrode, dann drückte er sie langsam auf Andrews' Brust. Einen Augenblick später ging ein Ruck durch den Körper. Doch der Monitor zeigte nichts an. Mehr Sauerstoff, mehr Volt … Rebus wandte sich ab. Er hatte das Drehbuch gesehen; er wusste, wie der Film enden würde.

»Und?«, sagte Holmes.

»Herzinfarkt.« Rebus Stimme war ausdruckslos. Er bewegte sich Richtung Ausgang. »Wir wollen es auf jeden Fall so nennen, denn das wird auch auf dem Totenschein stehen.«

»Also, was nun?« Holmes hielt mit ihm Schritt. Er fühlte sich ebenfalls betrogen. Rebus dachte über die Frage nach.

»Wahrscheinlich werden die Fotos verschwinden. Zumindest die wichtigen. Und wer ist noch übrig, um auszusagen? Über was auszusagen?«

»Sie haben an alles gedacht.«

»Außer an eines, Brian. *Ich* weiß, wer sie sind.«

Holmes blieb stehen. »Spielt das irgendeine Rolle?«, rief er dem Rücken nach, der sich langsam entfernte. Doch Rebus ging einfach weiter.

Es gab einen Skandal, aber nur einen kleinen, der bald vergessen war. In den abgeschotteten Räumen der eleganten georgianischen Häuser ging schon bald wieder das Licht an, eine großartige Auferstehung des alten Geistes. Über den Tod von Finlay Andrews und von Malcolm Lanyon wurde berichtet, und die Journalisten versuchten so viel Dreck wie möglich aufzuwirbeln. Ja, Finlay Andrews hatte einen Club geführt, der sich nicht ganz im Rahmen der Legalität bewegte, und ja, Malcolm Lanyon hatte Selbstmord begangen, als die Behörden anfingen, sein kleines Imperium genauer unter die Lupe zu nehmen. Nein, es waren keine Einzelheiten bekannt, um was es sich bei diesen »Aktivitäten« gehandelt haben könnte.

Der Selbstmord des Immobilienmaklers James Carew stand in keinerlei Verbindung zu Mr. Lanyons Selbstmord, obwohl es stimmte, dass die beiden Männer befreundet waren. Was Mr. Lanyons Verbindung zu Finlay Andrews und seinen Club betraf, nun ja, das würde man wohl nie erfahren. Und es war nichts weiter als ein trauriger Zufall, dass Mr. Lanyon zu Mr. Carews Testamentsvollstrecker ernannt worden war. Aber es gab ja schließlich noch andere Anwälte, oder nicht?

Und so endete das Ganze. Die Geschichte verlief im Sande, die Gerüchte hielten sich etwas länger. Rebus freute sich, als Tracy ihm erzählte, Nell Stapleton hätte ihr einen Job in einer Cafeteria in der Nähe der Universitätsbibliothek besorgt. Eines Abends jedoch, er war einige Zeit in der Rutherford Bar gewesen, beschloss Rebus, sich auf dem Heimweg noch ein indisches Essen zu besorgen. In dem Restaurant sah er Tracy, Holmes und Nell Stapleton an einem Ecktisch sitzen und gut gelaunt ihre Mahlzeit verspeisen. Er drehte sich um und ging ohne etwas zu bestellen hinaus.

In seiner Wohnung setzte er sich an den Küchentisch und verfasste zum zigsten Mal einen Entwurf für sein Kündigungsschreiben. Doch irgendwie schafften es die Worte nicht, seine Gefühle angemessen herüberzubringen. Er knüllte das Blatt zusammen und warf es in den Abfalleimer. Die Szene im Restaurant hatte ihn daran erinnert, wie viel Hyde's in menschlicher Hinsicht gekostet hatte und wie wenig Gerechtigkeit widerfahren war. Es klopfte an der Wohnungstür. Mit hoffnungsvollem Herzen öffnete er. Gill Templer stand da. Sie lächelte.

In der Nacht schlich er sich ins Wohnzimmer und schaltete die Schreibtischlampe an. Sie warf ihr Licht schuldbewusst wie die Taschenlampe eines Constables auf den kleinen Aktenschrank neben der Stereoanlage. Der Schlüssel war unter einer Ecke des Teppichs versteckt, als Versteck so sicher wie die Matratze für eine Großmutter. Er öffnete den Schrank, nahm einen schmalen Aktenordner heraus und trug ihn zu seinem Sessel, dem Sessel, der so viele Monate lang sein Bett gewesen war. Dort setzte er sich gelassen hin und dachte an den Tag in James Carews Wohnung. Damals war er in Versuchung gewesen, James Carews privaten Terminkalender mitzunehmen und zu behalten. Aber er hatte der Versuchung widerstanden. Anders als in der Nacht im Hyde's. Dort hatte er, als er einen Augenblick allein in Andrews' Büro war, das Foto von Tony McCall geklaut. Tony McCall, ein Freund und Kollege, mit dem er heutzutage nichts mehr gemein hatte. Außer vielleicht ein Schuldgefühl.

Er öffnete die Akte und nahm die Fotos heraus, die er zusammen mit dem Foto von McCall mitgenommen hatte. Vier Fotos, willkürlich eingesteckt. Er betrachtete die Gesichter erneut, wie er es in den meisten Nächten tat, in denen er Probleme hatte einzuschlafen. Gesichter, die er kannte. Gesichter, die zu Namen gehörten, und Namen, mit denen man Händeschütteln und Stimmen verband. Wichtige Leute. Einflussreiche Leute. Er dachte oft darüber nach. Eigentlich hatte er seit jener Nacht in Hyde's Club über kaum etwas anderes nachgedacht. Er zog einen Papierkorb aus Metall unter dem Schreibtisch hervor und warf die Fotos hinein. Dann zündete er ein Streichholz an und hielt es über den Korb, wie er es schon so viele Male getan hatte.